Heinz G. Konsalik, Sie fielen vom Himmel

Heinz G. Konsalik

Sie fielen vom Himmel

Roman

VERLEGT BEI
KAISER

Berechtigte Ausgabe 2004 für den Neuen Kaiser Verlag
Neuauflage 2005
E-Mail: office@kaiserverlag.com
www.kaiserverlag.com

Einbandgestaltung: Volkmar Reiter
Satz: Context Type & Sign Pink GmbH., St. Veit/Glan
Druck- und Bindearbeit: Delo tiskarna, Slowenien

WIR FRESSEN EINANDER NICHT,
WIR SCHLACHTEN UNS BLOSS ...

LICHTENBERG

DEM ANGEDENKEN DES UNBEKANNTEN SOLDATEN,
DER AM MONTE CASSINO
ELF VERWUNDETEN KAMERADEN
DAS LEBEN RETTETE
UND SICH FÜR SIE OPFERTE ...

Als der Krieg begann, Wahnsinn zu werden,
und die Menschen grausam wurden,
als die Vernunft sich verhüllte und Ideale im Blut ertranken,
versank mit ihnen auch der Glaube an Gott.
Ihn zu bewahren und den Menschen in seiner Verblendung
doch als sein Geschöpf zu zeigen,
mag die Rechtfertigung für dieses Buch sein.

ERSTES BUCH

Weshalb das Bein hinaufkriechen wie ein Käfer,
vom Knöchel an aufwärts?
Besser, gleich gegen das Knie einen Schlag führen!
CHURCHILL

Auf der Straße empfing sie der Seewind. Er pfiff um die Ecken der Gassen und trieb den Gestank von Fisch und Fäulnis in die letzten Winkel. Die an Leinen über die Gassen gespannte Wäsche knatterte und flatterte durch den Nachthimmel wie ein Heer riesiger Geier.
An der Ecke stand ein Wagen ... ein alter belgischer Bulldogwagen mit zerfetzter Plane.
Die taktischen Zeichen am Kühler waren verwischt, von der Sonne und der salzigen Luft des Mittelmeeres weggelaugt.
Kurt Maaßen sah auf die Uhr, ehe er in den Wagen kletterte. »3.03 Uhr!« sagte er. »Die richtige Zeit für einen zünftigen Rabbatz!«
Als sie durch Neapel fuhren, am Hafen vorbei und auf die Straße nach Salerno zu, passierten sie unterhalb des Vesuvs die ersten Sperren. Vor Amalfi kamen sie in einen Aufmarsch von Pionieren, die im Dunkeln Minen legten und Sperren für die Amphibienboote der Landungstruppen. In den Artilleriestellungen wurde die Munition neben den Geschützen gestapelt, die auf die Küste eingeschossenen Batterien standen in höchster Bereitschaft. Bei Maiori trafen sie auf den Stab der 34. Fallschirmjägerdivision. Oberst Hans Stucken und Major Ia Richard v. Sporken saßen über dem großen Kartentisch und legten die Aufmarschstellungen der einzelnen Bataillone fest, falls den alliierten Truppen die Landung gelingen sollte.
Sie fuhren gerade in großer Geschwindigkeit in Richtung Vietri, als von See her die Schiffsgeschütze der Landungsflotte aufbrüllten und den Himmel in Feuer und Rauch

hüllten. Orgelnd und pfeifend zogen die schweren Granaten zur Küste und wühlten bei Salerno, im Hafen und in den Sanddünen die Erde zu hohen Fontänen auf.
»Da haben wir die Scheiße!« sagte Heinrich Küppers ruhig. »Wie spät ist es, Kurt?«
Feldwebel Maaßen sah wieder auf seine Uhr. »Genau 3.30 Uhr – 9. September 1943.«
Vor ihnen heulten die Granaten an die Küste … von fern sahen sie hellen Feuerschein … im Hafen von Salerno brannten zwei Schiffe. Transporter mit Dieselöl für die Panzer …
Noch weiter südlich, nicht mehr bestimmbar, zuckte der Himmel auf von Einschlägen und Abschüssen.
»Unsere Artillerie«, stellte Theo Klein nüchtern fest. »Hoffentlich lässt die noch etwas übrig, bis wir kommen!«
»Bei 170.000 Mann?« Josef Bergmann kroch in sich zusammen. »Nur keine Ungeduld, Theo … wir kommen früh genug ins Massengrab …«
Das Wort lag lähmend über der Gruppe. Das heisere Tuckern des Wagens umgab sie und das ferne Donnern der Geschütze. Über ihnen rauschte es plötzlich … Motoren dröhnten … sie schlugen die zerrissene Plane zurück und starrten in den nachtschwarzen Himmel. Ihre Gesichter wurden hart.
»Flugzeuge«, sagte Küppers leise, als könnten sie oben in 4000 m Höhe seine Stimme hören. »Amis … Kinder, ich sage euch … das ist eine ganz verfluchte Sache, die sich da zusammenbraut!«
Bei Vietri bogen sie ab und fuhren über Feldwege wie die Wilden nach Eboli. Sie überquerten den Picentino und Tusciano, Brücken, die schon von den Pionieren unterminiert waren und bereitstanden, in die Luft zu gehen.
Ein Hauptmann hielt den Wagen an und sah unter die Plane.
»Was macht ihr denn hier?!« schrie er. »Der ganze Wagen stinkt ja nach Alkohol?! Wo sind die Marschbefehle?!«

Sie zeigten ihre Urlaubsscheine. Der Hauptmann winkte ab. »Zurück zur Truppe! Wo liegt ihr?«
»Bei Eboli!«
»Dann macht schnell, dass ihr hinkommt! Kann sein, dass euer Haufen schon im Eimer ist. Die Briten stehen bereits vor dem Flugplatz!«
Sie fuhren weiter. Selbst Theo Klein war still geworden … das Herz eines Stabsgefreiten ist auch nur ein menschliches Herz. Feldwebel Maaßen kratzte sich den Kopf.
»Der Flughafen! Kinder – das ging schnell!

Über Salerno flammte der Himmel auf. Der Hafen brannte. Pausenlos bellten die Einschläge auf. Die deutsche Artillerie legte eine Sperrzone um Salerno … das X. britische Korps kreuzte vor der Küste und konnte nicht landen.
Heinrich Küppers lehnte sich aus dem rasenden Wagen hinaus und sah die Straße hinunter, nach Eboli. Von der Küste her hörte er Maschinengewehrfeuer, auf See flammten die Mündungen der überschweren Schiffsgeschütze auf. Ihre Granaten heulten zur Küste und bohrten sich krachend in die Stellungen des Panzergrenadierregiments 64. Kommandeur v. Döring lag in der vordersten Linie und erwartete die Befehle der Division. Unter der Feuerglocke von See her arbeitete sich die 56. britische Division zur Tusciano-Mündung und weiter nach Montecorvino vor. In Vietri hatte Oberst Hans Stucken seine Division marschbereit. Major Caspar von der Breyle meldete die Einsatzbereitschaft aller Regimenter … wie ein weiter Kranz lagen sie verstreut um Eboli, Battipaglia und die Sele-Brücke im Raum der 29. Panzergrenadierdivision.
Sie standen, noch Gewehr bei Fuß, und warteten auf die Befehle der Armee.

In diese Spannung hinein rollte fauchend der alte Wagen mit Hans Pretzel am Steuer. Hauptmann Reinhold Gott-

schalk ließ es sich nicht nehmen, selbst an die Plane heranzutreten und die Gruppe aus Neapel zu empfangen.
»Eine Bande!« schrie er. »Eine regelrechte Bande! Besoffen, wo es um das Schicksal Europas geht!«
Feldwebel Maaßen sprang auf die Erde zurück und grüßte stramm.
»Vom Urlaub vorzeitig zurück«, meldete er. »Ein Feldwebel, zwei Unteroffiziere und drei Mann!«
Hauptmann Gottschalk sah die Männer an … sie standen wie die Säulen… ihr randloser Helm saß nicht einen Millimeter schief … ihre Knöpfe waren alle zugeknöpft, das Koppelschloss genau in der Mitte. Selbst die Gasmaske fehlte nicht.
Er wandte sich wortlos ab und ging.
»Himmelhunde!« sagte er leise vor sich hin.
Theo Klein schnaufte durch die Nase. »Na ja«, stellte er befriedigt fest. »Auch der kann keinem nackten Mann in die Tasche greifen …«
Von der Küste her brüllten die Geschütze.
Die 56. britische Division war im Vormarsch auf Eboli …

Auf dem Schlachtschiff *Ancon* hatte General Clark seine Offiziere versammelt
Vor einer großen Karte erläuterte er den bisherigen Verlauf der Landeaktion.
Neben ihm stand Admiral Hewitt, der Leiter der Seestreitkräfte und – nach alliiertem Brauch – auch Chef der Landetruppen, soweit sie noch auf See waren. An der Wand lehnte General Tedder, der Chef der Luftstreitkräfte, während die Admirale Hall und Cunningham sowie der Commodore Oliver an einem runden Tisch saßen. Sie rauchten, während Clark sprach und mit einem Bambusstock die riesige Karte des Salerno- und Paestum-Gebietes abtastete.
»Wir haben 10 Divisionen an Land geworfen.« Clarks Stimme war etwas heiser. Die durchwachten Nächte hat-

ten sich auf seine Stimmbänder gelegt. »Fast 20.000 Fahrzeuge sind an Land gebracht. Bei Paestum haben unsere Pioniere bereits mit den Bulldozern Fahrbahnen durch die Dünen gefressen und die Küste für Nachschublandungen und Reserven planiert. General Walker hat zwei Abteilungen leichter Artillerie an Land gebracht und steht mit seinen Regimentern 141 und 142 fest auf dem Boden. Seit heute morgen 6 Uhr befindet er sich auf dem Vormarsch nach Altavilla und der Sele-Brücke. Wir reißen so die Flanke der Deutschen auf und können im Süden die Verbindung zu der vorrückenden 8. Armee herstellen, die von Reggio und Tarent heranzieht. Im Süden ist die Lage hoffnungsvoll« – General Clarks Stimme wurde leise –, »nur im Nordabschnitt versteift sich der Widerstand. Wir sind dort auf starke deutsche Abwehr geraten. Battipaglia ist von den Royal Fusiliers der 201. Guards Brigade genommen worden, auch der Flugplatz ist in unseren Händen. General Templer meldet soeben, dass der Gegenstoß der Deutschen begonnen hat ... von Norden zwängen sich vier deutsche Divisionen durch die kalabresischen Berge und müssen in spätestens zwei Tagen eingreifen können. Mit anderen Worten: Unsere 5. Armee ist zwar gelandet, aber durchaus nicht Herr der Lage!«

Cunningham nickte. »Salemo ist in unserer Hand. Wir haben Stadt und Hafen durch Kommandotrupps besetzt und drücken nach Norden weiter. Aber der Hafen liegt unter schwerstem deutschem Artilleriefeuer und ist unbenutzbar. Ich weiß nicht, wie es die Deutschen fertig bringen, mit ihren schwachen Kräften, die zudem noch durch die Entwaffnung der italienischen Armee gebunden sind, uns standzuhalten.« Er erhob sich und trat an die Karte. Sein Finger zeigte auf das gesamte Salerno-Gebiet. »Hier brauchen wir nicht nur die eingesetzte taktische, sondern auch die operative Luftwaffe, General Tedder. Wir brauchen Luftlandetruppen, die die deutschen Regimenter im Rücken packen und in eine Panik treiben! Der Frontalan-

griff der 5. Armee hat lediglich einen Brückenkopf gebildet … die Einnahme des Flughafens Montecorvino durch Templer ist taktisch ohne Bedeutung … er liegt unter dauerndem Beschuss und fällt als Nachschubbasis so lange aus, bis die Deutschen ins Gebirge abgedrückt sind.« General Clark, der Chef der 5. US-Armee vor Salerno, nickte. »Ich werde General Alexander um den Einsatz der operativen Luftflotte und der Luftlandetruppen bitten. Solange muss der Brückenkopf gehalten werden! Krallen wir uns in jeden Meter Erde fest, kämpfen wir um jeden Schritt, der rückwärts gesetzt werden soll – wir haben die besten deutschen Verbände gegen uns, meine Herren! Sie zu besiegen, wird eine geschichtliche Ehre sein …«
Draußen, neben dem hohen Bug der *Ancon* schwammen in der Dunkelheit 450 Schiffe. Eine riesige Armada der Vernichtung, tausend Geschützrohre auf die Küste gerichtet.
Die Funktelegrafen spielten … Zerstörer suchten die Gewässer nach U-Booten ab, Minenräumboote umkreisten die Geschwader nach Treibminen. Von Land her donnerten die Einschläge … die Nachschubboote schleiften an den Küstenstreifen … über eiserne Laufstege rollten Artillerie, Panzer und Munition in die Dünen. Tedders Flugzeuge sicherten den Luftraum, während die weit tragenden Schiffsgeschütze der Flotte Cunninghams Battipaglia und Eboli mit einem mörderischen Feuer belegten. Von Norden her marschierten in dieser Nacht drei deutsche Divisionen zur Küste. Hinter Eboli sammelte Oberst Hans Stucken seine 34. Fallschirmjägerdivision und marschierte mit ihr nach Battipaglia.
Theo Klein hockte auf dem Kotflügel eines Kübelwagens, den Leutnant Alfred Weimann lenkte. Sie fuhren dem Gros der Truppe voraus und machten die Wege frei, damit der Vormarsch nicht stockte.
»Eine schöne Scheiße ist das!« stellte der Stabsgefreite Klein fest. »Wie ist das möglich, dass zehn Divisionen lan-

den können, ohne dass einer vom Oberkommando es merkt? Ich verstehe das nicht, Herr Leutnant.«
»Ich auch nicht.« Leutnant Weimann hielt an einer Kreuzung und markierte die Straße, die man weiterfuhr.
»450 Schiffe mit 170.000 Mann und 20.000 Wagen muss man doch sehen können!« Theo Klein schob den Stahlhelm aus der Stirn und warf die Maschinenpistole auf den Rücken. Sie pendelte vor dem Bauch und schlug immer gegen seinen Magen. »Wo ist denn unsere Luftwaffe, Herr Leutnant?«
»Weiß ich es? Vielleicht haben die keinen Sprit? In den Bergen liegen unsere Panzer fest, weil sie keinen Treibstoff haben. Wir müssen die Suppe schon allein auslöffeln.«
»Der Krieg ist ein einziger großer Mist, Herr Leutnant …«
Weimann hob die Schultern. »Wem sagen Sie das, Klein! Aber quatschen Sie nicht so viel, sondern machen Sie Ihre Glotzaugen auf!« Er fuhr um einen Bombentrichter herum, hielt und markierte ihn mit einem roten Fähnchen.
Im Osten dämmerte es. Von Eboli und Battipaglia her verstärkte sich der Kampflärm. Der Himmel wurde fahl, dann hellrot mit violetten Rändern. Wie ein goldener Ball stieg die Sonne auf.
Leutnant Weimann stand neben dem Kübelwagen und starrte empor in den Himmel. Die Sonne, dachte er. Die herrliche Sonne. Ob ich sie morgen wiedersehe?
Theo Klein putzte sich laut die Nase. »Morgenrot … Morgenrot … leuchtest mir zum frühen …«, sagte er.
Weimann fuhr herum. – »Halten Sie Ihre dumme Fresse!« schrie er grell.
»Es ist doch nur ein Lied, Herr Leutnant«, stotterte Klein.
Weimann stapfte zum Wagen zurück und setzte sich hinter das Lenkrad. Der Motor heulte auf und ließ den Wagen erzittern.
Über die Straße rückte die 3. Kompanie heran. An der Spitze Hauptmann Gottschalk, neben ihm Feldwebel

Maaßen und Unteroffizier Küppers. 100 Mann in grünen Tarnanzügen, mit runden, randlosen Helmen und halbhohen Springerstiefeln mit dicken, lautlosen Gummisohlen. Als Letzter marschierte Josef Bergmann. Von der dicken Kabeltrommel, die er auf dem Rücken trug, spulte sich das Gummikabel des Telefons zum Bataillon ab. Erwin Müller 17 hockte auf einem Munitionswagen und hatte seine Füße in einen Kübel Wasser gestellt Vor einer Woche musste er seine Socken unter der Sohle stopfen, weil neue nicht beim Nachschub waren. Und diese verfluchte Stopfnaht hatte ihm jetzt die Fußsohle aufgescheuert. Schimpfend saß er auf den Gewehrgranaten und Handgranaten und ließ sich fahren. Kurz vor Eboli hielt die Kompanie. Hauptmann Gottschalk baute seine 100 Mann vor sich auf. Sie waren schmutzig, verschwitzt, wütend und hungrig.

»Wir haben den Befehl, Battipaglia zu nehmen«, sagte er. Seine Stimme war klar, als gebe er einen üblichen Tagesbefehl durch. »Die 16. PD schafft es nicht allein … am Nachmittag muss der Ort in unserer Hand sein. Verstanden?«

»Jawoll, Herr Hauptmann!«

Die 100 Mann sahen sich an. Sie grinsten. Die anderen schaffen es nicht, dachten sie. Aber wir … was, wir schaffen es! Wir haben Narvik genommen, wir haben Dombas gestürmt, wir haben den Isthmus von Korinth erobert und Rethymnon auf Kreta. Die 34. Fallschirmjägerdivision! Und wir werden auch Battipaglia nehmen, dieses Nest am Tusciano.

»Kleine Fische«, sagte Theo Klein in die Stille hinein. Es war wie eine Befreiung. Hauptmann Gottschalk lachte.

Da rauschte es über sie heran … es orgelte und pfiff, wurde dunkler und dunkler und sang wie eine riesige Harfe. Die 100 Mann lagen auf der Erde, das Gesicht an den Boden gedrückt, auseinander gezogen, verteilt über das ganze Feld.

Donnernd schlug es ein, Erde und Splitter surrten durch die Luft, es roch nach Schwefel und Gas. Neben der Straße, nahe dem Fähnchen Leutnant Weimanns, gähnte ein neues Loch, aus dem es träge rauchte.
Heinrich Köppers war der Erste, der den Kopf hob und aufstand. »Unsere Begrüßung«, sagte er laut. »Jungs – es bleibt uns nichts anderes übrig, als zu antworten …«

Der Hauptbahnhof von Rom, der Bahnhof Termini, liegt mitten in der Stadt. Es ist ein imposantes Gebäude, mehr einem Palast ähnelnd als einem Knotenpunkt der südlichen Strecken. Ihm gegenüber liegen die berühmten Thermen des Diokletian, und wenn die Züge nach einem weiten Bogen um die ganze Stadt herum in den großen Kopfbahnhof einlaufen, passieren sie die beiden schönsten Pforten der antiken Kaiserstadt am Tiber … die Porta Maggiore und die Porta S. Lorenza. Der Deutsche, gewohnt, in einem Bahnhof einen rauchigen Riesenbau mit Stahlgerüsten und schmutzigen Betonbahnsteigen zu sehen, steht ehrfürchtig vor dem Bahnhof Termini wie vor einem Bauwerk des Michelangelo. Macht es die Sonne Italiens, der Zauber südlichen Himmels oder das Erlebnis irdischer Schönheit – wenn der Zug aus der Halle rollt und die sieben Hügel Roms sich öffnen in die Ebene der Campagna, wenn neben dem Fenster die Via Appia nuova erscheint und die Pinien sich im Winde wiegen, dann hat man das Gefühl, glücklich zu sein und das Leben zu lieben.
An diesem 10. September 1943 hatte der Bahnhof Termini seinen südländischen Zauber restlos eingebüßt. Transportzug nach Transportzug verließ ihn … nach Süden; ein Ameisenheer grauer Uniformen belagerte die Sperren, Bahnsteige und Vorplätze, selbst in den Thermen des Diokletian hockten die Landser und kauten an Melonen, die kleine Gassenjungen zu Überpreisen verkauften. Vor dem Bahnhofsplatz regelte ein Hauptmann der Feldgendarme-

rie mit zehn Mann den Verkehr. Ihre blank geputzten Metallschilder auf der Brust leuchteten in der grellen Sonne. Unter dem Stahlhelm lief ihnen der Schweiß über das Gesicht und in den Kragen. Eine Kolonne mit Artilleriemunition bog auf den Platz … der Hauptmann hielt sie an. Von links kam ein Transport junger Ersatz … Burschen von siebzehn oder achtzehn Jahren, frisch aus Deutschland über die Alpen geschafft, zumeist Bayern und Württemberger. In der Mitte des Platzes trafen die Kolonnen aufeinander … die Munition und der Ersatz. Ihre Züge standen verladebereit schon in der Halle, die Transportkommandeure schrien sich an, der Hauptmann der Feldgendarmerie drohte mit Tatbericht. Als sich der Knäuel entwirrte, sah man, dass bereits ein Bataillon Infanterie die Lage ausgenutzt hatte und die Eingänge zum Bahnhof verstopfte.

In der weiten Halle, neben der Sperre sieben, abgeriegelt durch Feldgendarmerie, stand Stabsarzt Dr. Erich Pahlberg. Er überblickte das Durcheinander der verschiedenen Truppen und schob mit dem Fuß seinen hellbraunen Lederkoffer etwas zu sich heran, als ein Trupp Fallschirmjäger lautlos auf ihren dicken Gummisohlen in die Halle marschierte. Neben ihm stand in der Tracht der Roten-Kreuz-Schwestern Renate Wagner und hielt seine rechte Hand fest. Es war etwas Flehendes in diesem Griff, die Angst, das Liebgewonnene hergeben zu müssen. Die ganze Trostlosigkeit des Abschieds lag in dieser Umklammerung der Hand, die Ausweglosigkeit vor dem Schicksal, das Trennung hieß und vielleicht Vergessen.

Dr. Pahlberg sah auf Renate Wagner hinab und lächelte ihr Mut zu. Er umfasste ihre Schulter und drückte sie an sich. Es war eine unendlich zärtliche Bewegung.

»Wir müssen tapfer sein, Kleines«, sagte er leise. Er beugte sich zu ihr hinab und küsste ihre blonden Haare. Sie lagen wie ein Helm um ihren schmalen Kopf. Wann war es, als er diesen Vergleich zum ersten Mal fand? Ja, vor sechs Monaten, in Mailand. Sie kam als neue Schwester in das Lazarett und stellte sich ihm vor. Sie hatte noch nicht die Schwesternhaube aufgesetzt, und ihr Haar leuchtete in der Morgensonne wie Gold. Er hatte sich auf die Kante seines Schreibtisches gesetzt, hatte sie so lange betrachtet, bis sie rot wurde, und dann geäußert: »Ich wusste zwar, dass es von Rembrandt ein Bild ›Der Mann mit dem Goldhelm‹ gibt, aber dass es in Wirklichkeit ein Mädchen mit einem Goldhelm gibt, ist mir neu! Gut, dass ich es jetzt weiß.« Und er hatte sich verbeugt und gesagt: »Ich verdanke Ihnen die Schließung einer Bildungslücke, Schwester Renate.« Vier Monate später hatten sie sich dann verlobt, er hatte dem Generalarzt seine Heiratserlaubnis eingereicht, den Erbgesundheitsschein Renate Wagners vorgelegt und die Hochzeit auf den Weihnachtstag 1943 festgelegt.

Nun stand er hier in der Halle des Bahnhofs Termini von Rom und nahm Abschied.

In der Tasche seines Uniformrockes knisterte das Telegramm, das ihm gestern nach dem Abendessen von der Ordonnanz im Kasino des II. Feldlazaretts überreicht worden war.

»Sofortige Rückkehr zur Truppe. Alarmstufe II. Alle Urlaube gesperrt. Heitmann, Oberstabsarzt.«

»Tapfer sein!« Renate Wagner schüttelte wild den Kopf. »Wie soll ich tapfer sein, wenn ich dich liebe? Ich weiß ja, wohin du fährst. Ganz Rom steht ja Kopf! In den Bergen sollen sich die ersten Partisanengruppen gebildet haben, mit Waffen der alten italienischen Armee. In Rom haben sie gestern dreihundert Mann verhaftet, weil sie Funksprüche nach Salerno aufgegeben haben: ›Helft uns gegen die Deutschen! Rom erwartet die Sieger von Afrika! Wir werden mit euch kämpfen, bis der letzte deutsche Barbar unser schönes Land verlassen hat!‹ Das haben sie gefunkt, Erich! Ich weiß es … ich weiß es ganz genau. Der Major der Nachrichtenstaffel hat es im Kasino erzählt! Du fährst in einen Hexenkessel …«

Sie umklammerte seine Hand. Er hatte das Gefühl, als grabe sie ihre Finger in ihn hinein. Mit einem misslungenen Lächeln streichelte er ihr zärtlich über den ›Goldhelm‹.
»Du hast vielen Soldatenfrauen und -bräuten voraus, dass du weißt, wohin ich fahre, Kleines.« Er nickte mit dem Kinn zu den brodelnden Massen der Soldatenleiber hinüber, die durch die Sperre drängten und wie eine Herde Hammel zu den Waggons kommandiert wurden. »Die dort wissen es nicht. Auch nicht ihre Mütter, ihre Frauen, ihre Bräute. Sie werden die ganze Nacht durch fahren und im Morgengrauen ausgeladen werden. Irgendwo, in einer herrlichen Gegend. Und vielleicht werden sie noch Zeit haben, einen kleinen Brief nach Hause zu schreiben: Liebe Mutter – oder liebste Emmi – oder auch nur mein Liebes. Wir sind in Italien! Hier ist es schön. Schon immer wollte ich ja nach Italien. Weißt du noch … damals, mit KdF. Da wurde der kleine Emil krank, und wir mussten zu Hause bleiben. Und im nächsten Jahr, im Urlaub, da hatten wir kein Geld mehr … da mussten wir den Kinderwagen für Sabinchen kaufen und die ganze neue Babyausstattung. Nun bin ich also doch in Italien, und alles ist so herrlich, wie ich mir es vorgestellt habe. Wenn nur der Krieg nicht wäre … Es küsst Dich Dein Peter … So werden sie schreiben, Renate … vielleicht um sieben Uhr morgens. Und der Furier nimmt die Briefe mit zum Kompaniegefechtsstand, wo sie der Spieß weitergibt an die Bataillonstrosse. Um acht Uhr sind sie in Stellung, und um acht Uhr zehn ist er gefallen, der Peter. Gefallen in seinem Traum, dem schönen Italien …« Dr. Pahlberg atmete tief auf. Er bemerkte die weiten, entsetzten Augen Renates und schüttelte den Kopf. »Vergiss den Unsinn, den ich sagte. Es ist eben Krieg, und die Gefühle des einzelnen sind unwichtig vor den Tatsachen, denen wir gegenüberstehen.«
Renate Wagner lehnte den Kopf an seine Brust. Sie hörte sein Herz schlagen und genoss die Seligkeit, es so nahe zu hören.

»Du belügst dich selbst, Erich. Gib es doch zu ... du belügst dich mit diesen hohlen Phrasen, die von Berlin unter euch gestreut werden. Im Grunde hast du Angst wie wir alle. Ganz gemeine, hundsgemeine Angst. Vor morgen, vor der nächsten Stunde, vor allem vor dem Tod! Dem Heldentod! Wenn ich das höre, Erich, möchte ich schreien. Schreien mit allen Müttern dieser Erde: Halt! Halt! Ihr trefft ja nicht Feinde mit euren Waffen... ihr trefft die Mütter, Frauen und Bräute! Unschuldige! Denn wir alle sind ja unschuldig ... du und ich und alle hier, die in die Züge klettern, um zu sterben! Mein Gott – warum sieht das denn keiner ein ...« Sie warf sich herum und verbarg ihr Gesicht an seiner Brust. Er spürte an dem Zucken ihres Rückens, dass sie weinte.

»Sieh dich doch um, wie sie zur Schlachtbank geführt werden. Eine Herde Vieh, die dem Leittier nachtrottet. Reiß dich doch los, Erich.«

Dr. Pahlberg sah sie groß an. Sein Blick war abweisend.

»Desertieren?«

»Überleben, Erich!«

»Du weißt nicht, was du sagst, Renate. Ich bin Offizier ...«

»Sie haben dich zum Offizier gemacht, weil du Arzt bist!«

»Weil ich Arzt bin ...« Er sah hinüber zu den jungen Burschen, die singend aus den Waggonfenstern winkten und den Nachrichtenhelferinnen zweideutige Worte nachriefen. Ein Gefreiter mit einem Milchgesicht holte sich in einem Pappbecher Zitronenlimonade ... er balancierte sie vorsichtig vor sich her, denn der Becher war randvoll und schwappte bei jedem Schritt über. »Die Jungen brauchen mich«, sagte er fest. »Sie werden nach mir rufen, Renate ... nach dem Stabsarzt Doktor Pahlberg. Und sie werden sterben, weil ich nicht da war ... weil ich feig war und mich irgendwo verkroch, um zu überleben, wie du sagst. Sie werden krepieren, weil sie der Arzt verließ, der Arzt, Renate ... der Helfer in ihrer höchsten Not! Du kennst den Eid des Hippokrates ... du weißt ...«

»Hippokrates lebte vor 2000 Jahren! Damals gab es noch Ideale!«
»Sie gibt es heute noch! Es gibt ein Ethos des Berufes. Es ist nicht zu leugnen.« Er zog Renate zu sich heran und legte den Arm um sie. »Aber was reden wir, Kleines. Wir sprechen dummes Zeug. In einer Viertelstunde geht der Zug, und dann dreht sich die Welt doch weiter, ob ich fahre oder nicht. Was ist der einzelne Mensch in dieser Zeit!«
»Du fährst nach Neapel?« fragte sie, nur um etwas zu sagen. Sie wusste es seit Mittag.
»Zuerst nach Neapel. Dann an die Front nach Salerno.«
Sie versuchte ein Lächeln und sagte das, was seit Jahrhunderten alle Frauen beim Abschied zu ihren Männern sagten. »Du versprichst mir, vorsichtig zu sein?«
»So vorsichtig wie nur irgend möglich! Ich werde sogar das Skalpell mit zwei Fingern anfassen, um mich nicht daran zu schneiden.«
Sie nickte und ärgerte sich, dass ihr wieder die Tränen in die Augen schossen und das Bild des Bahnhofs und der drängenden Soldaten sich verwischte und unklar wurde wie hinter einer Milchglasscheibe.
»Schreibe sofort, wenn du in Neapel bist. Schreibe jeden Tag …«, bat sie.
Eine Ordonnanz drängte sich durch die Menge. Er suchte jemanden. Als er Erich Pahlberg sah, leuchtete sein Gesicht auf, er rannte auf ihn zu und baute sich vor ihm auf.
»Herr Stabsarzt Doktor Pahlberg?«
»Ja.«
»Ich soll Ihnen melden, dass im Offizierswagen … dritter Wagen von vorn … ein Platz für Sie reserviert ist. Herr Hauptmann Steinmüller erwarten Herrn Stabsarzt.«
»Danke.« Pahlberg hob die Hand an die Mütze, die Ordonnanz rannte zurück zum Zug. Renate umklammerte seinen Arm.
»Du musst gehen, Erich …«

»Ja, Renate.«
Sie sahen sich in die Augen, lange, innig, jeder das Bild des anderen in sich aufnehmend. Sie hat blaue Augen, dachte er. Blaue Augen mit einem grünen Punkt unterhalb der Pupille. Ihre Iris ist netzförmig wie ein Spinnennetz.
Er hat braune Augen, dachte sie. Tiefe, braune Augen. Und an den Schläfen beginnt sein Haar grau zu werden. Ganz leicht nur, wie ein Schimmer, aber ich sehe ihn. Ich sehe alles an ihm. Er ist ja ein Teil von mir geworden, ein Stück meiner selbst. Er wird in zwei Jahren schön aussehen … ein Mann mit grauen Schläfen und 35 Jahren.
Ihr blondes Haar leuchtete in der Sonne. Behutsam strich er darüber, so wie ein Bauer die Ähren durch die Hand gleiten lässt und sich freut, dass sie reif werden.
»Leb wohl, mein Goldhelm«, sagte er leise.
»Komm wieder, Erich.«
Sie küssten sich. An ihnen vorbei strömten die Landser zu den Zügen. An der Sperre gab es einen Krach, weil ein Bayer zu einem Feldgendarm »Leck mich am Arsch« gesagt hatte.
Dr. Pahlberg nahm seinen Koffer. Mit hängenden Armen stand Renate daneben. Ihre Augen waren erloschen … sie waren tot, glanzlos, wie erblindet.
Noch einmal sah er sich um, kurz vor der Sperre. Sie stand noch immer auf dem gleichen Fleck, starr, im Schmerz versteinert. Er setzte den Koffer nieder, ihre Blicke trafen sich.
»Renate«, sagte er leise. – »Erich –«
Mit einem Ruck riss er den Koffer an sich und lief durch die Sperre. Er rannte den Bahnsteig entlang zum dritten Wagen von vorn und warf die Tür auf. Sein Gesicht war verzerrt, als er das Abteil betrat.
Hauptmann Steinmüller hob grüßend die Hand. Er rauchte eine Zigarre und hieb mit der Faust auf den kleinen Klapptisch am Fenster.

»Bei Battipaglia haben unsere Fallschirmjäger heute Nachmittag ein ganzes englisches Bataillon gefangen! 100 deutsche Jungens lochen 450 Engländer ein!« schrie er voll Triumph. »Das ist deutscher Kampfgeist, Doktor! Damit gewinnt man Kriege! Wenn man so etwas hört, zuckt einem das Soldatenherz in der Brust …«
Dr. Pahlberg wandte sich ab. Er hatte das Gefühl, sich erbrechen zu müssen.

In der Unterkunft des Divisionsstabes der 34. Fallschirmjägerdivision schnallte sich Major Caspar von der Breyle sein Koppel mit der 08 um. Die Division lag in einem alten Bauernhaus nördlich von Eboli am Tusciano, einem Gehöft, das die Bauern verlassen hatten, als sie in die Berge flohen.
Oberst Hans Stucken saß in Hemdsärmeln am Kartentisch und wartete auf einen Anruf der Nachbardivision, um sich ein eigenes Bild von der Lage zu machen. Die Nachrichten waren in den letzten Stunden verworren gewesen … Battipaglia hatten die 100 Fallschirmjäger des Hauptmanns Gottschalk in einem einmaligen Handstreich genommen … von da ab zerriss jede Verbindung zu der 3. Kompanie. Störungssucher fanden die Leitung durchschnitten, das erste Anzeichen von Partisanen im Gebiet der Division. Aber selbst als die Leitung geflickt war, schwieg die 3. Kompanie. Nun wartete Stucken auf einen Anruf der benachbarten 29. PGD. Er hatte die heimliche Hoffnung, dass Gottschalk und seine Männer die Verbindung zu ihr aufgenommen hatten.
»Sie sind ein Glückspilz, Breyle«, sagte Oberst Stucken zu seinem Ib. »Ich wünschte, ich könnte meinen Sohn auch irgendwo im Gelände treffen!«
Major von der Breyle glänzte über das ganze Gesicht. »Drei Jahre ist es her, Herr Oberst, seit ich den Jungen sah. Immer hatten wir verschieden Urlaub. Einmal war ich drei Wochen zu Hause, als der neue Stab für die Divi-

sion zusammengestellt wurde … am Tage, als ich abfuhr, bekam er Urlaub und traf sechs Stunden nach meiner Abreise ein. Dann lag er in Russland – ich in Griechenland. Er kam nach Griechenland, da waren wir auf Kreta. So sind wir immer aneinander vorbeigereist.«

»Und heute ist er da!« Oberst Hans Stucken betrachtete den schwarzen Kasten des Feldtelefons. Noch immer keine Nachricht von Gottschalk und seinen Männern. Der ganze Frontverlauf war unklar … wo man Briten vermutete, war das Land geräumt, wo man sich allein fühlte, tauchten plötzlich die Royal Fusiliers auf. Es war zum Kotzen.

Major von der Breyle setzte den randlosen Helm der Fallschirmjäger auf. Auch bei einem Besuch muss man korrekt sein. Es ist Krieg, und der Feind ist überall. Er hängte die Gasmaske um, dieses dumme, aus dem Ersten Weltkrieg übrig gebliebene Anhängsel der Uniform, das sinnlos wurde, als man den Gaskrieg abschaffte, das aber mitgeschleppt werden musste, weil es die Dienstvorschrift verlangte.

»Mittlerweile ist er Leutnant geworden, der Jürgen«, sagte Breyle stolz.

»Gratuliere.«

»Danke, Herr Oberst Er hat die Kriegsschule mit ›Sehr gut‹ verlassen. Vor allem in Taktik war er der Beste des Lehrgangs.«

»Das freut mich für Sie, Breyle.« Oberst Stucken rauchte eine Zigarette an. »Dann brauchen wir ja um die späteren Generalstäbe keine Sorge mehr zu haben.« Er lachte leicht. Major von der Breyle ergriff seine grauen Handschuhe.

»Ich darf mich abmelden, Herr Oberst?«

»Gehen Sie schon! Seien Sie doch nicht so förmlich, Breyle. Nehmen Sie Ihren Sohn in die Arme, und vergessen Sie nach diesen drei Jahren einmal, dass Krieg ist. Ein dusseliger Krieg.« Er hieb mit der Faust auf den Telefonappa-

rat und riss den Hörer hoch. »Schlafen die Kerle denn?!« schrie er nervös. »An irgendeinem Ende muss doch jemand an der Strippe sitzen.« Er kurbelte an der Handkurbel und lauschte.
Leise entfernte sich Major von der Breyle und stieg vor dem Bauernhaus in seinen Kübelwagen. Der Fahrer stand stramm – Breyle winkte ab und setzte sich.
»Zur 271. PD.«
»Jawoll, Herr Major.«
Der Fahrer sprang hinter das Lenkrad. Breyle sah ihn erstaunt an. »Wissen Sie denn überhaupt, wo die 271. ist?!«
»Nein, Herr Major.«
»Warum sagen Sie dann jawoll, Sie Rindvieh?!«
Der Fahrer nahm hinter dem Steuer im Sitzen Haltung an. »Weil der Herr Major zur 271. wollten!«
»Und da sagen Sie einfach jawoll?!«
»Jawoll, Herr Major.«
Major von der Breyle gab es auf. Er sah auf den linken Ärmel des Fahrers. Zwei Winkel … Obergefreiter. Breyle hob die Schultern und seufzte. Da kann man nichts machen, dachte er.
Der Obergefreite schielte zu Breyle. Er ließ den Starter an und den Motor aufbrummen. Aber er fuhr nicht ab. Er war vorsichtig geworden. Der Alte ist ein Brummkiesel, dachte er. Vorsichtig, alter Junge. Stellung halten! Chef-fahrer sein ist besser als draußen im Mist liegen und Munitionskästen für das MG schleppen.
»Warum fahren Sie nicht ab?« fragte Breyle. Der Fahrer zuckte zusammen.
»Sofort, Herr Major.«
Der kleine Wagen schoss vorwärts … nach Norden zu auf die Straße nach Contursi. Von der Breyle fasste den Fahrer am Ärmel und riss ihn herum.
»Wo fahren Sie Idiot denn hin?! Ich will nach Altavilla. Dort liegt die 271. PD!«
»Jawoll, Herr Major.«

Der Fahrer fuhr einen Bogen über ein holpriges Feld auf die Straße zurück. Kopfschüttelnd sah ihm Breyle zu und lehnte sich zurück gegen das dünne Lederpolster, das man über den eisernen Sitz gezogen hatte.
»Waren Sie schon im Einsatz, Obergefreiter?« fragte er.
»Seit 1939, Herr Major. Ich wurde in Narvik einmal und auf Kreta dreimal verwundet. Ich habe alle Absprünge mitgemacht.«
Major von der Breyle schwieg von da an, bis sie in der Nähe von Altavilla in das Feuer der an der Küste aufgebauten zwei leichten Batterien General Walkers kamen.
»Die Kerle haben schon Artillerie gelandet!« sagte er verblüfft. Der Fahrer nickte stur. »Jawoll, Herr Major.«
Breyle kniff die Lippen zusammen. Er rückte den etwas verschobenen Stahlhelm gerade, schob die Pistolentasche mehr nach vorn und schielte zur Seite, wo an Halteklemmen zwei geladene Maschinenpistolen hängen mussten. Sie hingen da, vorschriftsmäßig, schwarz glänzend, gut gepflegt und geölt. Das befriedigte ihn sehr und hob seine Stimmung.
»Wir werden die Burschen wieder ins Meer zurücktreiben, wie damals bei Dünkirchen«, sagte er kernig.
»Jawoll, Herr Major.«
Von der Breyle gab es von da an auf, sich weiterhin mit dem Obergefreiten zu unterhalten.

Leutnant Jürgen von der Breyle stand allein außerhalb von Altavilla an der Straße neben einem zerschossenen Gehöft und blickte den Weg hinunter, den sein Vater kommen musste. Der kleine Ort lag unter dem pausenlosen Feuer der Amerikaner ... die Regimenter der 36. und 45. Division unter General Walker und General Middleton hatten sich an den Küstenstreifen festgekrallt und versuchten, nach Süden zu mit der anrückenden 8. Armee Montgomerys Verbindung zu bekommen. Sie stießen dort auf die 29. PGD, die wie ein Keil dazwischen saß,

während von Eboli und Persano her die 26. PD und die 34. Fallschirmjägerdivision Hans Stucken nach Altavilla drückten. Die Einnahme Battipaglias durch die 100 Männer Hauptmann Gottschalks hatte im Hauptquartier der 5. amerikanischen Armee wie ein Schock gewirkt. General Clark hatte seine Offiziere zusammengerufen und Luftmarschall Tedder beschworen, endlich die operative Luftwaffe und Luftlandetruppen einzusetzen, um die Lage an der Salernofront zu stabilisieren.
Nun hämmerten die Batterien Walkers auf Altavilla und schossen eine Feuerglocke für die festgefahrenen amerikanischen Regimenter an der Küste von Paestum.
Als der kleine Kübelwagen die Straße hinunterkeuchte, winkte Jürgen mit beiden Armen und rannte seinem Vater entgegen. Unmilitärisch fiel er dem heraussteigenden Major um den Hals und küsste ihn auf die Wange. Der Fahrer sah zur Seite und machte sich an der Kühlerhaube zu schaffen. Auch Majore sind Menschen, dachte er. Wenn ich 'nen Sohn hätte, würde ich auch heulen vor Freude.
Major von der Breyle zog seinen Sohn vom Wagen weg. Untergefasst gingen sie zu dem ausgebrannten Gehöft und setzten sich auf eine Steinbank in die Mittagssonne.
»Gut siehst du aus, mein Junge«, sagte Breyle und tätschelte mit der Hand das Gesicht seines Sohnes. Es war eine etwas plumpe Liebkosung, geboren aus dem Drang, zärtlich zu sein, aber zurückgehalten durch die Verpflichtung, in Uniform immer und stets Haltung zu bewahren.
»Die Uniform steht dir blendend«, fügte er hinzu, um mit deren Erwähnung sein inneres Gleichgewicht wiederherzustellen. »Wie geht es Mutter?«
»Ich habe sie vor sechs Wochen noch gesehen. Sie hat weiße Haare bekommen, Vater.«
»Mutter?!« Von der Breyle biss die Lippen aufeinander. Er sah seine Frau vor sich, als er sich vor dreiviertel Jahren das letzte Mal verabschiedete. Sie hatte ihn zum Bahnhof gebracht und ihm einen Blumenstrauß überreicht. »Wie

damals, Greta«, hatte er gelacht. »Weißt du noch ... 1914, in Halle? Wir hatten uns gerade kennen gelernt ... der Einjährig-Freiwillige und das Lyzeumsmädchen! Heimlich hattest du von deinem Taschengeld die Blumen gekauft. Und du hast geweint, als der Zug abfuhr und wir alle sangen: Siegreich woll'n wir Frankreich schlagen ... Heute bist du tapferer, Greta ... du weinst nicht mehr ...« Sie hatte darauf nichts gesagt, sondern ihm stumm die Blumen ins Abteil gereicht. Und nun hatte sie weiße Haare bekommen, sagte Jürgen. Weiße Haare, seine Greta, die so stolz war auf das schwarze Haar, in dem nicht das kleinste graue Fädchen schimmerte.

Sie war eigentlich alles andere als eine Offiziersfrau. Sie kam aus einem bieder-bürgerlichen Haus. Der Vater hatte eine Lebensmittelgroßhandlung in Halle und verkörperte noch den Typus des königlichen Kaufmanns im Sinne Gustav Freytags. Die Mutter war die Tochter eines Bremer Senators ... er hatte seine Schwiegermutter eigentlich nur als herbe, blonde Schönheit im Gedächtnis, mit Fischbeinstäbchen im Stehkragen des hochgeschlossenen Kleides und einem dicken Schlüsselbund unter der Schürze. Wie ein Bild von Holbein, dachte er damals. Und als er Thomas Manns ›Buddenbrooks‹ las, fand er in dem Buch genau den Typ seiner Schwiegermutter ... den hoheitsvollen Adel eines brüchigen Bürgertums. Selbst, als sie gestorben war und aufgebahrt im guten Zimmer lag – natürlich war das gute Zimmer mit grünem Plüsch bezogen und hatte Troddeln an den Sesseln, hatte sie ein schwarzes Kleid mit Fischbeinstäbchen an, und ihr bleiches Gesicht war streng und verschlossen, als hätte sie vor wenigen Augenblicken noch zu dem Hausmädchen gesagt: »Frieda – Sie haben nun das dritte Mal das Salz auf dem Tisch vergessen!« In dieses Bürgertum kam er, der junge Weltkriegsleutnant von der Breyle. Es hatte einen heißen Kampf gekostet. Nur sein Adel – das ›von der‹ Breyle – hatte schließlich den Ausschlag gegeben, Greta

Bergsen seine Frau werden zu lassen. Aber innerlich war sie trotz aller Liebe zu ihm, trotz der Geburt des einzigen Kindes, seines Sohnes Jürgen, trotz aller Tiefen und Höhen, die sie gemeinsam durchschritten hatten, immer das Bürgermädchen geblieben. »Offizier ist ein Beruf wie jeder andere«, hatte sie einmal gesagt. »Ob Schreiner oder Rechtsanwalt, Bäcker oder Straßenkehrer oder Offizier … jeder Beruf ist ehrenwert.« Er hatte sich damals beleidigt abgewandt, denn er empfand das Offiziersein als eine Ehre, als eine Berufung, als eine Auszeichnung vor der Menschheit. Es hob ihn weit über andere hinaus, in die erste Gesellschaftsklasse des Staates. Als er die kritische Majorsecke umschifft hatte und von zehn zur Debatte stehenden Hauptleuten als Einziger Major wurde, bekam sein Selbstbewusstsein die letzte Weihe. Er wusste jetzt, dass sein Leben sinnvoll war und Generationen mit Stolz auf ihn zurückblicken konnten.

Jürgen riss ihn aus seinen weitschweifenden Gedanken zurück. Er hatte die an den Rändern eingeknickte Feldmütze auf die Bank gelegt. In seinem braunen Haar spielte der Herbstwind, der von Kalabrien über die Berge strich.

»Wir haben unser Haus nur mit Mühe retten können, Vater. Vierzehn Stabbrandbomben lagen auf dem Boden. Ein Glück, dass es keine Brisanzbomben waren. Mutter hat sie allein mit Sand und der Feuerpatsche gelöscht. Dabei wurde sie weiß …«

Major von der Breyle sah auf seine Hände. Über dem Ehering stak ein breiter Goldring mit einer Onyxplatte an seinem Finger. Ein Weihnachtsgeschenk von Greta. 1938 – er hatte damals seinen Generalstabslehrgang absolviert und wartete auf die Berufung nach Berlin in die Bendlerstraße.

»Der Krieg verschont keinen«, sagte er weise. »Wir erleben die totale Umwertung aller Werte und Ideale, Jürgen. Wenn wir sie überleben, werden wir eine andere, bessere Welt daraus schaffen! Eine ruhige Welt, in der die Völker friedlich nebeneinander leben können und im Austausch ihrer Waren und Kulturen glücklich sind.«

»Und daran glaubst du, Vater?!«

Breyle nickte schwer. »Ganz fest, mein Junge, ganz fest. Sonst hätte dies alles hier« – er umfasste mit einer weiten Armbewegung das Land, über dem das Donnern der Geschütze und das Krachen der fernen Einschläge lag – »überhaupt keinen Sinn mehr!«

»Das wollte ich nur von dir wissen, Vater.« Jürgen hatte sich von der Steinbank erhoben und trat an die rußgeschwärzte Mauer des Gehöftes. »Ich habe in Russland die Sinnlosigkeit dieses Krieges gesehen. Ich habe den Rückzug aus Moskau mitgemacht, ich habe an der Rollbahn nach Smolensk gelegen, ich habe Orel gestürmt und Orscha. Und wir haben uns totgelaufen in der Weite Russlands ... das Land saugte uns auf. Es war alles so sinnlos ... der Vormarsch wie der Rückzug ... Bei einer Gefangenenvernehmung habe ich einmal einen Russen gesprochen. Es war ein Bauer, ein einfacher, dummer, armer Muschik, dem sie seit Jahrhunderten in Russland in den Hintern treten ... ob Zar oder Stalin, ob Krone oder Hammer und Sichel – er wurde getreten. ›Warum seid ihr gekommen, Brüderchen?‹ sagte der Muschik zu mir. ›Um uns zu befreien von Väterchen Stalin? Ist Väterchen Hitler anders, wenn er nach Russland kommt? Warum Krieg? Warum lässt du uns nicht die Felder bebauen, warum muss euer Bauer auch in den Krieg und muss sterben und weiß nicht warum? Wollte ihm einer sein Feld nehmen, seine Kuh, sein Haus? Ich wollte es nicht – ich bin glücklich, wenn der Dnjepr rauscht und über die Sonnenblumenfelder der Wind kommt, der Wind aus der Steppe, der warme Wind aus Kasan ... Warum Krieg, Brüderchen? Wir wollen doch leben, weiter nichts ...‹ Das sagte der kleine, arme, getretene Muschik, Vater. Er hat mir den ersten Stoß gegeben in meiner Begeisterung für so genannte politische Ideale!«

»Der Kerl war eine dreckige Wanze!« Major von der Breyles Gesicht hatte sich etwas gerötet. Die Sonne konnte es nicht sein, also war es Zorn oder Verlegenheit. »Ein dummer Bauer, Jürgen. Er sieht die große Weltgeschichte von der Höhe seines Misthaufens aus. Ich hätte ihn für seine Frechheiten an die Wand gestellt!«

»Ich habe ihn laufen lassen, Vater …«

»Jürgen!« Von der Breyle zuckte auf. »Ist das bekannt geworden?!«

»Nicht direkt. Er ist geflüchtet, hieß es in der Meldung an das Regiment.«

»Junge, Junge …« Breyle schüttelte den Kopf. »Wie kann man so kindisch sein, so voller primanerhafter Gefühlsduselei, dem Gestammel eines russischen Bauern nachzugeben? Was weiß dieser Muschik von der großen geistigen Auseinandersetzung der Weltanschauungen, der Ideen, der weltformenden Ideologien?! Wir haben nicht regional, sondern geopolitisch zu denken! Völker sind nur Auswirkungen geografisch bedingter Kräfte. Deutschland ist die Mitte Europas. Und so, wie alle Ausdehnung von der Mitte ihren Ausgang nimmt … der Kreis, der sich vergrößert, wenn du einen Stein ins Wasser wirfst, das Magma, das aus der Erde Mittelpunkt quillt und neue Landformen schafft … so haben wir Deutsche das geopolitische Recht, uns nach allen Grenzen hin auszudehnen, wenn es die Lage erfordert!«

»Aber das ist doch alles dumme Phrasendrescherei!« Jürgen von der Breyle putzte seine Handfläche mit einem Taschentuch ab. In der Erregung hatte er die verbrannte Wand angefasst und sich die Hände geschwärzt. »Das ist doch eine Verherrlichung des Gesetzes der Rechtlosigkeit aller Völker! Du kannst doch nicht Völker auslöschen, nur, weil du Hunger auf Land hast.«

»Hunger im Magen, Jürgen! Die Völkerwanderungen der Vorzeit waren nichts anderes. Und dabei war die Erde dünn besiedelt, der Mensch verlor sich in der Weite des Landes.«

»Wir kommen geistig nicht auf einen Nenner, Vater. Wir haben verschiedene Auffassungen. Für dich ist der Krieg eine Notwendigkeit …«
»Zumindest ist er – wenn man schon Krieg führt – eine Verpflichtung, ihn auch zu gewinnen!«
»Für mich ist er ein glattes Verbrechen!«
»Jürgen!«
Major von der Breyle sprang auf. Sein Gesicht war hochrot. Er trat einen Schritt auf seinen Sohn zu und zerrte nervös an seinem Koppel.
»Vater …«
»Du trägst die Uniform des Führers! Du bist Offizier! Ich nehme an, dass deine Erregung dich vergessen ließ, was dies bedeutet und welche Verpflichtung du mit den silbernen Schulterstücken und dem Portepee übernommen hast!«
»Ich erkenne zuerst die Verpflichtung an, ein denkender Mensch zu sein! Dass man diesen Menschen in 3,50 m Tuch steckte mit etlichen blanken Knöpfen und Litzen, ist eine Äußerlichkeit, über die ich hinwegsehen kann!«
Jürgen nahm die zerknickte Mütze von der Steinbank und setzte sie auf die gekrausten braunen Haare. »Ich bin erst 36 Stunden in Italien, Vater. Ich habe jungen Ersatz hierhergebracht … Jungen von siebzehn, achtzehn Jahren. In acht Wochen hat man sie in der Heimat ausgebildet … Schießen, Deckung halten, Hinwerfen, Anschleichen, ein bisschen Grüßen und Marschieren. Auf dem Schießstand haben sie ihre Scheiben heruntergeknallt, haben sieben Handgranaten in einen Sandhaufen geworfen und wurden dann verladen, um hier bei Altavilla zu sterben! Jungen, Vater, die bei dem ersten Trommelfeuer in die Hose scheißen und beim zweiten weglaufen, die nach der Mutter schreien und im Schützenloch beten, statt zu schießen, wenn der Feind auf sie zustürmt! Es ist alles so widerlich, Vater, so sinnlos, so grauenhaft verbrecherisch …« Er atmete auf, als habe ihn die Rede befreit,

als bekomme er besser Luft. Major von der Breyle war blass geworden … er fingerte an seiner Pistole herum und vermied es, seinen Sohn anzusehen. »In Russland war das anders, Vater. Da stand ich mit alten Frontschweinen im Graben. Die schliefen, während der Russe trommelte, und wachten erst auf, wenn die Konservenbüchsen an den Drähten Alarm gaben und der Iwan stürmte. Dann standen sie im Loch und an den Bunkern und hielten dazwischen. Und wenn es vorbei war, krochen sie wieder in den Bunker, zogen die dreckige Decke über das Gesicht und pennten weiter. Es gab da kein Ich mehr, Vater … nur noch die Front und den Willen, zu überleben. Einfach nur zu überleben … wie, das war gleichgültig! Aber hier ist es anders … hier habe ich Kinder in der Hand, die Helden sein sollen! Und sie sollen die ›Festung Europa‹ verteidigen, diesen imaginären, gummidehnbaren Begriff. Aber was hier vor uns steht, sind ja Europäer! Engländer, Franzosen, Belgier, Holländer! Und vor ihnen, den Europäern, wollen wir die ›Festung Europa‹ verteidigen?! Ich habe nie einen größeren Unsinn gehört und nie eine mörderischere Parole, mit der man unsere Jungen in den Tod treibt! Wir sollen ein Regime schützen, eine Ideologie, eine Kaste brauner Bonzen im heiligen Tempel der Wilhelmstraße!«
»Jürgen! Es ist genug!«
Major von der Breyle hatte seinen Stahlhelm wieder aufgenommen. Er setzte ihn auf, mit einem Ruck, einem Ernst, als kleide er sich zu einer Kriegsgerichtsverhandlung und müsse das Urteil sprechen: Wegen Zersetzung der Wehrkraft wird der Leutnant Jürgen von der Breyle zum Tode durch Erschießen verurteilt … Sein Gesicht war kantig und mit hektischen Flecken überzogen. »Ich habe mir unser Wiedersehen nach drei Jahren anders vorgestellt.«
»Ich auch, Vater. Aber wir haben uns in diese Auseinandersetzung hineingetrieben. Es begann mit den weißen

Haaren Mutters und deiner unpassenden Bemerkung, dass der Krieg an keinem vorübergehe!«
»Du musst mir konzedieren, dass ich wenigstens in diesem Punkt Recht habe.«
»Allerdings. Womit ich nicht zurücknehme, dass dies ein Verbrechen ist!«
»Du bist jung, Jürgen.« Von der Breyle versuchte einen vermittelnden, warmen Ton anzuschlagen. Es gelang nur zur Hälfte, die militärische Schärfe klang im Unterton durch. »Du hast für deine Jugend viel gesehen, aber du bist eben noch zu jung, um alles geistig und vor allem seelisch zu verarbeiten. Die Abgeklärtheit der Reife, die du einmal erreichen wirst, wird dich einsehen lassen, dass du heute deinem Vater bitter unrecht getan hast. Es ist mir schmerzlich, Jürgen, dir das zu sagen … nach drei Jahren. Es tut mir weh, glaube es mir.« Er schluckte. Echte Rührung überkam ihn, ein verschüttetes Gefühl brach hervor und überschwemmte sein Inneres. »Dass Mutter in der Heimat zu leiden hat und weiß geworden ist, erschüttert mich auch. Aber mich davon unterkriegen lassen … oder von dem Misthaufengeschwätz eines russischen Muschiks? Nein, mein Junge! Das bedeutet Aufgeben meiner Offiziersehre. Das wäre Verrat an der Uniform.« Er strich sich über den Waffenrock und fühlte unter seinen Fingern das Fallschirmjägerabzeichen, den niederstürzenden Adler. »Ich könnte ohne diese Ehre nicht mehr leben, Jürgen. Sie ist der Inhalt meines Lebens geworden, die große Erfüllung meines Daseins auf dieser Erde. Du wirst es noch begreifen, mein Junge« – er versuchte einen Scherz und verzog das Gesicht zu einem breiten, fast maskenhaften Lächeln –, »trotz deiner Truppe von Jungen, die sich beim ersten Trommelfeuer in die Hose scheißen …«
Sie gaben sich die Hand … ein wenig förmlich, kasernenhofmäßig. Jürgen sah seinen Vater groß an … der randlose Springerhelm, das EK I auf der Brust, das Springerab-

zeichen, die silbergeflochtenen Majorsschulterstücke und der Eichenlaubkranz mit einer Schwalbe auf dem Kragenspiegel. Sein Gesicht war etwas eingefallen in diesen drei Jahren, strenger noch als sonst, härter, kantiger. Mutter würde ihn so kaum erkennen ... es war, als habe er einen Teil seines Wesens verloren, jenen guten Teil, der die Weichheit im Menschen ausmacht.
»Leb wohl, Vater«, sagte er, bedrückt von dieser Feststellung.
»Wir werden uns jetzt öfter sehen, mein Junge. Wir kämpfen Schulter an Schulter gegen die Amerikaner. Es kann sein, dass unsere Division in euren Abschnitt kommt, um Altavilla zurückzuerobern. Ich habe von Oberst Stucken so etwas läuten hören.«
»Das wäre schön, Vater.« Es klang steif und abweisend. Breyle merkte es nicht. Er umarmte seinen Sohn und küsste ihn flüchtig auf die Backe.
»Mutter wird sich freuen, dass wir uns getroffen haben«, sagte er noch.
»Ich werde es ihr gleich schreiben.«
»Ich auch, Vater.«
Er begleitete ihn bis zu dem Kübelwagen.
Der Obergefreite saß auf dem Kotflügel und rauchte eine Pfeife. Dicke Rauchwolken schwebten in der sonnenheißen Luft. Major von der Breyle hüstelte.
»Was rauchen Sie da für einen Knaster?!« fragte er, als der Fahrer vom Kotflügel sprang und sich vorschriftsmäßig neben dem Wagen aufbaute.
»Feinschnitt, Herr Major. In Neapel gekauft, in der deutschen Marketenderei.«
»Davon kriegt man ja die Schwindsucht, Mann! Stecken Sie den Rotzkocher weg!«
»Jawoll, Herr Major!«
Jürgen von der Breyle sah dem kleinen Wagen nach, wie er über die staubige Straße hüpfte und am Horizont in einer dichten Staubwolke unterging.

Die Weite des Landes lag um ihn, überstrahlt von der vielbesungenen Sonne Italiens.
Von Altavilla her summte es heran … silberne Vögel stießen durch das Blau des Himmels und hinterließen auf der Erde einen Teppich der Vernichtung. Eine dichte Rauchwolke hing über der Stadt, bis zu sich hin spürte er das Beben des Bodens.
Tedders operative Luftwaffe hatte eingegriffen.
Langsam ging Jürgen von der Breyle um das zerstörte Bauernhaus herum.
Auf der anderen Seite des Flusses Calore sah er Pioniere neue Stellungen ausheben.
Mutter hat in einer Nacht weiße Haare bekommen, dachte er. Und Vater sagt, der Krieg sei eine Notwendigkeit. Schluchzen würgte ihm im Hals, eine Jämmerlichkeit, die ohnegleichen war. Er kam sich verlassen vor, verraten und ausgesetzt.
Müller 17 hockte auf einer Bank und haderte mit dem Schicksal. Zuerst hatte ihn die dämliche Stopfnaht in den Socken kampfunfähig gemacht, und er musste beim Nachschub miterleben, wie seine Kumpels Battipaglia stürmten, 450 Engländer gefangen nahmen und darauf im Wehrmachtsbericht standen, und dann war er zu allem Unglück noch in die Richtung einer verirrten Granate gelaufen. Zwar hatte er sich sofort hingehauen, eingedenk seiner Ausbildung, bei der der Feldwebel brüllte: »Kerls, ihr müsst am Boden kleben wie nachts auf euren Weibern!«, aber ein schwirrender Splitter von sage und schreibe 1,5 cm Länge war ihm ins Gesäß gesurrt und hatte die rechte Hinterbacke aufgeschlitzt. Zwar besaß er noch so viel Humor, sich bei Hauptmann Gottschalk zu melden: »Unteroffizier Müller 17 mit zerrissener rechter Arschbacke zur Stelle!«, aber dann lag er auf dem Bauch, der Sani Fritz Grüben legte drei Mulllagen auf den Hintern und verband ihn grinsend. »Ein herrlicher Schuss!« sagte Gefreiter Grüben meckernd. »Genau drei Zentimeter neben der Kimme!«

Die Rückeroberung Battipaglias hatte die Kompanie 15 Mann gekostet ... sechs Tote und neun Verwundete. Ohne Müller 17, der seinen Hintern nicht schnell genug eingezogen hatte. Mit der Nachbargruppe versuchte man seit Stunden eine Verständigung. Sie wurde immer wieder unterbrochen, weil Templers 56. Division mit Minenwerfern, Gewehrgranaten und leichter Artillerie die Leitungen zerschoss und Feuerkeile zwischen die einzelnen deutschen Kampfgruppen trieb. Schließlich hatte Hauptmann Gottschalk es aufgegeben, weiter seine Störungssucher auf die Reise zu schicken.
»Lieber eine abgeschnittene Insel sein, als ein paar Mann durch Leitungsflicken verlieren«, meinte er zu Leutnant Weimann. »Wenn die Division was von uns will, soll sie 'nen Melder 'rüberschicken! Der alte Stucken weiß sich ja sonst auch zu helfen.«
Diese Einigelung der 3. Kompanie bei Battipaglia brachte es notgedrungen mit sich, dass auch die Verpflegung nicht durchkam und die Truppe sich selbst ernähren musste. Theo Klein erfasste dieses Problem von der realen Seite. Für den Stabsgefreiten gibt es zweierlei, für das er durchs dickste Feuer ging, ohne Rücksicht auf Verluste, wie Theo Klein definierte, Essen und Frauen! Da das Letztere vorläufig eine schöne Illusion war, musste man sich Thema I, dem Essen, intensiv widmen.
Gegen Abend zogen dann auch Heinrich Küppers, Theo Klein und Kurt Maaßen los. Maaßen hatte sittliche Bedenken und störte das Unternehmen zu Beginn durch seine Feststellung, dass er Feldwebel sei und eigentlich die Pflicht habe, die Leute von solchen Dummheiten fernzuhalten.
»Dich ham se wohl mit der Nudelrolle großgezogen?!« verscheuchte Theo Klein die kleinlichen Bedenken Maaßens. »Wer nichts frisst, kann nicht kämpfen. Und was sollen wir hier? Kämpfen! Also müssen wir auch fressen! Ist das klar, Leute?!« Die anderen nickten beifällig.

»Na also – vielleicht finden wir was. Soll ja vorkommen, dass herrenlose Schweine die Felder verwüsten.«
Es stellte sich heraus, dass die Schweine nicht herrenlos waren, sondern einem alten Bauern gehörten, der trotz der Kämpfe auf seinem Hof geblieben war. Schon das war Heinrich Küppers reichlich unverständlich.
»Warum ist er nicht getürmt?« fragte er Theo Klein.
»Der hat Angst um seine Schweine.«
Die drei betraten den Hof, sittsam, brav, den Bauern zackig grüßend. Kurt Maaßen hörte die Schweine im Kotten grunzen. Verklärt sah Theo Klein ihn an.
»Das sind se, Kurt.«
»Ich hör's.«
Heinrich Küppers hatte die Verhandlung bereits aufgenommen. Er hatte es auf dem Gymnasium bis zur Quarta gebracht und konnte noch etwas Latein. Wer Latein kann, kann auch Italienisch, zumindest kann man sich damit verständlich machen und redet nicht aneinander vorbei. Ehrfurchtsvoll hörten Theo Klein und Kurt Maaßen zu, wie Heinrich Küppers dem alten Bauern ein feudales Angebot machte: Für ein Schwein 10.000 Lire!
Der Bauer sah den deutschen Unteroffizier groß an. »No, no, signore«, sagte er. »Porco mia amore!«
»Was quasselt er?« fragte Theo Klein.
»Das Schwein sei seine ganze Liebe.«
Theo Klein starrte den alten Bauern entgeistert an. »Pervers ist der Kerl auch noch! Was man so alles erlebt …«
Heinrich Küppers winkte ab und wandte sich wieder dem Italiener zu. »15.000 Lire! Mein letztes Wort!«
Kurt Maaßen stieß Klein an. Sein Gesicht war bleich. »Woher will der Heinrich die 15.000 nehmen?! Der ist ja verrückt.«
»Schnauze!« Theo Klein sah hinüber zu dem Stall. Er hörte das Grunzen der Schweine. Sein Herz zuckte.
»Si, signore!« Der alte Bauer lächelte und schob die Hand vor. »Prego …«

Heinrich Küppers grinste. Er nahm seine Brieftasche aus der Kombination und klappte sie auf. Theo Klein und Kurt Maaßen hielten den Atem an … es war, als schwebe im Weihnachtsmärchen ein silberner Engel vom Himmel.

Küppers nahm zwei Stückchen Papier heraus … zwei bunt bedruckte, verfallene, zwei Jahre alte Losscheine der Winterhilfslotterie. Sie hatten das Aussehen einer Banknote … mit vielen Schnörkeln und viel Schrift und Zahlen. Mit großer Geste hielt er dem Bauern die beiden Scheine vor und drückte sie ihm in die Hand »Bitte!« sagte er sogar noch dabei.

Der Bauer betrachtete misstrauisch die Loszettel und hielt sie Küppers wieder hin. »Nix Lire«, sagte er.

Heinrich Küppers tat beleidigt. Er wich einen Schritt zurück und hob beschwörend beide Hände. »Dokument!« sagte er laut. »Dokumenta von Kommandantura! In zwei Monaten« – er hob zwei Finger hoch –, »Duo mesi, Lire von Kommandantura in Salerno. 15.000 Lire!« Und als der Bauer unsicher auf die Papiere sah, schrie er: »Gutscheine, du Rindvieh, verstehst du?!«

Der Bauer nickte. Er steckte die Losscheine der deutschen Winterhilfslotterie sorgfältig und wie einen Schatz in die Tasche. Die Papiere waren echt, das sah er. Ein Stempel war darauf und das Zeichen der Deutschen, der Adler mit dem Hakenkreuz. 15.000 Lire für ein Schwein … o Madonna mia! Er führte die drei zum Stall, holte ein Schwein aus der Box und zeigte darauf.

Theo Klein befand sich in einer fast andächtigen Stimmung. Er streichelte den rosigen Rücken der Sau, er kraulte sie hinter den Ohren, es war fast, als wolle er vor Tierliebe weinen. Dann nahmen sie einen Knüppel, trieben das Schwein vor sich her und legten erst eine Rast ein, als sie den halben Weg zurück, mit Fluchen und Stockschlägen auf das ausbrechende Schwein, hinter sich hatten. An einer Wiese blieb Theo Klein stehen.

»Was machst du, wenn der Alte in zwei Monaten die Loszettel vorlegt?« fragte er.
Heinrich Küppers winkte großzügig ab. »In zwei Monaten sind wir bestimmt nicht mehr hier. Auf jeden Fall haben wir ein Schwein.«
An diesem Nachmittag knallte es im Rücken der deutschen Front. Nur einmal. Aus einer Pistole. Am Abend gab es bei der 3. Kompanie Schweinebraten, am Spieß geröstet. Selbst Hauptmann Gottschalk aß mit, kopfschüttelnd und ungläubig. »Wo habt ihr das Schwein her?!« fragte er zum vierten Mal. Feldwebel Maaßen nahm dienstliche Haltung an.
»Es lief in unserem Minenfeld herum, Herr Hauptmann. Um die Minen nicht hochgehen zu lassen, habe ich dem Stabsgefreiten Klein befohlen, das Schwein zu erschießen. Unter Lebensgefahr haben wir es dann aus dem Minenfeld geborgen.«
Hauptmann Gottschalk blickte hinüber zu Leutnant Weimann, der mit vollen Backen an einem Kotelettstück kaute.
»Glauben Sie das, Weimann?«
»Nein, Herr Hauptmann!«
»Ich auch nicht.« Gottschalk drehte sich um. »Küppers – geben Sie mir noch ein Stück. Es schmeckt wunderbar …«

Im Feldlazarett von Eboli traf Stabsarzt Dr. Pahlberg genau das an, was er erwartet hatte.
Oberstabsarzt Dr. Paul Heitmann und Unterarzt Dr. Klaus Christopher standen an zwei Operationstischen, wechselten nach jeder vierten Operation die blutbespritzten Gummischürzen und gaben sich keine Mühe mehr, den über das Gesicht rinnenden Schweiß von einem der Sanitäter abtupfen zu lassen.
»Antiseptisch zu arbeiten ist ein tödlicher Luxus, wenn 500 Schwerverwundete draußen vor der Tür liegen«, war die Ansicht Dr. Heitmanns. »Es ist leichter, eine Wundin-

fektion zu behandeln, als fünfzig zum Leben zu erwecken, die wir bei schnellem Operieren hätten retten können!«
Diese Umkehrung der schulmäßigen Chirurgie hatte ihn zuerst entsetzt, dann lernte er einsehen, wie wahr der barbarische Ausspruch Dr. Heitmanns war. In der Zeit, in der man sich zwischen den Operationen die Hände schrubbte, frische Wäsche anzog, seine Hände in antiseptische Lösungen legte und die Instrumente neu auskochte, während dieser langen Vorbereitungen starben draußen auf den Bahren und in den blutigen Zeltbahnen die Verwundeten. Im Krieg hieß auch das Gesetz des Chirurgen: Improvisation steht vor Schule! Die Schnelligkeit und Exaktheit eines Eingriffs, der Mut des Operateurs zum Wagnis und sein Können entschieden über Leben und Tod.
Dr. Heitmann sah über die Schulter hinweg zu Dr. Pahlberg hinüber. Er nickte kurz und streckte die Hand nach hinten aus. Der Sani Gustav Drage reichte ihm Knochenschere und Klemme. »Sie können gleich an Tisch 3, Pahlberg!« rief Dr. Heitmann. »Draußen liegt eine Spezialität von Ihnen: Schuss durch die Milz. Sie müssen exstirpieren …«
»Ist die Lunge verletzt? Das Zwerchfell? Wir haben doch keinen Überdruck-Äthernarkose-Apparat hier!«
Dr. Heitmann beugte sich über das Operationsfeld an seinem Tisch. Unter blutigen Tüchern lag ein aufgerissener Oberschenkel. Der Narkotisierte röchelte. »Ich habe ihn nur flüchtig untersucht. Draußen liegen noch dreiundvierzig Mann …«
Die Knochenschere knackte … Gustav Drage hielt Gefäßklemmen hin und zog mit scharfen Wundhaken den Schnitt und die Wunde auseinander.
An Tisch 1 stand der Unterarzt Dr. Christopher und zog mit einer spitzen Pinzette winzige Granatsplitter aus einem gelblichen, schmächtigen Körper. Der Junge – Pahlberg schätzte ihn auf achtzehn – weinte in der Narkose. Es

war das Greinen eines Säuglings, schauerlich, ergreifend, das zuhörende Gehirn zermarternd.
Sanitätsfeldwebel Otto Krankowski reichte ihm seinen weißen Mantel und die lange, bis zum Boden reichende Gummischürze. »Wir haben Sie sehr vermisst, Herr Stabsarzt«, flüsterte er Dr. Pahlberg zu, als er den weißen Mantel am Rücken zuknöpfte. »Als der Mist hier losging, verlor der Oberstabsarzt den Kopf. ›Ich bin praktischer Arzt und kein Chirurg!‹ hat er geschrien, als die ersten Schwerverletzten ankamen. Aber er hat dann doch operiert, und es ging ganz gut. Wir haben alle aufgeatmet, als Sie endlich eintrafen.«
Dr. Pahlberg nahm die Gummihandschuhe aus der Steriltrommel. Trotz Heitmanns Improvisationstheorie hatte er wenigstens die Handschuhe beibehalten.
Tisch 3 war unterdessen vorbereitet worden. Man hatte ihn einfach mit einem Lappen und steriler Lösung abgewaschen, ein paar Tücher darüber gelegt und den Instrumententisch danebengestellt. Feldwebel Krankowski tauchte seine Hände in eine Sublimatlösung und ließ sie, von sich abhaltend, abtropfen. »Wir können, Herr Stabsarzt«, sagte er.
Der Verwundete mit der zerrissenen Milz wurde hereingetragen. Das blasse, gelblich weiße Gesicht war mit Schweiß überzogen. Der Atem stieß röchelnd aus dem offenen Mund. Dr. Pahlberg beugte sich vor und fasste den Puls. Er war weich und stark beschleunigt.
»Welche Blutgruppe hat der Mann?«
Krankowski zuckte mit den Schultern. »Das Soldbuch ist weg, Herr Stabsarzt. Und auf der Erkennungsmarke, wo sie stehen muss, steht nichts.«
Dr. Pahlberg bettete den Verwundeten auf den Rücken und entfernte die letzten Uniformstücke. Krankowski wollte den Körper eilfertig abdecken, aber Pahlberg winkte ab. Er untersuchte den Wundkanal und schüttelte den Kopf. »Kein Ausschuss, Krankowski. Das Projektil

sitzt im Bauch fest. Gott sei Dank scheint das Zwerchfell unverletzt zu sein und die Lunge auch. Wir werden exstirpieren.«
»Ohne Transfusion?«
»Was bleibt mir anderes übrig? Ehe ich die Blutgruppe bestimmen lasse, ist der Mann tot!«
Dr. Heitmann sah von Tisch 2 kurz hinüber. Er hatte den Oberschenkel amputiert und war jetzt dabei, den großen Hautlappen über den Amputationsstumpf zu ziehen.
»Schlimm, Pahlberg?«
»Das kann ich erst sagen, wenn ich in die Bauchhöhle blicken kann.« Er suchte aus dem Instrumentarium die nötigsten Dinge zusammen, während Krankowski das Operationsfeld mit Jod einpinselte und den Verwundeten festschnallte. Reflexbewegungen in der Narkose können die ganze Operation zunichte machen … er hatte es einmal erlebt, in Griechenland. Dort war ein Operierter, weil man ihn nicht festschnallte, in der Narkose vom Tisch gesprungen und innerlich verblutet.
Auf Tisch 1 weinte noch immer der Verwundete.
Dr. Pahlberg trat an den Mann heran. Er erinnerte sich, gehört zu haben, dass bei Milzverletzungen, vor allem bei Milzexstirpation, keinerlei Seren verabreicht werden dürfen. Der Fall Heydrich kam ihm in den Sinn – er starb an einer Mediastinitis, weil man ihm Tetanus gegeben hatte! »Hat der Mann Tetanus bekommen, Krankowski?« fragte er.
»Bei uns nicht. Was sie mit ihm beim Hauptverbandplatz gemacht haben, weiß ich nicht! Er hatte keinen Laufzettel bei sich. Es ging alles so schnell, Herr Stabsarzt. In der Nacht kamen die Tommys an Land … um 6 Uhr morgens standen sie schon vor Montecorvino. Es ging bei uns ’rein und ’raus – wir sind alle durcheinander gekommen.«
»Wolln wir hoffen, dass er noch kein Tetanus hat.« Dr. Pahlberg nahm das Skalpell und setzte es an. Gebannt starrte Krankowski auf die langgliedrige, schmale Hand Pahlbergs, die den Schnitt führte. Immer wieder war es

für ihn ein Erlebnis, die Öffnung eines menschlichen Körpers zu sehen, ein unbegreifliches Wunder, trotz aller Schulungen und der Nüchternheit des Oberstabsarztes, der einmal gesagt hatte: »Denken Sie im Notfall daran: Der Mensch ist nur ein Sack! Man kann ihn aufschneiden, man kann ihn zunähen! Und hat er mal ein Loch, dann stopfen wir es!«

Dr. Pahlberg führte das Skalpell vom Ende des Brustbeins herunter bis kurz oberhalb des Nabels. Dann vollzog seine Hand einen eleganten Schwung, und die Haut klaffte auf bis zum Rippenbogen. Nur wenig Blut tropfte aus dem Schnitt, vereinzelt nur bildeten sich rote Flecken. Dr. Pahlberg stieß Krankowski mit dem Ellbogen an.

»Worauf warten Sie noch?«

Krankowski riss sich zusammen. Er nahm die scherenförmigen Gefäßklammern in die Hand und schnappte mit ihnen nach den noch blutenden Gefäßen. Er presste sie mit ihnen zusammen, während Dr. Pahlberg schon mit den Darmsaiten hinter den Klemmen die Gefäße abband und mit dem chirurgischen Patentknoten sicherte.

»Haken!« sagte Dr. Pahlberg leise.

Blitzende Wundhaken, scharf und in die Muskeln eingreifend, zogen die Schnittwunde auseinander. Das Bauchfell schimmerte hervor … von einem kleinen Schusskanal durchlöchert, aus dem gleichförmig, wie aus einer Quelle, ein dünner Blutbach rann.

Krankowski hielt die langen Bauchfellklemmen bereits in der Hand, als Pahlberg die gebogene Schere vom Instrumententisch nahm. Der Arzt nickte. Er stieß die Spitze in den kleinen Schusskanal des Bauchfelles und sah Krankowski an.

»Wenn Sie gläubig sind, dann beten Sie jetzt«, sagte er leise. Mit schnellem Schnitt trennte er das Bauchfell durch, Krankowskis lange Klemmen griffen nach den Schnitträndern und zogen das Bauchfell auseinander. Die Bauchhöhle lag vor ihnen … gefüllt mit Blut. Geronnenem Blut

in dicken Klumpen, frischem Blut, das aus dem Untergrund des Bauches hervorquoll und die Höhle ausfüllte wie einen See.
»Tupfer!« Dr. Pahlberg atmete schwer. Die Milz war zerstört, es gab jetzt keinen Zweifel mehr. Das blutreichste Organ des menschlichen Körpers lag zerrissen in der Tiefe der Bauchhöhle. Er versuchte, mit den Tupfern das Blut aufzusaugen, um einen freieren Überblick zu gewinnen. Krankowski räumte die Bauchhöhle von den Blutklumpen frei.
»Wir müssen die blutzuführenden Adern der Milz abklemmen. Der Mann verblutet uns ja auf dem Tisch!«
Von Tisch 2 herüber kam Dr. Heitmann. Er hatte die Gummihandschuhe ausgezogen und beugte sich über die riesige Bauchwunde.
»Die Rillensonde, bitte«, sagte Dr. Pahlberg zu Krankowski. Er wischte sich mit dem Ärmel den Schweiß von der Stirn und wurde sich erschrocken bewusst, dass er damit die primitivste Vorsicht des Chirurgen verletzt hatte.
Krankowski starrte den Stabsarzt verblüfft an.
»Was für eine Rillensonde?« fragte er.
»Mann Gottes – um an die Gefäße heranzukommen!«
Dr. Heitmann sah zu Boden. Er schob die Unterlippe vor und hob die Schultern. »Wir haben keine Rillensonde hier.«
Pahlberg erbleichte. Er stand vor dem geöffneten Bauch, er hatte das Bauchfell durchtrennt, er wollte die Milz exstirpieren und musste dazu das gefäßführende Band durchtrennen, das zwischen Milz und Magen verläuft. Ohne Durchtrennung dieses Bandes, ohne Öffnung der Bauchfelltasche, ohne völlige Lahmlegung des Blutstromes zur Milz aus den dicken Adern war eine Exstirpation nicht möglich.
»Das ist doch nicht möglich«, sagte er leise.
Dr. Heitmann biss die Lippen aufeinander. »Wir sind ein dummes, kleines Feldlazarett, Pahlberg. In Ihrer chirurgi-

schen Universitätsklinik haben Sie hundert Rillensonden … hier haben wir gerade genug Material, um Beine und Arme abzuschneiden. Was darüber eingeliefert wird« – er sah auf den großen Schnitt und auf das Blut, das sich noch immer in der offenen Bauchhöhle sammelte und den Tupfern widerstand –, »Sie kennen doch den Text, Pahlberg: Gefallen für Großdeutschland, in stolzer Trauer …« Seine Stimme war sarkastisch und schwankte vor der Ungeheuerlichkeit, der er gegenüberstand.

Dr. Pahlberg kniff die Augen zusammen. Er blickte auf das wächserne Gesicht des Mannes. Vielleicht 40 Jahre alt … sicherlich verheiratet – Vater eines Kindes … Im letzten Urlaub war er mit seiner Frau spazieren gegangen, an der Weser entlang. Sie hatten sich auf eine Wiese gesetzt und auf das silbern schillernde Band des Flusses geblickt. »Wenn der Krieg zu Ende ist, woll'n wir uns hier ein Häuschen bauen«, hatte er gesagt. »Dann haben die Kinder Licht und Luft, und sonntags liegen wir im Liegestuhl, hören Radio und können uns so richtig erholen. Was, Elise?« Und Elise hatte genickt, sich glücklich an ihn geschmiegt und ihn geküsst. »Musst du morgen wirklich wieder weg?« fragte sie. Er nickte und schwieg. Es war sein letzter Urlaub gewesen … er kam nach Italien, er machte die Entwaffnung der italienischen Armee mit, er wurde nach Tarent geworfen, als Montgomerys 8. Armee dort landete, und er bekam bei Eboli seinen Milzschuss und musste sterben, weil ein deutsches Lazarett keine Rillensonde hatte.

»Weitermachen!« sagte Dr. Pahlberg hart.

»Sie sind verrückt!« Dr. Heitmann schob Krankowski zur Seite. »Wie wollen Sie an die Gefäße heran? Wie wollen Sie sie abbinden?«

»Mit der Hand, lieber Heitmann, mit der Hand! Ich gebe erst auf, wenn ich mich selbst aufgebe …«

Er griff mit beiden Händen in die Tiefe der Bauchhöhle. Dann zog er sie zurück, streifte die Gummihandschuhe ab

und tauchte die bloßen Hände in das Blut. Die Schutzschicht des Gummis hemmte sein Fingerspitzengefühl … auf das allein kam es jetzt an, auf die Millimeterarbeit seiner Hände.
Dr. Pahlberg tastete sich an den dicken Strang zwischen Milz und Magen heran. Inmitten eines Blutsees versuchte er, den Abbindfaden unter dem Strang durchzuschieben, um ihn an der anderen Seite mit einer Schlinge zuzuziehen und so den Strang abzubinden. Dann musste die Bursa omentalis durchschnitten werden, die Bauchfelltasche, um an die großen Milzgefäße heranzukommen. Als Nächstes würde er die Milzvene zu den Füßen abbinden. Alles andere war dann Routinearbeit … das einzelne Abbinden der restlichen Haltestränge der Milz, die Doppelsicherung der Gefäßabbindungen, um ein Abrutschen der Fäden von der glatten Arterienwand zu verhindern, was eine Verblutung zur Folge haben würde … alles war so einfach, wenn er die Schlinge um den Strang zwischen Milz und Magen legen konnte …
Der Schweiß rann Dr. Pahlberg über das Gesicht und verhinderte ein genaues Sehen. Verzweifelt versuchte Dr. Heitmann, das Blut wegzutupfen und durch große Mulllagen, die Kompressen ersetzen mussten, aufzusaugen. Einmal glaubte Pahlberg, das andere Ende des Fadens unter dem Strang hindurchgezogen zu haben … er griff in das Blut hinein, tastete an der glatten Wand des Stranges entlang und fühlte die Schlinge des Fadens. Als er mit den Fingerspitzen zugriff, glitt sie weg. Er richtete sich auf, wischte mit dem Ärmel wieder über die Augen und sah, dass er nass von Schweiß war.
»Ich bekomme den Faden nicht herum«, stöhnte er. »Mit einer Rillensonde wäre es eine Sekundenarbeit …«
»Hören Sie auf mit Ihrer Rillensonde!« schrie Dr. Heitmann unbeherrscht. »Ich kann mir keine aus den Rippen schneiden!« Seine Stimme überschlug sich.
Von Tisch 1 kam Unterarzt Dr. Christopher herüber. Sein

Patient mit den vielen kleinen Granatsplittern im Körper war weggetragen worden. Der neue Verwundete, eine große Fleischwunde im Rücken, wurde von dem Sanitäter Gustav Drage auf den Bauch gelegt und lokalanästhetisiert.
Dr. Pahlberg schüttelte wild den Kopf. Er griff wieder in die blutüberschwemmte Bauchhöhle und tastete in ihr herum. Der Faden, durchzuckte es ihn. Der Faden ... mein Gott, hilf mir doch, den Faden um den Strang zu schlingen. Es geht um Minuten, es geht um ein Leben ...
Am Kopf des Verwundeten kontrollierte Krankowski die Atmung und den Puls. Er beugte sich jetzt über den wachsbleichen Mann und legte seine Hand auf dessen offenen Mund.
»Er atmet nicht mehr«, sagte er erschrocken
»Was heißt, er atmet nicht mehr?!« schrie Pahlberg laut. »Puls ... wie ist der Puls?«
Krankowskis zitternde Hand griff nach dem Puls. »Nicht mehr tastbar«, sagte er leise.
»Exitus.« Dr. Heitmann warf die Mullpacken hin und gab dem Eimer mit den voll Blut gesogenen Tupfern einen Tritt. »Verblutet, Pahlberg ...«
Dr. Pahlberg beugte sich über den Kopf des Toten. Er hob mit seinen blutbeschmierten Fingern die Augenlider empor. Sie waren gebrochen, glanzlos, ein gläserner, seelenloser Augapfel. Er tastete nach dem Puls, er riss Dr. Heitmann das Stethoskop aus der oberen Tasche und lauschte atemlos auf das geringste Zeichen eines Klopfens, auf ein Rauschen nur, ein ganz leises, zaghaftes Pochen.
Dr. Heitmann sah zu Dr. Christopher hinüber und schüttelte den Kopf.
»Es hat doch keinen Zweck mehr, Pahlberg. Finden Sie sich damit ab.«
Dr. Pahlberg richtete sich auf. Sein Gesicht war wächsern wie das des Toten vor ihm. Er trat an das Operationsfeld heran – das Blut gerann in der riesigen Wunde. Wie ein

Hohn schwamm in diesem roten See der dünne Faden, an dem das Leben des Mannes hing ... der dünne Abbindfaden, der den Blutstrom der Milzgefäße dämmen sollte.
Langsam löste Dr. Pahlberg die großen Klemmen, die das Bauchfell auseinander hielten, er löste die scharfen Wundhaken, die die Wunde auseinander rissen ... er klappte den Bauch zu und deckte ein Tuch über den verstümmelten Leib.
»Gefallen für Großdeutschland«, sagte hinter ihm sarkastisch Dr. Heitmann.
Dr. Pahlberg fuhr herum. »Nein!« schrie er unbeherrscht. »Ermordet vom Heeressanitätswesen! Ermordet, Heitmann, ermordet!«
Oberstabsarzt Dr. Heitmann zog indigniert die Augenbrauen hoch. Er blickte hinüber zu den anderen Verwundeten, die stumpf und mit verzerrten Gesichtern zu ihnen herübersahen. »Nehmen Sie sich zusammen, Pahlberg«, sagte er in kameradschaftlichem Ton, aber scharf genug, um seinen Worten Nachdruck zu verleihen. »Haben Sie noch keinen Menschen sterben sehen?! Im OP zu Hause und hier an der Front?! Wir haben Krieg!«
»Ich hätte ihn retten können!« Dr. Pahlberg sah auf seine blutigen Hände. »Ich hatte die Möglichkeit dazu, die Operation nahm ihren normalen Verlauf ... bis auf die Rillensonde ...«
»Ihre dusselige Rillensonde!« Dr. Heitmann wurde ärgerlich. »Was verlangen Sie eigentlich von einem fliegenden Feldlazarett? Überdruck-Äthernarkose-Apparat, Sauerstoffzelt, vielleicht sogar eine Leukotomie-Anlage?! Lieber Pahlberg, das ist doch alles Unsinn! Wir sind hier, um die Fälle durchzubringen, die nach militärärztlichem Ermessen heilbar sind und deren höchste Stufe Amputationen sind. Wenn's hoch kommt, auch ein Lungenschuss ... aber den schnell weg zum Hauptlazarett nach Rom. Wenn die dort keine Rillensonde haben« – er sprach das Wort ›Rillensonde‹ geradezu genussvoll aus –, »dann kann

man von einem Mord reden! Allenfalls, mein Lieber, so weit dieses Wort in der militärischen Terminologie überhaupt vorhanden ist! Ich glaub's nicht! So weit ich unterrichtet bin, katalogisiert man ihren Milzzertrümmerungsfall auch als Heldentod vor dem Feind! Das ist gut so … denn ich glaube, ich rührte kein Skalpell mehr an, nicht einmal das dusselige Stethoskop, wenn ich mein Gewissen damit belasten müsste, an dem Tod von Tausenden mitschuldig zu sein!«

Dr. Pahlberg antwortete darauf nicht. Er ging hinüber zum Waschbecken, spülte das Blut von seinen Händen, wusch sie, schrubbte die Arme bis über die Ellbogen hinauf, tauchte die Hände dann in Alkohol und ließ sich von Krankowski neue, sterile Gummihandschuhe überstreifen. Selbst eine neue Gummischürze verlangte er … Gustav Drage, der den Verwundeten auf Tisch 1 anästhetisiert hatte, band sie ihm um. Kopfschüttelnd sah ihm Dr. Heitmann zu. Der Schul-Chirurg, dachte er. Ich kann mir vorstellen, dass in 10 Jahren Prof. Dr. Pahlberg an einer Universitätsklinik seine Studenten und famuli verrückt macht mit seinem Sterilfimmel. »Meine Herren«, würde er sagen, »das A und O einer Operation ist die völlige Sterilität der Personen und des Raumes!« Das hatte zwar schon vor 50 Jahren Joseph Lister gesagt und sein Operationsfeld gegen Wundinfektion mit einem Karbolspray eingenebelt, aber Prof. Dr. Pahlberg würde es so übertreiben, dass er sogar die Schnürsenkel seiner weißen Operationsschuhe mit Karbol abrieb.

Durch die Tür wurde ein neuer Verwundeter getragen, ein Bauchschuss. Maschinengewehrgarbe … sieben Einschüsse, fünf Ausschüsse neben der Wirbelsäule, zwei Steckschüsse in den Därmen.

Dr. Pahlberg zeigte auf Tisch 2, den Tisch Heitmanns.

»Dorthin! Krankowski, sorgen Sie dafür, dass der Exitus in den Nebenraum kommt! Drage, Sie machen die Instrumentenanreichung!« Er wandte sich Dr. Heitmann zu.

»Darf ich Sie bitten, zu assistieren, Herr Oberstabsarzt?« fragte er steif.
»Aber bitte, bitte, Herr Pahlberg.« Dr. Heitmann trat an den Tisch heran. Pahlberg musterte ihn.
»Bitte, neue Handschuhe«, sagte er leise.
Wütend hielt Heitmann seine Hände Krankowski entgegen und ließ sich die Gummischützer überstreifen.
Im Hintergrund rollten zwei Sanitäter den Toten aus dem Raum. Das Häuschen an der Weser wurde nicht gebaut …

In Rom versuchte Renate Wagner, das Lazarett in Eboli zu erreichen. Aber die Telefonverbindung zur Front war gesperrt, die Dienstleitungen waren besetzt, keiner wusste überhaupt richtig, wie es an der Salerno-Front aussah, wo der Amerikaner stand, wo der Engländer vorrückte, welche deutschen Verbände im Einsatz lagen.
Renate hatte es längst aufgegeben, mit Eboli in eine Sprechverbindung zu kommen; nun versuchte sie, ein Kommando zu finden, das die Möglichkeit hatte, sie nach Eboli in das Lazarett als Krankenschwester zu kommandieren. Der Oberst, der den Einsatz der Lazaretthilfskräfte befehligte, sah Renate Wagner ungläubig an, als sie mit ihrer Bitte zu ihm kam.
»An die Front?« fragte er gedehnt. »Sie? Als Mädchen? Was denken Sie sich eigentlich bei dieser dämlichen Bitte?« Er schnitt sich eine dicke Zigarre ab und ließ sich von Renate Feuer reichen. »Wissen Sie nicht, dass die Tommys dabei sind, den ganzen Salerno-Raum einzukesseln? Von Süden rückt Montgomery heran … hat er erst die Verbindung mit der 5. amerikanischen Armee, dann geht uns hier der Allerwerteste auf Grundeis. Sie sollten nicht daran denken, wie Sie nach Süden kommen, sondern sich einen sicheren Platz aussuchen, der Sie im rechten Augenblick nach Norden führt!« Er blies den blauweißen Qualm der Zigarre gegen die Decke.

Renate Wagner sah auf die große Karte, die auf dem Tisch des Obersten ausgebreitet lag. Runde Kreise in Rot, in Gelb, in Blau bedeckten die Gebiete.
»Mein Verlobter ist in Eboli. Stabsarzt Dr. Pahlberg.«
Der Oberst hob die Schultern. »In Eboli sind schätzungsweise 5000 Verlobte und noch mehr Ehemänner. Wenn ich alle Frauen ’runterschaffen sollte, könnten wir eine weibliche Armee aufstellen!«
»Ich bin Krankenschwester, Herr Oberst.«
»Das sehe ich an Ihrer Tracht.«
»Ich könnte im Lazarett helfen!«
»Dafür haben wir unsere Sanis. Helfen Sie hier in Rom. Die Lazarette sind überfüllt. Jeden Tag kommen die Laz-Züge aus dem Süden und spucken die Schwerverletzten aus. Hier gibt es genug zu tun. Wo sind Sie übrigens eingesetzt?«
»Im Lazarett III, Herr Oberst.«
Der Oberst nickte. »Und da bleiben Sie auch. Da sind Sie an der richtigen Stelle. Nach Eboli kommen Sie nie! Eine Frau bei der kämpfenden Truppe – verrückt!«
Er winkte ab. Umständlich streifte er die lange weiße Asche von seiner Zigarre.
Renate Wagner rannte weiter … zwei Tage … drei Tage lang. Sie drang bis zum Kommandeur der Ersatztruppen vor, einem müden, alten Herrn mit weißen Haaren, der lieber auf der gläsernen Terrasse seines Gutes in Mecklenburg säße als in dem Hexenkessel Rom.
»Seien Sie froh, dass Sie hier sind, mein Kind«, sagte er mit der gütigen Weisheit des Alters, die sich nicht mehr gegen ein Schicksal wehrt, sondern es nur kritisch betrachtet. »Was wollen Sie in Eboli? An seiner Seite stehen? Heroisch mit ihm im feindlichen Feuer operieren? Verkörperung des Germanentums? – Frauen, die in der Schlacht ihren Männern die Spieße reichen? Thusnelda, die moderne? Mein liebes Kind – Liebe ist etwas Schönes, Reines. Ich weiß es. Sie will auch Opfer bringen. Das ist gut. Aber

irgendwo ist eine Grenze, an der hinter dem Verstand die Dummheit beginnt. Diese Grenze liegt bei Salerno – Neapel – Eboli! Beten Sie zu Gott, dass Ihr Verlobter wiederkommt. Das ist der einzige Rat, den ich Ihnen reinen Gewissens geben kann.«

Dann stand sie wieder auf der Straße. Das hektische Leben einer Stadt, auf die ein großes Heer marschiert, um sie zu erobern, umgab sie mit nervenzerfressendem Lärm. Kolonnen zogen durch die Straßen, den großen Routen des Südens entgegen … der Via Appia nuova, Via Casilina, Via Ostiense und Via Prenestina. Panzer, Munitionswagen, leichte Artillerie, schwere Geschütze auf Selbstfahrlafetten, Sturmbatterien. Ein langer Zug mit Pontons versperrte fast eine Stunde lang die Straße … Pioniere rückten nach Süden, um über den Rapido bei Cassino Notbrücken zu bauen, über die der Nachschub schneller an die Front rollen sollte.

In den Gartenanlagen vor den riesigen Caracalla-Thermen stand eine Lazarettstaffel. Die roten Kreuze auf dem weißen Kreis leuchteten weit in der Sonne. Sie rannte über die Straßen und drängte sich durch die Wagen bis zum Lazarettstab.

»Sie fahren an die Front?!« rief sie atemlos, als sie vor einem Offizier stand. Sie achtete nicht darauf, ob er Stabsarzt war oder Oberstabsarzt oder Unterarzt. Es war ja alles so gleichgültig, so nebensächlich … Hier war eine Kolonne, die nach Süden musste. Nach Süden. Zu Erich.

»Allerdings, Schwester.« Der Stabsarzt sah auf Renate Wagner hinunter. Er war zwei Kopf größer und bewunderte den jetzt zerflatternden ›Goldhelm‹ des Mädchens.

»Nehmen Sie mich mit?«

»Das ist doch nicht Ihr Ernst?!« Der Arzt lachte. »Sie haben Humor, Schwester!«

»Nein, Angst!« Sie schrie es ihm ins Gesicht, wild, unbeherrscht, am Ende ihrer Selbstbezwingung. Der Stabsarzt wich einen Schritt zurück und musterte sie wie einen Fall

von akuter Paranoia. »Ich habe Angst!« schrie sie weiter. Ihr Gesicht war aufgelöst, es glich einer flüchtig modellierten Maske. »In Eboli ist mein Verlobter, Stabsarzt Dr. Pahlberg. Ich möchte zu ihm. Helfen Sie mir. Bitte, bitte, helfen Sie mir. Nehmen Sie mich mit!«
»An die Front? Unmöglich! Melden Sie sich beim Kommandeur der Sanitätsstaffeln.«
»Dort bin ich 'rausgeflogen!«
»Beim Nachschubkommandanten!«
»Der hat mich behandelt wie ein kleines Kind und mir philosophische Ratschläge gegeben. Sie sind ja alle verrückt hier!«
»Ein wahres Wort.« Der Stabsarzt nickte. »Aber ich bin noch nicht verrückt genug, Sie einfach mitzunehmen. Als blinden Passagier, sozusagen! Nein, liebe Schwester … Ich beneide den Herrn Kollegen in Eboli um seine tapfere und energiegeladene Braut, aber helfen kann ich weder ihm noch Ihnen.«
Am Nachmittag des 13. September rückte die Lazarettkolonne aus den Caracalla-Thermen ab. Richtung Süden … über die Via Casilina. Nach Cassino, dem großen Bollwerk zwischen Neapel und Rom. Dem Tor zur Heiligen Stadt …

An diesem Nachmittag des 13. September meldete Luftmarschall Tedder an General Clark, dass in der Nacht zum 14. September britische Luftlandetruppen vor und hinter den deutschen Verteidigungslinien abgesetzt werden würden. Der gefährliche Gegenschlag Kesselrings sollte im Keime erstickt werden, die bedrängte 5. amerikanische Armee sollte Luft bekommen und freien Weg in die Gebirge und die Ebene der Campagna hinein. Freien Weg nach Rom.
Von allen Seiten drängten die deutschen Divisionen zur Küste, ein neues Dünkirchen zeichnete sich ab. Von Battipaglia marschierte die 34. Fallschirmjägerdivision bereits

in Richtung Salerno. In Eboli operierten Dr. Pahlberg, Dr. Heitmann und Dr. Christopher Tag und Nacht, während das Lazarett teilweise schon abgebaut wurde, um weiter an die Küste verlegt zu werden. Der junge Ersatz hatte die ersten Feuerproben überstanden. Leutnant Jürgen von der Breyle war seit zwei Tagen damit beschäftigt, Briefe an die Eltern oder Frauen der Gefallenen zu schreiben. Oberst Hans Stucken trug ein Schreiben des OKW mit sich herum und hütete es wie seinen Augapfel. Es war die Verleihung des Ritterkreuzes an Hauptmann Gottschalk für seinen Handstreich auf Battipaglia. Die 3. Kompanie war auf dem Marsch nach Persano.

Unterdessen standen 3500 Fallschirmjäger der britischen Airborne bereit, im Rücken der Deutschen zu landen. Sie hatten ihre Fallschirme umgeschnallt und warteten auf den Befehl, die Transportmaschinen, die C 47, zu besteigen.

Major Hans von der Breyle war schlechter Laune. Seit dem Gespräch mit seinem Sohn vor drei Tagen durfte ihn keiner unnötig anreden. Er wurde ruppig, ausfällig und glitt in einen Jargon ab, der in der deutschen Wehrmacht eigentlich das Vorrecht ostpreußischer Unteroffiziere war.

Die letzte Nachricht seines Sohnes hatte er vor vier Stunden durch das Telefon erhalten. Oberst Erdmann von der 271. PD hatte angerufen und gesagt: »Lieber Major, Ihr Sohn möchte Sie sprechen.« Dann war Jürgen am Apparat und sagte hart: »Lieber Vater, ich wollte dir nur sagen, dass von meinem Ersatzhaufen 70 Prozent gefallen sind! Ich bin dabei, in stolzer Trauer 183 Briefe an die Eltern zu schreiben. Es muss für dein Soldatenherz ein Genuss sein, zu hören, dass diese 183 Jungen tapfer gestorben sind, wirklich wie Helden, mit der Waffe in der Hand. Sie haben nicht geweint, sie haben nicht gejammert, sie starben still. Die meisten wussten gar nicht, dass sie starben – so schnell ging es!« Wütend hatte Major von der Breyle das Gespräch abgebrochen, indem er den Hörer

auf die Gabel knallte. Erstaunt sah Oberst Stucken auf. »Was ist, Breyle?«
»Ein Idiot von der Nachbardivision hat die Frechheit, die Dienstleitung für die Durchgabe von Witzen zu benutzen«, sagte er mit bebender Stimme. Dann verließ er den Raum und ging ins Freie. Irgendwie kam er sich elend vor oder – militärisch gesprochen – heimlich in den Hintern getreten. Mit zitternden Fingern steckte er sich eine Zigarette an, aber sie schmeckte bitter, und er warf sie weg.

Erwin Müller 17 hatte sich mit allen Mitteln geweigert, sich in ein Lazarett abschleppen zu lassen. Er hockte auf dem Verpflegungswagen, den Heinrich Küppers seit der Schweineaktion eingerichtet hatte, und überwachte die Nachhut, die die Kompanie vor allem des Nachts vor Überfällen der plötzlich auftauchenden Partisanen zu schützen hatte. Theo Klein befand sich bei der Vorhut. Wie konnte es anders sein? Überhaupt war die Gruppe vollzählig überall da zu finden, wo sie gerade gebraucht wurde. Es war Leutnant Weimann manchmal unheimlich, mit welcher Sicherheit Feldwebel Maaßen mit Küppers, Klein, Bergmann, Strathmann und einer für alle Fälle ausreichenden Ausrüstung zur Stelle war, wenn es hieß, einen besonderen Einsatz auszuführen. Seit der in der Division schon legendenhaft gewordenen Gefangennahme der sieben Engländer durch den Stabsgefreiten Klein galten die Männer der Gruppe als Fachleute für die Durchkämmung verlassener Dörfer nach feindlichen Resten. Engländer wurden dabei nicht gefunden, aber Klein und Küppers schleppten säckeweise Verpflegung heran, Büchsen mit Corned beef, jam, ham and eggs, in Tafeln gepressten Tee, Nescafé, Keks … es war, als hätte die Gruppe Maaßen ihre Nasen zu Wünschelruten ausgebildet, die überall da ausschlugen, wo es etwas zu essen gab. Hauptmann Gottschalk nannte die sechs das ›Rückgrat der 34. Fallschirmjägerdivision‹. Was die fünf in der Vorhut nicht entdeckten, das machte Erwin Müller 17 trotz seines aufgerissenen Gesäßes aus – verlassene Bunker, einen Keller mit Wein, in der Nähe von Persano sogar ein Mädchen.

In diesem Augenblick begann die Lage kritisch zu werden. Die Vorhut der fünf tauchte plötzlich bei der Nachhut auf, wo Müller 17 auf dem Hof eines Bauernhauses stand und mit dem Mädchen verhandelte. Müller 17 sah die fünf im Eilschritt auf sich zukommen und verfluchte die so fabelhaft funktionierende Nachrichtenverbindung innerhalb der auseinander gezogenen, vorrückenden Kompanie.

Theo Klein hatte das unaufhaltsame Tempo eines Stieres in der Arena vorgelegt Er stürmte in den Hof, sah das junge schwarzlockige Mädchen und schnaufte tief auf.

»Was wollt ihr hier?!« schrie Müller 17 wütend. »Hier ist die Nachhut, Stabsgefreiter Klein! Sie haben bei der Vorhut zu sein! Marsch! Zurück!«

»Leck mich am Arsch!« sagte Theo Klein mild. Dabei betrachtete er das Mädchen verzückt und spürte, wie sein Herz sich in der Brust wie ein Kreisel drehte.

Feldwebel Maaßen, Heinrich Küppers, Felix Strathmann und Josef Bergmann trabten in diesem Augenblick in den Hof und bildeten eine Mauer um das verängstigt um sich blickende Mädchen. Feldwebel Maaßen räusperte sich und sah seine Männer an. »Ich stelle fest«, sagte er laut, »dass ich hier der Rangälteste und Ranghöchste bin. Damit ist ja wohl alles klar, verstanden?!«

Theo Klein gab sich nicht geschlagen. »Diese Sache«, stellte er nüchtern fest, »ist nicht eine Angelegenheit der Rangstufe, sondern der Potenz. Ich bin dafür, dass ihr alle vom Hof verschwindet, vor allem Erwin mit seinem lahmen Arsch.«

Es wäre zu einer erregten Diskussion gekommen, wenn nicht Hauptmann Gottschalk mit seinem Kübelwagen vor dem Bauernhof halten ließ, um nachzusehen, welch

eine Ansammlung deutscher Fallschirmjäger sich dort im Hof befand. Er sah die Gruppe Maaßen vollzählig um das verschüchterte Mädchen stehen und brauchte keinerlei Erklärungen des meldenden Maaßen, um die Lage zu erfassen.
»'raus!« brüllte er. »Sofort 'raus! Die Gruppe meldet sich morgen früh um 8 Uhr in feldmarschmäßiger Ausrüstung bei mir! Verstanden?!« Das »Jawoll, Herr Hauptmann«, klang dünn. Theo Klein wollte einen Kommentar geben, aber Küppers kniff ihn in die Seite. »Schnauze, Theo«, raunte er. »Heute Nacht machen wir einen Spähtrupp in diese Gegend.« Theo Klein grinste breit. Gottschalk sah ihn verwundert an. »Was lachen Sie so blöd, Stabsgefreiter?«
»Ich dachte an meine Schwester, Herr Hauptmann.«
Gottschalk zog die Augenbrauen hoch. Er war manches von seinen Männern gewohnt, aber diese Antwort verblüffte ihn vollständig.
»An Ihre Schwester?«
»Jawoll, Herr Hauptmann.« Theo Klein stand stramm wie ein Eichenstamm. »Meine Schwester sagte immer, wenn sie abends nach Hause kam: Theo, sagte sie, nun hat mir der Fritz wieder nichts getan. Wenn er morgen wieder so stur ist, wechsele ich, man muss ja Angst haben, als Jungfrau zu sterben ...«
Wortlos wandte sich Hauptmann Gottschalk ab und ging zu seinem Kübelwagen. Er schüttelte den Kopf.
Die Gruppe Maaßen marschierte wieder nach vorn. Eifersüchtig hatte Theo Klein darüber gewacht, dass auch Müller 17 auf seinen Verpflegungswagen kletterte und abfuhr. Die Straße staubte unter ihren Schritten, die dicken Gummisohlen der Springerschuhe knirschten. Ihre ›Knochensäcke‹, die Kombinationen, waren dreckig, zerrissen, verblichen. Die randlosen Helme klapperten an den Koppeln. Heinrich Küppers' Brotbeutel schlug prall gegen seine Kniekehlen, wenn er ging. Gottschalk wusste: Er schleppte sieben amerikanische Schinkenbüchsen mit sich

herum. Hans Pretzel, der Melder und Cheffahrer, sah zu Gottschalk hinauf. – »Abfahren, Herr Hauptmann?«
»Ja. Langsam den sechsen nach. Die kriegen es fertig und machen kehrt, wenn wir außer Sicht sind.«
Er verbeugte sich vor dem italienischen Mädchen, das allein, mit großen Augen, die Situation nicht begreifend, im Hof stand, und legte grüßend die Hand an die Mütze. Das Mädchen nickte freundlich zurück und winkte. Es sah so rührend aus, so kindlich, so voller Vertrauen, dass Gottschalk schluckte. Er dachte an die Hände Theo Kleins und an die Bullenkraft seines Körpers.
»Fahren Sie ganz langsam, Gefreiter«, sagte er zu Pretzel. »Ich bringe die Kerle vor ein Kriegsgericht, wenn sie dem Mädchen auch nur ein Haar krümmen!«
Der nächtliche Spähtrupp Heinrich Küppers' und Theo Kleins fand nicht statt.
In der Nacht zum 14. September, um 23.39 Uhr, sprangen aus 90 Transportmaschinen 1300 Fallschirmjäger mit voller Kampfausrüstung über dem Landekopf Salerno ab. In einem Gebiet von 1,2 km² schwebten sie lautlos vom Himmel, rollten sich am Boden ab, unterliefen die Schirme, klinkten sich los und bildeten eine neue Kampflinie. Um 2 Uhr morgens summten 131 Flugzeuge über die Küste, mächtige C 47, die über einem bestimmten Planquadrat kreisten und dann aus ihren Leibern Hunderte weißer Punkte warfen. 1900 Fallschirmjäger fielen vom Himmel, ohne dass von der Erde ein einziger Schuss ihnen entgegenpeitschte. 40 weitere C 47 überflogen in großer Höhe die deutschen Divisionen, gingen bei Avellino, südlich der Straßenkreuzung, auf Sprungtiefe und setzten ein Infanterie- und ein Pionierbataillon an Fallschirmen in dem Rücken der deutschen Truppen ab. Pioniere mit Flammenwerfern und Sprengladungen, mit Minenwerfern und zusammensetzbaren leichten Geschützen. Im gleichen Augenblick, in dem die englischen Luftlandetruppen den Himmel mit weißen Wolken überzogen,

schlug Tedders viermotoriger Kampfverband zu. Pausenlos kreisten die Pulks über Battipaglia und Persano, über Eboli und Salerno, über Avellino und den Stellungen der deutschen Divisionen. Keine Straße wurde vergessen, kein Pass bei Salerno, kein Verbindungsweg, keine Senke, kein Flusslauf … metergenau, nach besten Karten, wurden die Gebiete abgeflogen und mit Bomben belegt. Gegen Morgen schrie es von See her auf … die gewaltigen 38-cm-Geschütze der Schlachtschiffe *Warspite* und *Valiant* schleuderten den Tod über Battipaglia und Persano. Der Himmel war erfüllt vom Rauschen der Granaten und Bomben, vom Krachen der Einschläge, dem Summen der Flugzeuge und dem Schreien der Verwundeten.

Theo Klein lag in einem Einmannloch und hatte den Kopf eingezogen. Um ihn herum wirbelte die Erde auf, surrten die Splitter, schwankte der Boden unter den Einschlägen. Persano brannte … die Flammen erhellten die Nacht, er sah die Bomber über sich hinwegziehen und sah in der Ferne die weißen Gebilde langsam vom Himmel schweben.

Er richtete sich auf und starrte mit offenem Mund hinüber. Er glaubte nicht, was er sah … er wischte sich über die Augen, er kroch trotz des Beschusses aus dem Loch und rannte hinüber zu Heinrich Küppers, der wie er in einem Loch hockte und nach Osten starrte.

»Das sind Fallschirme!« keuchte Klein. Er warf sich in das Loch auf Küppers und drückte ihn nieder. »Heinrich … das sind Fallschirme! Da macht mir doch keiner was vor … da haben wir doch selber vier Jahre dran gehangen! Die Tommys setzen Fallschirmjäger ein!«

Sie pressten sich in dem engen Loch empor und starrten durch die Nacht zu den weißen Flecken. Einen Augenblick war es still … die Pulks waren zurückgeflogen, die nächste Welle kam in ein paar Minuten. Nur die 38-cm-Granaten der Schlachtschiffe hämmerten nach Persano hinein.

Über das aufgerissene Feld kam Maaßen gerannt. Er hatte den randlosen Helm schief auf dem Kopf und schien völlig aufgelöst. »Befehl vom Hauptmann: Alles sammeln, sobald Feuer nachlässt. Richtung brennende Scheune neben der Straße. Die Tommys haben Fallschirmjäger gelandet!«
Theo Klein spuckte auf den Rand des Loches. Sein Gesicht war von nasser Erde fast unkenntlich.
»Endlich wird die Sache interessant«, sagte er. Küppers sah ihn von der Seite an. »In Kreta hat so ein Kerl mir eine verpasst … das muss ich noch zurückzahlen. Ein Mist ist nur, dass die springen und wir wie Wanzen auf der Erde herumkriechen. Kinder, wisst ihr noch, wie wir so vom Himmel geschwebt sind? Für dieses Gefühl würde ich drei Mädchen hergeben! Und jetzt graben wir uns hier ein wie Maulwürfe. Verdammte Scheiße!«
Der neue Bomberpulk zog über Persano nach Süden. Er kreiste über dem Feld der 3. Kompanie. Rauschend kamen die ersten Bomben herunter … die Erde brüllte auf. Es war, als spränge ein Vulkan aus dem flachen Feld und schleudere die halbe Weltkugel in den Himmel. Feldwebel Maaßen machte einen weiten Satz und preschte davon. Von irgendwoher schrie eine grelle Stimme. Lang gezogen, sich überschlagend.
Theo Klein nahm den Kopf herunter. Er drückte sich an Küppers und schob den Helm ins Gesicht »Da hat's einen erwischt«, sagte er in das Krachen hinein. »Wenn der Rabbatz nachlässt, gehen wir 'raus und suchen ihn …«
Heinrich Küppers nickte. Er sah den Kirchturm von Persano umfallen … wie eine riesige Fackel senkte er sich zur Erde. Dann wirbelte eine Wolke von Funken in den Himmel, in deren flackerndem Schein er die Bomber sah.
Welle auf Welle … silbern blitzende Leiber… Leuchtmarkierungen, die ›Christbäume‹ hingen zu Hunderten in der Luft. Plötzlich war die Nacht hell, man hätte die Zeitung lesen oder sich rasieren können.

Küppers sah zu Klein neben sich. Der Stabsgefreite lächelte ihn an. »Und wenn die tausend Christbäume setzen, uns kriegen sie nicht, Heinrich«, sagte er.
Das grässliche Schreien des Verwundeten wurde leiser ... in den Sekunden der Stille zwischen den einzelnen Einschlägen hörten sie sein Wimmern. Am Straßenrand ging eine Leuchtkugel hoch ... sie schoss in den fahlen Himmel, beschrieb eine Parabel und verzischte.
»Sammeln!« sagte Küppers. »Gottschalk schießt Kugeln. Wir müssen 'raus, Theo.«
»Und der Verwundete?!«
»Den holen wir erst und nehmen ihn mit!«
Sie sahen sich an, es war, als wollten sie sich noch einmal, zum letzten Mal, sehen. Dann nickte Theo Klein und sprang aus dem Loch. Wie ein Schatten folgte ihm Küppers ... sie rannten dem Wimmern zu, geduckt zwischen Bombentrichtern, springend und sich hinwerfend beim Orgeln neuer Einschläge.
Der Himmel brannte, die Erde brannte, die Stadt, die Felder, die Dörfer ... von Salerno bis Paestum riss die Hölle auf und verschlang in einem einzigen, zwei Tage und zwei Nächte dauernden Aufschrei die deutschen Divisionen ...

In dem Inferno an der Sele-Brücke ging auch der junge Ersatz des Leutnants von der Breyle zugrunde.
Bevor die Fallschirmjäger der 32. Airborne über dem Landekopf Salerno absprangen und Tedders Geschwader und Cunninghams Schlachtschiffe die Erde umpflügten, sprach Jürgen noch einmal mit seinem Vater.
Es war ein kurzes Gespräch.
»Vater?«
»Mein Junge?« Major von der Breyle presste die Lippen zusammen. »Wieder defätistische Gespräche, jetzt mitten in der Nacht?«
»Nein, Vater. Ich wollte mich von dir verabschieden.« Die Stimme Jürgens schwankte. Major von der Breyle spürte,

dass er plötzlich zitterte. Er lehnte sich zurück und befahl sich Haltung. Aber sie misslang ihm, der Hörer an seinem Ohr schwankte.

»Red' keinen Unsinn, Jürgen!« Breyles Stimme war belegt. »Wohl schlecht geträumt, was?«

»Nein, Vater. Ich habe jetzt die Briefe fertig geschrieben, an die Mütter, Vater, an die 183 Mütter meiner gefallenen Jungen. An Mütter wie unsere Mutter, Vater. An Mütter, die weiß werden, wenn sie meine Zeilen bekommen. Die den Krieg verfluchen, die Erde, das Leben, Gott und mich, den Leutnant, der ihre Söhne in den Tod kommandierte. Ich habe die Briefe fertig, sie gehen morgen ab … und nun kann ich nicht mehr, Vater.« Major Breyle schloss die Augen. Die trostlose, weltverlorene Stimme seines Sohnes riss eine Wunde in ihm auf.

»Ich komme zu dir, Jürgen«, sagte er gepresst. »Warte auf mich, mein Junge … in drei Stunden bin ich bei dir …«

Er wollte weitersprechen, aber die Verbindung riss ab. Er hörte ein Krachen in der Leitung, dann war sie tot.

»Jürgen!« schrie er. »Jürgen!!« Er rüttelte an dem Hörer, er schüttelte den Apparat, er drehte an der Kurbel, rasend, wie irr, mit leeren, entsetzensweiten Augen.

»Jürgen …«, stammelte er. »Mein Gott … Junge, Junge … Was ist denn los …?«

Da krachte es auch bei ihm, das Haus schwankte, der Boden schaukelte, Feuerschein huschte durch das Fenster. Die Tür wurde aufgerissen, Oberst Stucken stürzte ins Zimmer.

»Sie werfen Fallschirmjäger ab!« schrie er. »Hinter unseren Linien! Breyle, sie ahmen unser Kreta nach! Übernehmen Sie den Stab und den Divisionstross. Ich werde die erste Welle aufzuhalten versuchen!«

Ein neuer Bombeneinschlag ließ das Haus schwanken. Oberst Stucken rannte aus dem Zimmer. Von draußen hörte man sein weit hallendes Organ. Er stellte einen Stoßtrupp zusammen.

Starr, wie verloren, stand Major von der Breyle im Zimmer, den schweigenden Hörer des Telefons noch in der Hand.
»Jürgen«, sagte er leise. Es war, als sei es nicht seine Stimme. Sie klang so kläglich, weinerlich, kindlich. »Mein Gott – Jürgen …«
Ein neuer Einschlag neben dem Haus warf ihn zu Boden. Der Luftdruck riss die Fenster heraus und schleuderte die Möbel gegen die Wände.
Vom Himmel schwebten die Fallschirmjäger … 1900 Mann für 1,2 km^2.
Oberst Hans Stucken lag auf der Erde, die Maschinenpistole vor sich. Neben ihm brannte ein Stall. In den Flammen schrien die Kühe, sie zerrten an den glühenden eisernen Ketten. Ein Trupp deutscher Fallschirmjäger rannte nach vorn. Major v. Sporken, der Ia der Division, warf sich neben Stucken in den Dreck. Vorschriftsmäßig hatte er die Kartentaschen mit.
»Hauptmann Gottschalk hat bereits Feindberührung!« schrie er Stucken ins Ohr. »Er umgeht Persano in Richtung Battipaglia.«
»Und die anderen?« schrie Stucken zurück.
»Sie graben sich ein!«
Die 38-cm-Granaten der *Valiant* zerhämmerten das Haus, das Stabsgebäude der Division. Major von der Breyle stürzte durch die Einschläge, in Sprüngen arbeitete er sich zu Stucken vor und warf sich dann neben ihn.
Der Oberst sah zu ihm hin. Verwundert hob er den Kopf. »Was haben Sie denn da in der Hand, Breyle?« fragte er.
Breyle starrte auf seine Hand. Er hielt noch den abgerissenen Hörer des Telefons umklammert. Ein Zucken lief über sein Gesicht, er legte den Hörer auf die bebende Erde und deckte wie schützend seinen Arm darüber.
»Ich habe zum letzten Mal mit meinem Jungen gesprochen, Herr Oberst.«

Stucken nahm den Kopf herunter, eine neue Granate heulte heran. Der Krieg ist eine Gemeinheit, dachte er. Er ist die abgrundtiefste Gemeinheit der Menschheit. Aber wir können ja nichts dafür, Breyle … Sie nicht und ich nicht … Wir sind nur die Opfer.
Neben ihm riss die Erde auf …

Als nach zwei Tagen das Hämmern der Bomber und Schlachtschiffe abflaute und die amerikanische 5. Armee sich fest bei Salerno verankert hatte, als man einen kleinen Überblick über die Lage gewann, war die Ersatztruppe an der Sele-Brücke fast aufgerieben. Leutnant Jürgen von der Breyle wurde vermisst.
Die Kampfgruppe Hauptmann Gottschalks war bis auf 70 Mann zusammengeschrumpft. Sie lag hinter Eboli am Tusciano und wartete auf den von der Division versprochenen Ersatz.
Die Gruppe Maaßen war vollzählig aus der Hölle herausgekommen, ja, Theo Klein war schon wieder auf Erkundungszügen und hatte nach dem Muster Küppers' ein Schwein gegen einen gestempelten Marschbefehl eingetauscht.
Allein die Anwesenheit der gesamten Gruppe Maaßen verlieh der 3. Kompanie so etwas wie den Schein der Unverwundbarkeit. Während zwei Regimenter der 34. Division die gelandeten britischen Fallschirmjäger beschäftigten, hatte man die 3. Kompanie vorläufig als Sturmgruppe in Reserve gelegt und ihr Zeit zum Verschnaufen gegeben. Der neue Ersatz sollte direkt aus der Fallschirmjäger-Ersatzstaffel kommen, aus der Sprungschule bei Rom.
Felix Strathmann hatte darüber mit Kurt Maaßen eine Diskussion. »Was sollen wir mit dem Ersatz?« sagte er missbilligend. »Die müssen jeden Tag dreimal ihre Unterhosen waschen, so voll scheißen sie sich! Wir haben vier Jahre Sprungerfahrung und liegen hier wie Pik sieben!«

»Irgendwie müssen wir ja aufgefüllt werden.« Feldwebel Maaßen legte sich auf den Rücken. »Wenn die Amis so weiterdonnern, sehen wir Rom nie wieder. Von Deutschland ganz zu schweigen.« Er wälzte sich zu Küppers auf die Seite und sah zu, wie dieser seine Pistole putzte. »Sag mal, Heinrich, du bist doch verheiratet. Du hast doch 'ne nette Frau. Ich sehe nie, dass du ihr schreibst ...«

Unteroffizier Heinrich Küppers legte die Pistole weg. Er steckte umständlich das Putzzeug ein und zog dann die Knie an.

»Das geht dich einen Dreck an«, antwortete er sachlich.

»Natürlich! Der Spieß sagte neulich ... alle schreiben sich die Finger krumm, nur von dem Heinrich bekomme ich seit dem letzten Urlaub keinen Brief.«

»Der Spieß kann mich kreuzweise.«

»Tut er nicht, Heinrich!« Maaßen richtete sich auf. Sein Gesicht war ernst. »Hör mal zu, Junge. Ich bin selbst verheiratet und habe zwei Kinder. Und jedesmal, wenn es losgeht, wenn wir mitten im Dreck liegen, dann denke ich an sie und sage mir: Kurt, Kurt, drück die Schnauze in den Dreck, nimm den Hintern 'runter, kneif die Arschbacken zusammen und lieg schön still! Deine Frieda und die beiden Gören, die wollen noch was von ihrem Vater haben. Vor allem die Frieda ... die ist noch jung, und Temperament hat sie, dass einem die Luft ausgeht.«

Theo Klein schnaufte und zog die Knie an. »Halt die Fresse, Kurt!« schrie er. »Du machst mich ganz verrückt mit deinem Gequatsche. Wer hier noch was von Weibern sagt, wird erschossen!«

Feldwebel Maaßen schüttelte den Kopf. Er beugte sich zu Küppers hinüber und stieß ihn an.

»Du hast wohl nie daran gedacht, dass deine Frau einmal eine Witwe sein kann, was?«

»Das ist mir gleichgültig.«

»So? Das ist dir gleichgültig. Schnurzegal! Und was wird aus deinem Jungen – wie heißt er noch?«

»Dirk …«
»Was wird aus dem?« Maaßen stieß Küppers wieder an. Der Unteroffzier blickte ihn mit wütenden Augen an.
»Lass mich in Ruhe, sag ich dir! Was geht dich meine Ehe an?« Und als er bemerkte, dass die anderen fünf ihn anstarrten, fügte er hinzu: »Damit ihr's endlich wisst – sie will sich scheiden lassen! Ich bin ihr zu rau … zu schweinisch … Du bist ein Mörder, hat sie zu mir gesagt! Seitdem du im Krieg bist, ist der Mensch für dich einen Dreck wert! Du hast deine Persönlichkeit verloren, dein Wesen, deinen Charakter, alles hast du verloren. Nur eins ist dir geblieben: der tierhafte Trieb! Und darauf verzichte ich!«
»Meine Fresse!« Theo Klein stützte den dicken Kopf auf die Hände. »Da hat deine Olle ja tüchtig ausgepackt. Und was hast du gesagt?«
Heinrich Küppers sah auf seine Hände. Er schwieg lange und wandte sich dann ab. »Ich habe sie ins Gesicht geschlagen und habe drei Tage lang gesoffen! Bis zum Ende des Urlaubs! Dann bin ich zu euch zurück … und nun läuft die Scheidung.«
Er nahm seine Pistole vom Boden, steckte sie in das Futteral und ging schnell davon. Hinter einem Munitionswagen verschwand er.

ZWEITES BUCH

Das Größte am Menschen ist sein Geist,
das Kleinste sein Verstand.
CHINESISCHES SPRICHWORT

In den Monti Picentini, dem bis zu 1800 m ansteigenden Gebirgszug hinter Eboli, lernte Felix Strathmann das Mädchen Maria Armenata kennen.
Hauptmann Gottschalk hatte ihn beauftragt, nach Contursi zu fahren, um dort beim Regimentsstab um die Zuteilung von sieben neuen Granatwerfern zu bitten. Die Nachrichtenverbindung nach Contursi lag unter dauerndem Beschuss, die Leitungen wurden zerfetzt, kaum dass die Störungstrupps sie geflickt hatten, und machten ein Telefonat mit dem Regiment, ja schon zum nahe gelegenen Bataillon völlig unmöglich. So meldete sich der Obergefreite Strathmann als Melder und knatterte mit einer 500-ccm-BMW durch das Gelände und über die von Bombentrichtern und Granaten aufgerissenen Felder dem Gebirgszug entgegen.
Feldwebel Maaßen hatte ihm einige gute Vorsichtsmaßregeln mitgegeben, ehe er sich von der Truppe verabschiedete. »Wenn du es pfeifen hörst, Felix«, sagte er eindringlich, »dann 'runter von der Kiste, aber erst die Zündung weg. Und möglichst weit ab von der BMW … es kann sein, dass dich die Splitter nicht treffen, aber die Karre, und du kommst in einen schönen Ersatzteilregen!«
Felix Strathmann hatte sich diesen Satz zu Herzen genommen und raste durch die Gebirgspässe. Auch Theo Kleins letzter Zuruf: »Bring was zu Saufen mit!« war nicht vergessen worden. Er hatte auf dem Gepäckträger zwei sauber ausgewaschene Kanister verschnürt und hoffte, sie mit Wein gefüllt zurückbringen zu können.
Eine Fahrt über italienische Gebirgsstraßen, wenn sie abseits des Fremdenverkehrs liegen, ist kein Vergnügen,

schon gar nicht, wenn sie aufgerissen sind und von den Hängen herab von Partisanen bewacht werden. Das war das Schlimmste an der ganzen Meldefahrt. Gegen das Rauschen aus der Luft konnte man sich schützen, indem man sich in Deckung warf, die Bomber sah man kreisen, ehe sie ihre schreckliche Last abwarfen, aber die Partisanen sah und hörte man nicht. Plötzlich knallte es aus dem Hinterhalt, von einem Felsvorsprung her, von einem Plateau, hinter einem Stein hervor, und man fühlte den heißen Einschlag der Geschosse, wehrlos, verstört, hilflos, eine rennende Zielscheibe der versteckten Schützen.

Oberst Stucken hatte bereits den Befehl des Armeekorps an seine Division weitergegeben: »Bei Partisanenberührung keine Gefangenen! Sofortiges Standgericht und Exekution! Nur Rücksichtslosigkeit schützt uns vor dem Überfall aus dem Hinterhalt!«

Felix Strathmann hatte die Geschwindigkeit vermindert, als er die erste Gebirgsstraße erreichte, und fuhr langsam und nach allen Seiten sichernd durch die raue Einsamkeit der Felsen. Wilde Olivensträucher zogen sich die Hänge empor, verkrüppelte Pinien, Ölbäume, ab und zu eine Zypresse in schlanker, dunkler, in den Himmel stoßender Schönheit. Das Geräusch der schweren Maschine erfüllte die Stille der engen Straße. Der Gefechtslärm von der Küste schien hier abgedämpft, zurückgehalten von den Felsen und aufgesaugt von der Einsamkeit.

Strathmann drosselte den Motor und hielt die Maschine an. Er griff nach hinten an sein Koppel, schob die Maschinenpistole, die vor seiner Brust pendelte, zur Seite, versicherte sich, dass er allein war, und klinkte die Feldflasche los. Bevor er trank, roch er an der Flasche und verzog den Mund. Malzkaffee, dünner, wässeriger Malzkaffee. Der Teufel soll die Feldküche holen! Wo kommt bloß der Bohnenkaffee hin, den sie von Rom herschicken? Saufen sie selbst, die Bonzen vom Trog, Kreuzdonnerwetter!

Er trank drei Züge und setzte verblüfft die Feldflasche ab. Auf halber Höhe des Hanges vor ihm kniete ein Mädchen! Es hatte drei große Tonkrüge vor sich stehen und füllte aus einer Quelle, die Strathmann von der Straße aus nicht erkennen konnte, Wasser in die braunen, gebrannten Gefäße.

Leise, als könnte das Mädchen es hören, schraubte er die Feldflasche zu und erschrak selbst über das laute Einklicken des Karabinerhakens am Brotbeutel. Dann saß er steif wie ein Denkmal auf seinem Motorrad und starrte hinüber auf das friedliche Bild der Wasserschöpferin. Sie hatte ein irdenes Gefäß in der Hand, einer tiefen Schüssel ähnlich, und fing mit ihr das klare Wasser der Quelle auf, ehe sie es in die neben ihr stehenden Krüge umschüttete.

Die Anwesenheit des Mädchens verblüffte Strathmann weniger als die Sorglosigkeit, mit der es inmitten des Kampfgebietes an der Quelle hockte. Es hatte lange schwarze Haare, die in der Sonne glänzten, als seien sie eingefettet. So viel er sehen konnte, trug es ein groß geblümtes, leichtes Kleid. Ein rotes Kleid, das die Schultern zur Hälfte frei ließ. Er stellte es fest, als sie sich bückte, um mit der Schale neues Wasser in die Krüge zu schöpfen. Vorsichtig schnallte er seinen schmutzigen Stahlhelm ab. Er hatte das Gefühl, das Mädchen könnte erschrecken, wenn es ihn sah … der Stahlhelm, der weite ›Knochensack‹, die Maschinenpistole, alles war so wild, so fremdartig und angsteinflößend. Er strich sich mit beiden Händen durch seine braunen Locken, als er den Helm abgenommen hatte, und kletterte vom Sitz der Maschine. Er musste dabei an Theo Klein denken, der in dieser Situation keinerlei Bedenken empfinden und den Hang emporstürmen würde, als gelte es, einen Bunker frontal zu nehmen. – Er ging langsam über die Straße und zuckte zusammen, als sich unter seinen dicken Gummisohlen ein Stein löste und die abschüssige Straße hinabrollte.

Das Mädchen blickte auf. Es warf die Schale hin und richtete sich auf. Das Kleid reichte ihm kaum bis an die Knie, es war am Saum zerfetzt und umschloss nur knapp die volle Brust. Strathmann hob beide Hände und blieb stehen.

»Nicht weglaufen!« sagte er so sanft wie möglich. »Ich tue dir nichts. Bleib stehen …«

Er kletterte den Hang hinauf, hielt sich an den Olivensträuchern fest und übersprang den kleinen Bachlauf, der sich aus der Quelle bildete und seitwärts durch die Felsen weiterlief.

Das Mädchen sah ihn an und lächelte. Sie hat große braune Augen, stellte Strathmann fest. Und ihre Brüste sind rund, wie zwei ausgereifte Äpfel. Er lächelte zurück, schob die Maschinenpistole auf den Rücken und versuchte ein Blinzeln mit den Augen.

»Keine Angst«, sagte er. »Sprichst du Deutsch?«

»Ein wenig …«

Sie hatte eine helle, singende Stimme. Wie das Zwitschern eines Vogels, dachte Strathmann. Dann fand er den Vergleich dumm und setzte sich auf einen der hohen Tonkrüge.

»Du bist nicht geflohen?« fragte er.

»Ich habben hier meine Mama.«

Strathmann sah zu Boden. »Der Krieg wird auch hier in die Berge kommen, Mädchen. Alle Orte an der Küste sind zerstört. Kann ich dir helfen?«

Das Mädchen schüttelte den Kopf. Dabei flogen ihre Locken um das schmale, braune Gesicht und kringelten sich über den Brüsten. Strathmann sah zur Seite und atmete schwer.

»Mama ist krank, sehr krank. Ich brauchen Wasser für Umschläge, signore …« Sie nahm zwei Krüge an den großen Tragehenkeln und hängte sie sich an die Arme. »Addio!« sagte sie freundlich. – Strathmann sprang auf. »Ich helfe dir tragen. Das ist zu schwer für dich! Komm.«

Er wollte ihr einen Krug abnehmen, aber sie wehrte ihn ab und stellte sie wieder auf den felsigen Boden.
»Nein!« sagte sie hart. Ihre Stimme war dunkler geworden, und über ihr Gesicht zog ein Schatten, so, wie eine Wolke kurz über die Sonne zieht, und das Land fahl wird und grau. »Mama kann nicht sehen deutsche Soldat. Papa ist tot … bei Messina, signore. Erschossen von deutsche Soldat. Bitte nicht mitgehen …«
Felix Strathmann knöpfte sich zwei Knöpfe der Kombination auf. Ihm war warm geworden. Unter seiner Kopfhaut spürte er ein rhythmisches Klopfen. Das Blut, dachte er. Verdammt, das Blut steigt mir zu Kopf. Ich schäme mich vor diesem Mädchen und seiner Mutter. Er warf mit einem Ruck die Maschinenpistole ab und legte sie vor sich auf den Boden.
»Wie heißt du?« fragte er unsicher.
»Maria. Maria Armenata.«
»Ein schöner Name. Maria Armenata. Er ist wie ein Lied, wie der Beginn einer Arie von Puccini oder Verdi. Er ist so schön wie du selbst, Maria.«
»Und wie heißen du?«
»Strathmann. Felix Strathmann.«
Maria lächelte. Sie spitzte die Lippen und zuckte mit den schmalen, nackten Schultern. »Ich kann nicht aussprechen so schwere Namen. So schwere deutsche Namen. Aber Felix …« Sie betrachtete ihn aus ihren großen braunen Augen. Die Augen eines Rehes, durchfuhr es Strathmann.
»O Felix … das klingt gut. Felix heißen doch der Glückliche … Sind Sie glücklich, signore Soldat?«
Ein Schrecken durchrann Strathmann. Glücklich? Bin ich glücklich? Keiner hatte ihn bisher danach gefragt. Überhaupt hatte niemand versucht, ihn persönlich anzureden, ihn, den Menschen Felix Strathmann. Er war in St. Pauli geboren. Sein Vater, hieß es auf dem Vormundschaftsgericht, als er 18 Jahre alt wurde, sei ein Seemann gewesen,

der vergessen habe, zurückzukommen. Seine Mutter arbeitete in einer Wäscherei und plättete seit zwanzig Jahren Oberhemden. Immer nur Oberhemden. In zehn Minuten ein Hemd … in der Stunde sechs Hemden. Das sind am Tag 48 Hemden … Im Jahr … in zehn Jahren … in zwanzig Jahren … Mein Gott, eine ganze Welt voll Hemden! Mit dieser Plätterei hatte sie Felix auf die Mittelschule geschickt, dann wurde er Schlosserlehrling auf einer Werft und kroch in den halb fertigen Schiffsbäuchen herum. Abends ging er aus … über die Reeperbahn, in die Gassen, die mit Bretterwänden abgesperrt waren und hinter denen die Mädchen halbnackt im Fenster lagen und sich kaufen ließen wie ein Pfund Apfelsinen oder eine Büchse Erbsen. Sogar wählen konnte man dort, wie auf einem Wochenmarkt. Man konnte die besten Stücke herauspicken und sie wie Salatköpfe kritisch drücken und aufblättern. Ab und zu gab er der Mutter auch ein paar Mark von seinem Lohn ab, vor allem vor den Feiertagen, damit sie Fleisch kaufen konnte und Aufschnitt. Als ihm das Leben bis zum Hals hing, hatte er sich zum Militär gemeldet. Es war schon Krieg, Polen war gefallen, die deutschen Truppen standen in Frankreich. Da wurde er Fallschirmjäger und fiel vom Himmel in das Morden hinein. Viermal verwundet, ausgezeichnet mit dem EK I, befördert zum Obergefreiten … aber man hatte ihn nie gefragt, ob er glücklich sei. Nie! Auch die Mutter nicht. Sie hatte das Leben hingenommen, wie es kam. Sie hatte den Seemann geliebt, das Kind geboren und trug es als eine Selbstverständlichkeit, dass der Vater nicht mehr zurückkam. Sie plättete die Hemden … zwanzig Jahre lang, ein Gebirge von Hemden, und lebte dahin, bis sie eines Tages erlöschen würde wie eine Petroleumlampe, die den letzten Tropfen aufgesaugt hatte. Felix – der Glückliche …

»Ich weiß nicht, Maria«, sagte er leise. »Ich weiß es wirklich nicht! Ich weiß nicht einmal, was das ist – das Glück. Weißt du es denn?«

»Nein, signore Felix.«
»Dann haben wir dieselbe Krankheit!« Er versuchte, wieder seinen burschikosen Ton anzuschlagen. »Ich habe einen Freund, Maria, den Theo Klein, der würde sagen: Was Glück ist, das kann ich dir schnell sagen. Komm mit in die Büsche – in drei Minuten kannst du darüber Romane schreiben! Aber der Theo ist ein Schwein. Vielleicht ist er so, weil auch ihn niemand gefragt hat, was Glück ist und wie es wirklich ist, da drinnen in der Brust.« Er klopfte auf seine Brust und fühlte unter seiner Faust das blecherne Oval der zweiteiligen Erkennungsmarke. Nr. 34 768, 34. FR. Blutgruppe 4. »Bist du hier in der Nähe, Maria?«
»Si, signore Soldat.«
»Und du bleibst auch hier?«
»Si.«
»Dann können wir uns wiedersehen, Maria?«
Sie nickte … zögernd, schwach. Über ihre Augen zog wieder der trübende Schatten.
Strathmann reichte ihr seine Hand hin. Sie war staubig und voll Ölflecke. Maria Armenata legte ihre Fingerspitzen hinein, er schloss die Hand und spürte selig, wie er einen Teil ihres Körpers umfasst hielt, einen warmen, leicht bebenden Teil, und wenn es auch nur die Finger waren.
»Ich komme wieder, Maria. Ich werde hier an der Quelle sein und hupen.«
Maria sah ihm nach, wie er den Hang hinabsprang, leichtfüßig, schlank, voll jungenhafter Freude. An seinem Motorrad schnallte er den Helm wieder auf und schob die Maschinenpistole vor die Brust. Er winkte noch einmal zu ihr hinab und fuhr dann den Weg weiter hinauf, nach Contursi zu.
Maria sah ihm nach, bis er in den Felsen verschwand; dann stieg sie die Anhöhe empor, ohne die Krüge, die halb gefüllt neben der Quelle standen.
Auf dem Gipfel des Hanges erwartete sie Emilio Bernatti. Er hatte ein Gewehr in der Hand und starrte finster auf

die Straße, über der noch der Staub von Strathmanns Motorrad lag.

»Welche Truppe?« rief Bernatti Maria entgegen. »Es war ein Fallschirmjäger! Wo liegen sie? Wollen sie zurückgehen? Wo fuhr er hin?!«

Maria Armenata schob Bernatti zur Seite und ging an ihm vorbei zu dem Zeltlager, das zwischen den Felsen aufgeschlagen stand.

»Ich weiß es nicht! Ich habe ihn nicht gefragt. Er ist unglücklich, Emilio.«

»Er ist ein Feind! Er ist ein Deutscher!« Bernatti warf sein Gewehr hin und spreizte die Finger. »Ich bringe dich um, du Miststück, wenn du dem Kerl auf den Leim gehst! Aushorchen solltest du ihn, und was machst du? Du himmelst ihn an! Man sollte im Krieg alle Weiber ersäufen, dann ist das Siegen leichter!«

Er stapfte nach zu den Zelten und setzte sich zu Mario Dragomare und Francesco Sinimbaldi auf die aufgeschichteten Steine, die ihnen als Sitzgelegenheit dienten.

Auf seinen Kopf hatte die deutsche Wehrmachtsleitung tausend Mark gesetzt. Er hatte es von Sinimbaldi gehört, der aus Eboli zurückkam und die Nachricht mitbrachte, dass die Stadt nur noch ein rauchender Trümmerhaufen sei. Als er Anfang September mit siebzig Männern und ihren Frauen und Töchtern in die Berge zog, um eine Partisanentruppe zu bilden und den britischen Landetruppen im Rücken der Deutschen einen Weg zu bahnen, tat er dies aus Hass gegen die Deutschen.

»Italien hat genug geblutet!« hatte er den siebzig Männern zugerufen.

»Es ist genug mit diesem Wahnsinn! Wir sind Bauern, wir wollen zu unseren Feldern, wir wollen pflügen, säen und ernten! Wir wollen diesem Krieg ein Ende machen. Gott wird uns verzeihen.«

Sie versteckten sich in den Bergen, sie überfielen die Nachschubkolonnen, sie ermordeten einzelne Soldaten, sie legten

Minen auf den Straßen und jagten Depots in die Luft. Als die Fallschirmjäger der Engländer bei Avellino niedergingen, weit hinter den deutschen Linien, fanden sie die Partisonen schon bereit. Mit den britischen Sabotagekolonnen, die sie in den Felsennestern versteckten, sprengten sie die Brücken und hoben deutsche Kommandos aus … aus der Dunkelheit der Nacht schlugen sie zu, schemenhaft, wie ein Spuk, gnadenlos, eine Spur von Blut hinterlassend.
Die Gruppe Bernatti im Gebiet der 34. Fallschirmjägerdivision wartete noch auf den großen Einsatz. Wenn die Deutschen zurückgingen, wollten sie die Pässe abriegeln, die Straße verminen und die zurückgehenden Kolonnen mit Felssprengungen zermalmen.
Emilio Bernatti sah zu Maria hinüber, die an einem offenen Feuer in einer Pfanne Spaghetti wärmte.
»Ab morgen steht Renate an der Quelle!« schrie er zu ihr hinüber. »Ich bringe dich um, wenn du noch einmal mit dem Deutschen sprichst!«

In Rom hatte das Absetzen der britischen Fallschirmtruppen im Rücken der deutschen 10. Armee einen Schock ausgelöst. Noch wussten die einzelnen Stellen nicht, wie weit die Armee Clarks bereits von der Küste ins Innere vorgedrungen war – die Wehrmachtsberichte waren in einer lapidaren Sprache gehalten, die alles und nichts sagte. Vom Hauptquartier Kesselrings kam nichts durch, um keinerlei Panik im Hinterland zu erzeugen und die Partisanengruppen zu ermutigen, noch aktiver zu werden, als sie es schon waren. Nur die endlosen Lazarettzüge, die in Rom eintrafen und die Tausende stöhnende und mit durchbluteten Verbänden schaurig anzusehende Verwundete ausspien, verrieten mehr als Worte und als die sich ständig widerrufenden Meldungen aus dem Süden.
Renate Wagner arbeitete still in ihrem Lazarett. Sie hatte ein Zimmer mit siebzehn Verwundeten, und sie nahmen ihre ganze Zeit in Anspruch, mit Spritzen, Nachtwachen,

Verbinden und Essenausteilen. Von Dr. Pahlberg hatte sie nur einmal gehört ... er schrieb ihr, dass er in Eboli angekommen – sei und gleich wieder an den Operationstisch müsse. Kein Wort von dem Mann mit der zerrissenen Milz und der fehlenden Rillensonde, dem Zynismus Dr. Heitmanns und dem Beginn der höllischen Offensive. Sie ahnte nur, als die ersten Meldungen durchsickerten, in welcher Lage er sich befand. – Aber sie gab es auf, weiterhin jemanden zu suchen, der sie mit nach Eboli nahm. Nach dem Abflauen der ersten Erregung sah sie die Unmöglichkeit ein, ja sie schüttelte jetzt selbst den Kopf über die Unsinnigkeit ihrer damaligen Bemühungen. Sie hatte sich entschlossen, in der Stille auf eine Gelegenheit hinzuwirken, in die Nähe Erichs zu kommen. Nicht gewaltsam, mit dem Kopf durch die Wand, sondern heimlich, mit der ganzen List eines weiblichen Gehirns, das Pläne und Möglichkeiten ersinnt, die jenseits des abstrakteren Denkens eines Mannes liegen. Sie tastete ihre Umgebung ab, sie verschloss sich vor keinem Umweg mehr, nachdem der gerade Weg versagt hatte, und bei diesen Bemühungen um einen Durchbruch durch die Mauer kriegsmäßiger Gesetze traf sie auf einen verwundeten Fallschirmjäger, auf den jungen Leutnant Horst Braun.
Er wurde ins Lazarett eingeliefert mit einem Unterschenkelschussbruch. Bei Salerno hatte man ihn geschient und dann nach Rom weitergeleitet. Als er im Lazarett eintraf, war die Wunde vollständig vereitert und brandig geworden. Es gab nur noch einen Weg, die bereits vorhandene Wundinfektion einzudämmen und Horst Braun zu retten: die sofortige Amputation des Beins.
Renate Wagner saß an seinem Bett und hielt ihm die fieberheiße Hand. Das Bein war dick angeschwollen, rot, und verpestete die Luft des Zimmers mit dem süßlich scheußlichen Geruch des Eiters.
»Für Sie ist der Krieg zu Ende, Herr Leutnant«, sagte sie sanft. Sie legte einen in Wasser getränkten Lappen

auf die heiße Stirn und lächelte ihn dabei an. – Horst Braun starrte sie aus weit aufgerissenen flackernden Augen an.

»Ich sterbe doch nicht, Schwester?« stieß er hervor. Er umklammerte die Hand Renates und zog sie zu sich heran. »Sagen Sie mir, dass ich nicht sterben muss! Ich habe solche Angst, Schwester … Ich friere … Vom Bein herauf friere ich … Es kriecht an mir hoch, Schwester … es geht bis ans Herz … Fühlen Sie es? Legen Sie doch die Hand drauf, Sie müssen es doch fühlen … es ist ganz kalt … ganz kalt …« Er klapperte mit den Zähnen, sein Unterkiefer war ein einziges Flattern. »Warum kommt denn kein Arzt … warum operiert man mich nicht?! Ich sterbe doch, Schwester … ich spüre es … Ich sehe es an Ihren Augen …« Plötzlich warf er den Kopf herum und weinte laut. Er schrie in die Kissen hinein und rief nach seiner Mutter. – Zwei Stunden später wurde sein Bein amputiert. Es wurde amputiert bis zum Becken … das ganze Gelenk schälte der Chirurg heraus. »Armer Kerl«, sagte er, als die Bahre hinausgetragen wurde. »Der kann nie eine Prothese tragen! Ein paar Stunden früher, und wir hätten nur den Unterschenkel amputiert!«

Als der Leutnant Horst Braun aus seiner Narkose erwachte, fiel sein Blick auf die Uniform, die seitlich von seinem Bett an einem Haken hing. Der grüne Ärmelstreifen mit der Silberstickerei ›Fallschirmjägerrgt.‹ leuchtete in der Herbstsonne, die warm durch die Fenster flutete. Über der Uniform hing der randlose Helm, unter der Uniform standen die Springerstiefel. Geputzt, matt glänzend. Zwei Schuhe … zwei … zwei …

»Nehmen Sie die Uniform weg, Schwester!« schrie Horst Braun. Er warf den Kopf zur Seite und sah auf seine Beine. Dort, wo das linke Bein liegen musste, war die Decke flach, eingedrückt, vom rechten Bein her abfallend.

»Die Uniform weg!« brüllte er. »Und die Schuhe, diese beiden Schuhe. Die schrecklichen Schuhe … die beiden

… beiden …« Er schlug die Hände vor sein schmales, eingefallenes Gesicht und schluchzte.
Renate Wagner nahm die Uniform vom Haken, hängte den Helm am Kinnriemen über den Arm, ergriff die Springerschuhe und verließ mit ihnen schnell das Zimmer. Auf dem Flur zögerte sie plötzlich. Sie betrachtete die noch neue Uniform, das Band mit der Silberstickerei, den randlosen Helm. Es war, als bräche ein Deich in ihrem Gehirn, und eine Flut von Gedanken überschwemmte ihr Inneres. Sie raffte die Uniform zusammen, rannte den langen Gang entlang, sprang die Treppen des Nebengebäudes empor, rannte, sich die Schwesternhaube von den Haaren reißend, über die winkligen Flure und stürzte in ihr Zimmer. Mit zitternden Händen stieß sie die Schranktür auf und warf die Uniform in eine Ecke. Sie schichtete Schürzen und Unterwäsche darüber und schloss dann die Tür. Mit dem Rücken stemmte sie sich dagegen, als könne sie von innen gewaltsam geöffnet werden, und legte schwer atmend die flachen Hände gegen die pochenden Schläfen.
Eine Uniform! Sie hatte eine Uniform! Einen Stahlhelm, einen ›Knochensack‹, ein Paar Springerstiefel! Die Uniform eines Leutnants, der so war wie sie, so schlank wie sie … Sie starrte gegen das helle Viereck des Fensters. Es war offen, die Gardine flatterte im Zugwind. Sonne prallte gegen den dünnen weißen Stoff … der Himmel war blau, durchsetzt mit kleinen, zarten Wolken. Unter diesem Himmel zogen die Geschwader dahin … Transporter nach Transporter, Ju 52 mit dicken, bis an den Rand gefüllten Leibern.
Am Abend schloss sich Renate Wagner ein und zog die Uniform an. Dort, wo der Granatsplitter den linken Unterschenkel zerfetzt hatte, eine Handbreit unter dem Knie, war der Stoff der Kombination zerrissen, versengt, mit Blut durchtränkt und verhärtet von geronnenem Blutserum. Sie verspürte keinen Ekel, als sie das geronnene Blut

an ihrem Bein fühlte, als der erstarrte Stoff über ihre Haut kratzte ... sie knöpfte die Kombination zu, sie zog die Springerstiefel an und verschnürte sie. Als sie den randlosen Helm aufsetzte, hatte sie Mühe, ihre blonden Haare unter ihm zu verbergen. Sie drückte den ›Goldhelm‹ – die Bezeichnung Erichs fiel ihr in diesem Augenblick wieder ein, und sie lächelte wehmütig – mit beiden Händen nieder und schob den Helm darüber, stopfte die seitlichen Haare hoch unter das Schaumgummipolster und legte den Kinnriemen um das kleine, schmale Gesicht.
Als sie vor den Spiegel trat, erkannte sie sich kaum in dieser völligen Verwandlung. Der Helm machte ihr Gesicht kantig – jetzt, da nicht mehr die Haare den Kopf umschmeichelten, wirkte er trotz seiner Schmalheit streng und fast asketisch. Die silbernen Schulterstücke hingen etwas nach vorn ... Leutnant Braun hatte breitere Schultern gehabt. Sie schob die Uniform etwas nach hinten und stopfte die so entstehende Beule als Falte zwischen das eng gezogene Koppel. Als sie an der Seite hinuntertastete, spürte sie etwas Hartes zwischen den Fingern. Sie griff zu und hielt das Kappmesser in der Hand.
Der Anblick des Messers entsetzte sie, sie spreizte die Finger und ließ das Messer zu Boden fallen.
»Leutnant Wagner«, sagte sie leise. Ihre Stimme war heiser vor Erregung. »Leutnant Reinhold Wagner ...« Plötzlich riss sie den Helm vom Kopf und warf ihn fort. Er rollte klappernd in die Ecke. »Mein Gott, ich bin ja verrückt, ich bin ja völlig verrückt«, stammelte sie.
Sie warf sich auf das Bett, mit dem Gesicht nach unten, und weinte.

Unterdessen hatte Feldwebel Hugo Lehmann III seinen schlechten Tag.
Er stand auf dem Übungsplatz der Fallschirmjägerlehrabteilung zwei, etwas außerhalb Roms nach Monterosi zu, und betrachtete missmutig, wie die angehenden Fall-

schirmjäger im Luftstrom des ›Windesels‹ sich an den Fallschirmen wegschleifen ließen und dann aufsprangen, den Schirm unterliefen und versuchten, die vom Wind geblähte Seide zum Einfallen zu bringen. Der Windesel war ein altes Flugzeug mit abgesägten Tragflächen und gekapptem Rumpf, das einzig die Aufgabe hatte, einen riesigen Windstoß zu erzeugen und die Fallschirmschüler an den Schleifriemen über den Boden zu jagen. Die Kunst dabei war, auf die Beine zu kommen und den Schirm so zu umlaufen, dass er einfiel.

Feldwebel Lehmann III überblickte den Übungsplatz. Von seinem aufgeblähten Schirm gezogen, schleifte Eugen Tack über den Rasen. Tack, in Lehmanns Augen die trübe Tasse des Lehrgangs, ließ sich über den Boden ziehen, dass die Klumpen aufspritzten.

»Auf!« brüllte Lehmann III. »Beine vor! Den Schirm umlaufen!« Er griff nach der ›Flüstertüte‹, dem Megaphon, und holte tief Atem. »Tack! Sie Rindvieh!« schrie er über den weiten Platz. »Über die Schulter abrollen! Beine vor!«

Auf dem Nebenfeld hockte Fallschirmschütze Dombert unterdessen in einem anderen abmontierten Flugzeug, dem Rumpf einer JU 52. Er hing in der Tür, hatte die Arme seitlich an den Haltegriffen, starrte vorschriftsmäßig geradeaus in Sprungrichtung und wartete auf ein Zeichen. Als es kam, stieß er sich mit den dicken Gummisohlen vom Türrand ab, warf beide Arme in die Luft nach vorn und fiel in den unter dem Flugzeugrumpf stehenden großen Torfkasten. Übungssprung aus der Maschine, nannten sie das, nachdem sie in der Halle an Flaschenzügen hochgezogen worden waren und hin und her schwangen. Plötzlich brüllte dann eine Stimme: »Wind vom Hallentor! In den Wind drehen! Höhe 15 Meter … 10 Meter… 5 Meter … Ab!« Die Haltevorrichtung wurde ausgeklinkt, und man fiel auf eine dicke Matte, über die man sich abrollen lassen musste. Dann ging es zur Übungstreppe, die bereits einen Ausschnitt hatte wie eine

Flugzeugtür, aber man war noch angeschnallt und konnte pendeln. Im Freien wurde das anders ... da sprang man frei, die Knochen knackten, und es kam darauf an, den letzten Nerv anzuspannen, um nicht von Lehmann III oder Oberfeldwebel Michels zusammengebrüllt zu werden. Schütze Walter Dombert kletterte aus dem Torfkasten. Er blickte dabei hinüber zu Eugen Tack, der neben seinem zusammengefallenen Fallschirm stand und von Lehmann III eine Standpauke erhielt.
»Über die Schulter abrollen!« schrie Lehmann III. »Beine vorwerfen ... dann zieht Sie der Schirm von allein hoch! Und dann um das Ding 'rum und zusammenreißen! Hundertmal hat der Kerl das in der Halle geübt, hundertmal gesehen! Sie trübe Tasse, Sie! Sie verlorenes Holzauge!«
Eugen Tack stand stramm und sah Lehmann III aus gütigen Augen an.
»Wie sind Sie eigentlich zu den Fallschirmjägern gekommen?!« schrie Lehmann III hochrot. »Gerade zu uns?!«
»Ich fühlte eine innere Berufung dazu«, sagte Eugen Tack leichthin. Lehmann III riss den Mund auf und zog hörbar die Luft ein. Aber er schwieg. Er war machtlos gegen diese Antwort. Mit einem unverständlichen Gemurmel wandte er sich ab und ging zu Oberfeldwebel Erich Michels hinüber, der am Torfkasten seine Notizen machte.
»Was Neues, Erich?« fragte Lehmann III.
»Nee. Nur 'n Befehl vom Kommandeur. Der Ersatz soll beschleunigt ausgebildet werden! Unser Lehrbataillon wird aufgelöst.«
»Aufgelöst?« Feldwebel Lehmann III sah Michels mit schräg gestelltem Kopf an. »Soll das heißen, dass wir wieder ...« Er nickte mit dem Kopf zur Seite. Michels hob die Schultern.
»Möglich. An der Front stinkt es!«
»Scheiße.« Lehmann III klemmte die Flüstertüte unter den Arm und begab sich zurück zu seiner Gruppe. Er jagte Eugen Tack noch viermal mit dem Windesel über den

Rasen und war dann froh, als die Übung eingestellt wurde und die Kompanie sich sammelte. Am Feldrand saß der Unteroffizier Helmuth Köster und hatte ein Heft vor sich auf den Knien. Misstrauisch umschlich ihn Lehmann III und tippte ihn auf die Schulter.
»Was gibt das, wenn es fertig ist?« fragte er.
»'ne Prüfung mit I!« Köster sah zu Lehmann auf. »Die Abmessungen der Ju 52 sind«, dozierte er: »Spannweite 29,25 m, Länge 18,9 m, Höhe 4,5 m! Ihre Motoren haben 2280 PS und können eine Gipfelhöhe von etwa 6000 m erreichen. Ihre Ausführung in Ganzmetall verhindert die Brandgefahr, Splitterwirkung wie bei Holzbau kann nicht auftreten, sie ist gegen Witterung unempfindlich und braucht keine Halle.«
»Und sonst biste normal, was?!« Lehmann III trat gegen das Heft. Es fiel in den Rasen. »Wer will denn den Quatsch wissen? Die Hauptsache ist, du kommst richtig unten an!«
Köster nickte. »Die Berechnung des Falls stammt von dem englischen Physiker Newton. Die Formel lautet: $^{1}/_{2}$ g X t^{2}. Bei wachsender Beschleunigung des Falls brauche ich bei einem Sprung aus 1600 m, wenn sich der Schirm erst 600 m über dem Erdboden öffnet, bis zur Öffnung des Schirms genau 15,1 Sekunden. Die 600 m am Fallschirm bis zur Landung dauern etwa 20 Sekunden! Ich bin also innerhalb 35,1 Sekunden aus 1600 m gelandet!«
»Uff!« Lehmann III schob die Feldmütze in den Nacken. »Du bist als Kind nicht mal hart auf den Kopf gefallen, was? Überleg mal, Helmuth. Überleg ganz scharf! – Glaubst du, die Amis stellen sich unten hin und berechnen deinen Fall? Die heben die Knarre und halten drauf! Die kämmen mit den MGs die ganze Herrlichkeit ab, die da an weißen Seidenpilzchen vom Himmel schaukelt!« Er stellte seine Flüstertüte neben sich und setzte sich zu Köster auf die Wiese. »Hast du gehört: Wir sollen in den Einsatz.«

»Leutnant Mönnig brachte es vom Stabskommando mit. Es muss stimmen.«
»Die ganze Ausbildungsabteilung?«
»Voraussichtlich. Es ist vielleicht unser letzter Absprung. Wenn die Amis erst in Deutschland stehen, brauchen wir keine Fallschirme mehr.«
»Deutschland!« Lehmann III wölbte die Unterlippe vor. »Glaubst du, dass die bis nach Deutschland kommen? Dann hätten wir ja den Krieg verloren!«
»Was du nicht sagst …« Unteroffizier Köster klappte sein Heft zusammen und schnellte auf die Beine. Dieses Aufschnellen war gelernt und geübt, es wirkte fast artistisch und hatte ihm bei Korinth das Leben gerettet. Als er mit seinem Fallschirm landete und bei dem starken Wind noch über den Boden schleifte, hatte ein Tommy auf ihn gezielt. In dem Augenblick, in dem er schoss, schnellte sich Köster zufällig empor und umlief den Schirm. Der Schuss surrte unter ihm hindurch in den Schirm. »Im Osten gehen wir zurück, Mussolini ist pleite, nächste Woche wird Neapel fallen, dann kommen sie direkt auf Rom marschiert … Es ist alles Mist, Lehmann!«
Er ging hinüber zu der sich sammelnden Kompanie. Bedrückt folgte ihm Lehmann III, die Flüstertüte unter den Arm geklemmt. – Leutnant Günther Mönning stand mit Oberfeldwebel Michels etwas abseits und hielt ein großes Blatt Papier in der Hand. Mit einem Bleistift kreuzte er Namen an.
»Der erste Ersatz geht in zehn Tagen weg«, sagte er leise. »Nur erfahrene Leute, aber nicht vom Stammpersonal. Sie werden nicht geflogen, sondern kommen gleich zum Erdeinsatz. Der Rest und das Stammpersonal bleiben in Bereitschaft, Es kann sein, dass wir nächsten Monat schon abhauen. Die 34. hat uns angefordert.«
»Unser alter Haufen, Herr Leutnant?« Oberfeldwebel Michels lächelte trotz der bitteren Nachricht Er tastete nach dem EK I und dem silbernen Verwundetenabzeichen.

Kreta, dachte er. Chania … Malemes … Iraklion … Junge, das waren Zeiten! 12.000 Gefangene … wir waren wie die Teufel. Teufel, die vom Himmel fielen Nichts hielt uns stand, kein Bunker, kein Fort, keine Stellung, kein Felsennest.

Leutnant Mönnig faltete das Papier zusammen. »Sie freuen sich auf den Einsatz?«

»Ich freue mich, die alten Kumpels wiederzusehen. Feldwebel Maaßen, Unteroffizier Küppers – wir haben in schwersten Zeiten immer zusammengelegen, Herr Leutnant.«

Mönnig schielte zur Seite. Er sah das glänzende Gesicht seines Oberfeldwebels. »Und dass Sie fallen könnten, daran haben Sie nicht gedacht?«

»Das schon, Herr Leutnant. Daran denken wir ja alle …«

Wortlos wandte sich Günther Mönning ab und ging.

In seinem Rücken hörte er Lehmann III brüllen.

»Kompanie angetreten!!«

Stabsarzt Dr. Pahlberg war mit seinem Feldlazarett nordwärts gezogen. Die Sicherheit war nicht mehr gewährleistet, seitdem Tedders Bombergeschwader planmäßig das Gelände umpflügten. Dr. Heitmann hatte Benevento, eine kleine Stadt am Colore, als neuen Sitz zugewiesen bekommen und war nun dabei, das Lazarett in einer Schule aufzubauen, während Dr. Pahlberg den Abtransport der Schwerverletzten durch eine Sankakolonne überwachte. Später sollten die Bahren mit den stöhnenden Männern dann in einem Lazarettzug nach Rom gebracht werden.

Am gleichen Tage saß Mario Dragomare neben seiner Frau Gina in den Bergen von Picentini und wartete auf die Geburt seines ersten Kindes. Die anderen Frauen hatten Gina auf ein paar mitgeschleppte Matratzen gebettet, Maria hatte Wasser von der Quelle geholt, und die Hebamme des Dorfes, die mit der Partisanengruppe gezogen

war, hockte nun zu Füßen der in den Wehen stöhnenden Gina und wartete neben Schüsseln mit heißem Wasser und einigen sauberen Tüchern auf das Wunder einer neuen Menschwerdung.
Mario Dragomare hielt die Hand Ginas. Er streichelte über ihr blasses, schweißüberströmtes Gesicht und nickte ihr zu. »Es geht alles gut, Ginissima«, sagte er zärtlich. »Bete zur Madonna, sie wird uns helfen.« Er legte ein kleines beinernes Kruzifix auf ihre Brust und ein Medaillon mit einer Gottesmutter aus Emaille auf den hohen, zuckenden Leib. Gina küsste das Kruzifix und schloss die Augen. Ein Stöhnen riss ihre blutleeren Lippen auf. Sie bäumte sich auf und warf die Hände um sich. Die alte Hebamme drückte ihr ein Tuch in die Finger.
»Zerreiß es, Gina … zerreiß es in kleine Stücke!« sagte sie mit ihrer schütteren Stimme. »Du musst pressen … immer pressen … dann kommt bambino an die Sonne…«
Emilio Bernatti schob den Zeltvorhang zur Seite und blickte herein. »Wie ist's?« fragte er.
»Noch immer nicht.« Mario Dragomare wischte sich über die Augen. Seine Hand war nass, als er sie zurückzog. »Sieben Stunden, Emilio … Sieben Stunden. Ich könnte mich aufhängen!«
Brummend zog sich Emilio zurück. Vor dem Zelt zündete er sich eine Zigarette an, nahm sein Gewehr und bezog wieder Posten auf dem Felsvorsprung.
Piero Larmenatto, der Einzige im Dorf, der etwas von Heilkunst verstand, weil er in Eboli bei einem Drogisten in der Lehre gewesen war, beugte sich zu Mario vor.
»Man sollte den Leib kneten«, sagte er leise. »Zwei kräftige Männer. Die Hebamme ist zu alt.«
Entsetzt fuhr Mario herum. Das Stöhnen Ginas erschütterte das Zelt. »Wage es, sie zu berühren!« zischte er. »Ich bringe dich um.« Beleidigt zog sich Larmenatto zurück.
Die alte Hebamme hatte jetzt die Beine Ginas ergriffen und bewegte sie auf und ab. Sie presste die Knie gegen

den hohen, bebenden Leib und riss die Beine dann wieder herunter. Der Körper Ginas bäumte sich, sie röchelte, sie schlug mit den Armen um sich und stopfte das Tuch, das sie in den Händen hielt, zwischen die Zähne. »Mario!« schrie sie. »Mario! O Mario!«
Dragomare lag auf den Knien und betete. Das eintönige Murmeln seiner Litanei mischte sich in das dumpfe Stöhnen, mit dem Gina jede Wehe begleitete. Das Tuch war in kleine Stücke zerfetzt.
»Es kommt nicht, das bambino«, sagte die alte Hebamme. Sie kniete über den Leib gebeugt und schüttelte den Kopf. Dann wusch sie sich die Hände in einer der Schüsseln. »Der Kopf ist zu groß, Mario. Er kommt nicht durch. Er hat sich festgeklemmt. Wir wollen alle beten, dass uns die Madonna hilft.«
Sie lagen auf den Knien und beteten, nach vorn gebückt und versunken in ihren flehenden Bitten, bis Emilio Bernatti wieder ins Zelt sah. »Noch nichts?!« fragte er heiser.
Mario schüttelte den Kopf. Auf seine gefalteten Hände tropften die Tränen.
»Acht Stunden!« sagte Emilio. »Es ist eine Quälerei.« Er schluckte und rieb die Hände an den Hosen. Über sein Gesicht lief ein Zucken. »Bei Eboli«, sagte er stockend … »bei Eboli, Mario, ist ein deutsches Lazarett. Sie bauen es ab … ein Arzt ist noch da! Sinimbaldi meldete es eben … wir wollten es überfallen, wenn es abrückt. Verdammt, das wollten wir! Zu solchen Schweinen hat uns der Krieg gemacht!« Er riss sich das Hemd über dem Hals auf und fuhr sich mit den Händen durch die Haare. »Lauf ins Tal, Mario!« schrie er. »Hol den deutschen Arzt! Lauf schon … lauf …«
Dragomare erhob sich schwankend. »Er wird unser Versteck verraten, Emilio. Man wird uns alle erschießen! Auf deinen Kopf sind 100.000 Lire ausgesetzt, Emilio.«
Bernatti ergriff Dragomare und zog ihn an der Jacke empor. Sein verzerrtes Gesicht war rot, als würde es jeden

Augenblick auseinander platzen. »Lauf!« sagte er keuchend. »Lauf, du Hund von einem Feigling!«
Mit gesenktem Kopf stolperte Mario aus dem Zelt.

Noch immer nicht hatte Major von der Breyle die Kraft gefunden, den Brief an seine Frau zu schreiben und ihr das Schicksal Jürgens mitzuteilen. Dass er gefallen war, zur Unkenntlichkeit zerrissen von einer Bombe oder Granate, stand fast mit Sicherheit fest. Die bisher als vermisst Gemeldeten waren entweder wieder aufgetaucht, bei anderen Truppenteilen, wohin sie versprengt worden waren, oder sie wurden als Tote gefunden und anhand der Soldbücher oder der Erkennungsmarke identifiziert. Nur Leutnant Jürgen von der Breyle und ein Oberschütze blieben vermisst … Als man nach zwei Tagen auch den Oberschützen fand, in einem völlig zerfetzten Pinienhain, begraben unter den umgeknickten Bäumen, blieb für Major von der Breyle nur der schwache Trost übrig, dass Jürgen nicht lange gelitten habe und gleich, ohne Schmerzen, noch im Krachen des Einschlags gestorben war.
Oberst Stucken respektierte den Schmerz Breyles und belastete ihn in den ersten Tagen nicht mit besonderen Aufgaben. Die Szene, wie Breyle aus dem Haus stürzte, den abgerissenen Telefonhörer in der Hand, und sich neben ihn hinwarf, mitten in den Bombenhagel und das Artilleriefeuer, die Stimme seines Sohnes noch in den Ohren, war ihm so gegenwärtig, als sei sie eben erst gewesen, und verfolgte ihn wie ein seelischer Schock. Am dritten Tag sprach er von der Breyle an, nicht mitleidig, das wäre falsch gewesen, sondern männlich hart, gewissermaßen mit einem moralischen Stoß ins Kreuz.
»Haben Sie geschrieben, Breyle?«
Der Major ruckte hoch. »Nein, Herr Oberst. Ich wollte es, ich habe es mir abgerungen, und ich habe den Brief wieder zerrissen. Er war so leer, so hilflos, so peinlich de-

primierend in seinem Pathos.« Er hob hilflos die Arme. »Ich kann es nicht …«

Hans Stucken sah an die Decke. Es war eine weiß getünchte Fachwerkdecke … der Putz blätterte ab und gab das Flechtwerk aus Weiden und Lehm frei. »Soll ich es für Sie tun?«

Von der Breyle schüttelte langsam den Kopf. »Ich hätte Sie längst darum gebeten, Herr Oberst. Meinen gehorsamsten Dank für Ihr Angebot« Er versuchte eine knappe, kasinomäßige Verbeugung, aber sie misslang. »Ich kenne meine Frau«, fuhr er leise fort. »Ich weiß, wie sie an dem einzigen Jungen hängt. Unser einziges Kind, Herr Oberst. Wir haben ihn großgezogen wie einen Prinzen. Vielleicht war das ein Fehler. Aber Sie kannten ja nicht unsere Freude … nach zehn Jahren Ehe ein Kind! Dazu noch ein Junge! ›Das ist mein Kronprinz‹, habe ich immer gesagt, wenn Jürgen mich im Kasino besuchte und ich ihn den anderen Herren vorstellte. Ich war so stolz auf ihn. Das Gymnasium besuchte er mit einer Leichtigkeit, die verblüffte. Das Abitur machte er mit Sehr gut‹. ›Ein sehr kritischer Geist, Ihr Sohn‹, sagte der Direktor zu mir. ›Mein bester Abiturient seit fast zehn Jahren!‹ Dann kam der Krieg, die Kriegsschule … er machte alle Prüfungen mit Auszeichnung. Ich sagte es Ihnen schon, Herr Oberst. Ich hatte große Pläne mit ihm. Generalstab, vielleicht die diplomatische Laufbahn. Und nun dies – –«

Hans Stucken legte von der Breyle kameradschaftlich den Arm um die Schulter. »Sie teilen Ihr Leid mit vielen Vätern, Breyle. Mit Tausenden Vätern. Jede Stunde, jede Minute fallen Söhne … auch in den Minuten, in denen wir hier sprechen. Wir können es nicht ändern. Wir können es nur ertragen.«

»Ich weiß, Herr Oberst. Es mag für mich ein Trost sein – aber für meine Frau?! Soll ich ihr sagen, dass sie das Leid von Millionen Müttern dieser Erde trägt? Dass neben ihr, im Nebenhaus, auch eine Mutter weint? Sie wird mich nicht verstehen, Herr Oberst. Welche Mutter versteht das überhaupt? Für sie ist der eigene Sohn die ganze Welt, und diese Welt hat man ihr genommen. Es gibt nichts Trostloseres als den Schmerz der Mütter.«

Oberst Stucken wandte sich ab. Er konnte nicht mehr in die Augen Breyles sehen, ohne seine Haltung zu verlieren, die er mühsam aufrechterhielt. »Wir Menschen stehen jeder einmal an der Grenze des Schmerzes und glauben, es gehe nicht mehr weiter. Dann kommt ein neuer Tag, eine neue Sonne, ein neuer Wind, ein neuer Regen … das Leben geht weiter. Ja, es geht weiter, es muss weitergehen … und wir lernen es einsehen, und wir fügen uns dem Gesetz göttlicher Bestimmung, auf Erden zu sein und zu erleben, was uns das Leben bringt! Es ist die Tragik des Menschen, mit Bewusstsein zu leiden.« Stucken schob die Hände in die Taschen, sie waren ihm im Weg. Außerdem zitterten sie, und Breyle sollte es nicht sehen. »Sie kennen die Bestimmungen, Breyle«, sagte er rau. »Wir müssen die Angehörigen benachrichtigen innerhalb – –« Major von der Breyle hob die Hände. Stucken schwieg ergriffen.

»Ich weiß, Herr Oberst, ich weiß.« Er nestelte an seiner Brusttasche herum und warf ein zerknittertes Kuvert auf den Tisch. »Hier ist der Brief von Jürgens Regimentschef. Er gab ihn an mich weiter, damit ich ihn meinem Schreiben beifüge. Ich habe ihn nicht gelesen … ich habe Angst zu lesen, was da über meinen Jungen geschrieben steht … Fürs Vaterland, für Großdeutschland, für die Ehre der Nation, für das ewige Leben des deutschen Volkes, für den Führer …« Breyle schluckte und griff sich an den Hals, als ersticke er. »Das steht da alles drin, Herr Oberst. In schönen Worten, in heroischen Worten, in Worten von Schiller'schem Pathos. Dieser ganze verlogene Kram, diese Heuchelei, diese Gemeinheit vor dem Gewissen!«

Oberst Stucken sah gegen die Wand vor sich. Er stand nahe vor ihr, so nahe, wie es sonst nur üblich ist bei Liquidationen durch Genickschuss. Und er empfand es auch so

… die Worte Breyles hämmerten gegen seinen Rücken wie die Garbe eines Exekutionskommandos. Er hob schaudernd die Schultern. Er fror.
»Können wir es ändern, Breyle? Kann ich es? Können Sie es? Wir drehen uns im Kreis mit unserem Aufschrei der Moralität. Wir sind Rufer in einer Wüste, die unsere Stimme aufsaugt, als habe sie gar nicht geklungen. So alt wie die Menschheit ist das Problem der Sinnlosigkeit eines Krieges. Ich habe die Menschheit nicht gemacht, Breyle. Und wäre ich Gott, so hätte ich sie erst gar nicht geformt, oder ich hätte meinen Schöpfersinn längst revidiert! So aber bleibt uns nichts übrig, als zu ertragen!« Er drehte sich von der Wand weg und kam auf Breyle zu, der an der Tischkante lehnte. Ein alter Mann, durchfuhr es Stucken. Über Nacht ein alter Mann. »Schreiben Sie Ihrer Gattin, dass Jürgen vermisst ist, schreiben Sie ihr die volle Wahrheit. Und geben Sie ihr ein wenig Hoffnung, indem Sie sagen, dass man die Möglichkeit nicht ausschließt, ihn als Gefangenen später gemeldet zu bekommen.«
Breyle nickte schwer. »Jawohl, Herr Oberst. Ich werde es so schreiben. Auch wenn ich selbst nicht daran glaube.«
»Darauf kommt es nicht an, Breyle.« Er kreuzte die Hände auf dem Rücken und sah aus dem Fenster hinaus auf das mit Trichtern übersäte Feld und die rauchenden Trümmer des Dorfes. »Ich glaube fast, dass Gott so gütig ist, die frommen Lügen als eine gute Tat zu werten.«

Auf der Rückfahrt von Contursi hielt Felix Strathmann mit seiner BMW wieder an der Straßenstelle, wo oberhalb des Hanges die Quelle aus dem Gestein sickerte. Er hupte und sah den Hang hinauf. Aber Maria Armenata kam nicht. Hinter einem großen Stein lag Francesco Sinimbaldi und wusste nicht, ob er den deutschen Fallschirmjäger abschießen oder ihn laufen lassen sollte. Die Überlegung, dass Gina Dragomare ihr Kind mit Hilfe des deutschen

Arztes bei Eboli bekommen sollte, rettete Felix Strathmann das Leben.
Fast eine Stunde stand er unten auf der steinigen Straße und hupte geduldig in Abständen. Beim Regiment in Contursi hatte man ihn vertröstet. Auch hier wurde der Nachschub erwartet, der durch die zerbombten Straßen und wegen Spritmangels dauernd ins Stocken geriet und nur des Nachts fahren konnte, weil Tedders Flieger das gesamte Gebiet bis Avellino kontrollierten. Dafür hatte er Wein bekommen. Die beiden Kanister waren voll, und sie schwappten jetzt auf dem Gepäckrost der Maschine. Wenigstens etwas, würde Theo Klein sagen. Jetzt fehlen nur noch die Mädchen! Jungs, gegen mich wäre ein T 34 wie eine Wanze! Er war eben ein Erzschwein, der Theo.
In der Tasche verbarg Strathmann eine Kostbarkeit. Schokolade. Deutsche Fliegerschokolade, in runden, flachen Blechdosen, Schoko-Cola. Sie peitschte das Nervensystem auf, hielt wach und schenkte einen kurzen Rausch von Energie. Wie Pervitin, diese kleinen weißen Tabletten, welche die Nachtjäger als Marschverpflegung erhielten. Er wollte diese Schokolade Maria schenken – beim Furier in Contursi hatte er sie aufgetrieben und nur nach langem Reden bekommen, weil auch der Furier auf Kreta gewesen war und es unter Kreta-Kämpfern eigentlich nichts gab, was sie nicht untereinander teilten.

Unterdessen stieg von der anderen Seite des Berges Mario Dragomare ins Tal.
Er war nicht allein – die wimmernde, in den Wehen aufschreiende Gina begleitete ihn. Man hatte sie auf einer provisorischen Bahre festgeschnallt, auf einem Holzrost, auf den man die Matratze legte. Ihr hoher Leib unter der schmutzigen Decke bäumte sich auf; dann schaukelte die Bahre, und nur die Gurte, mit denen man sie festgeschnallt hatte, verhinderten, dass sie auf den steinigen Boden stürzte.

Mario Dragomare ging voran, die Griffe der Trage fest umklammert. Am anderen Ende der Bahre schritt Emilo Bernatti. Piero Larmenatto wollte ihn zurückhalten, er schob Emilio weg und ergriff die beiden Holme der Trage. »Auf deinen Kopf sind 100.000 Lire gesetzt!« sagte er laut. »Du bist verrückt, Emilio! Ich trage Gina.«
»Du kannst kein Deutsch.« Emilio stieß Piero in die Seite und trat hinter die Bahre. »Wer soll mit dem Arzt reden, he?«
»Sie werden dich aufhängen, Emilio!« Francesco Sinimbaldi kam von seinem Posten und schwenkte sein Gewehr.
»Der Fallschirmjäger steht wieder auf der Straße!« rief er.
»Der Geliebte Marias ...«
Niemand lachte. Emilio grunzte und blickte hinüber zu Maria Armenata. »Willst du zu ihm gehen?« fragte er. Sie schüttelte den Kopf. Emilio atmete schwer. »Wenn der Arzt das Kind holt, darf er weiterleben, und du kannst ihn sprechen. Los jetzt!« Er nahm die Griffe und nickte Mario Dragomare zu.
»Auf!« kommandierte er. Der schwere Körper Ginas hing in der Luft, die Umstehenden bekreuzigten sich und falteten die Hände. So trug man sie aus dem Lager, den Berg hinab ins Tal.
Nach zwei Stunden standen sie vor dem Haus, in dem Dr. Pahlberg noch immer operierte. Lastwagen mit dem roten Kreuz an allen Seiten verluden das Lazarett, am Stadtrand von Eboli spritzten krachende Erdfontänen empor. Die Artillerie der 5. Armee betrommelte die deutschen Stellungen.
Die Träger hatten gewechselt. Bernatti stand jetzt vorn und schob sich durch das Gewimmel der deutschen Soldaten hindurch zu dem Haus mit der wehenden Lazarettfahne. Vor der wimmernden Frau bildete sich eine Gasse, mit gesenktem Kopf schritt Bernatti sie entlang. 100.000 Lire, dachte er. Wenn sie mich erkennen, schießen sie mich ab. Sie kennen keine Gnade, diese Barbaren, sie sind

Teufel. Er schielte unter den buschigen Augenbrauen hervor auf die Soldaten. Tarnanzüge, runde Helme, kantige, verdreckte, ausgemergelte Gesichter. Fallschirmjäger. Bernatti biss die Zähne aufeinander. Aber er ging weiter, wie eine Maschine setzte er die dicken Beine vor sich. In seinen Händen schaukelte er die Trage mit der wimmernden Gina.

Aus dem Haus stürzte Krankowski. Er sah die Italiener und rannte ihnen entgegen. »Was wollt ihr hier?!« schrie er. »Verwundet?!« Dann erblickte er die Frau, sah ihren hohen Leib unter der dünnen Decke, ihr bleiches, schweißüberströmtes Gesicht und fuhr sich mit der Hand über die Augen. »Kreuzdonnerwetter! Auch das noch!« sagte er leise. Er rannte zurück in das Haus und hörte, wie die schweren Bauernstiefel der Italiener durch den Flur schlurften.

Stabsarzt Dr. Pahlberg hatte die Gummischürze abgebunden und wusch sich die Hände. Der letzte Verwundete war versorgt – die neuen Transporte wurden bereits weitergeleitet zu anderen Sammelstellen. In dem provisorischen OP räumten die Sanis Gustav Drage und August Humpmeier bereits die Instrumente in die Kisten und klappten den transportablen leichten Operationstisch zusammen. Der Abbau musste schnell gehen, in drei Stunden stand die letzte Lazarettgruppe marschbereit und verließ den Bogen, der im Verlauf der Frontverkürzung zurückgenommen wurde.

Feldwebel Krankowski riss die Tür des OP auf und trat Gustav Drage in den Hintern, der gerade den Operationstisch zusammenklappte. »Stehen lassen!« sagte er laut.

Dr. Pahlberg drehte sich um. »Nanu, Krankowski?! Noch eine Einlieferung?« Er unterbrach das Waschen und kam mit tropfenden Händen näher. Krankowskis Blick war verschleiert.

»Eine Geburt, Herr Stabsarzt …«

»Was?!«

In diesem Augenblick betraten Bernatti und Dragomare das Zimmer. Ihre Bahre schwankte, weil Gina aufschrie und mit den Händen um sich schlug. Das Gesicht Marios zuckte … er weinte wieder und schämte sich, es vor den Deutschen zu tun.

An der Tür stand Krankowski und keuchte.

»Das erste Kind, signore dottore«, sagte Bernatti dumpf. Er sah die Blutflecken an Pahlbergs weißem Kittel und blickte zur Seite. Übelkeit würgte ihm in der Kehle. »Es will nicht kommen«, stöhnte er. »Seit neun Stunden, signore dottore …«

August Humpmeier hatte den OP-Tisch bereits wieder aufgeklappt. Gustav Drage legte weiße Tücher darüber und suchte nach den Riemen, die er durch die Laschen des Tisches zog.

Krankowskis Gesicht war weiß … er sah auf die wimmernde Gina und spürte, wie sich die Innenflächen seiner Hände mit kaltem Schweiß bedeckten.

Dr. Pahlberg kniete neben der Bahre und schlug die Decke zurück Der pralle, hoch gewölbte, von blauen Äderchen überzogene Leib Ginas stieß ihm entgegen. Die Haut war schweißnass und gespannt wie das Fell einer Trommel. Ein Zucken lief durch den Körper, ehe die Wehe einsetzte. Dann schrie Gina wieder auf, ihre Beine trommelten auf den harten Rost der Pritsche, und ihre Finger zerrissen die Decke, wo sie sie greifen konnten.

Dr. Pahlberg war kein Gynäkologe, nur kurz war er als Kliniker in der Geburtsabteilung gewesen, als junger Assistenzarzt, bevor er sich als Chirurg spezialisierte. Er erinnerte sich der Fälle von Steißlage, von Drehungen des Kindes durch den Arzt, der so genannten Hick'schen Wendung, von hoher Zange. Wortlos griff er nach hinten. Gustav Drage hielt ihm die sterilen Handschuhe hin. Er streifte sich einen über die rechte Hand und tastete den Leib Ginas ab. Sie stöhnte bei der manuellen Untersuchung auf und umklammerte das Holz der Bahre. Vorsichtig tasteten sich die Finger Dr. Pahlbergs weiter … er fühlte den Kopf des Kindes, hinter dem markstückgroßen Muttermund war er festgeklemmt

»Das Becken ist zu eng«, sagte er. Er sah in das weiße Gesicht Ginas und dann auf seine Hände. Es gab keine andere Wahl, er wusste es. Es gab keine Illusionen mehr, kein Warten, kein Hoffen … »Kaiserschnitt!« sagte er laut.

»Hier?!« Krankowski zitterte am ganzen Leib. »Ohne Zange, ohne …« Er schwieg. Dr. Pahlberg richtete sich auf.

»Ich habe meine Hände. Ist das nicht genug?!«

»Ja, Herr Stabsarzt. Jawohl … jawohl …« Krankowski sah zu den beiden anderen Sanitätern, die neben dem Operationstisch standen. Dr. Pahlberg rannte an das Waschbecken und schrubbte sich die Hände und Arme. »Äthertropf-Narkose!« rief er über den Rücken hinweg. »Was anderes haben wir ja nicht! Machen Sie schnell, Krankowski!«

»Jawohl …« Die Stimme des Feldwebels brach ab.

Dr. Pahlberg drehte sich um. Der Sanitäter stand wachsbleich hinter ihm, über sein Gesicht lief kalter Schweiß.

»Was haben Sie, Krankowski?« Dr. Pahlberg starrte in das verzerrte Gesicht. Krankowski schloss die flackernden Augen.

»Meine Frau ist bei einer Geburt gestorben, Herr Stabsarzt. Beim dritten Kind … Aortenriss … Sie war völlig ausgeblutet, als ich sie sah …«

Pahlberg fuhr in die Gummihandschuhe, die ihm Gustav Drage reichte. Humpmeier band ihm die Gummischürze um. »Gehen Sie hinaus, Krankowski«, sagte er leise. »Schnappen Sie frische Luft. Ich werde es schon allein machen …«

»Nein, Herr Stabsarzt, ich bleibe hier.«

»Sie fallen mir um, Krankowski.«

»Nein!« Der Feldwebel wischte sich mit beiden Händen über das nasse Gesicht. »Ich halte durch, Herr Stabsarzt. Ich mache nicht schlapp. Es ist nur die Erinnerung … die gleiche Situation ... dieses Wimmern und Stöhnen ...« Er sah Pahlberg wie ein verwundetes Tier an. »Ich habe sie sehr lieb gehabt, Herr Stabsarzt ... «

Auf dem Operationstisch lag Gina. Bernatti und Dragomare hatten sie hinaufgehoben, jetzt wurden sie von Gustav Drage aus dem Zimmer geschoben. Mario blieb an der Tür stehen, einen Augenblick nur, und sah zurück auf Gina. Sie lag nackt auf den weißen Tüchern und wurde von Humpmeier angeschnallt. Ihr hoher Leib war unförmig gegenüber der zarten Brust und dem kleinen, fast kindlichen Gesicht. Über das Ende des Tisches hingen ihre langen Haare hinab, eine Flut von Locken, in denen er spielte, wenn sie nebeneinander lagen und glücklich waren, und in denen er sein Gesicht vergrub, wenn sie sich gehörten und ihre Herzen gegeneinander schlugen. »Ginissima«, stammelte er. »Bella Ginissima ...« Er schlug das Kreuz und faltete die Hände. So drückte ihn Gustav Drage aus dem Raum und schlug hinter ihm die Tür zu.

Dr. Pahlberg trat an den Tisch. Krankowski narkotisierte ... er brauchte nur wenige Tropfen, um die in stundenlangem Kampf ermüdete Gina von den Schmerzen zu erlösen. Humpmeier hatte mit einem Wattebausch bereits den Leib mit Jodtinktur eingerieben ... ockerfarben schrie Pahlberg der große Fleck entgegen, in den er einschneiden musste. Nur oberhalb des Operationsgebietes war der Körper Ginas abgedeckt ... der ganze Leib war frei. Die Abdecktücher, die kleinen, viereckigen Mulltücher, die man ›Felder‹ nannte, ratterten bereits mit den ersten Wagen der abrückenden Kolonne nach Norden. Nur das Notwendigste war noch vorhanden, um den Betrieb bis zuletzt nicht einschlafen zu lassen.

»Alles in Ordnung?« Dr. Pahlberg sah zu Krankowski hinüber, der neben dem Kopf Ginas auf einem Hocker saß. Er hatte einen Mundspreizer angelegt und die Zunge Ginas aus dem Mund gezogen, damit sie nicht in den Gaumen zurückfiel und die Narkotisierte erstickte.

»In Ordnung, Herr Stabsarzt.«
Pahlberg nahm das Skalpell. Er setzte es auf die gelbbraune Haut, ohne zu zögern, mit einer Sicherheit, als arbeite er nicht unter improvisierten Verhältnissen. Dann glitt das Skalpell vom Nabel hinab und schlitzte die Bauchdecke auf. Ein paar Blutstropfen quollen hervor, eine dünne Schicht weißgelben Fettes schob sich an den Schnitträndern herum. Das Skalpell durchtrennte sie, rosig trat die Aponeurose hervor. Auch sie wurde mit dem Messer gespalten, schnell, in einem Zug.
Dr. Pahlberg griff nach hinten.
Eine Schere lag zwischen seinen Fingern. (Gustav Drage hatte sie ihm gereicht, der stille, wortkarge Sani. Pahlberg lächelte. Seine Sanis ... er hatte sie in den dienstfreien Stunden zu sich auf das Zimmer genommen und ihnen Vorträge gehalten, anatomische, chirurgische, Instrumentenkunde, Anästhesie. Jetzt arbeiteten sie wie alte OP-Schwestern, flink, still, wortlos, seine Gedanken manchmal vorausdenkend, wenn er ein Instrument brauchte. Bestimmt war es Drages erster Kaiserschnitt, woher sollte er ihn kennen? Aber er gab ihm die richtige Schere, um die Aponeurose zu durchtrennen.
Mit zwei Schnitten erweiterte er das Operationsfeld. Unter der Aponeurose spannte sich die Netzhaut der Membran, durch die matt die verschlungene Masse der Eingeweide schimmerte. Über ihr, gewaltig, wie ein praller Ballon, wölbte sich der Uterus.
Dr. Pahlberg zog mit Wundhaken die großen Fleischlappen der Wunde auseinander. Einige blutende Adern klemmte er ab. Gustav Drage reichte ihm die Tupfer ... er reinigte die Wunde von Blut und sah zu Krankowski hinüber.
»Puls?«
»In Ordnung.«
Der Leiter der Gynäkologischen Abteilung hatte einmal gesagt: »Zwischen Narkose und Herausheben des Kindes

aus dem Uterus brauche ich kaum acht Minuten! Nach der Abnabelung habe ich Zeit, meine Herren! Viel Zeit. Auf keinen Fall darf die Narkose spürbar auf das Kind übergehen! Darum ist die Schnelligkeit der Kaiserschnittgeburt das erste Gebot!«

»Kippen!« sagte Pahlberg laut.

Humpmeier drehte an dem Operationstisch. Die Fläche kippte seitlich nach unten ... der Kopf Ginas lag nun tiefer, während die Beine nach oben ragten. Ihre langen Locken lagen auf den Knien Krankowskis. Er saß wie versteinert und wagte nicht, sich zu rühren.

Durch das Kippen des Tisches rutschte die Masse der Eingeweide in den Leib zurück. Pahlberg deckte warme Tücher darüber und auch über die Blase, die unterhalb des zerschnittenen Bauchfells hervortrat. Er zog mit scharfen Wundhaken den Einschnitt noch weiter auseinander und stopfte Mulltücher an die Schnittränder. Auf dem Grund der riesigen Wunde, in der Tiefe des aufgeschnittenen Leibes lag ein massiger, praller Ballon, dem Aussehen nach wie eine große Blase, gefüllt mit Blut. Tief rot schimmerte sie in der starken Lampe, die an einer Leitung niedrig über dem Tisch hing und das Tageslicht verstärkte. Die Gebärmutter, dachte Pahlberg, die Gebärmutter mit dem Kind. Er überblickte den Operationsraum ... die blitzenden Klemmen und Haken, die Mulltücher, mit Blut bespritzt ... sein Blick glitt weiter über die ruhig atmende Gina und ihr tief liegendes, kleines Gesicht mit den Locken, die auf Krankowskis Schoß lagen.

»In Ordnung!« sagte der Feldwebel. Er lächelte Dr. Pahlberg schwach an.

Mit einem schnellen Schnitt öffnete Pahlberg den Uterus und die Fruchtblase. Fruchtwasser, trübe, strömte hervor und überschwemmte den Leib Ginas, floss über den Tisch und die Schürze Pahlbergs, über seine Hände und Arme. Mit beiden Händen griff er in die große Wunde und umfasste den im Becken festgeklemmten Kopf des Kindes. Er

zog daran, aber die Presswehen hatten das Köpfchen schon tief hineingetrieben und fest verankert. Dr. Pahlberg atmete schwer … er zog an dem Kopf und ruckte. »Höchstens acht Minuten, meine Herren!« durchfuhr es ihn. »Vom Schnitt bis zur Abnabelung!« Eine Zange, mein Gott, man müsste eine Zange haben. Ihm fehlten die flachen Schaufeln der Geburtszange, die sich um den Kopf des Kindes legen und es aus der Tiefe ziehen. Eine Geburtszange in einem Feldlazarett, welch ein Widersinn! Er dachte an die fehlende Rillensonde und an den Tod des Mannes mit der zerrissenen Milz: Sollte es wieder so sein? Sollte wieder ein Mensch unter seinen Händen sterben, weil ein dummes Instrument fehlte, ein Instrument, das der Krieg nicht braucht, um Beine und Arme zu amputieren oder zerschossene Leiber zu flicken? Er griff in die Tiefe des Uterus und der gespaltenen Fruchtblase. Die Finger seiner Hand legten sich tastend über die Augenhöhlen des Kindes. Dann zog er, fest, er presste den Kopf nach oben. Schweiß rann ihm über die Augen, der Geruch von Äther, Blut, Jod und trübem Fruchtwasser nahm ihm fast den Atem … da bewegte sich das Kind … es glitt aus der Umklammerung des Beckens und lag in seiner Hand … ein kleiner, rosiger, nasser Körper, ein rundes, dickes Köpfchen mit schwarzen Haaren. Aus dem Muskel, dem Uterus, quoll Blut. Ein merkwürdiger, süßlich fauliger Geruch stand im Raum.
»Klammern!« rief Pahlberg.
Gustav Drage schob sie in seine Hand. Er klammerte die Nabelschnur ab und durchschnitt sie zwischen den beiden Klemmen.
Neben ihm tauchten zwei Hände auf … Humpmeier nahm das Kind und klopfte es auf den rosa schimmernden, nassen Hintern. Er lachte dabei Gustav Drage an, der Tupfer anreichte und Aderklemmen. Klatschend trommelte Humpmeiers Hand … er strahlte über das ganze Gesicht. Wie zu Hause, dachte er. Vier Kinder habe ich, bei allen war ich dabei und habe sie angenommen. Ich weiß, wie

man das macht, ich weiß, wie man sie zum Schreien bekommt, damit die Brust sich wölbt und die Lungen zum ersten Mal arbeiten.
Das Kind atmete auf. Die kleinen dicken Arme stießen nach vorn. Ein Quäken erfüllte plötzlich die Stille des Raumes, dann ein kräftiges Schreien.
Humpmeier drückte das Kind an sich. »Ein Mädchen, Herr Stabsarzt«, sagte er glücklich.
Dr. Pahlberg arbeitete weiter. Er räumte die Plazenta aus, er reinigte die Bauchhöhle von Blut; Krankowski, aus seiner seelischen Verkrampfung gerissen, gab Sulfonamid, prophylaktisch gegen eine Bauchfellentzündung. Alles geschah jetzt schulmäßig, wie nach einem Lehrbuch der Chirurgie, exakt, schnell, gründlich und lautlos. Nur einmal sah Dr. Pahlberg auf, als Krankowski den Puls angab. »Wir müssten ihr eine Kochsalzinfusion geben«, sagte er. »Der Blutverlust hat sie sehr geschwächt ...« Er hob die Schultern und wandte sich wieder der Schließung der Bauchhöhle zu. »Selbst das haben wir nicht mehr hier...«
Als er den äußeren, langen Bauchdeckenschnitt vernäht hatte, trat er vom Operationstisch zurück und überließ es Krankowski und Drage, Gina zu verbinden und mit dicken Zellstofflagen zwischen den Schenkeln auf ein fahrbares Bett zu legen. Das letzte fahrbare Bett des Lazarettes, das man wieder zusammenbaute, während Pahlberg operierte.
Er stand am Waschbecken, als Humpmeier das Neugeborene wickelte. Humpmeier tat es mit Liebe ... er dachte dabei an seine vier Kinder und überwand den übermächtigen Drang, das schmale, von schwarzen Haaren umrahmte Gesichtchen des Kindes immer wieder zu küssen. »Es ist ein Wunder«, murmelte er, während er zwei Abdecktücher als Windeln verwendete. »Es ist ein Wunder.«
Da fiel ihm ein, dass Krieg war und draußen die 5. Armee gegen Eboli vorrückte. Das erschütterte ihn mehr als die Geburt, und er begann, das Kind zu bedauern.

Draußen, auf dem Flur vor der Tür des Operationszimmers, hockten Bernatti und Dragomare an der Wand und starrten mit verhaltenem Atem auf die Tür. Dragomare murmelte noch immer sein Gebet, in sich versunken, den Kopf auf die gefalteten Hände gelegt. Bernatti rauchte hastig eine selbst gedrehte Zigarette. Sein fleischiges Gesicht war zerfurcht … ab und zu beugte er sich vor und hielt den Atem an. Aber er hörte nichts aus dem Zimmer. Nur das Murmeln Dragomares hing eintönig in der Stille.
Bernatti warf die Zigarette auf den Boden und zertrat die Glut. Sie wird sterben, dachte er. Bestimmt wird sie sterben. Auch der Deutsche kann sie nicht retten! Auch er ist nur ein Mensch. Er atmete tief auf.
Hinter der Tür ertönte leichtes Quäken. Dann schrie etwas, dünn, heiser, lang gezogen. Bernatti riss Dragomare an der Schulter empor.
»Das Kind!« stammelte er. »Mario … das Kind …«
Das Schreien klang durch die Tür, der erste, laute Schrei des Lebens. Da fiel Dragomare auf die Knie, über sein Gesicht rannen die Tränen, er riss die gefalteten Hände empor und hielt sie hoch zur Decke und über die Decke hinaus zum Himmel.
»Maria!« schrie er. »Madonna mia … O Madonna …«
In der Tür erschien Humpmeier. Sein Gesicht strahlte. »Eine Bambina!« rief er fröhlich. »Und der Mutter geht es gut!«
Er warf die Tür zu und sah nicht mehr, dass sich auch Bernatti zur Wand drehte und schluchzte.
Zur gleichen Stunde, sagte Oberst Stucken zu Major von der Breyle:
»So geht das nicht mehr weiter! Die Partisanen nehmen überhand. Ich werde ein Partisanenkommando zusammenstellen und rücksichtslos zuschlagen!« Seine Hand fuhr über die Karte und bezeichnete die Gebiete, die er meinte. »Breyle, ich würde mich freuen, wenn Sie diese Aufgabe übernehmen würden.«

In der Nacht wurde Emilio Bernatti erschossen, als er allein zurück in die Monti Picentini schlich.

Das Versprechen Bernattis, Maria Armenata dürfe Felix Strathmann wiedersehen, wenn der deutsche Arzt Gina rettete, wurde nicht eingelöst. Nicht allein der Tod Bernattis hinderte Maria daran, sondern das ständige Vorrücken der Amerikaner und Briten und die Zurücknahme der deutschen Truppen auf eine neue, taktische Linie, einem Graben- und Bunkersystem, das sich nördlich von Neapel, von Minturno am Tyrrhenischen Meer bis zur Adria bei Ortona erstreckte – die Reinhard-Linie und die Gustav-Stellung. Als Riegel auf der Via Casilinia, der großen Straße nach Rom, lag der Ort Cassino. Hinter Cassino dehnte sich das Liri-Tal, ein ideales Rollfeld für die Panzer General Clarks, ein weites Aufmarschfeld für den letzten Sturm nach Rom. Wer die Enge zwischen dem Monte Camino und dem Monte Sammucro bezwungen hatte und auf der Via Casilina, nach einem Weg von 10 Kilometer durch schroffes und kahles Gebirge, eintrat in die Ebene von Liri, hatte den Weg frei zur italienischen Hauptstadt.
An der engsten Stelle der Via Casilina aber, die sich drei Kilometer um seinen Fuß schlang, erhebt sich der Monte Cassino, nicht der höchste Berg in der Gebirgskette, aber der wichtigste Riegel zum Liri-Tal. Von seiner Höhe aus konnte man die Via Casilina nach Süden kontrollieren – nach Norden zu lag die weite Ebene vor dem Blick, und es bewegte sich nichts auf ihr, was vom Monte Cassino nicht zu sehen war.
Auf dem Berg aber, ihn krönend mit hundert blitzenden Fenstern, hineinragend in den Himmel wie tausend betende Hände, der Sonne und Gott näher als jeder andere Mensch in den Niederungen des Rapido und Garigliano, ein Hymnus an den Glauben und ein steingewordener Gesang zum Ruhme Gottes, lag, umgeben von Olivenhainen, das Benediktinerkloster Monte Cassino.

Um den Berg herum, unterhalb des Klosters, zog sich die Gustav-Stellung der deutschen Truppen. Die Sperrmauer zwischen Rom und der vorrückenden 5. amerikanischen Armee.
Felix Strathmann hatte der Gruppe Maaßen nichts von der Bekanntschaft mit Maria Armenata erzählt. Er fürchtete einen Alleingang Theo Kleins in die Monti Picentini. Die Schokolade hatte er selbst gegessen, nachdem er viermal zu der Quelle gefahren war und stundenlang zwischen den verkrüppelten Oliven gesessen und gewartet hatte. Damit es niemand sah, war er auf die Latrine gegangen … hier saß er wehmütig, kaute an der bitteren Cola-Schokolade und verfluchte den Krieg. Die schlichten Worte Marias hatten eine Saite seines Wesens angerührt, von der er überhaupt nicht wusste, dass er sie besaß; etwas war in ihm aufgebrochen, was im Lauf der harten Jahre verschüttet worden war. Er wusste es nicht zu bezeichnen. War es die Anständigkeit oder ein Selbstbesinnen oder ein Blick für die Ereignisse um ihn herum …

Pahlberg hatte als Letzter das Haus verlassen, das ihm als Lazarett diente. Er hatte Gina noch einmal untersucht und fand sie erschöpft und elend, aber glücklich auf dem Rollbett liegen. Dragomare saß neben ihr und hielt ihre Hand. Er wollte aufspringen und Dr. Pahlberg danken, aber der winkte ab und strich Gina über die krausen Locken.
»Mach's gut«, sagte er. Er wusste, dass sie ihn nicht verstand, auch wenn sie ihn anlächelte aus ihren tiefblauen Augen. »Ich lasse das Bett hier und vor der Tür die Fahne mit dem roten Kreuz. Dann wissen die Amis gleich, was im Hause ist.« Er dachte an Oberstabsarzt Dr. Heitmann und schob das Kinn vor. »Heitmann wird toben wegen des Bettes, aber das hörst du ja nicht« Er tätschelte Ginas schlaffe Hand und nahm ein großes Blatt Papier.
›Operation of birth‹ schrieb er mit Rotstift darauf … das englische Fachwort für Kaiserschnitt fiel ihm nicht ein.

Aber sie würden es auch so verstehen, die amerikanischen Kollegen. Das Papier legte er Gina auf die Füße und zog noch einmal die Decke gerade.
»Auf Wiedersehen«, sagte er, sich aus der sentimentalen Stimmung reißend.
»Addio, signore dottore.« Dragomare gab ihm die Hand. Dr. Pahlberg drückte sie fest. Addio … natürlich, addio … auf Wiedersehen war ja dumm. Wie konnte er sie jemals wiedersehen. Morgen war er in Benevento … nächste Woche vielleicht in Cassino, in der schon sagenhaften Reinhard- und Gustav-Stellung. Wer wusste es, wie schnell die Amerikaner vorrückten, wie lange die deutschen Riegel hielten, diese zusammengeschrumpften, müden, ausgebluteten deutschen Kompanien.
Er ging aus dem Zimmer. Als er sich an der Tür noch einmal umdrehte, sah er, wie ihm Gina zuwinkte. Ihre kraftlose Hand pendelte durch die Luft … addio …
Er stieg vor dem Haus in seinen Kübelwagen mit dem roten Kreuz auf der Kühlerhaube. Krankowski saß hinter dem Lenkrad … Drage und Humpmeier, der sich mit Gewalt von dem Säugling reißen musste und wegging, als ließe er das eigene Kind zurück, waren mit dem letzten Sanka schon vorausgefahren.
»Erlauben Sie mir ein Wort, Herr Stabsarzt?« fragte Krankowski düster.
»Bitte.«
»Scheiße!«
»Sie sprechen mir aus der Seele!« Dr. Pahlberg sprang in den kleinen Wagen. »Und nun fahren Sie, Krankowski! Fahren Sie wie der Teufen! Wenn wir schon flüchten müssen, dann wollen wir's richtig tun …« Als sie die Straße hinunterpolterten, wurden sie von Artillerie beschossen.

Mitte September war die 5. Armee durchgebrochen, im Lauf des Monats gingen die deutschen Truppen nach Norden kämpfend zurück, im Oktober begann es zu regnen.

Es war kein Regen mehr, es war eine Sintflut, die aus dem Grau des Himmels stürzte. Die Straßen ersoffen, die Felder waren ein riesiger, lehmiger Sumpf, in denen die Panzer stecken blieben und der Nachschub versank. Clarks 5. Armee war am 1. Oktober als Sieger in Neapel eingezogen.
Theo Klein fluchte an diesem Tag zehn Stunden lang und schrie: »Jetzt kassieren die Amis mein Lireguthaben im Puff!«
Wie in Russland bei der sowjetischen Armee kämpfte dieses Mal auf Seiten der Deutschen der ›General Schlamm‹ und erstickte die Bewegungen der Landungstruppen. Nur Tedders Luftflotte tummelte sich am Himmel und erschwerte mit Bombenteppichen das Zurückgehen der 10. Armee Kesselrings.
Die 3. Kompanie marschierte in Richtung Cassino.
Hauptmann Gottschalk war diesesmal einer der Letzten, während Leutnant Weimann die Kompanie anführte. Er hatte sich mit seinem Kübelwagen hinter die Gruppe Maaßen gehängt, die merkwürdigerweise geschlossen die Nachhut bildete. Das hatte einen tieferen Sinn, grübelte Gottschalk. Er brauchte nur Heinrich Küppers oder den halbwegs wieder gehfähigen Müller 17 anzusehen, um zu wissen, dass der Rückzug der 3. Kompanie nicht so klanglos vonstatten gehen würde, wie es von der Division gewünscht wurde. Theo Klein befand sich in einer Stimmung, die mit ›mies‹ schon gar nicht mehr zu bezeichnen war. Zudem war der letzte Schweinekauf Kleins mit gestempelten Urlaubsscheinen ruchbar geworden, was Gottschalk veranlasste, ihm drei Tage verschärften Arrest anzukündigen, wenn sie erst wieder in ruhiger Stellung lagen.
Das Herumfahren Hauptmann Gottschalks störte die Gruppe Maaßen ungemein. Küppers und Josef Bergmann hatten es übernommen, Gottschalk zu beschäftigen, um ihn von Klein und Müller 17 abzulenken. Feldwebel

Maaßen schaltete aus – er musste den Vorgesetzten markieren. Felix Strathmann war zu einer Art Außenseiter geworden. Er machte zwar noch jede ›Aktion‹, wie es Küppers gebildet bezeichnete, mit, aber er war unlustig und zerfahren.

Hauptmann Gottschalk hielt den Kübelwagen vor Josef Bergmann an, der neben der Straße im Graben hockte, die Hosen heruntergezogen hatte und ein großes Geschäft verrichtete. Eine Weile sah er zu, grinsend unterstützt von dem Cheffahrer Hans Pretzel. Josef Bergmann blickte treuherzig zurück.

»Bald fertig?!« fragte Gottschalk sanft.

»Noch nicht, Herr Hauptmann. Ich bin hartleibig, schon von Kind an! Früher gab mir meine Mutti immer ein Seifenzäpfchen …«

Gottschalk lächelte sanftmütig. »Sie melden sich morgen beim Sani, Bergmann. Sie werden von heute an zu jeder Mahlzeit Rizinus bekommen.«

»Jawoll, Herr Hauptmann!«

Die Gruppe Maaßen war unterdessen weit vorangekommen. Küppers und Klein hatten in einem Bauernhaus Speck entdeckt und drei Flaschen sauren Landwein. »Besser sauer als nichts«, sagte Klein, stieß den wild gestikulierenden Bauern beiseite und verließ den Hof. Als Hauptmann Gottschalk folgte, wagte der Bauer sich nicht aus seiner Stube hervor. Er hockte hinter dem Fenster und war glücklich, dass die Truppe mit den randlosen Helmen weiterzog. Am Abend gab es bei der Gruppe Maaßen Bratkartoffeln mit Speck. Leutnant Weimann reichte dem erschütterten Gottschalk lachend seine Zigarettenschachtel. Auch er aß Bratkartoffeln mit Speck.

»Wir sind Waisenknaben gegen die, Herr Hauptmann. Das sind Landsknechte, übrig geblieben aus dem 30-jährigen Krieg. Die ziehen dem Teufel den Stuhl unterm Hintern weg und behaupten, es sei von allein gekommen!«

Dann regnete es.

Tagelang, wochenlang.
Es war, als wollte der Himmel Italien ertränken und untergehen lassen im Meer. Die dreieckigen Zeltbahnen über dem Kopf, marschierten die deutschen Truppen zu den neuen Stellungen. Etappenweise, immer wieder kehrtmachend, den nachrückenden amerikanischen und britischen Divisionen entgegenfallend, sich verblutend in dem Feuer der Panzergeschütze und der auf riesigen Raupen nachkommenden Artillerie.
Die 3. Kompanie rückte friedensmäßig in Cassino ein. Geschlossen, in Dreierreihen, mit Seitenrichtung und Vordermann, singend und in bester Form, als habe sie keinen Rückzug und schwere Abwehrkämpfe hinter sich. Die Landser der Infanterie-Regimenter standen am Straßenrand und sahen sich den Spuk der Fallschirmjäger an. Dieses Mal marschierte die Gruppe Maaßen wieder an der Spitze, die EK I auf dem ›Knochensack‹, Feldwebel Maaßen mit dem Deutschen Kreuz. Müller 17 stampfte ohne Socken in seinen Stiefeln … er wollte durch seine dicke Stopfnaht nicht hinken.
Der Himmel war grau. Kälte zog von den Bergen herab. Auf den schroffen Felsen des Monte Cassino stieß das Kloster bald bis an die niedrig hängenden Wolken. Theo Klein tippte den gebildeten Maaßen an. »Ein tolles Ding, der Bau!« sagte er leise.
»Dort hat der heilige Benediktus seine ›Regula Sancta‹ geschrieben.«
Klein starrte Maaßen an. »Was hat er?«
»Die Regula Sancta …«
»Was ist 'n das?«
»Ein Gesetzbuch für die Mönche des Abendlandes.«
»Aha!« Theo Klein starrte zu dem mächtigen Kloster empor. »Hat er auch was für den Morgen geschrieben?«
Feldwebel Maaßen gab ihm keine Antwort. Er ließ Theo Klein mit diesem Problem allein.

In diesen Tagen begann die Räumung des Klosters Monte Cassino.
Major Ia Richard v. Sporken hatte vor dem Krieg Kunstgeschichte studiert und als Dozent an der Universität Greifswald gelesen, ehe er 1939 wieder die Uniform anzog und sich mit taktischen Aufgaben beschäftigte. Er wusste, welche Schätze in den Gewölben der Benediktiner-Abtei verborgen lagen, er kannte den unermesslichen Reichtum des Klosters an Reliquien, Gemälden, alten Messgewändern, Monstranzen und goldenen Lampen, die alten, heiligen Bücher, Teppiche aus der Frühzeit des Christentums und eine Bibliothek, die in Europa nicht wieder zu finden war. Kulturgut aus über 1000 Jahren Christenheit lagerte in diesem Kloster, das aussah wie eine Burg, eine Festung des Glaubens, die standhielt unter dem Wort, den Menschen Frieden und Einkehr zu bringen.
Der Befehl Generalfeldmarschall Kesselrings verhinderte das Betreten des Klosters durch einen deutschen Soldaten. Er hatte eine Bannmeile um das Kloster gelegt, um den Mönchen das Inferno des Krieges zu ersparen und der Menschheit das Kulturgut christlichen Glaubens zu bewahren. So sahen die Mönche des Monte Cassino erstaunt hinab von ihrem Klosterberg auf den Aufmarsch der deutschen Truppen und auf die Stellung unterhalb ihrer Abtei, an der Via Casilina und dem Ort Cassino.
Major v. Sporken stand in diesen Tagen oft vor dem Haus, in dem der Stab der 34. Fallschirmjägerdivision lag, und starrte zu dem gewaltigen Gebäudekomplex des Klosters hinauf. Am nächsten Tag fuhr er den Klosterberg hinauf zu Erzabt Gregorio Diamare.
Der Bischof und Abt von Monte Cassino, ein achtzigjähriger Greis mit strahlenden Augen und einem gütigen Lächeln, empfing ihn in seinem Empfangssalon. Major v. Sporken ergriff eine tiefe Feierlichkeit, als er durch die Gänge des alten Klosters geführt wurde, über die Innen-

höfe mit den wertvollen Skulpturen und durch die Säle mit den Fresken und unschätzbaren Teppichen und Geräten.

Zwei Tage lang sprach er mit Erzabt Diamare, schilderte den Verlauf der Front, die Möglichkeit der Zerstörung, wenn der Krieg am Fuß des Klosterberges entbrennen und der Kampf um die Via Casilina auch die Grundfesten der Abtei erschüttern würde. Er verschwieg nichts ... er sagte dem Abt seine Ansicht, die fast eine Beichte wurde, ein Bekenntnis der Ohnmacht

Bischof Diamare sah v. Sporken aus großen Augen an. »Flieger werden Monte Cassino niemals zerstören«, sagte er voll Zuversicht. »Wie Sie als Deutscher, so wissen auch die Amerikaner von der Unverletzlichkeit des christlichen Heiligtums!«

Nach zwei Tagen erklärte sich der Erzabt unter dem Druck der Argumente v. Sporkens bereit, die wertvollsten Sammlungen und Reliquien aus dem Kloster zu evakuieren ... nach Rom, in die Hände des Papstes.

Oberst Stucken war eine Weile sprachlos, als Major v. Sporken um eine Abteilung zur Räumung des Klosters bat. »Sie sind verrückt!« sagte er scharf. »Sporken! Bedenken Sie, wenn das im Generalkommando bekannt wird! Sie verbrauchen dafür Hunderte Liter Sprit, die unsere Panzer benötigen und der Nachschub! Sie brauchen Material, Kisten, Sie brauchen vor allem Zeit! Die 5. Armee steht bereits im Vorfeld der Reinhard-Linie! Jeden Tag kann der Schlamassel hier losgehen – und Sie retten Handschriften aus dem 7. Jahrhundert! Das ist doch Irrsinn!«

»Um so mehr Eile ist geboten! Ich bitte um die Erlaubnis, Herr Oberst.«

Stucken winkte ab. »Machen Sie, was Sie wollen! Suchen Sie sich Leute, rennen Sie sich den Kopf ein an diesem wahnsinnigen Plan ... von mir erhalten Sie keine Rückendeckung, wenn Sie auffallen! Ich weiß von nichts!«

Major v. Sporken rannte aus dem Haus. –

Unter den Männern, die in den Höfen des Klosters die Lastwagen beluden, aus dem sichergestellten Holz einer Getränkefabrik zwischen Cassino und Teano – die Theo Klein unfehlbar entdeckte – Kisten zimmerten und die wertvollen Bücher der Bibliothek in die Laderäume stapelten, befand sich die gesamte Gruppe Maaßen.
Hauptmann Gottschalk hatte sie freigegeben mit der nüchternen Überlegung, dass selbst Theo Klein so viel Hemmungen besitzen würde, innerhalb eines Klosters nicht zu organisieren. Hier musste selbst ein Stabsgefreiter brav werden und einen Hauch von Sittsamkeit verspüren …
Heinrich Küppers kam mit zwei goldenen Sakramentslampen aus der Kapelle, als er Theo Klein auf den Stufen des Zentralhofes sitzen sah. Vor ihm stand ein kleiner, aus Gold geschmiedeter Schrein, einer kleinen Truhe ähnlich, mit christlichem Ornamentschmuck. Verwundert setzte Küppers die Lampen nieder.
»Müde?«
»Nee.« Theo Klein tippte mit dem Zeigefinger auf den goldenen Schrein.
»Rat mal, wer da drin ist?« Sein Gesicht war völlig ratlos, was Küppers zu denken gab.
»Diamanten?« fragte er. »Goldbarren?«
»Nee. Die Gebeine des heiligen Apollinaris …« Theo Klein schüttelte wild den Kopf. »Begreifst du das, Heinrich?«
»Wieso denn?« Küppers nahm seine goldenen Sakramentslampen wieder auf. »Kurt hat vorhin den heiligen Desiderius weggetragen. Du hast den Apollinaris. Hau ab, Theo.«
»Das ist es ja!« Theo Klein erhob sich und nahm den Schrein vorsichtig in beide Hände. Wie eine Monstranz bei der Prozession trug er ihn vor sich her, Küppers nach. »In Berlin habe ich immer, wenn ich verdammten Brand hatte, 'ne Flasche Apollinaris-Sprudel getrunken! Begreifst du, wie ein Sprudelwasserfabrikant heilig werden kann?!«

Heinrich Küppers hielt krampfhaft seine goldenen Lampen fest. »Halt deine dusselige Fresse, Theo!« keuchte er.
Mit gesenkten Köpfen marschierten sie an dem Sakristan des Klosters, Bruder Don Agostino, vorbei, der ihnen traurig nachsah und ein Kreuz über den Schrein des heiligen Apollinaris schlug. Das brachte Theo Klein völlig aus der Fassung. Er war froh, als draußen am Lastwagen Major v. Sporken und Erzabt Diamare den Schrein in Empfang nahmen und in eine Kiste mit Holzwolle verpackten.
Josef Bergmann hatte eine Tischlerwerkstatt aufgemacht … mit zwanzig anderen Soldaten fabrizierte er aus den Brettern der Getränkefabrik die Kisten für die unersetzlichen Schätze Monte Cassinos. Die Fabrik, aus der man die Bretter holte, lag bereits unter Beschuss der über den Volturno vorrückenden amerikanischen Infanterie. Unter Lebensgefahr wurden die Hölzer herangeschafft und den Klosterberg hinaufgefahren.
Erwin Müller 17 und Hugo Lehmann III standen vor einem riesigen Holzkreuz, das auch von Major v. Sporken und Erzabt Diamare zum Abtransport bestimmt war.
Es war fast schwarz, brüchig und unansehnlich.
Müller 17 ging um das Kruzifix herum und blieb vor Lehmann III stehen. »Das muss ’n Irrtum sein«, stellte er fest. »Das Ding ist ja wurmstichig. Was wollen sie denn damit in Rom?« Er strich mit den Händen über das Kruzifix … morsches Holz blieb zwischen seinen Fingern.
Lehmann III hob die Schultern. Er hatte die Worte v. Sporkens behalten und tippte auf den Fuß des Kruzifixes. »13. Jahrhundert«, sagte er stolz. »Aus der Schule von Siena!«
»Wenn auch!« Müller 17 fehlte jedes Verständnis für Antiquitäten. »Mir gefällt ein neues Kreuz besser.«
Das Kruzifix wurde diagonal auf einen Wagen geladen … anders ging es nicht wegen der ausladenden Maße. Theo Klein schleppte die Köpfe vor Jahrhunderten gestorbener Äbte heran … dunkle Ölgemälde, rissig und stumpf,

Werte, die niemand schätzen konnte. Feldwebel Maaßen transportierte die Messgewänder aus 700 Jahren christlicher Versunkenheit.

Theo Klein, der gerade in den Hof wollte, baute sich zur Seite auf und nahm Haltung an. »Ehrwürden, bitte vorbei«, sagte er grinsend.

Maaßen blieb wie angewurzelt stehen und starrte Klein an; es war verdammter Ernst, Klein merkte es und wurde still. Maaßen holte Luft. »Stabsgefreiter Klein!« schrie er. »Noch eine saudumme Bemerkung innerhalb des Klosters, und ich melde Sie dem Herrn Hauptmann zum Tatbericht.«

»Jawoll, Herr Feldwebel!« schrie Theo Klein zurück.

Von da an schleppte er still und verbissen die Bücher der wertvollen Bibliothek in den Hof, wo sie von Major v. Sporken eigenhändig registriert und verpackt wurden. 70.000 Bände wurden so gerettet. Die wertvollen Stücke des Archivs, Unikate mit den Siegeln Robert Guiscards, Rogers von Sizilien und vieler großer Päpste und Kaiser, im Ganzen über 1200 Stück, fuhren auf Lastwagen nach Rom in Sicherheit. Als die Gebeine des heiligen Benedikt in einen der Wagen getragen wurden, standen Mönche und Soldaten ergriffen um den Schrein. Erzabt Diamare segnete ihn. Dann wurden die Reliquien in einen Handkoffer verpackt und auf den Wagen gehoben. Wehmütig sah Diamare, der 297. Nachfolger des Klostergründers, den Gebeinen des Heiligen nach. Der Wagen fuhr langsam den Klosterberg hinunter, der Via Casilina zu. Dann wandte er sich ab und blickte Major v. Sporken lange an. Der Major nickte. Ja, Ehrwürden, dachte er. Ich weiß, was Sie fühlen. Die schützende Hand des Heiligen ist vom Kloster genommen, der Schutz des Patriarchen fährt nach Rom. Im 6. Jahrhundert stürmten die Langobarden den Klosterberg und schlugen das Heiligtum in Trümmer. Auch damals wurden die Mönche nach Rom gebracht. Möge Gott geben, dass die Menschen nach 1400 Jahren

einsichtiger sind und das steinerne Gebot von Monte Cassino achten.
Als die Nonnen der Benediktinerinnen und der beiden Frauenkonvente von Cassino auf Lastwagen verladen wurden, um die Fahrt nach Rom anzutreten, hatte Hauptmann Gottschalk Theo Klein und Heinrich Köppers zum Grabendienst eingeteilt. Er konnte es nicht verantworten, die Hilfeleistung dieser beiden in Anspruch zu nehmen, wenn es darum ging, Frauen – und seien es selbst ehrwürdige Nonnen – auf Lastwagen zu heben und bis zur Abfahrt zu betreuen. Verbissen standen die beiden in der Bunkerstellung der Gustav-Linie und sahen die Lastwagen mit den wehenden weißen Hauben den Berg herabrollen. Im Tal und an den Hängen krachte es und wirbelten Hausfetzen durch die herbstliche Sonne … ein alliiertes Bombergeschwader belegte die Stadt Cassino mit Bomben und zerhämmerte die Via Casilina und die Serpentinenstraßen zum Kloster hinauf.
Erzabt Diamare starrte entsetzt Major v. Sporken an.
»Sie werfen Bomben«, sagte er mit seiner gütigen Stimme. »Sie werfen Bomben auf den Klosterberg …«
Major v. Sporkens Gesicht war kantig. Auch er fühlte, wie in dem Herzen des Erzabtes eine Kluft aufriss und wie er Gott dankte für die Einsicht, die wertvollsten Schätze des Klosters nach Rom gebracht zu haben.
»Wir haben wenig Zeit, Hochwürden. Nur wenige Wagen kommen noch nach Rom durch. Die Via Casilina liegt unter dauerndem Bomberbeschuss. Sie müssen sich für die Reise rüsten, Hochwürden.«
»Ich?!« Erzabt Diamare sah v. Sporken an. Dann glitt sein Blick über die Klosterhöfe, über den Eingang der Kapelle, das Refektorium, die Säle der Bibliothek. »Ich soll mein Kloster verlassen? Nein, Herr Major. Sie haben sich ein unsterbliches Verdienst erworben … aber ich gehöre in dieser Zeit der höchsten Not zu meiner Diözese. Seit 1912 lebe ich auf dem Monte Cassino … ich verlasse ihn nicht!«

»Sie werden in eine Hölle kommen, Hochwürden!« Major v. Sporken zeigte von der Höhe des Berges hinüber nach Süden. »Dort steht bereits die 5. Armee. Ehrwürden! Sie werden mit ihrer schweren Artillerie und mit ihren Bombengeschwadern den Monte Cassino in ein Inferno verwandeln!«

»Aber nicht das Kloster, Herr Major.« Erzabt Diamare trat an eine Mauer und blickte hinab auf die Stadt Cassino.

Rauchende Trümmer zeigten den Weg der Vernichtung, die durch das Tal zog. Vom Monte Camino herüber tönte bereits der Lärm der Schlacht … dort standen die Truppen Clarks vor dem Riegel der Reinhard-Stellung.

»Sie brauchen mich«, sagte Diamare und zeigte auf die Trümmer der Stadt und auf den Zug der Flüchtlinge, die den Klosterberg hinaufströmten und im Kloster, in den unterirdischen Gewölben und Sälen Schutz suchten. »Wer soll sie trösten? Wer soll ihnen die Messe lesen? Wer soll die Verzweifelten zurück zu Gott führen? Der Glaube darf dem Krieg nicht weichen, Herr Major. Der Glaube ist das Letzte, was den Menschen schützt vor der völligen Verzweiflung und Selbstaufgabe. Sie haben die Reliquien gerettet, Sie haben 1600 Jahre Kirchengeschichte der Welt erhalten, Gemälde von Tizian, Raffael, Tintoretto, Ghirlandajo, Pieter Brueghel und Leonardo da Vinci. Sie haben die Vasen und Mosaike, die Skulpturen und Plastiken des versunkenen Pompeji gerettet … was bleibt mir, Herr Major? Was rette ich aus diesem Krieg? Mir bleiben die Seelen dieser notleidenden Menschen … und deshalb bleibe auch ich!«

Major v. Sporken schwieg. Er verstand den Erzabt. Auch der Kapitän eines Schiffes bleibt auf dem sinkenden Schiff und geht mit ihm unter. Den Klosterberg hinab über die Serpentinen rollten die letzten Wagen …

Nonnen, Mönche, die letzten Kunstschätze. Fünf Mönchpriester, ein Priester der Diözesanverwaltung und fünf

Fratres blieben im Kloster Monte Cassino zurück, mit ihnen der 80-jährige Diamare.
Am 3. November segnete Erzabt Diamare Major v. Sporken und seine Soldaten in einer Dankmesse, die er selbst zelebrierte. Sogar Theo Klein war dazu erschienen … Im Flackern der Kerzen, vor den gefalteten Händen der Mönche und Soldaten – selbst Theo Klein und Heinrich Küppers standen wie die Säulen, und in ihren Augen spiegelte sich die Ergriffenheit einer wie vor einem Wunder aufgebrochenen Seele – winkte Erzabt Diamare Major v. Sporken zu sich an den Hochaltar. Seine Worte waren leise, stockend, zerrissen von der blutenden Seele, die sein Inneres überschwemmte, als er Major v. Sporken dankte für die Rettung der Cassinenser Schätze. Dann überreichte er ihm eine auf altem Pergament gemalte Handschrift, in der Art der uralten Codices, versehen mit dem Siegel des Klosters Monte Cassino an einer gelb-roten langen Schnur. In langobardischer Schrift, mit einer wundervoll gemalten Initiale, verewigte der greise Bischof auf diesem Pergament den Dank des Klosters und der Christenheit:

In nomine Domini nostri Jesu Christi – Illustri ac dilectro viro tribuno militum Richard v. Sporken – qui servandis monachis rebusque sacri Coenobii Casinensis amico animo, sollerti studio ac labore operam dederit, ex corde gratias agentes, fausta quaeque a Deo suppliciter Casinenses adprecantur.

MONTICASINI CAL. – NOV. MCMXLIII
GREGORIUS DIAMARE
EPISCOPUS ET ABBAS
MONTICASINI

(Im Namen unseres Herrn Jesus Christus. Dem erlauchten und geliebten Militärtribun Richard

v. Sporken, der die Mönche und Güter des heiligen Klosters Cassino gerettet hat, danken die Cassinenser aus ganzem Herzen und bitten Gott um sein ferneres Wohlergehen.

MONTE CASSINO, IM NOVEMBER 1943
GREGORIUS DIAMARE O. S. B.
BISCHOF UND ABT
VON MONTE CASSINO

Nach dieser feierlichen Messe schenkte der Erzabt auch den Soldaten als kleinen Ausdruck seines Dankes für ihre Hilfe Medaillen mit der Ansicht des Klosters und dem Kopf des heiligen Benedikt. Auch Theo Klein erhielt eine solche Medaille. Seine Hand zitterte, als der ehrwürdige Greis sie hineinlegte und das Kreuz über sein Haupt schlug. Erst als sie draußen auf dem Hof vor der Basilika standen, atmete Theo Klein auf und sah zu Heinrich Küppers und Müller 17 hinüber, die mit gesenkten Köpfen an der Mauer lehnten.
»Lieber zehn Tage Rabbatz als das! « sagte er grob, um sein inneres Gleichgewicht wiederherzustellen. Die Bemerkung brachte ihm 10 Tage Grabendienst ein und eine neue Eintragung für 3 Tage geschärften Arrest. Die Medaille des Erzabtes aber versteckte Theo Klein heimlich in seinem Brustbeutel und trug sie auf der nackten Brust. Es brauchte nicht jeder zu
sehen, wie er daran hing. Er schämte sich dieser Regung.
Am Weihnachtstag hockte die Gruppe Maaßen um einen Christbaum, den Heinrich Küppers nach langem Suchen entdeckt hatte. Vor dem Erdbunker schneite es ... in dicken, schweren Flocken. Tiefer, im Tal, schmolz der Schnee noch und verwandelte die Straßen und Felder in einen grundlosen Matsch.
Vom Monte Camino her donnerten die Einschläge, am Monte Cairo rannten indische Truppen gegen die deut-

schen Stellungen an, in Albaneta, einem winzigen Gebirgsdorf hinter dem Monte Cassino, operierten Dr. Pahlberg und Dr. Heitmann.

Oberst Stucken hatte eine schlichte Weihnachtsfeier des Stabes angeordnet.

Mit Rotwein in Blechbechern stieß man an und ließ einige Kerzen niederbrennen. Die Weihnachtslieder kamen von der Front… dort hämmerten aus über 5000 Rohren 130.000 Granaten auf die deutschen Stellungen.

Major von der Breyle sah in den flackernden Schein der Kerze, die auf einen umgestülpten Teller gesteckt worden war. Die kleine Flamme pendelte hin und her – von irgendwoher musste ein Luftzug in das Zimmer kommen.

Als Jürgen das Abitur machte, hatte er ihm eine sechswöchige Reise an die Nordsee geschenkt. Er konnte wählen, wohin … Westerland, Borkum, Norderney … er durfte sich das beste Hotel aussuchen und den schönsten Strand. Jürgen entschied sich für Westerland … »Weißt du, Papa .. auf Westerland trifft man die Filmschauspieler. Ich möchte sie gern einmal privat sehen, nicht geschminkt und mit Perücke …«, von Westerland rief er Jürgen nach drei Wochen zurück … sein Bataillon hatte Kriegsbereitschaft. »Es ist besser, der Junge ist zu Hause, wenn der Führer den Befehl gibt!« hatte er damals zu seiner Frau gesagt. Und früher, als Jürgen klein war, wie war es da gewesen? Weihnachten … Heiligabend … Er hatte sich einen langen roten Mantel besorgt und einen weißen Bart aus Watte. Als Weihnachtsmann tappte er in die Stube, und Jürgen starrte ihn groß an, sagte ein wenig verschüchtert sein Gedicht auf und durfte aus dem Sack, den er ihm vor die Füße stellte, die Geschenke herausnehmen. Elise saß dann immer neben dem brennenden Baum, und in ihren Augen standen die Tränen des Glücks und der Freude. Wenn ihre Blicke sich trafen, wussten sie, was sie dachten: Unser Junge … unser ganzer Stolz … Ich danke dir, Caspar. Und er nickte ihr zu: Ich danke dir, Elise … Dann sangen sie alle, während die Kerzen am Baum knisterten und das Zimmer nach Tannen, Äpfeln, Spekulatius und Pfeffernüssen roch: Stille Nacht, Heilige Nacht … Vom Himmel hoch, da komm' ich her …

Von der Bryle schloss die Augen. Draußen hämmerte in der Ferne die Geschütze und zerrissen die deutschen Truppen. Vom Himmel hoch, da komm' ich her …

Oberst Stucken hielt seine Hände über die kleine Flamme seiner Kerze. Es war kalt im Raum. Major v. Sporken hatte die Pergamentrolle des Erzabtes Diamare vor sich liegen und las immer wieder die lateinischen Dankesworte in der wundervollen langobardischen Schrift.

»Meine Herren!« Die Stimme Stuckens riss Breyle und Sporken empor. »Wir wollen in dieser Stunde nicht sagen, dieses Weihnachten sei ein Fest des Friedens. Draußen fallen unsere Brüder; anstatt zu beten, schießen sie und liegen zerfetzt und schreiend in Schnee und Schlamm. Lassen Sie uns anstoßen auf das Ende dieses Krieges und auf die Vernunft der Menschheit! Und gedenken wir der Kameraden …« Er stockte und hob sein Glas. Von der Breyle hatte sich abgewandt, über sein Gesicht zuckte es.

Jürgen … Kamerad Jürgen … Mutter sitzt jetzt allein in der Stube. Sie hat den kleinen Baum angesteckt und dein Bild vor sich stehen. Dein Bild, umkränzt mit Tannengrün, aus dem deine Augen hervorlachen. Und jetzt weint sie, ihre weißen Haare sinken auf den Tisch, und sie begreift die Welt nicht mehr, die Menschen, selbst Gott nicht. Der Baum knistert in ihre Einsamkeit hinein, und wie immer riecht die Stube nach Äpfeln, Spekulatius und Pfeffernüssen. Wenn dein Weihnachtsteller leer war, haben wir heimlich von unseren Tellern die Pfeffernüsse auf deinen hinübergelegt … Mutter und ich.

Die Erde zitterte. Über ihnen rauschte es heran und bohrte sich krachend in die Felsen. »38er-Geschütze«, sagte Stucken und hob das Glas. Stumm, den Blick auf den Boden, tranken sie die Blechbecher leer.

Weihnachten … Stille Nacht, Heilige Nacht …

Theo Klein lehnte an der Grabenwand. Er hatte Wache. Unter seinen runden Stahlhelm hatte er einen Kopfschützer gezogen. Er hörte zwar darunter nichts mehr, aber das war nicht so wichtig. Er sah die fernen Einschläge und von den gegenüberliegenden Höhen das dünne blitzende Streifennetz der Leuchtspurmunition. Das genügte ihm. Müller 17 kam aus dem Bunker gekrochen und schob ihm ein Stück Kuchen zwischen die Zähne.
»Danke«, sagte Theo Klein. »Woher?«
»Aus 'nem Paket von Bergmann.«
»Schmeckt gut.« Theo Klein nickte. Der Schnee rieselte von seinem Helm über das Gesicht. »Ich wünschte, ich hätte auch noch 'ne Mutter, die mir Pakete schickt.«
Weihnachten… Stille Nacht, Heilige Nacht …

In Rom saß Renate Wagner am Bett eines Sterbenden. Rückenmarkschuss … gelähmt bis zum Hals, … In einem Wasserbett lag der 20-jährige Junge, steif wie ein Brett. Sein Atem ging hohl, hechelnd, wie bei einem Hund, der erschöpft vom Laufen ist. Als von den Kirchen Roms die Glocken erklangen, schlug er die Augen auf. Blaue Augen, überzogen von der Mattheit des Sterbens.
»Glocken?« sagte er mühsam.
»Die Heilige Nacht.« Renate Wagner beugte sich über ihn. Sie tupfte den Speichel von seinen Lippen, der ihm aus dem Mund rann.
»Weihnachten …« Es war wie ein Hauch. »Jetzt steckt Mutter die Kerzen an …«
Der Junge lächelte. Mit diesem Lächeln starb er. Glücklich, im Klang der Glocken von allen Kirchen Roms.
Stille Nacht… Heilige Nacht …

Auf dem Monte Trocchio lag schwerstes Artilleriefeuer. Die 34. amerikanische Division stürmte den Berg. Dr. Pahlberg und Dr. Heitmann standen in blutigen Kitteln an den Bahren und verbanden. Zum Operieren hatten sie

keine Zeit mehr … nur verbinden, abbinden, Augen zudrücken, Injektionen, abklemmen, vertrösten, inmitten von Schreien, Stöhnen, Jammern und Fluchen. Ein Feldwebel streckte Pahlberg seinen rechten Arm entgegen, die Hand pendelte an zwei Sehnen herab, oberhalb des Gelenkes war sie durchtrennt wie von einem Beilhieb.
»Wird sie wieder werden, Herr Stabsarzt?« stammelte der Feldwebel »Sagen Sie mir die Wahrheit … ich brauche diese Hand. Ich bin Pianist, Herr Stabsarzt …« Dr. Pahlberg schob ihn zur Seite, Krankowski nahm den Feldwebel mit in den Nebenraum. Dort würde Dr. Christopher die Hand einfach abschneiden, die Hand, die nur noch an zwei Sehnen hing und einmal Mozarts süße Capriccios und Beethovens gewaltige Sonaten spielte.
Stille Nacht… Heilige Nacht …
Siehe, ich verkündige euch große Freude, die allem Volke widerfahren wird …
Aus 5000 Rohren gellte der Tod in die Nacht
Es war Weihnachten … Das Fest des Friedens …

Die Partisanengruppe Emilio Bernatti war den Amerikanern und Briten vorausgezogen. Nach dem Tode Bernattis hatte Piero Larmenatto die Führung übernommen und hauste mit sechzig wild aussehenden Männern in den Bergen rund um den Monte Cassino, im Rücken der deutschen Verteidigungsstellung. Mario Dragomare und Gina waren in Eboli geblieben … die amerikanischen Militärärzte pflegten sie rührend und bewunderten den vollendeten Kaiserschnitt des deutschen Kollegen. Nach drei Wochen wurde sie aus dem II. Feldlazarett der 5. Armee entlassen, aber sie folgte mit Mario nicht der Gruppe nach Cassino, sondern kehrte ins Dorf zurück. Sie schaufelten die Trümmer zur Seite, sie richteten die Scheune wieder auf, sie bauten mit Hilfe amerikanischer Pioniere das zerstörte Haus so weit auf, dass sie in einem Zimmer mit der kleinen Emilia – wie sie das Kind zum Gedenken des erschossenen Emilio Bernatti taufen ließen – auch den Winter über wohnen konnten. Im Frühjahr wollten sie dann die Felder wieder bestellen, und ihr Leben würde weitergehen, wie es ihnen von Geburt an vorgezeichnet war. Bauern der Monti Picentini.

»Du schießt auf keinen Deutschen mehr!« hatte Gina zu Mario gesagt, als er voller Gewissensbisse seine Kameraden abziehen sah. »Wo wären ich und Emilia ohne sie? Hörst du, Mario, du bleibst hier.« Und Dragomare blieb. Er wiegte das Kind auf den Knien, er zeigte es den breit lächelnden Negern, die den Nachschub für die Truppe fuhren und dem Kinde ihre Schokolade schenkten. »Ein deutscher Arzt hat es geholt«, sagte er und hob die Kleine empor. »Ist sie nicht kräftig und gesund?! Die Madonna möge den deutschen Doktor schützen …«

In den rauen, zerklüfteten Felsen des Monte Abate hausten unterdessen die sechzig Männer in Höhlen und dicken Wollzelten. Sie versuchten, die Zufahrtsstraßen des deutschen Nachschubs zu verminen, sie sprengten eine Brücke über den Rapido und beschossen eine Kolonne Fallschirmjäger, die von Terelle zum Monte Cassino marschierte.

Die ›Säuberungstruppen‹ Major von der Breyles liefen sich tot. In den Bergen, die unter dem Beschuss der französischen Artillerie lagen, in den Schluchten, die aufgerissen waren von den Bomben Tedders und Wilsons, fanden sie nur noch die Spuren der Zerstörung, aber keine Partisanen mehr.

Die Gruppe Maaßen wurde abkommandiert, das Gelände systematisch zu durchkämmen.

Theo Klein und Heinrich Küppers reinigten ihre Maschinenpistolen, als Feldwebel Maaßen mit dieser Nachricht in den Bunker stolperte.

»Verfluchter Mist!« schrie Theo Klein. »Partisanen?! Und gerade wir! Ich habe die Nase voll von Kreta. 29 Mann der Kompanie gefallen durch Partisanen! In einer Woche!

Und jetzt geht der Dreck hier wieder los!« Er schob das Magazin in die Maschinenpistole, stählern rastete es ein. Müller 17 angelte seinen Helm von einem Haken und stülpte ihn über.
»Wir können uns die Männer, die wir beknallen, nicht aussuchen. Los, Jungs – an die Arbeit!«
Die Gruppe Maaßen rückte ab. Major von der Breyle erwartete die einzelnen Kommandos bei Terelle und teilte sie anhand einer Geländekarte ein.
»Wir haben es mit zwei Gruppen zu tun!« sagte er laut, als die Männer um ihn versammelt standen. »Ein Gefangener berichtete, dass die eine Gruppe im Gebirge, die andere im Tal operiert. Die Talgruppe ist die gefährlichste« – er stockte und sah die stumm um ihn stehenden Soldaten bedeutungsvoll an –, »die eine Gruppe wird geführt von einem Deutschen!«
»Meine Fresse!« entschlüpfte es Müller 17. Lehmann III, der mit sieben anderen Fallschirmjägern der 3. Kompanie neben ihm stand, stieß ihn an. Major von der Breyle nickte.
»Der Mann, der eben diese Bemerkung machte, hat Recht. Es ist eine Hundsgemeinheit, wenn ein deutscher Deserteur sich auf die Seite des Feindes schlägt und gegen seine eigenen Brüder kämpft! Es ist der Gipfelpunkt der Charakterlosigkeit, eine Schuftigkeit, die mit dem Tode viel zu mild gesühnt ist!« Er zuckte mit der Hand an den randlosen Helm und nickte kurz. »Danke! Abrücken in die zugewiesenen Gebiete!«
Er wartete, neben seinem Kübelwagen stehend, bis die einzelnen Gruppen sich in die Schluchten und Bergketten verteilt hatten. Durch seine Brust zog ehrliche Empörung. Als gestern Oberst Stucken zu ihm kam und ihm ein Blatt Papier auf den Tisch warf, hatte er nicht glauben wollen, was Stucken mir erregten Worten erläuterte.
»Ein Deutscher, Herr Oberst!« hatte er völlig konsterniert gesagt.

»Ja. Denken Sie sich das, Breyle. Da desertiert so ein Schwein und taucht bei den Partisanen unter! Nimmt eine Mine und sprengt die eigenen Leute in die Luft. Sabotiert den Nachschub, den die Front dringendst braucht … Munition, Verpflegung, Medikamente, Verbandzeug … Alles wird von diesem Sauhund in die Luft gejagt! Und vorn verbluten sie und schreien nach Munition! Breyle«, Stucken baute sich vor dem blassen Major auf, »wenn Sie mir diesen Kerl heranschleppen, tot oder lebendig, werde ich Sie zum Deutschen Kreuz in Gold einreichen! Ein deutsches Schwein im Rücken meiner Division! Ich kann einfach nicht weiterdenken!«
Major von der Breyle setzte sich in seinen Kübelwagen. Er fuhr allein, vorsichtig lenkte er ihn durch eine enge Passstraße und ratterte dann eine tief eingeschnittene Schlucht entlang.
Ausgeschwärmt, in einer Breite von fünf Kilometern, kämmten die Fallschirmjäger das Gelände durch. Sie kletterten die Hänge hinauf, sie schlichen, nach allen Seiten sichernd, durch die Schneisen und folgten den steinigen Betten der kleinen Gebirgsbäche.

In einem wilden Tal, eingerahmt von zerklüfteten Felsen, traf Felix Strathmann Maria Armenata.
Er hatte die Maschinenpistole im Anschlag und wand sich durch eine Buschgruppe verwitterter Oliven. Der Schnee rieselte auf die Waffe, und er blieb stehen, nahm sein Taschentuch aus der Kombination und putzte über das Schloss der MP. Als er es wegstecken wollte, legte sich eine Hand auf seine Schulter. Ein eisiger Schrecken durchfuhr ihn, sich duckend wirbelte er herum und hob den Kolben, um zuzuschlagen. Gleichzeitig zuckte seine Hand an den Beinen herab und zog das Kappmesser aus der Hosenlasche.
In einem alten, viel zu weiten Mantel stand Maria vor ihm. Er hatte sie nicht kommen hören … er hatte gar

nichts gehört, er sah kaum die Spuren ihrer kleinen Füße im Schnee.

»Maria«, sagte er leise.

Er hielt noch immer die Maschinenpistole hoch, als wolle er sie über ihren Kopf schlagen ... in der linken Hand fühlte er das Kappmesser.

»Maria ...«, sagte er noch einmal ungläubig. »Maria ... was machst du denn hier ...?«

Ein Lächeln überflog die Züge Marias. Ihr Gesicht war von der Kälte gerötet. Es war schmaler als damals, die Wangen schienen eingefallen zu sein. Strathmann konnte sich nicht erinnern, dass sie so vorstehende Backenknochen besaß. Knochig sah sie aus, elend. Er ließ die Maschinenpistole sinken.

»Felix. Der Glückliche ...« Sie kam auf ihn zu und streckte ihm weit die Hand entgegen. »Du kennst noch Maria?«

Strathmann sah sich um. Hundert Meter rechts und links mussten Küppers, Klein und Maaßen das Gelände durchsuchen. Es gab eine Katastrophe, wenn Klein sie hier fand, Theo Klein, der beim Abmarsch geschworen hatte, alles niederzuknallen, was sich in den Bergen regte und nicht deutsch war. »Wir müssen weg von hier, Maria«, sagte er schnell. »Wir suchen Partisanen. Die ganze Gegend ist voll von Fallschirmjägern!« Er blickte verzweifelt über die verschneiten Felsen und suchte ein Versteck. Eine Hand tastete nach ihm und schob sich in die seine. – »Komm«, sagte sie.

Sie krochen durch die Büsche, die harten, gefrorenen Zweige schlugen ihnen ins Gesicht ... ein Dorn riss eine blutige Linie ins Gesicht Strathmanns ... er wischte mit der Hand darüber und sah, dass sie rot wurde. Aber er kroch weiter, Maria nach, die sich wie eine Schlange über den Boden wand und deren Locken durch den Schnee glitten wie der Pelz einer Füchsin. »Hier«, sagte sie. Sie griff nach hinten und zog Strathmann über einen hohen Stein. Jenseits von ihm fielen sie in eine Senke, an deren

hinterer Felswand sich eine kleine, dunkle Öffnung befand. Der Boden war zertreten von vielen Schuhen … fast schneelos war er. Strathmann riss die Maschinenpistole herum und richtete sie auf Maria.
»Was ist das hier?« sagte er hart.
»Eine Höhle, Glücklicher.«
»Du hast mich in eine Falle geführt!« Er überblickte den verborgenen Eingang in den Felsen, die vielen Spuren, die nach allen Seiten in die zerklüfteten Schluchten führten. »Das hier ist ein Partisanennest!«
Strathmann spürte, wie sein Herz an die Brustwand schlug und gegen die Rippen trommelte. Ein heißer Schauer überfiel ihn. Er zuckte mit der Hand und lud die Maschinenpistole durch. Der Sicherungsflügel schnellte herum. Strathmann sprang mit dem Rücken gegen den hohen Stein, den sie überklettert hatten, und starrte Maria Armenata an.
»Wer bist du?!« schrie er. »Antworte, du Luder, oder es knallt !« Er hob die Maschinenpistole.
Die Worte Major von der Breyles fielen ihm ein. Ein Deutscher kommandierte die Partisanen. Ein verdammtes, verfluchtes Schwein! Durch seinen Körper rieselte Erregung.
»Antwort!« schrie er.
»Ich liebe dich«, sagte Maria. »Ich liebe dich, Glücklicher. Du darfst auf mich schießen, du darfst mich töten … und du darfst mich küssen und mich nehmen wie der Wolf die Wölfin … Ich liebe dich immer …«
Über Felix Strathmann brach der Himmel zusammen. Der schwarz glänzende Lauf der Maschinenpistole schwankte unter seinen Händen. »Du gehörst zu den Partisanen, Maria …«
»Ich gehöre dir, wenn du willst.«
Er spürte, wie ihm der Schweiß aus den Poren brach. Jetzt wünschte er sich Theo Klein herbei. Warum war er nicht da … jetzt, wo man ihn wirklich brauchte, war der Kerl woanders und kroch durch den Schnee wie ein hungriger

Bär. Theo Klein, der das Mädchen einfach in den Schnee werfen würde, über sie herfallen wie ein Raubtier über die Beute … Zwei Pfund Mädchenbrust zum Nachtisch, das fehlte mir, hatte er einmal gesagt. Strathmann starrte auf die Brüste Marias … zwei Pfund, durchrann es ihn. Zwei Pfund … Warum war er nicht Theo Klein, warum war er nicht ein Tier wie er? Warum dachte er, empfand er, spürte er sein Herz, er, der Junge aus St. Pauli, der in den Hafengassen die Dirnen in den Fenstern auswählte wie einen Blumenkohl auf dem Markt.
»Lass mich gehen«, stieß er hervor. Seine Stimme war tonlos. Der Schweiß auf seiner Stirn fror zu Kristallen.
»Ich liebe dich«, sagte Maria Armenata. In ihren Augen las er den Schrei nach seinen Armen. Sehnsucht und Angst flackerten in ihnen … Lichter eines gezähmten Raubwilds, das den freien Hauch der Steppe riecht.
»Du hast mich damals gefragt, ob ich glücklich bin«, sagte er rau. »Ich habe es nicht gewusst, Maria. Ich habe nie darüber nachgedacht, was Glück ist. Aber von da an habe ich darüber gegrübelt … die ganzen Wochen … Tag und Nacht. Ich habe alle Dinge anders gesehen, ich habe mich geekelt vor mir selbst und vor den Kameraden, mit denen ich vier Jahre im Dreck gelegen habe. Immer habe ich dich gesehen … an der Quelle, mit den hohen Tonkrügen, dem roten Kleid mit den freien Schultern … Ich habe deine Stimme gehört, wenn ich im Gras lag und über mir ein Vogel sang. Ich habe von dir geträumt und liebte dich im Traum und ließ dich nicht wieder aus meinen Armen … Und nun bist du eine Partisanin …«
Sie schüttelte den kleinen Kopf. »Ich bin Maria«, sagte sie. Ihre Stimme schwankte nicht, sie war klar, seltsam bewusst im Klang, so, wie man auf einem Klavier einen Ton anschlägt und weiß: es ist der richtige.
»Komm«, sagte sie. Sie ergriff die Hand Strathmanns und zog ihn zum Eingang der Höhle. Er riss sich los und sprang zurück. »Du willst mich in eine Falle locken!« zischte er.

Sie nickte heftig.
»Zu mir, Glücklicher, zu mir.« Sie hob die Arme und ließ sie rund um sich kreisen. »Überall, Felix, überall sind Partisanen. Sie sehen uns … von dort … und von dort … und von dort …« Bei jedem Wort zeigte sie in eine Richtung und Strathmann fuhr herum und hob die Maschinenpistole feuerbereit empor. »Du wärest längst tot, Felix, wenn ich wollte. Längst tot, wie viele deiner Kameraden … Aber ich will dich, Glücklicher … lebend, schön, stark, mutig!«
Sie zog ihn in die Höhle. Sie war nicht tief. Auf der Erde lagen Decken, zusammengeklappte Zelte, Gewehre, Handgranaten, ein Maschinengewehr, Tellerminen, Gurte mit Munition. Er war erstarrt, er wollte wieder hinaus, er zerrte an ihrer Hand. Aber sie hielt ihn umklammert wie eine eiserne Fessel, sie zog ihn mit, in den Hintergrund der Höhle. Eine Matratze lag dort an der zerklüfteten, nassen, schwitzenden Felswand, die Matratze, auf der Gina in ihren Wehen gelegen hatte und hinabgetragen worden war nach Eboli.
»Komm«, sagte sie. Nichts weiter.
Sie nahm ihm die Waffe ab und warf sie weg, löste das Kinnband seines Helmes und schleuderte ihn zur Seite. Klappernd rollte er auf einen Haufen MG-Munition.
»Du bist so blass geworden«, sagte sie zärtlich.
Mit ihren kleinen, von der Kälte roten Fingern knöpfte sie seine Kombination auf und fuhr mit der Hand über seine warme, haarige Brust. Die Kälte ihrer Finger durchschüttelte ihn … er ergriff ihre Hand und küsste sie, wild, ausbrechend wie ein Vulkan, von dem man die dünne Schicht Erde nahm, damit das Magma emporzischte zum Licht.
»Maria …«, stammelte er.
»Mein Glücklicher …«
Sie beugte sich über ihn, er roch ihren Körper und sah die Oberseite ihrer runden Brüste. Ihre Finger glitten über

seine Brust, über den Magen, den Nabel und tasteten sich weiter … Ihr Atem flog über ihn …
»Mia dolce …«, flüsterte sie.
Ihr Atem war wie ein Hauch, wie ein heißer Wind, der über seine Lippen glitt und sie ausdörrte. –
Der Fallschirmjäger, Obergefreiter Felix Strathmann, wurde vermisst …

Durch die Schlucht summte der Kübelwagen Major von der Breyles.
Irgendwo mussten seine Suchtruppen Feindberührung haben … er hörte peitschende Schüsse und dann das helle Knattern einer Maschinenpistole. Es waren aber bloß Theo Klein und Heinrich Küppers, die nebeneinander lagen, jetzt aufsprangen und einen erlegten Hasen aus dem Geröll zogen. Feldwebel Maaßen, der dreißig Meter weiter seitlich von ihnen ging, und Müller 17, der gerade vor einer kleinen Höhle stand und überlegte, ob es ratsam sei, erst zu rufen oder gleich vorsorglich in die dunkle Tiefe zu ballern, rasten über die schneeglatten Steine und stürzten auf Klein und Küppers zu.
»Ein Partisan!« meldete Stabsgefreiter Klein und hielt den Hasen an den Löffeln Maaßen entgegen. »Er wollte durch unsere Linien brechen und zu den Amis überlaufen!«
»Idiot!« Feldwebel Maaßen sah sich sichernd nach allen Seiten um. »Du Rindvieh alarmierst die ganze Kolonne! Steck das Ding in den Brotbeutel und halt die Schnauze!«
Er winkte Müller 17 zu und ging kopfschüttelnd über so viel Frechheit wieder zu seinem Streifenabschnitt.
Von der Breyle dachte an das Aufstöbern eines Partisanennestes und trat auf den Gashebel. Während er durch die Schlucht schlingerte, riss er seine MP aus dem Haltegurt und legte sie über seine dicken Schenkel. Dann bremste er plötzlich, riss den kleinen Wagen herum, sprang mit einem weiten Satz aus dem Sitz und schnellte sich in den Schnee.

»Halt!« schrie er. »Halt!«
Vor ihm hetzte eine dunkle Gestalt den Hang hinauf. Wie ein Hase sprang sie im Zickzack zwischen die Steine, warf sich hin, kroch durch Büsche und hüpfte dann wieder über Vorsprünge, sich mehr über die Steine werfend als springend.
Noch einmal schrie von der Breyle: »Halt!«, dann klappte er mit dem Daumen den Sicherungsflügel herum und drückte ab. Der ausklappbare Metallkolben der Maschinenpistole schlug hart gegen seine Schulter ... sechsmal ... zehnmal ... in kurzen Feuerstößen.
Die Gestalt kletterte weiter, sie schnellte förmlich durch das verwitterte Gestein. Einmal glitt sie im Schnee aus, gerade, als ein neuer Feuerstoß von der Breyles neben ihr die Erde und Steine aufspritzen ließ. Dann rannte sie weiter ... geduckt, sich hinwerfend, aufspringend, sich seitlich hinwerfend ... aufspringend ... hinwerfend ... Sprung ... 'runter ... Sprung –
Von der Breyle kniete im Schnee und schoss. Deutsche Schule ist das, durchfuhr es ihn heiß ... Dort rennt ein Deutscher! Dort rennt das Schwein von einem Deutschen! Militärisch exakt, wie auf dem Übungsgelände in Munsterlager und der Wahner Heide. Deckung! Auf! Drei Schritte – – 'runter ... Sprung ... geduckt... ein Stein ... Deckung ...
»Hund, verfluchter!« sagte von der Breyle durch die Zähne. Er zielte und schoss... hämmernd, in kurzen Feuerstößen, wenn die Gestalt sich wieder aufschnellte. Neben ihr spritzten die Geschosse auf ... noch eine Garbe ... noch einmal ...
Von der Breyle ließ die Maschinenpistole sinken ... die Gestalt war zusammengesunken und hockte auf einem Stein. Sie hob die rechte Hand. Sie ergab sich.
Ehe Major von der Breyle an die Gestalt herantrat, schob er ein neues Magazin in die automatische Waffe. Dann stapfte er durch den Schnee den Hang hinauf.

Die Gestalt saß auf dem Stein, den Rücken ihm zugekehrt. Sie trug einen alten deutschen Militärmantel, von dem die Schulterstücke abgetrennt waren. Aber von der Breyle sah, dass es ein Offiziersmantel war. Eine unheimliche Wut glomm in ihm empor.

Der Mann saß nach vorn übergebeugt, als der Major an ihn herantrat. Er hielt sich die linke Hand fest ... aus dem Oberarm tropfte Blut in den Schnee. Auch aus der aufgerissenen Hose quoll ein Blutstrom und lief das Bein hinab, über die Schuhe in den Schnee.

»Dreh dich 'rum, du Schwein!« sagte von der Breyle kalt. »Ich exekutiere nur von vorn!«

Mit einem Satz warf sich die Gestalt herum. Von der Breyle riss die Maschinenpistole empor ... er taumelte zurück, wie vor die Brust gestoßen von einer riesigen Faust, in seinem Gesicht riss der Mund auf wie eine Höhle, sich öffnend zu einem Schrei, der nur ein Röcheln wurde wie das eines Sterbenden.

»Vater!« sagte die blutende Gestalt.

»Jürgen – – –« Von der Breyle ließ die Waffe fallen ... er griff sich mit beiden Händen an die Brust, taumelte nach vorn und stöhnte. Ehe Jürgen ihn auffing, brach er zusammen und lag im Schnee, ein dunkler, zuckender Klumpen.

Jürgen ließ sich auf die Knie fallen ... die Beinwunde stach, er verzog das Gesicht und schloss einen Augenblick vor dem stechenden Schmerz die Augen. Dann schaufelte er mit seinen Händen, mit der zerschossenen und der zitternden unverletzten, Schnee über das Gesicht des Vaters, riss ihm den Helm vom Kopf, öffnete über der Brust die Kombination und die Uniform, rieb die schwer atmende Brust mit Schnee ein und massierte das zuckende, aussetzende Herz. Er sah nicht, wie sein Blut über die Brust des Vaters rann, wie der Schnee ein scheußlicher hellroter Matsch wurde, mit dem er das Gesicht des Ohnmächtigen einrieb – er schleifte den schweren Köprer hinter ei-

nen Stein und bettete das kraftlose Haupt in seinen Schoß, neben dem aufgerissenen Oberschenkel.
Es dauerte über eine halbe Stunde, bis Major von der Breyle die Augen aufschlug und in das stoppelbärtige, schmale, ausgezehrte Gesicht Jürgens über sich blickte. Er schloss schnell wieder die Augen, wälzte sich zur Seite, aus dem Schoß seines Sohnes, richtete sich auf und blieb, mit dem Rücken zu Jürgen, leicht schwankend stehen.
»Das ist schlimmer als der Tod!« sagte er schwer atmend. Dann schwieg er wieder. Er hatte das Gefühl, schreien zu müssen. Er griff sich an den Hals und spürte nicht die Kälte, die gegen seine bloße Brust prallte. Er fuhr herum und starrte seinen Sohn mit blutunterlaufenen Augen an.
»Was soll ich deiner Mutter sagen?!« schrie er grell. »Was soll ich ihr sagen, du Lump?! Du Schuft! Du erbärmliches Schwein!« Er hob die Hand und schlug zu. Immer und immer wieder, rechts und links und links und rechts … Der Kopf Jürgens flog unter diesen Schlägen hin und her, aber er trat nicht einen Schritt zurück, er hob nicht abwehrend die Hand, er ertrug die Schläge mit geschlossenen Augen und zusammengepressten Lippen.
»Ich bin dein Vater!« schrie von der Breyle. »Ich schlage dich, meinen Sohn, meinen erwachsenen Sohn … den Leutnant Jürgen von der Breyle, den letzten Spross einer Offiziersfamilie, die 400 Jahre der Krone und Deutschland diente! 400 Jahre ohne Verrat, ohne Schweinereien … 400 Jahre mit Stolz, mit Ehre, mit Ruhm! Deine Ahnen waren Generäle … sie trugen die höchsten Orden … und ich schlage ihn, den Letzten, den Allerletzten, meinen Sohn, der ein Lump ist, ein Verräter, ein Mörder seiner Kameraden …«
Erschöpft ließ er die Hände sinken. Vor ihm pendelte noch das rot geschlagene, anschwellende Gesicht seines Sohnes. Ein kalter Strom durchzog sein Herz … er zitterte und klapperte mit den Zähnen wie in einem wilden Schüttelfrost.

»Was soll ich deiner Mutter sagen?« wiederholte er fast weinerlich.
»Du hast auf mich geschossen, Vater …«
»Auf den Partisanen! Auf den Hund, der als deutscher Soldat gegen seine eigenen Brüder kämpft!«
Jürgen von der Breyle presste die Hand auf die Armwunde. Sie brannte wie tausend Feuer. Bis zu den Fingern herunter zuckten die Nerven, es war ein Flimmern in seinem Körper, ein fast hörbares Surren der Nerven.
»Ich will den Krieg vernichten, Vater.«
»Indem du ein Mörder wirst?« Von der Breyle trat auf seinen Sohn zu. Ganz nahe standen sie voreinander, sie spürten den erregten Atem des anderen, und es war der Atem des Vaters, der Atem des Sohnes. »Was soll daraus werden?« fragte von der Breyle leise. »Jürgen … wie sollen wir uns hier herausfinden …«
»Du gehst zu deiner Truppe und ich zu meinen Leuten.«
»Nein. Das geht nicht. Das geht nicht, Jürgen. Ich bin der Leiter der Partisanenbekämpfungsgruppe. Unter meiner alleinigen Verantwortung steht die Aktion, die jetzt angelaufen ist! Ich habe die Pflicht, jeden Partisanen zu exekutieren, vor allem den deutschen Chef der Gruppe!«
»Also mich, Vater!«
»Ja. Dich, mein Junge.«
Sie sahen sich an. Die Augen von der Breyles flimmerten, sie wurden nass. Er weinte. Jürgen wandte sich ab.
»Tu deine Pflicht, Vater«, sagte er leise. »Aber ziele besser als vorhin.«
»Jürgen!« Major von der Breyle umklammerte den Schaft der Maschinenpistole. Das kalte Metall durchdrang ihn wie Feuer, er hatte das Empfinden, seine Handflächen würden versengt. Seine Hände zuckten zurück.
»Du bist Soldat, Vater! Du bist Offizier!«
»Du auch! Und du hast die Uniform in den Dreck gezerrt wie einen Putzlappen, mit dem man die Latrine wischt!«
»Die Uniform! Sie ist eure Seligkeit, sie ist euer Halbgott!

Wie heißt es im Grußreglement? Nicht der Mann wird gegrüßt, sondern der Dienstrang und die Uniform! Uniformen, stolz hinter der Fahne. Parademarsch! Diiiie Augen – links! Kerls, die Knie gerade, die Brust 'raus, das Kreuz hohl! Man darf den Arsch nicht sehen beim Parademarsch! Und vorneweg die Fahne … Die alten Fahnen und die neuen! Wie heißt es? Ja, die Fahne ist mehr als der Tod! Mehr, Herr Major von der Breyle, mehr als der Tod! Eine Fahne! Ein Lappen von einigen Quadratmetern Stoff! Aber der Kaiser hat sie geweiht, und der Führer hat sie geweiht … sie haben sie angefasst, die erlauchten Hände. Sie haben sie gegrüßt … das ist mehr als der Segen des Papstes! Mehr als der Tod! Mit Hurra in den Tod … hinter der Fahne her. Langemarck! Das Heldenlied der deutschen Jugend! Sie starben mit ›Deutschland, Deutschland über alles‹ auf den Lippen und stürmten ohne Artillerievorbereitung … Abiturienten, Studenten … Und die Nation war stolz, sie setzte Denkmäler, sie warf sich in die Brust: Ja, Langemarck! Unsere Jungen! Was, das sind Kerle! Die singen, wenn die Kugeln pfeifen! Hurra den Kerlen! Hurra! Hurra! Und keiner ist da, der ihnen entgegenschreit: Das war ja Wahnsinn, das war ja Mord! Ihr glorifiziert den Mord, ihr heftet ihn an die Fahnen, als ein Vorbild! An die Fahnen, die mehr sind als der Tod! Ich habe meine Jungen gesehen, wie sie zusammengeschossen wurden … da unten, im Süden, an der Sele-Brücke. Ich rief dich an, ehe ich in die Berge ging, die Verbindung wurde zerstört … Ich hatte genug, Vater, ich hatte nicht mehr die Kraft, Totengräber zu sein! Aber ich hatte die Kraft, gegen diesen Irrsinn zu kämpfen! Gegen das falsche Pathos eurer Vaterlandsretter-Ehre, gegen die Borniertheit eurer Clique … gegen den Kasinogeist, der an der Front die Humpen schwingt, wenn das Blut fließt für die Ehre der Nation!«

»Halt jetzt den Mund!« Major von der Breyles Faust kam wieder hoch und schlug zu.

Dieses Mal hob auch Jürgen die Hand und wehrte den heftigen Schlag ab.
»Jetzt stehen wir an anderen Fronten – nicht mehr Vater und Sohn, sondern Major und Deserteur. Exekutor und Partisan! Schlächter und Opfer!«
»Und ich habe gedacht, du seist gefallen …« Von der Breyle sah hinauf in den fahlen Himmel. Dicht hingen die Wolken herab … es würde wieder schneien … tagelang, wie eine Illusion des Friedens. »Ich habe Mutter geschrieben, dass du gefallen bist wie ein Held.«
»Wie ein Held!« Jürgen riss den Ärmel auf. Aus seinem Oberarm quoll noch immer Blut. Er brannte jetzt und klopfte wie mit tausend Hämmern. »Das ist euer Trost, das ist eure Welt, in die ihr euch zurückzieht: Wie ein Held! Der deutsche Junge muss ein Held sein. Ist er's nicht – weg mit ihm! Der Schlappschwanz! Die Schande der Nation! Der Kerl denkt ja! Der Himmelhund hat ja seine eigene Meinung! Was denn, was denn – sterben soll er wie ein Held, aber nicht denken! O Vater, wie hohl seid ihr doch. Wie eine taube Nuss. Nur Schale und Farbe.« Er schwieg erschöpft.
Von der Breyle wandte den Kopf zur Seite, er konnte seinen Sohn nicht mehr ansehen. »Ich muss dich erschießen«, wiederholte er leise.
»Wenn du es verantworten kannst …«
Major von der Breyle nickte. »Ich kann es, Jürgen … ich kann es vor mir und meinem Gewissen! Du bist ein Schuft, ein erbärmlicher Schuft, der durch seine Taten Hunderten deutscher Soldaten den Tod brachte! Das ist eine moralische Rechtfertigung, – auch vor Gott, Jürgen! Auch vor Gott!« Seine Stimme brach wieder und wurde kläglich. »Aber wie soll ich es deiner Mutter sagen! Was soll ich ihr sagen? Soll ich ihr von Kriegsrecht erzählen, von Offiziersehre? Sie würde es nie verstehen, nie! Du hast mein Kind ermordet, wird sie mir entgegenschreien. Du bist ein Mörder! Mörder! Sage einer Mutter, ihr Kind sei

ein Lump … sie wird antworten: Aber es bleibt mein Kind! Das sagen sie alle – und ich soll zu ihr gehen und ihr sagen: Elise, ich habe unseren Jungen erschossen. Unseren einzigen. Unsern Jürgen! Er war ein Verräter! Das soll ich sagen? Zu Mutter?! O mein Gott … mein Gott …«

Er drehte sich weg und weinte. Schluchzen schüttelte den schweren Körper. Das Kinn war auf seine Brust gesunken, mit hängenden Armen stand er im Schnee und eisigen Wind und weinte.

»Ich war so stolz auf dich«, stammelte er. »Ich könnte dir eine Pistole geben, so, wie man einem Offizier die Regelung seiner Ehre selbst überlässt. Aber ich weiß, dass du dazu zu feige bist! Du würdest dich nie erschießen!«

»Nein, Vater.«

Von der Breyle nickte, sein Kopf wippte auf dem Hals, als sei er an einer Spirale befestigt. »Erbärmlich«, flüsterte er.

»In deinen Augen, Vater. Aber ich will weiterleben, um gegen diesen Krieg zu kämpfen. Ich will sabotieren, ich will die Benzinnachfuhren in die Luft jagen, ich will die Munitionskolonnen stoppen und die Divisionen mit Flugblättern überschütten. Macht Schluss! will ich schreien. Wollt ihr den Nationalsozialismus am Monte Cassino verteidigen? Seid ihr bereits so weit? Gegen wen kämpft ihr denn? Warum kämpft ihr denn? Verteidigt ihr die Heimat? Haltet ihr so den Sturm aus dem Osten auf, nachdem ihr den roten Koloss geweckt habt? Ihr geht zurück … erst Smolensk, dann Kiew … dann Orscha … immer weiter wird es zurückgehen, weil ihr ausgeblutet seid … in Afrika, am Balkan, in Griechenland, in Italien, auf Kreta, in Norwegen … Habt ihr ein Ideal, für das ihr sterben wollt? Kommen die Amerikaner, um eure Frauen und Töchter zu schänden? Glaubt ihr, dass die Engländer mit Frauen eine Eismeerstraße bauen werden? Es sind Menschen wie du und ich, Kamerad! Sie haben die gleichen Gedanken, die gleichen Gefühle, die gleiche Sehnsucht, nach Hause zu kommen zu ihren Frauen und Kindern,

Brüdern und Müttern! Wer will, denn den Krieg?! Du oder ich?! Hat man dich gefragt, Kamerad? Oder dich, Vater? Vater! Jetzt rede ich mit dir! Gib mir eine Antwort, eine klare, präzise Antwort. Hat man dich gefragt, ob du einen Krieg willst?! Und warum führst du Krieg?! Sage nicht, um die Heimat zu schützen! Wer hat sie denn angegriffen?«

Major von der Breyle fuhr herum. Das Gesicht seines Sohnes glühte fanatisch. Er hatte die Hand auf den zerschossenen Oberarm gepresst, zwischen seinen Fingern rann das Blut den Arm hinunter und tropfte in den Schnee. Die zerfetzte Hose über der Schenkelwunde war verharrscht und steif. Sie blutete nicht mehr, der kalte Wind von den Hängen ließ das Blut erstarren.

»Ich bekam ein Kommando und gehorchte!« sagte von der Breyle hart. »Ohne zu denken?«

»Ich setze voraus, dass dies die oberste Führung für mich tat! Unser Blick für die politische Weltlage ist begrenzt, er ist eine Froschperspektive. Wir sehen und denken nur regional, vom Blickwinkel unseres Schreibtisches aus. Und wir denken zu privat, eingefangen in die Sphäre des eigenen Bürgertums, das sich zwischen Essen, Trinken, Arbeiten, Fortpflanzen und Schlafen erschöpft … die kulturellen Ambitionen, die Lektüre einer Zeitung, eines Buches, der Besuch eines Kinos oder Theaters sind nur der Stuck, ein verbrämendes Rankenwerk an der glatten und gut getünchten Mentalität des Bürgers. Was weiß er von den politischen Spannungen, von den großen geschichtlichen Strömungen mehr als das, was er gerade im Generalanzeiger liest und am Stammtisch diskutiert! Willst du mir diese Dumpfheit einer Plüschmöbelmoral als Vorbild hinstellen? Ich habe als Offizier zu gehorchen, und ich ging in den Krieg mit dem Bewusstsein, dass meine oberste Führung ihre Gründe hat, einen Krieg zu verkünden. Ich beugte mich der weiteren Sicht … bedingungslos, bedenkenlos, treu dem Eid auf mein Vaterland.«

Jürgen nickte. »Schon wieder die Fahne, die mehr ist als der Tod! Immer im Kreis herum, Vater, immer im Kreis! Nur nicht ausbrechen aus diesem Hippodrom subalterner Denkschablonen! Nur immer brav strammstehen, jawohl schreien und den Arsch zusammenkneifen, wenn der Herr Oberst brüllt und anderer Meinung ist. Der Herr Oberst oder gar der Herr General haben immer Recht … sie haben zwei Sterne mehr auf dem Spiegel, und der Herr General sogar ein goldenes Eichenlaub, rote Streifen an den Hosen und rote Aufschläge am Mantelkragen! Allein das repräsentiert besseres Wissen, das ist ein Abzeichen, Recht zu haben! Zwei Sterne mehr auf den Schulterstücken, und das Gehirn des Titanen hat direkte Verbindung zum Olymp. So war es doch gedacht, Vater?« Er sah ihn Antwort heischend an.

Major von der Breyle griff in die Tasche. Er holte drei Verbandpäckchen hervor und reichte sie seinem Sohn hin.

»Verbinde dich.«

»Wozu?« Jürgen sah seinen Vater groß an. »Wozu der Luxus, Vater? Du wirst gleich deine Pflicht tun und mich standrechtlich erschießen. Kraft deiner Vollmacht! Im Bewusstsein, die Ehre des deutschen Offiziers gerettet zu haben und auch hier deine Pflicht getan zu haben. Gegen deinen Sohn!«

Jürgen richtete sich auf. Er stand gegen den Hang gelehnt wie gegen eine Mauer, vor der man die zum Tode Verurteilten stellt, ehe das Exekutionskommando aufmarschiert. »Bitte!« sagte er laut. »Hole dir deine Beförderung, Vater! Denke daran, dass Mutter – sollte dir etwas zustoßen – dann auch mehr Pension erhält!«

In von der Breyle zerriss etwas. Er spürte es ganz deutlich. Er hob die Maschinenpistole. Mit dem ausklappbaren Metallkolben schlug er Jürgen über den Kopf … die scharfe Unterkante riss seine Stirn auf … Blut rann ihm über das Gesicht, die Ränder der aufgeplatzten Haut wölbten sich. Der Geschlagene schwankte und hielt sich an den Felsen fest.

»Du erbärmlicher Lump!« schrie von der Breyle. »Du wagst es, so von Mutter zu reden?! Du wagst es, ihren Namen noch in den Mund zu nehmen?«
Er legte die Maschinenpistole an und ging zurück. Langsam stieg er den Hang hinab zu seinem Kübelwagen, der unter einer Schneedecke auf der schmalen Straße stand.
»Geh!« brüllte er. »Lauf …! Ich gebe dir die Chance, zu flüchten! Lauf um dein Leben … Ich werde auf dich schießen, ich werde meine Pflicht tun, vor Gott und deiner Mutter! Entkommst du, ist es eine kurze Galgenfrist, bis dich ein anderer erwischt – fällst du, so darfst du mit dem Bewusstsein sterben, dass du das Leben deines Vaters und deiner Mutter in den Dreck getreten hast!«
Er wandte sich um und stieg den Hang hinab. An seinem eingeschneiten Wagen wartete er einen Augenblick, ehe er sich umdrehte und die Waffe hob.
An der gleichen Stelle, an der er ihn verließ, stand Jürgen und starrte hinab auf den breiten Mann mit der schwarz glänzenden Pistole in der Hand. Das graue Haar wehte im Eiswind … die Beine hatte er gespreizt in den Schnee gestemmt und lehnte den Rücken an den Kühler des Wagens, als habe er Angst, umzufallen.
»Vater!« rief er hell. Er streckte die unverwundete Hand nach ihm aus. Von der Breyle schloss die Augen.
»Lauf!« schrie er zurück. »Lauf, Jürgen …!«
Er riss die Maschinenpistole hoch … das kalte Metall an seinem Kinn durchfuhr ihn wie ein Schlag. Es brannte an seiner Wange, es fraß sich in seinen Kopf hinein und erfüllte ihn mit einem Brand, der über den ganzen Körper raste.
Jetzt schieße ich, ich schieße auf meinen Sohn, Elise … Du wirst es nie begreifen, du sollst es auch nicht begreifen. Du bist eine Mutter. Für eine Mutter ist alles unbegreiflich, was gegen ihr Kind geschieht Verzeih mir, Elise … nur darum bitte ich dich. Verzeih … er ist ja auch mein Sohn, mein großer, schöner Junge, mein Kronprinz …

Er setzte den Finger auf den Abzug, er fühlte den Druckpunkt und verharrte.
Als er die Augen öffnete, sah er die dunkle Gestalt den Hang hinaufklettern … müde, erschöpft, sich schleppend. Der zerschossene Arm hing wie leblos an seiner Seite herunter … das zerfetzte Bein schleifte er nach, zog es über die Steine und warf es fast um die Büsche herum. Er meinte, Jürgen vor Schmerzen stöhnen zu hören. Major von der Breyle schoss.
Er schob den Lauf empor in den blassen, schneeschweren Himmel und schoss. Ein Feuerstoß … zwei … drei hinein in die Wolken, in den Wind, in die tanzenden Flocken. Gott, schrie es in ihm. Mein Gott – vergib mir…
Auf dem Hang verschwand die taumelnde Gestalt zwischen zerklüfteten Felsen und verschneiten Büschen. Von der Breyle starrte auf die Stelle, hinter der sie untertauchte. Er setzte die Waffe ab und ließ sie auf den Boden fallen. Zischend schmolz unter dem heißen Lauf der Schnee zu einer breiigen Lache.

Um die Ecke, in die Schlucht hinein, rannte keuchend die Gruppe Maaßen. Theo Klein erreichte als Erster den verschneiten Kübelwagen und rutschte zwei Meter mit Armen um sich schlagend durch den Schnee, weil er im Lauf den Major erkannte und versuchte, Haltung anzunehmen. Kurz vor von der Breyle kam er zum Stehen, wie eine gebremste Lawine, und schlug die Hacken zusammen.
»Herr Major haben geschossen?« Er blickte kurz auf die im Schnee liegende Maschinenpistole, unter deren heißem Lauf noch immer der Schnee schmolz. Maaßen und Küppers rannten heran, während Müller 17 und Bergmann zu beiden Seiten die Hänge sicherten.
Von der Breyle sah Theo Klein an wie ein Wesen aus einer fremden Welt. Ein großes, breites Gesicht, ein runder, randloser Stahlhelm, ein Knochensack … Der Major at-

mete tief auf, als erwache er aus einem Zustand völliger Erstarrung.
»Ich habe gedacht, jemanden zu sehen«, sagte er abgehackt. »Vielleicht war es nur ein Fuchs. Kämmen Sie hier das Tal weiter durch …« Er stockte und sah den Hang neben sich hinauf. »Auf die Höhe brauchen Sie nicht, da habe ich einen anderen Trupp eingesetzt! Danke!« Er führte die Hand zum Kopf und bemerkte erst jetzt, dass er ohne Helm im wirbelnden Schnee stand. Theo Klein starrte ihn verblüfft an. »Gehen Sie schon!« schrie von der Breyle. »Hauen Sie ab, Mann!«
Die Gruppe Maaßen zog durch den Schnee weiter. Von der Breyle wartete, bis sie aus seinen Augen entschwunden war, dann kletterte er noch einmal den Hang empor und fand seinen Helm neben dem Gebüsch, an dem Jürgen gestanden hatte. Der Boden war mit frischem Schnee bedeckt, aber durch die losen Flocken schimmerten noch die Blutflecke hervor.
Jürgens Blut. Von der Breyle bückte sich und schob die frische Schneedecke fort. Er tastete mit der Hand über die braunroten Flecke.
Sein Kopf sank tiefer. Er weinte wieder …

Am Abend, nach dem Sammeln der Suchtruppen, fehlte der Obergefreite Felix Strathmann.
Feldwebel Maaßen und Feldwebel Lehmann III hatten ihn noch gesehen, wie er vorschriftsmäßig sichernd seinen Streifen abschritt. »Der hat sich verlaufen«, meinte Heinrich Küppers und rauchte eine Zigarette an. »Vielleicht hockt er jetzt bei irgendeiner Infanteriegruppe, frisst Gulasch mit Nudeln und erzählt dicke Sachen aus St. Pauli!«
Major von der Breyle hatte keine Lust, die Nacht wartend im Schnee und aufkommenden Sturm zu verbringen. Er hatte andere Pläne für seine Zukunft, ganz andere Pläne, als sich mit einem verlaufenen Obergefreiten herumzuär-

gern. Er wollte das Ruder herumwerfen, völlig, so wie man auf einen anderen Kurs geht, weil der alte voller Klippen und Eisberge ist und den Rumpf des Schiffes aufschlitzen könnte.
»Abrücken!« kommandierte er. »Die Gruppe mit dem fehlenden Gefreiten bleibt an der Sammelstelle und wartet! Ihr Kompaniechef – –« Er sah Maaßen an.
»Hauptmann Gottschalk, Herr Major!« schrie Maaßen.
»Hauptmann Gottschalk meldet mir die Ankunft des Obergefreiten. Bestellen Sie das bitte dem Herrn Hauptmann, Feldwebel.«
»Jawoll, Herr Major!«
Von der Breyle klappte sein Dienstbuch zu.
Gefallene: Keine.
Verwundete: Keine.
Vermisste: Keine.
In Klammern: Obergefreiter Strathmann hat sich verlaufen. Kommt zur Truppe zurück.
Kurzer Lagebericht: Keine Feindberührung. Aktion erfolglos. 10. Februar 1944. v. d. Breyle, Major.

Feldwebel Maaßen schraubte seine Feldflasche auf. Er hatte noch einen Schluck Tee mit Rum … das obligate Getränk des deutschen Soldaten. Mit schiefem Gesicht trank Theo Klein einen kurzen Schluck und gab sie an Müller 17 weiter. »Schmeckt von Tag zu Tag mehr nach Jauche!« stellte er fest.
Feldwebel Maaßen trat ihn gegen das Schienbein.
»Es hat keiner gesagt, dass du davon saufen sollst! Wer hat übrigens Strathmann zum letzten Mal gesehen?«
Müller 17 hob die Hand. »Ich! Er winkte mir noch zu. Er ging in ein Seitental, ein kleines Tal nur … der Weg gabelte sich dort und kam hinter dem Tal wieder zusammen.«
»Und Felix kam auch wieder?«
»Nee.« Müller 17 starrte Maaßen an. »Mensch – der ist ja aus dem Tal nicht wiedergekommen! Das fällt mir jetzt

erst auf! Der ist da drin geblieben! Er hätte ja wieder auf den Weg kommen müssen. Mensch, Kurt –«

»Himmel, Arsch und Zwirn!« Theo Klein schleuderte die Zeltplane von seinem Kopf. Eine kleine Lawine ergoss sich über die Männer, sie klopften den Schnee von der Uniform und von den Waffen. »'rin in das Tal und gesucht!« schrie Klein. »Das hätte das Rindvieh von Müller 17 auch eher sagen können!« Sie hängten sich die Zeltbahnen über die Schultern und stapften durch die Nacht und den Schneesturm wieder den Bergen zu. Wie Urgestalten sahen sie aus, wie riesige Fledermäuse, die durch die Nacht flatterten.

»Warst du im Osten, Kurt?« fragte Theo Klein nach einer Weile. »Ein Jahr.«

»Wo?«

»Am Ilmensee.«

»Habt ihr da auch einen Postenklau gehabt?« Theo Klein schnaufte leise. »Wir hatten einen ... Jede Nacht verschwand unser Grabenposten ... Lautlos, ohne Spur ... er war einfach weg. Und wir hatten das Vorfeld vermint, und neben dem geklauten Posten lagen in 30 Meter Entfernung zwei MG-Trupps. Direkt unheimlich wurde es uns. Wir stellten Doppelposten auf. Als die Ablösung kam ... um 2 Uhr nachts ... waren die beiden weg! Nach neun Tagen haben wir den Kerl erwischt ... einen russischen Leutnant. Er hatte eine Minengasse entdeckt und schlich sich von hinten an die Posten 'ran. Griff an die Gurgel – ein Schlag vor den Latz ... aus! Er hat uns elf Mann geholt und 'rüber zu den Iwans geschleppt!«

Die anderen sahen zu Boden.

Feldwebel Maaßen hob die Schultern. Ihm wurde ungemütlich. »Mensch, halt die Fresse! Hier sind wir in Italien und nicht an der Wolga! Kannste dir das vorstellen – dass den Strathmann einer klaut?! Den Strathmann?! Am helllichten Tag? Du hast ja 'n Stich, Theo ...«

Sie stapften weiter, den Spuren von Weimanns Kübelwagen nach. Mitten in dem kleinen Tal hielten sie an und

versammelten sich um das Auto. Leutnant Weimann schüttelte den Schnee von seiner Zeltplane und blickte an den Hängen empor. Sie stießen in den schwarzen Himmel hinein, es war kein Übergang mehr. Der Eindruck, die Felsen ragten bis in die Wolken, war vollkommen.
»Wenn er hier zuletzt gesehen wurde und nicht wieder aus dem Tal herauskam, muss er noch hier sein. Lebendig oder tot!«
Theo Klein zuckte bei dem Wort ›tot‹ zusammen und sah Maaßen an. Dessen Gesicht war bleich, trotz der Kälte.
»Also los, Jungs – ausgeschwärmt und gesucht.«
Er sprang aus seinem Wagen und ging als Erster in das Tal hinein. Heinrich Küppers folgte ihm – er kletterte den linken Hang hinauf und leuchtete mit einer Stablampe die Büsche ab. Verteilt zogen ihnen die anderen nach.
Leutnant Weimann zuckte unwillkürlich zusammen und riss die Maschinenpistole empor, als hinter ihm eine gewaltige Stimme aufschrie.
»Felix!« brüllte Theo Klein. »Felix! Felix!«
Idioten, dachte er. Vollidioten, in diesem Gelände stumm zu suchen. In diesem Kusselgelände, an diesen zerklüfteten Hängen. Er brüllte den Namen und war erstaunt, dass plötzlich auch Maaßen den Namen schrie und dann Küppers … Müller 17, Bergmann … zuletzt auch Leutnant Weimann. Ihre Stimmen zerflatterten im Wind und wurden vom Schnee wie von Watte aufgesaugt.
An einem Busch hängend, im Schneesturm flatternd, fand Theo Klein ein Taschentuch. Es war Strathmanns Tuch, mit dem er seine Pistole vom Schnee reinigte, ehe er Maria Armenata sah. Theo Klein riss das Tuch aus den Dornen … es war fettig, ölig … Gewehrfett, stellte er fest.
»Felix!« schrie er grell. »Mensch, Felix, mach keinen Unsinn!«
Er winkte mit beiden Armen – als ihn niemand sah, schoss er in seiner Not in die Luft. Weimann und Maaßen stürzten zu ihm den Hang empor. Küppers rutschte auf

dem Hintern den Hang hinab und fiel Theo Klein fast vor die Füße.

»Sein Taschentuch!« sagte Klein. Er hielt es Leutnant Weimann hin. Dass dabei seine Hand zitterte, daran war nicht allein die Kälte schuld. »Es hing hier in den Dornen.«

Weimann nahm es in die Hand. »Ganz fettig.«

»Er hat seine MP damit abgeputzt. Riechen Sie mal dran, Herr Leutnant … den ganzen Geruch kenn' ich aus Tausenden heraus! Das ist Gewehrfett!«

Feldwebel Maaßen sah Leutnant Weimann an. Ihre Blicke trafen sich mit dem gleichen Gedanken. Maaßen senkte den Kopf. Er kniff die Lippen zusammen.

»Gehen wir«, sagte Leutnant Weimann leise.

»Gehen … wieso?«

»Sei nicht stur«, sagte Maaßen zögernd. »Nimm die Knarre und komm … «

Klein blickte von einem zum anderen. Sie hatten begriffen, was Weimann sagte, in den dickwandigen Schädel Kleins aber war die plötzliche Erkenntnis noch nicht eingedrungen. Er setzte sich auf einen Stein neben dem Busch, mitten in den Schnee, die Zeltplane über sich, und ergriff mit beiden Händen seine Maschinenpistole.

»Wir müssen doch den Felix suchen!« sagte er. Seine Stimme war heiser.

»Wir können doch nicht einfach abhauen, nur weil wir sein Taschentuch haben! Das geht doch nicht! Kurt – Heinrich – Erwin – Josef – Herr Leutnant –« Er sah jeden Einzelnen aus aufgerissenen Augen an. »Wir müssen ihn doch finden! Er ist doch unser Freund!« Und plötzlich brüllte er auf wie ein Stier und stampfte mit beiden Beinen in den Schnee. »Ich bleibe hier, bis ich ihn gefunden habe! Ich bleibe hier!« Seine Stimme überschlug sich.

Heinrich Küppers zog ihn am Ärmel der Kombination empor. Wie ein Kind umfasste er den großen, schweren Kerl und schob ihn den Hang hinauf.

In dem Bericht, den Hauptmann Gottschalk an Major von der Breyle und die Division schrieb, hieß es:
»Der Obergefreite Felix Strathmann, geboren am 24. 9. 1920 in Hamburg-St. Pauli, wohnhaft dortselbst, Henriettenstraße 28, wird seit dem 10. 2. 1944 vermisst. Er ist seit einer Partisanenbekämpfungsaktion abgängig. Nach Auffinden eines Taschentuches wird damit gerechnet, dass er a) in Gefangenschaft der Partisanen geraten ist oder b) von ihnen getötet und beiseite geschafft wurde. Bei dem Charakter des Obergefreiten Strathmann, der seit vier Jahren in meiner Kompanie ist, ist mit fast hundertprozentiger Sicherheit das Letztere anzunehmen.
Obergefreiter Felix Strathmann ist Träger des EK II und EK I, des silbernen Verwundetenabzeichens, des Kreta-Abzeichens und hat in der Schlacht am Ätna drei amerikanische Panzer durch geballte Ladungen vernichtet.
Ich bitte, den Obergefreiten Strathmann post mortem zum Unteroffizier vorschlagen zu dürfen.

Reinhold Gottschalk,
Hauptmann und Kompaniechef
II./I. Batl./34. FD.«

Auf der feuchten Matratze an der schwitzenden Höhlenwand lag Felix Strathmann und schlief. Er schlief fest, traumlos, mit leicht geöffnetem Mund und rasselndem Atem. Er hatte seinen Arm unter die nackte Schulter Marias geschoben und lag auf der Seite, mit dem Gesicht ihr zugewandt. Wenn er sich bewegte und im Halbschlaf dehnte, fühlte er unter der warmen Decke ihren Körper, ihre Beine, ihren Leib, der sich an ihn presste. Dann lächelte er und schlief wieder ein. Die animalische Wärme ihrer Haut, der leichte Schweiß der Erschöpfung, der ihre Körper überzog, betäubten ihn und machten ihn glücklich. Einmal, gegen Morgen, fuhr er empor. Es war ihm, als habe er seinen Namen gehört. Felix! Felix! Er setzte sich und lauschte. Die warme Hand Marias zog ihn

zurück unter die Decke. Sie legte seine Finger auf ihren Leib und suchte mit den Lippen seine Halsbeuge. »Mia dolce«, sagte sie leise. »Mein Glücklicher… lass die Welt untergehen, wenn wir uns lieben …«
Das Zittern in seinen Lenden übermannte ihn. Er tastete mit den Händen über ihre Nacktheit und legte den Kopf zwischen die warmen Brüste. So schlief er wieder ein, wie ein Kind, das sich an die Mutter drückt, schutzsuchend und glücklich in der wohligen Geborgenheit ihres Schoßes.
Vor der Höhle schneite es, im Tal zermalmten Granaten die Häuser von Cassino. Sanitäter trugen, ächzend und vor den Einschlägen sich hinwerfend, die Bahren und Zeltplanen mit den Verwundeten zu den Sammelstellen.
Sie hörten nichts und schliefen.

Das Feldlazarett war in Albaneta hinter dem Monte Cassino abgeschnitten. Die Via Casilina wurde von Bombengeschwadern kontrolliert, vom Monte Castellone rückten Amerikaner und Inder heran, den Ort Cassino umgehend.
Dr. Heitmann rannte durch die überfüllten Zimmer, in denen es nach Blut, Eiter, Kot und Urin stank. Er suchte Dr. Pahlberg, der einem Wimmernden eine Injektion gab.
Oberstabsarzt Dr. Heitmann lehnte sich an die Wand, sein Atem flog. In seinem dicken Gesicht waren die Stirnadern unnatürlich angeschwollen. Beginnende Arteriosklerose, konstatierte Dr. Pahlberg im Stillen, als er zu dem Erregten aufblickte.
»Das Verbandmaterial geht zu Ende«, sagte Heitmann leise. »Krankowski kommt eben und sagt, dass nur noch für drei Tage Verbände hier sind! Und auch nur Papierbinden, dieser Scheißdreck, der mehr ’rein- als ’rauslässt! Jetzt können wir mit der Pinzette die Papierfetzchen aus den Wunden heraussuchen! Und Tetanus haben wir nur noch 300 Ampullen! Was sind 300, Pahlbergl Bei diesen Eingängen! Und der Nachschub kommt nicht!«

»Er wird sich im Schnee festgefahren haben.« Stabsarzt Dr. Pahlberg erhob sich. Der Verwundete war verstummt. Er schlief. Heitmann sah auf ihn hinab. »Hoffnungslos?« Pahlberg nickte. »Ja. Lungenschuss. Der ganze linke Flügel muss zerrissen sein.«
Sie gingen durch die Reihen der Verwundeten, an Strohsäcken vorbei, die von den bereits Gestorbenen durchblutet waren, und auf die man einfach die Neuen gelegt hatte. Gustav Drage wusch eine Wunde aus … das Schienbein war zertrümmert, und der Eiter lief aus der grässlichen Wunde wie aus einer Quelle. In der Ecke eines anderen Zimmers drückte August Humpmeier einen Tobenden nieder. »Sie kommen!« brüllte der Verwundete. »Sie kommen! Da! Turbane! Inder! Weiße Turbane! Hilfe! Hilfe!« Er schleuderte Humpmeier wie eine Feder weg und sprang aus der Decke heraus. Gustav Drage rannte herbei und stürzte sich mit Humpmeier wieder auf den Schreienden. Mit brutaler Gewalt warfen sie ihn auf den Strohsack zurück. »Nicht schießen«, wimmerte er. »Nicht schießen … Ich habe Angst – Angst – Angst.« Sein Schrei gellte den Ärzten durch die Räume nach. Angst, zitterte es von den Wänden … Angst …
»Kopfschuss«, sagte Dr. Pahlberg. »Wir müssen ihn bei besserem Wetter weitergeben nach hinten. Er demoralisiert mit seinem Schreien die ganzen Zimmer …«
Aus dem provisorischen Verbands- und Operationsraum kam ihnen Feldwebel Krankowski entgegen. Sein Gesicht war fahler als bisher, die Wangen waren eingefallen und fast hohl.
Wie ein Schwindsüchtiger, musste Kahlberg denken. Und dabei fehlt ihm nur eine Woche Schlaf. Sehen wir alle so aus wie er? Er blickte zu Dr. Heitmann hinüber. Sein dickes Gesicht war schlaff, tiefe Hautfalten überzogen seinen Oberhals.
»Nur noch 300 Tetanus, Krankowski?« fragte Pahlberg, um sich abzulenken.

»Jawohl, Herr Stabsarzt. Und kaum noch Verbände! Wir haben bereits von den Toten die guten Mullstreifen wieder abgewickelt und gewaschen. Wenigstens etwas.«

Dr. Pahlberg nickte. Wenigstens etwas ... so wanderten die Verbände von einem zum anderen. Der Tod half so den neuen Stöhnenden, bis auch sie mit offenem Mund und glasigen Augen auf den Strohsäcken lagen und von Drage und Humpmeier hinausgeschleppt wurden, in den Schnee, hinter eine Scheune. Jeden zweiten Tag kam ein Beerdigungskommando mit einem Lastwagen und holte die Leichen ab ... nachts hatte Krankowski alle Hände voll zu tun, die durchgebrochenen Erkennungsmarken zu registrieren und Verlustmeldungen an die betreffenden Einheiten weiterzugeben. Die bürokratische Behandlung der Todesfälle durfte nicht lahmliegen oder unterbrochen werden. Zu Hause hatten sie ein Recht darauf, einen Brief zu bekommen mit der Nachricht: Gefallen für Großdeutschland. Am 6., 7., 8., 9., 10., 11. Februar 1944 ... Vor Monte Cassino. Für die Verteidigung des Vaterlandes! In stolzer Trauer ... Jeden Tag in den Zeitungen drei, vier Seiten ... Kreuz an Kreuz ... bis es hieß: Pro Tag nur soundsoviel Anzeigen und nicht mehr! Die Heimat sollte nicht unruhig werden vor dem Wald von Kreuzen, der ihr jeden Morgen aus der Zeitung entgegenschrie. Wir sind dem Endsieg näher als je zuvor! Haltet aus! Im Sturmgebraus! Und solltet ihr wanken, denkt immer daran: Uns geht die Sonne nicht unter!

»Wie viel Tote?« fragte Dr. Pahlberg, angewidert von seinen Gedanken.

»Siebenunddreißig, Herr Stabsarzt. Aber bis zum Abend sind es bestimmt fünfzig! Was von der HKL zu uns kommt, ist größtenteils hoffnungslos. Die leichteren Fälle bleiben in den Sammelstellen.«

»Sparen Sie Tetanus, Krankowski.«

Dr. Pahlberg schluckte. Was er zu sagen hatte, war ein Schlag gegen das ärztliche Ethos, war ein Tritt auf den Eid

des Hippokrates, dem er sich verpflichtet fühlte mit seiner ganzen Seele.
»Bei völlig hoffnungslosen Fällen nicht mehr. Nur noch bei Schussbrüchen und solchen Verletzungen, die Aussicht haben, durchzukommen.«
»Jawohl, Herr Stabsarzt.« Krankowskis Augen flatterten.
»Und die Verbände, Herr Stabsarzt?«
»Die lassen Sie den armen Kerlen drum. Wir müssen ihnen ja wenigstens etwas lassen …«
Er ging in den provisorischen OP und drehte an der Kurbel des Feldtelefons. »Nachschub I, bitte, Major Ebert!« Er wartete eine Weile und sah dabei Dr. Heitmann zu, der zwei kleine Pillen auf die Hand schüttete und sie mit einem Ruck in den Mund warf. »Sie sollten das nicht tun, Heitmann«, sagte Dr. Pahlberg leise. »Sie füttern Ihr Herz solange mit Pervitin, bis Sie den schönsten Infarkt bekommen!«
Dr. Heitmann winkte ab. »Wem sagen Sie das, Pahlberg. Aber ohne dieses Zeug halte ich nicht mehr durch. Ich mache schlapp! Ich bin in meinem Leben nie ein drahtiger Soldat gewesen, immer nur ein Zivilist, ein bullernder, bei den Bauern beliebter Landarzt. Ich bilde mir wenigstens ein, beliebt gewesen zu sein. Ich habe Furunkel behandelt, Beine und Arme geschient, Blinddärme 'rausgenommen, grippale Infekte mit den verschiedenen Mitteln geheilt, Großmütterchens Podagra mit Bienengift eingerieben und einmal – ein seltener Fall – bei einer Bauernmagd eine ausgewachsene Gonorrhöe bekämpft. War übrigens eine Infektion von einem Handelsvertreter für Jauchepumpen! 'ne Pointe für jeden Stammtisch! Tja – und jetzt soll ich Soldat spielen, Knochen zersägen, Mägen aufschlitzen, Gehirne zurückstopfen, zerfetzte Unterleiber potent erhalten. Ich kann das einfach nicht, Pahlberg, ich habe keine Nerven mehr dazu. Ich klammere mich an dieses verfluchte Pervitin, um überhaupt noch mitzumachen.«

Das Telefon rappelte. Dr. Pahlberg nahm den Hörer ab.
»Herr Major Ebert? Hier Stabsarzt Pahlberg, Feldlazarett in Albaneta. 34. Fallschirmjägerdivision. Ich brauche Mullbinden, Zellstoff, Watte, Tetanus, Morphium, Äther, Jod, Antipasmika, Sauerstoff, Herzmittel … ich brauche einfach alles! Ich habe nur noch 300 Tetanus und keine Binden mehr! Die Verwundeten sterben mir unter den Händen! Nicht einmal genügend Nahtmaterial! Es geht um das Leben unserer Jungs, Herr Major!«
Er schwieg. Die Stimme am anderen Ende der Leitung sprach. Mit schwerer Hand legte Dr. Pahlberg den Hörer wieder auf.
Dr. Heitmann verzog das schlaffe Gesicht.
»Nichts, Pahlberg?«
Dr. Pahlberg nickte. »Gestern ist ein Lastwagen, ein Zweitonner, mit allem Material an uns abgegangen. Mit allem, was wir brauchen, Heitmann. Der Wagen ist auf dem Weg zu uns verschwunden.«
»Verschwunden?«
Dr. Pahlberg drehte sich zum Fenster, seine Stimme schwankte. Er hätte schreien können vor Qual.
»Partisanen …«
Vor dem Haus luden sie neue Verwundete ab.

DRITTES BUCH

De mortuis nil nisi bene.
(Sagt über Tote nichts als Gutes)
RÖMISCHES SPRICHWORT

Das Oberkommando der Wehrmacht gibt bekannt:
16. Februar 1944
… Das ehrwürdige Bauwerk der Abtei von Cassino, das, wie gestern gemeldet, durch die feindliche Luftwaffe angegriffen wurde, obwohl sich in ihm kein deutscher Soldat befand, ist größtenteils zerstört und niedergebrannt …

General Freyberg, der Kommandeur der auf den Monte Cassino angesetzten neuseeländischen Truppen, saß in seinem Stabsquartier und hielt den Hörer des Feldtelefons in der Hand. Er war erregt, um nicht zu sagen ungeheuer wütend. Immer wieder trommelten seine Finger auf die Tischplatte und schoben nervös die großen Karten hin und her, auf denen, zusammengestellt aus Luftaufnahmen der Aufklärer, das Gebiet um Cassino, durchsetzt mit den taktischen Kreisen und Pfeilen der einzelnen angreifenden Regimenter, abgebildet war. Am anderen Ende der Telefonleitung saß General Alfred M. Gruenther, der Stabschef General Clarks.
»So geht das nicht weiter!« schrie Freyberg in den Hörer und beugte sich über den Tisch, seine Faust auf die Karte des Monte Cassino legend. »Meine Truppen verbluten sich an dem Klosterberg, trotz Artilleriefeuer, trotz Bomberunterstützung, trotz massierten Einsatzes aller operativen Waffen! Es ist, als ob die Deutschen jede Aktion schon im Voraus wüssten, als ob sie aus der Luft ihre Gegenzüge leiteten. Und sie tun es … sie tun es, verlassen Sie sich darauf! Auf dem Monte Cassino, in diesem Kloster da, müssen sich deutsche Beobachtungsposten und Artilleriebeobachter befinden!«

General Gruenther blickte auf die Bilder, die vor ihm lagen. Die wundervolle Abtei, die Höfe und Wandelgänge … deutlich konnte man sie erkennen. Aus 70 Meter Höhe hatten seine Aufklärer diese Aufnahmen gemacht. Von einem deutschen Soldaten, einer deutschen Stellung war nichts zu sehen. Das Kloster war unbesetzt!
»Bei der Bedeutung solcher Ziele und Entscheidungen muss ich erst den Rat General Clarks einholen. Bitte, melden Sie sich wieder, General Freyberg.«
Er legte den Hörer auf, ehe Freyberg weitertoben konnte, und versuchte, Clark zu erreichen, der sich im Landekopf von Anzio aufhielt. Als dies misslang, wandte sich Gruenther in seiner Not an General Harding, den Stabschef General Alexanders, des Oberkommandierenden.
»Harding«, sagte er stockend. Seine Stimme war heiser vor Erregung. »Freyberg drängt mich, das Kloster von Monte Cassino zu bombardieren. Er vermutet starke deutsche Stellungen auf dem Klostergelände. Nach seiner Ansicht haben sie das Kloster zu einer Festung ausgebaut. Das ist Unsinn! General Clark hat bereits vor Tagen mit den Generälen Keyes und Ryder gesprochen, die mit ihren Korps seit Wochen vor und neben Cassino liegen! Sie haben bestätigt, dass das Kloster nicht besetzt ist und keine Notwendigkeit zu seiner Bombardierung besteht!«
»Und Freyberg?« fragte Harding zurück.
»Freyberg allein ist anderer Ansicht! Er behauptet, dass das Kloster schuld sei, dass seine Neuseeländer sich am Fuß des Berges verbluten! Er will den Riegel mit einem ungeheuren Feuerüberfall aufsprengen und die zerstörten Stellungen besetzen. Wir hätten so den Weg ins Liri-Tal und nach Rom frei.« Gruenther tupfte sich über die Stirn, er schwitzte plötzlich. »Aber die Stellungen liegen unterhalb des Klosters, Harding. Unterhalb!«
Harding schwieg. Dann, nach einer ganzen Weile des Schweigens, sagte er: »Ich werde dem Oberkommandierenden darüber Vortrag halten.«

Bis zum Nachmittag des 12. Februar wartete General Gruenther auf eine Nachricht Alexanders. Clark hatte – als er erreicht wurde – wiederum eine Zerstörung des Klosters strikt abgelehnt. Freyberg saß am Telefon und drängte. Seit dem 10. Februar rannten die indischen Truppen gegen Cassino an und brachen im Feuer der Fallschirmjäger zusammen.

Am Nachmittag des 12. Februar hielt Gruenther die Antwort Hardings in der Hand. Er überlas sie immer wieder und fuhr mit ihr zum Gefechtsstand Clarks. Der große, schlanke, schmalköpfige amerikanische Befehlshaber der 5. Armee blickte auf das Papier.

»Wenn General Freyberg es für erforderlich hält, ist die Abtei zu bombardieren. Alexander.«

Clark warf den Zettel weg. »Nie!« rief er. »Nie würde ich einen solchen Befehl geben, wenn Freyberg ein amerikanischer General wäre! Aber er ist Neuseeländer, das Liebkind Alexanders! Ich werde mit Alexander sprechen!«

Die Aussprache war kurz, knapp, eisig.

»Wenn Freyberg sagt, das Kloster ist befestigt, dann muss ich mich auf das Urteil dieses erfahrenen Mannes verlassen!« entgegnete Alexander auf die Vorhaltungen Clarks. »Ich bedauere es tief, dass ein solch schönes und altes Bauwerk der Zerstörung zum Opfer fällt, aber sie ist gerechtfertigt, wenn die Deutschen es zu militärischen Zwecken entweihen. Schließlich sind mir meine Leute mehr wert als ein Haufen historischer Steine! Wir stehen vor der Frage: 10.000 Tote oder Zertrümmerung eines Steinklotzes, den man ja später wiederaufbauen kann!«

General Clark schlug erregt die Hände aufeinander. »Wir haben keine Beweise! Es sind Vermutungen Freybergs. Er kommt nicht weiter und sucht einen Grund! Bedenken Sie, Herr General: Im Kloster befinden sich fast 1300 italienische Flüchtlinge. Kranke, Greise, Verletzte. Ein Luftangriff bedeutet ihren Tod! Den Tod von Hunderten unschuldiger Frauen und Kinder! Und wenn die Deutschen

das Kloster jetzt wirklich noch nicht besetzt haben, werden sie sich nach der Bombardierung sicherlich in den Trümmern festsetzen! Wissen Sie, was das heißt? Es gibt keine bessere Verteidigungsstellung als Trümmer! Kein Dach kann einstürzen, kein Haus brennt mehr … aber Berge von Schutt und Steinen schützen die Deutschen und machen es ihnen leicht, als Einzelkämpfer Aktionen zu unternehmen, die uns mehr Tote kosten als ein frontaler Angriff!« Er sah Alexander an, den drahtigen Briten mit dem eleganten Waffenrock, der dünnen Reitgerte und dem schmalen Bärtchen über den engen, zusammengekniffenen Lippen. »Handelte es sich um einen amerikanischen Befehlshaber«, sagte Clark betont leise, »würde ich mich weigern, meine Zustimmung zu geben; doch angesichts der vorliegenden Umstände gebe ich, wenn auch wider meinen Willen, den Befehl zu einer so schwer wiegenden Maßnahme!«
Als Clark in seinen Befehlsstand zurückkehrte, empfing ihn Gruenther.
»Freyberg hat noch einmal angerufen«, sagte er. Man sah ihm die Erregung an, die seine ganze Beherrschung auflöste. »Er sagte: ›Wenn sich irgendein höherer Vorgesetzter weigern sollte, den Befehl zur Bombardierung zu geben, so muss er darauf gefasst sein, dass ihn die volle Verantwortung für einen etwaigen neuerlichen Fehlschlag bei einem Angriff gegen den Monte Cassino trifft!‹«
Clark starrte Gruenther an. »Das ist Erpressung!« stieß er hervor. Seine lange Gestalt geisterte durch den dämmerigen Raum. »Hätte ich nur Amerikaner hier!« sagte er laut. »Hätte ich allein die Kommandogewalt – ich würde mich weigern, und wenn mir der Präsident es befehlen würde!«
Später, nach dem Kriege, schrieb General Mark W. Clark in seinen Erinnerungen ›Calculated Risk‹ (1951, S. 284):
»Die Briten waren außerordentlich penibel in der Behandlung der neuseeländischen Streitkräfte, da diese als Empire-Truppen nur ihrer eigenen Regierug verantwortlich wa-

ren. Man musste ihnen mit viel Takt begegnen, um mit ihnen in Harmonie zusammenarbeiten zu können. Ich sagte Alexander, ich würde diese Situation berücksichtigen und sei überzeugt, dass sich unsere Beziehungen zu den Neuseeländern harmonisch gestalten würden.«
An diesem Takt, an dieser Harmonie gegenüber dem tobenden General Freyberg starb eines der schönsten Bauwerke der Christenheit.

Major Richard v. Sporken stürzte in den Kartenraum. Er war aufgelöst und hielt Oberst Stucken ein Flugblatt hin, das ihm soeben ein junger Italiener gebracht hatte. Es war der 14. Februar, nachmittags 17 Uhr.
»Lesen Sie das durch!« schrie er. Er warf sich auf einen Stuhl und schob Stucken das Flugblatt hin, einen etwas angesengten Zettel mit einigen Zeilen in italienischer Sprache. »Sie haben es vorhin in den Garten des Klosters geschossen! Amerikanische Artillerie! Es ist unglaublich! Einfach unglaublich! Alles in mir sträubt sich, das zu glauben! Lesen Sie, Herr Oberst, lesen Sie es doch!«
Stucken nahm das Flugblatt und ging damit ans Fenster. Im Licht der Dämmerung entzifferte er mühsam die italienischen Worte. Major v. Sporken trat hinter ihn. »Ich übersetze es Ihnen«, sagte er heiser.

> »Italienische Freunde, seht Euch vor! Wir haben es bisher mit aller Sorgfalt vermieden, das Kloster Monte Cassino zu beschießen. Die Deutschen haben es verstanden, daraus Nutzen zu ziehen. Doch nun ist die Schlacht immer näher an den heiligen Bezirk gerückt. Die Zeit ist gekommen, da wir unsere Waffen gegen die Abtei selbst richten müssen. Wir warnen Euch, damit Ihr Euch in Sicherheit bringen könnt. Wir warnen Euch mit allem Nachdruck! Verlasst sofort das Kloster! Beachtet diese Warnung! Sie ergeht zu Eurem eigenen Vorteil.
>
> Die fünfte Armee.«

Oberst Stucken ließ den Zettel sinken.
»Das habe ich erwartet«, sagte er ruhig
»Das ist eine Hundsgemeinheit!« schrie v. Sporken. »Sie wollen das Kloster beschießen! Sie werden an den Gebäuden Schaden anrichten, der nicht wiedergutzumachen ist!« Plötzlich stutzte er, nahm den Zettel aus Stuckens Hand und las noch einmal die Worte durch. Er wurde bleich und tippte mit dem Zeigefinger auf eine Zeile des Aufrufes. »Man kann es auch anders übersetzen«, sagte er mit aufgerissenen Augen. »Hören Sie mal, Herr Oberst Hier steht: ›... siamo costretti a puntare le nostre armi in tutti i modi di civitare il bombardamento del monastero di Monte Cassino ...‹ Lesen Sie es genau, Herr Oberst ... il bombardamento, steht da ... Das kann auch bombardieren heißen. Aus der Luft, Herr Oberst! Das aber wäre der Untergang des Klosters, der völlige Untergang ...« Er lehnte sich gegen das Fenster und starrte hinaus in die Dämmerung. »Das ist doch nicht möglich ... das kann doch kein Mensch verantworten ... Das ist ja eine Gotteslästerung ...«
Oberst Stucken nahm das Flugblatt aus der Hand v. Sporkens, öffnete das Fenster und warf es hinaus.
»Es ist Krieg, Herr Major! Wenn in der Heimat die Dome unter den Bomben zusammensinken, warum soll dann Monte Cassino verschont bleiben? Sie lesen es doch: Wir sind schuld. Die Deutschen! Und wenn sie wirklich das Kloster zerbomben – und daran zweifle ich jetzt nicht mehr –, dann wird man uns auch das in die Schuhe schieben! Taktische und operative Notwendigkeit. Sie lesen es doch, Sporken: Die Deutschen haben es verstanden, daraus Nutzen zu ziehen! Ist das nicht deutlich genug?!«
Seine Stimme wurde laut und dröhnend. »Wir schlucken auch das, Sporken. Wir haben vieles an Kriegsschuld geschluckt, da kommt es auf den Monte Cassino gar nicht mehr an! Und wenn sie den Berg zerhämmern, wenn sie aus dem Kloster Pulver machen und die Keller nach oben

drehen … uns kriegen sie hier nicht weg! Wir bleiben, Sporken! Wir krallen uns fest an jedem Busch, der noch steht, wir liegen hinter jedem Stein, der noch höher ist als ein Kopf mit Stahlhelm! Ich habe noch keinen Fallschirmjäger gesehen, der vor Bomben und Granaten weggelaufen ist.«

Major v. Sporken schloss das Fenster. Der Wind wehte das Flugblatt weg … den Berg hinab in einen Trichter.

»Im Kloster befinden sich 1300 Frauen und Kinder«, sagte er leise. »Man muss sie evakuieren.«

»Wir?!« Stucken fuhr herum »Herr Major – Sie haben schon die Kunstschätze von Monte Cassino weggeschafft. Vielleicht dankt Ihnen das einmal eine spätere Generation und das Christentum. Ich glaube es nicht! Die guten Taten werden vergessen! Hätten Sie das Kloster geplündert, würde man sie vergessen. Sie haben zu viel Idealismus! Ich werde das Flugblatt an die 10. Armee melden … soll sich Kesselring damit befassen und eine geschichtliche Erklärung abgeben. Wir sind Fronttruppe, Sporken, Kampftruppe. Wir schlagen zurück, und wir greifen an … alles andere ist uns wurscht!

»Aber die Kinder, Herr Oberst! Die unschuldigen Kinder! Wenn die Amerikaner das Kloster bombardieren, gibt es ein unvorstellbares Blutbad.«

»Das haben die Amerikaner mit ihrem Gewissen abzumachen, nicht wir.« Plötzlich stutzte er und drehte sich zu v. Sporken herum »Nicht wir?! Natürlich wir! Wir werden ja die Schuldigen sein! Uns wird man die operative Notwendigkeit anhängen. Sie haben doch Recht, Sporken.« Er griff zum Telefon und drehte an der Kurbel. »Versuchen Sie, mit dem Erzabt in Verbindung zu kommen. Ich rufe die Transportkolonnen an, ob eine Möglichkeit besteht, die italienischen Flüchtlinge aus dem Kloster wegzubringen. Wir haben nur einen Weg, der nicht von den Engländern eingesehen werden kann – den Saumpfad nach Piedimonte. Über die Serpentinenstraße zum Klos-

ter kann nicht einmal ein Käfer kriechen. In Albaneta muss sie dann der Nachschub in Empfang nehmen …«
Major v. Sporken verließ das Zimmer. Auf dem Flur traf er von der Breyle, der mit den neuen Munitionslisten zu Stucken wollte. »Sie wollen das Kloster bombardieren!« schrie er ihm entgegen. »Sie haben Flugblätter abgeschossen! Hat die Sanitätsabteilung genug Material, um eventuell Verwundete übernehmen zu können?«
»Nein.«
Sporken blieb erschrocken stehen. »Nein?!« Er wurde unsicher. »Aber … Breyle … es waren doch zwei Lastwagen unterwegs, und in Albaneta warteten die Trägertrupps mit 45 Mulis.«
»Die Wagen sind nie angekommen, Sporken.«
»Die verfluchten Partisanen!« schrie der Major auf.
Von der Breyle ließ ihn stehen und ging wortlos weiter. In der Dämmerung war sein Gesicht nicht zu erkennen. Sporken wäre entsetzt gewesen. Es war, als fiele das Fleisch von Breyles Gesicht.

In den weiten Gängen des Klosters, über die Höfe, in die Basilika und Kapellen rannten schreiend die Menschen. Das Bekanntwerden der Flugblätter trieb sie in panikartiger Furcht in die unterirdischen Gänge oder in die geheiligten Kapellen. Eine Mutter, mit einem wimmernden Säugling vor der Brust, kniete am Hochaltar der Basilika. »Gott lässt nicht zu, dass sie die Kirche beschießen«, stammelte sie immer wieder. »Gott lässt es nicht zu.« Sie drückte das greinende Kind an sich und küsste es auf die Stirn. »Still, bambino, ganz still … hier sind wir sicher. Ganz sicher … Die Madonna ist bei uns …«
In den Höhlen unterhalb der Klostermauern bauten andere mit Decken, Stroh und Brettern eine notdürftige Unterkunft. Im Garten des Klosters, inmitten bereits zerschossener Olivenhaine, stand ein Greis und grub mit einem verbogenen Spaten ein Loch in den steinigen Bo-

den. Er schwitzte dabei trotz der Kälte, er röchelte bei jedem Spatenstich. Neben ihm, auf einer Decke, lag ein Mädchen. Seine Enkelin. Ihr Kopf war verbunden, ein Splitter hatte sie unten in Cassino getroffen und oberhalb der Schläfe die Schädeldecke aufgeschlitzt.

»Ich baue uns ein Grab!« sagte der Greis. Er warf die Steine um sich und grub mit seinen knochigen Armen. »Hier kriechen wir hinein, Julia … in einem Loch sind wir sicher. Und treffen sie uns, so liegen wir in der Erde, und St. Benedikt segnet uns …«

Unter der Erde, zehn Meter tief in dem harten Felsen, über sich den zwanzig Meter hohen Turm der Wetterstation des Klosters, hauste Erzabt Diamare mit seinen zurückgebliebenen Mönchen unter den dicken Decken des Kollegs. Ratlos saß er seinen Brüdern gegenüber und hielt das Flugblatt in den leicht zitternden Händen.

»Ich kann nicht glauben, dass sie es wahr machen.« Diamare sah von einem der Mönche zum anderen. »Sie können es nicht tun. Sie wissen, dass unser Kloster voller Flüchtlinge ist und dass kein Deutscher im heiligen Bezirk steht! Sie müssen es wissen …«

Don Agostino, der Sakristan des Klosters, hatte die gefalteten Hände vor sich im Schoß liegen und den Kopf auf die Brust gesenkt.

»Zwei Italiener wollten vorhin zu den Deutschen, um sie um Hilfe für eine Evakuierung zu bitten. Sie waren auf dem Weg nach Albaneta, als sie beschossen wurden. Sie flüchteten ins Kloster zurück und holten eine weiße Fahne. Das weiße Tuch schwenkend, versuchten sie es noch einmal … sie rannten den Weg hinab, immer die Fahne schwenkend. Und man beschoss sie wieder, wie wild schossen sie. Wir kommen nicht aus dem Kloster hinaus … wir sind Gefangene geworden.«

Erzabt Diamare hob die Augen an die Decke.

»Ich stelle euch anheim, meine Brüder«, sagte er mit bebender Stimme, »das Kloster zu verlassen. Einzeln … in der Nacht ... Einem Mann Gottes wird man Geleit geben. Bringt euch in Sicherheit, Brüder. Unsere Welt ist verloren.«

Sakristan Don Agostino hob den Kopf. »Und Ihr, Ehrwürden?« Diamares Gesicht überstrahlte ein Lächeln der Güte. »Ich bleibe! Solange noch ein Stein des Klosters steht, bleibe ich.«

Die Mönche in den langen schwarzen Soutanen falteten die Hände. Sie beteten leise ... um Kraft für das Kommende, um den Segen des Herrn, um den Sieg der Vernunft, um den Frieden in aller Welt.

Auch sie blieben im Kloster.

Unten im Tal standen die amerikanischen Panzer und tasteten jede Bewegung auf dem Klosterberg ab. Sie suchten die verborgenen Stellungen der Deutschen, dieses geheimnisvolle Bunker- und Grabensystem, diese Nester des Widerstandes, an denen sich seit Wochen die Woge der alliierten Regimenter brach. Wohin die Artillerie auch schoss und die Panzergranaten das Gestein zersplitterten ... sie trafen nur Erde und Fels, aus denen ihnen in der Nacht, wenn die Inder stürmten, das tödliche und gefürchtete Rattern der MGs 42 entgegenschlug. In den zerklüfteten Berghängen festgekrallt, lag auch die Fallschirmartillerie ... 7,5-cm-Gebirgsgeschütze und 10-cm-Leichtgeschütze, zusammenklappbar und überall einsetzbar ... eine Spezialkonstruktion für die Fallschirmtruppe.

Die Rohre der Panzer drohten den Berg hinauf. Sie schossen auf jede Bewegung, auf jede rennende Gestalt. Ob es Mönche waren oder Frauen mit ihren Kindern an der Hand, Verwundete, die zu den Verbandstellen gezogen wurden oder italienische Flüchtlinge, die einen Weg ins Tal suchten, weg von dem todgeweihten Berg ... sie brachen zusammen im Feuer oder krochen zurück in den Schutz der dicken Klostermauern.

Heinrich Küppers hockte mit Theo Klein und Müller 17 in einem Unterstand, 400 m unterhalb des Klosters. Sie konn-

ten die Via Casilina übersehen und im Tal den Aufmarsch der neuseeländischen Regimenter General Freybergs.
Von allen Seiten schoben sich die Panzer durch die aufgeweichten Wege und Felder, beschossen von der deutschen Artillerie, die dünn und wirkungslos den Aufmarsch stören wollte.
»Meine Fresse!« sagte Theo Klein. Er schob den Helm in den Nacken. »Und das alles wegen uns!« Er zeigte auf die hin und her rollenden Panzer, die vergeblich die Hänge nach lohnenden Zielen abtasteten. »Nur mit den Dingern können sie nicht den Berg herauf ... das tröstet mich! Sie müssen zu Fuß kommen!« Er tastete nach den Patronentaschen, die als ein Gurt zu beiden Seiten seiner Kombination bis zum Koppel reichten. »Bis die hier oben sind, kocht denen das Wasser im Arsch!«
Feldwebel Maaßen kam in den Unterstand gekrochen. Er war mit Dreck und Lehm bespritzt, unrasiert, hohlwangig und elend. Der Ärmel seiner Uniform war zerrissen. Zehn Meter war er im Maschinengewehrfeuer den Hang hinuntergerollt, als er vom Kompaniegefechtsstand zurückkam.
»Vor uns liegen Gurkha«, sagte er ächzend.
Theo Klein schob Maaßen eine Zigarette zu, die er gerade rauchte. »Die schaffen wir auch noch!«
»Am Rapido stehen Maori und Rajputana-Füsiliere.«
»Jeijeijei!« Müller 17 deckte eine Zeltplane über den Lauf seines MGs 42. »Warum die noch nicht die Orang-Utans mobil gemacht haben, wundert mich immer.«
Heinrich Küppers hockte in einer Ecke, gegen die Lehmwand gelehnt, und las einen Brief. Es war eines der letzten Schreiben, das die Trägerkolonne in der Nacht mit den Mulis zusammen mit Munition und Verpflegung auf den Berg gebracht hatte. Sieben Träger waren dabei gefallen. Sie lagen neben den anderen erschossenen Kameraden und verpesteten nach drei Tagen die Luft mit ihrem Verwesungsgeruch. – »Liebesbrief?« fragte Maaßen und stieß Küppers an.

»Man kann's so nennen.« Küppers faltete das Blatt zusammen und schob es in die großen Taschen seiner Kombination. »Es ist das Scheidungsurteil.«
»Mach keinen Quatsch!« Müller 17 hielt Küppers eine Zigarette hin. »Paff erst mal eine.«
»Ich bin geschieden wegen Trunkenheit, Misshandlungen meiner Frau, Weigerung des Sorgerechtes für meinen Sohn und ehewidrigen Verhaltens.« Küppers stieß den Rauch der Zigarette gegen die Bretterdecke des Unterstandes. »Das reicht doch, was, Jungens?«
Theo Klein schüttelte den Kopf. »So'n Blödsinn! Ehewidriges Verhalten? Was ist das?«
»Fremdgehen!« erläuterte Maaßen.
Theo Klein riss den Mund auf.
»In 'n Puff?«
»Genau das.«
»Mensch!« Klein tippte an seine breite Stirn. »Dann sind wir ja alle schon im Voraus geschieden ...«
Vom Tal her rumste es. Es zischte durch die Luft, durchschnitt den Regen und krachte oberhalb des Unterstandes in die Felsen. Dreimal ... siebenmal ... zehnmal ... Streufeuer.
»Die suchen uns.« Feldwebel Maaßen blickte hinunter zu den Panzern. Ihre langen Geschützrohre starrten zu ihnen herauf. Über ihnen, deutlich hörbar, hörten sie schreien. Es kam aus dem Kloster.
Sie sahen Frauen außerhalb der Mauern durch die Sträucher rennen ... ein Kind lief laut brüllend allein durch den Klostergarten. Vor ihm und seitlich schlugen die Panzergranaten ein.
»Sie sollen innerhalb der Mauern bleiben«, brummte Küppers. »Im Kloster sind sie sicher. Was rennen sie durch das Feuer?!« Er sah, wie eine Frau die Arme hochwarf und stürzte. Zwei andere Frauen bückten sich, fassten sie an den Beinen und Schultern und trugen sie rennend ins Kloster zurück.

Es wurde Abend, von Albanete herüber knatterten Maschinengewehre, dazwischen paffte es und schlug auf Metall, hell, kreischend, durch Mark und Bein gehend. Panzerfäuste.
Erzabt Diamare hatte sich entschlossen, das Kloster zu räumen. Nicht er wollte gehen, sondern die 1300 Flüchtlinge sollten ins Tal geschleust werden. Mit weißen Fahnen, über den Saumpfad nach Piedimonte. Gruppe nach Gruppe. Zwei Tage sollte die Räumung dauern … vom 15. bis 17. Februar. In der Nacht vom 15. zum 16. sollten die ersten Gruppen mit den beiden ältesten Mönchen als Führer das Heiligtum St. Benedikts verlassen.
Um diese Zeit, am Abend des 14. Februar, machten auf den apulische Flugplätzen die Monteure und Mechaniker bereits die ›Fliegenden Festungen‹ startklar und schoben die Bomben in die mächtigen Leiber der Maschine. Im Kommandosaal wurden die Ziele angegeben. Die Wetterstationen waren zuversichtlich … der Morgen des 15. würde klar sein, ein wenig sonnig, bestes Flugwetter und beste Erdsicht. General Freyberg sprach zum letzten Mal mit General Clark in dessen Kommandostelle. Er verlangte die völlige Zerstörung des Konvents, »der stärksten deutschen Festung, die wir je vor uns hatten«, wie er es nannte.
Stabsarzt Dr. Pahlberg hatte um diese Zeit zum ersten Mal das Kloster betreten. Er allein, ohne Krankowski oder einen anderen Sanitäter. Er war der einzige Deutsche in der ›Festung‹, und er kam auf eindringliche Bitten des Erzabtes Diamare. Eine verletzte Frau musste amputiert werden … ein Granatsplitter hatte den Oberschenkelknochen zertrümmert. Die große Oberschenkelarterie war zerfetzt, und die Mönche konnten die Blutung trotz Abbindens nicht zum Stillstand bringen. Während die Flüchtlinge betend in den Kapellen und der Basilika hockten, sich in den unterirdischen Gewölben verkrochen und im Prioratshof rings an den Mauern lagerten,

operierte Dr. Pahlberg in der Zelle des Sakristans Don Agostino. Ein Mönch, in Krankenpflege ausgebildet, aber nicht als chirurgischer Assistent, reichte ihm die Instrumente aus der Bestecktasche an, die Pahlberg mitgenommen hatte.
Er operierte ruhig, mit jener Gelassenheit und Konzentration, die die Verantwortung, ein Menschenleben zu retten, mit sich bringt. Das verstärkte Artilleriefeuer, das in den Klostergarten hieb und eine schwere Bronzetür aus einer der Kapellen schleuderte, irritierte ihn nicht. Dr. Pahlberg empfand in diesen dicken Mauern, in diesem Fluidum einer jahrhundertealten Besinnung auf das Wesen des Menschen und seines Glaubens an den erlösenden Gott, eine ausströmende Kraft, die sein Inneres mit einem tiefen Frieden überzog. Die grausame Arbeit, die seine Hände verrichteten, die Verstümmelung, die er kunstgerecht vornahm, um das junge Leben vor sich zu retten, betrachtete er in diesen langsam dahintropfenden Minuten wie eine Gnade Gottes. Er sah auf den schlanken Körper der jungen Frau. Ihr Kopf mit den schwarzen Haaren war lehmgrau, seit Tagen ungewaschen, denn Wasser war ein Luxus, wenn 1300 Menschen trinken wollten. Er dachte daran, dass sie tiefblaue Augen haben würde, und wie hübsch sie aussehen musste, wenn sie sie aufschlug. Sie hatte sicher gerne geküsst, diese junge Frau … ihre Lippen waren auch jetzt noch wie ein rotes Herz. Nur war es ein fahles Rot mit einer rissigen, trockenen Haut.
Dr. Pahlberg sägte den Oberschenkelknochen durch.. In dem blassen Fleisch des einstmals so schönen Beines blinkten die Wundhaken und Aderklemmen. Die zerrissene Schlagader hatte er zweimal abbinden müssen … sie war merkwürdig morsch und riss immer ein, wenn die Ligatur verknotet wurde. Der große Haut- und Muskellappen, der später über den Amputationsstumpf gezogen wurde, war emporgeklappt und mit einem Haken an dem Abdecktuch festgeklemmt.

»Halten Sie bitte das Bein fest«, sagte Pahlberg zu dem Mönch. Dann zog er die letzten Sägestriche durch den knirschenden Knochen und trennte das Bein durch.
Das Bein fiel in die Hand des Mönches. Fast ehrfürchtig trug er es zur Seite und legte es an die Wand der weiß getünchten Zelle, zu Füßen des schmalen Betttisches.
Während Dr. Pahlberg den großen Hautlappen über den schauerlichen Stumpf zog, dachte er daran, dass er der jungen Frau kein Tetanus geben konnte. Nicht einmal eine Morphiuminjektion, um ihr beim Erwachen aus der Äthernarkose die ersten rasenden Wundschmerzen etwas zu erleichtern. Sie wird auch eine Bluttransfusion brauchen, dachte er. Sie ist fast ausgeblutet. Das Herz flattert bereits. Doch woher Spenderblut nehmen? Woher? Er vernähte den Stumpf und wickelte einige Lagen Zellstoff darum. Er trat von dem einfachen Holztisch zurück, tauchte die blutigen Hände in eine Schüssel mit warmem Wasser und nickte dem Mönch zu. Er öffnete die Tür, und zwei Fratres trugen die junge Frau aus dem Raum. Wohin? durchfuhr es Pahlberg. Wohin tragen sie sie jetzt? In die Kapelle, in die Sakristei? In einen der modrigen Keller? In eine Höhle?
Er drehte sich um. Hinter ihm stand der Mönch, ein Handtuch in der Hand. Er trocknete sich die Hände ab und sah das amputierte Bein neben dem Betttisch. Es hatte noch die betörende Form eines Frauenbeines … enge Fesseln, eine leicht geschwungene, schöne Wade, ein schmales, rundes Knie und den Ansatz eines langen, schmalen Oberschenkels. Aber die Haut war gelb und tot.

Lehmann III, der in allen Lagen korrekte Vorgesetzte, der sieben Monate lang mit seiner ›Flüstertüte‹ auf dem Übungsfeld stand und die jungen Fallschirmjäger mit dem Orkan des ›Windesels‹ über den Rasen schleifen ließ, um ihnen das Abrollen und Umlaufen des Fallschirmes beizubringen, benutzte die Ruhestunden, um einen Rund-

gang zu machen. Nicht zu einem Plauderstündchen bei Maaßen und Theo Klein, dessen geile Witze ihm so etwas wie ein Ersatz der römischen Bordelle waren, sondern um den jungen Schlipsen zu zeigen, wie man einen Unterstand trocken bekommt und trocken behält, auch wenn es – wie er in seiner blumigen Ausbildersprache schrie – »Scheiße regnet«. Lehmann III hatte gerade einen überschwemmten Unterstand besichtigt und herausgefunden, dass die Wasserablaufrinne im Boden nicht das nötige Gefälle hatte, um den Unterstand wenigstens etwas zum Hang hin zu entwässern, was er mit den Worten kommentierte:
»Wenn ihr Pfeifen glaubt, ihr könntet euch hier ein Privatschwimmbad anlegen, dann habt ihr gegen den Wind gepisst!«, da krachte es schauerlich, und Lehmann III sauste mit einem Hechtsprung zum nächsten Einmannloch.
Er fiel vorschriftsmäßig mit den Beinen zuerst in die Deckung und war erstaunt, auf einen weichen Gegenstand zu fallen. In dem Loch hockte bereits ein junger Fallschirmjäger, eine ›Träne‹ vom Ersatz, und hatte den Kopf eingezogen.
»Was machen Sie denn hier?!« schrie Lehmann III außer sich. Er hatte sich den Fuß verstaucht, weil er auf die Gasmaske des Jungen gefallen war. »Stehen Sie Posten?!«
»Nein.« Der Junge drückte sich an die Lehmwand, um dem Feldwebel in dem engen Loch Platz zu machen.
»Nicht?!« Lehmann III brüllte auf. »Sie haben im Unterstand zu sein! Sie wollen sich wohl vor dem Leerschöpfen drücken, was? Während die anderen schwimmen, gehen Sie sonnenbaden?! ’raus! In den Unterstand!« kommandierte er.
Vor ihm krachte es. Steine wirbelten hoch, Splitter surrten durch die Luft. Es regnete wieder … ein Matsch von Erde und Gestein ergoss sich über die beiden Männer.
»’raus!« schrie Lehmann III. Der Junge starrte hinüber zu dem Unterstand. Er war 12 Meter weg … zwölf Sprünge um Leben und Tod. Zwischen diesen 12 Metern rissen

Trichter auf, wirbelte Erde durch die Luft, pflügten die Geschütze der im Tal kreisenden Panzer den Boden um.
Feldwebel Lehmann III bebte am ganzen Körper. Er riss den Jungen, der sich zusammengeduckt hatte, an der Brust hoch und schob seinen Kopf mit dem randlosen Stahlhelm über den Lochrand. »Sie feiges Schwein!« brüllte er. »Sie ausgequetschte Wanze. Springen Sie – los! 'raus aus dem Loch! «
Der Junge duckte sich wie unter einem mächtigen Schlag. Er umklammerte seinen Karabiner und atmete tief. Dann schnellte er aus dem Loch, rannte gebückt durch die Einschläge, warf sich hin, kroch einen Meter … schnellte empor, rannte … warf sich hin … schlug einen Haken … lief, das Gewehr vor sich herstoßend, durch den Rauch einer Detonation und stürzte in den Eingang des Unterstandes. Dort presste er sich an die Wand, warf das Gewehr weg, schlug die lehmklebenden Hände vor das Gesicht und schluchzte.
Lehmann III sah dem Springenden nach. Er kritisierte jeden Schritt, er hatte große Lust, nachzulaufen und dem ›Rohrkrepierer‹ zu zeigen, wie man sich hinwirft, das Gewehr mit den angewinkelten Armen schützend.
Er hörte das Rauschen nicht mehr, das die Luft über ihm erfüllte, er überhörte auch das Orgeln, das tiefer und tiefer wurde … er starrte dem Laufenden nach und ärgerte sich, wie arschlahm er wieder aufsprang und durch die Einschläge hetzte. Dann brach die Erde neben ihm auf, ein Vulkan aus Feuer und Eisen. Genau auf dem Lochrand, über dem sein Kopf hervorsah, krepierte die Granate und zerriss den Feldwebel Lehmann III in kleine Stücke. Er starb mitten in seiner Wut, er merkte nicht einmal, was ihm geschah … es wurde dunkel, das war alles.
Am Eingang des Unterstandes standen die anderen und sahen hinüber zu dem dampfenden Trichter.
»Da hat er gestanden«, würgte der Junge und zeigte auf den Trichter. »Dort hat er mich hinausgeworfen …«

Er beugte sich nach vorm und erbrach sich vor Ekel und Grauen.
Die Reste von Lehmann III sammelte man nicht auf. Es waren nur Uniformfetzen, in den Lehm gepresste Fleischstückchen und über den Hang verteilte Knochen mit ein paar Sehnen daran.
Auch er war gefallen für Großdeutschland. Ein Held in der Schlacht.
Zwei Tage später fiel auch der Junge, den er aus dem Loch gejagt hatte.

Oberst Stucken versuchte gerade, eine Verbindung mit seinem zweiten Bataillon in Albaneta zu bekommen, als 142 ›Fliegende Festungen‹ über die Berge stießen und auf den Monte Cassino zuflogen. Im Tal schwieg die Artillerie, und die Panzer zogen sich zurück. Die Infanteriesturmgruppen der Inder und Neuseeländer verharrten in ihren Ausgangsstellungen und starrten empor in den blauen, fast frühlingshaften Himmel. Es war um dieselbe Zeit, in der General Gruenther auf seine Armbanduhr sah, auf den langsam sich vorwärts tickenden goldenen schmalen Zeiger, in der General Clark das Zimmer verließ und nicht mehr an diesen Tag erinnert werden wollte. Dieselbe Stunde, in der General Freyberg über dem Monte Cassino und der ehrwürdigen Abtei auf der großen Generalstabskarte ein Kreuz machte und damit den Berg und ein Heiligtum der Christenheit strich.
Oberst Stucken hörte das helle Brummen der 142 Maschinen und sah aus seinem Bunker hinaus in die klare Luft. Er winkte sogar noch Major von der Breyle und Major v. Sporken herbei und zeigte mit ausgestrecktem Arm auf das große Geschwader, das unbehindert, wie zu einer Übung fliegend, auf den Berg zukam.
»Wo die hinhauen, wächst kein Gras mehr«, bemerkte Stucken. »Wenn sie sich die Nachschubwege vornehmen, sehe ich äußerst schwarz für die Munitions- und Medika-

mentenkolonnen, die uns vom Armeekommando versprochen worden sind.«

In diesem Augenblick, kaum dass er den Satz zu Ende gesprochen hatte, klappten die Bombenschächte der ›Fliegenden Festungen‹ auf, und ein Regen von schwarzen torkelnden und todbringenden Stahlklumpen fiel durch das Blau des Himmels auf das Kloster zu.

Oberst Stucken hatte noch von seinem letzten Wort den Mund offen, als er das auch für ihn unbegreifliche Phänomen am Himmel sah. Major v. Sporken presste die Hand auf das Herz … er hatte das Gefühl, schreien zu müssen.

»Sie bombardieren das Kloster …«, stammelte er. Da hatten die ersten Bomben den Berg erreicht.

Die Welt ging unter in einem Aufschrei und einem Bersten, das alle auf den Boden warf und das gegen die Trommelfelle schlug wie ein Schmiedehammer. Die Erde zitterte wie in einem Schüttelfrost, sie zog sich zusammen und dehnte sich wieder, durch den Boden pflanzten sich wellenförmig die Zuckungen fort, mit denen der Berg das Aufreißen seiner Wunden begleitete.

Sporken lag eng an die Felswand gedrückt und ließ den Blick nicht von dem untergehenden Kloster. Es war ihm, als gehe in dieser Stunde die abendländische Kultur vor seinen Augen zugrunde, als erlebe er den geschichtlichen Augenblick, jenes Wimpernzucken der Menschheit, das nur in Abständen von Jahrhunderten sich vollzieht und das Antlitz des Menschen verändert. Die Langobarden, konnte er noch denken, während neben, über, unter und um ihn der Berg aufriss wie ein Vulkan, der seine Lava nach allen Seiten in die Luft schleudert und rund um seinen Körper Krater bildete wie eine Kolonie reifer und platzender Furunkel. Die Vandalen, die Hunnen, die Türken, die Truppen Medicis, die Söldner der Condottieri, die Heere Napoleons und jetzt die christlichen Soldaten der 5. amerikanischen Armee – sie haben den Abdruck ihres Fußes hinterlassen, auf dem Teppich abendländischer

Kultur, auf dem Glauben unseres erlösenden Christentums, das Liebe predigt, Vergebung, Gnade und Bruderschaft aller Völker. Die Bomber, die ihre entsetzliche Last aus dem Himmel schleudern, hinab auf das Heiligtum Benedikts, die die Basilika zerstören, den Prioratshof, die Loggia del Paradiso, den Zentralhof, den Hof der Wohltäter, die Bibliothek, das Kolleg, die Mauern, die weithin in das Land grüßen wie eine Insel inmitten einer wilden, aufbrandenden Welt, diese surrenden, silbern in der Sonne gleißenden Maschinen wurden vielleicht von einem Priester gesegnet, ehe man sie in Dienst stellte, und ihre Piloten, Funker und Bombenschützen haben am vergangenen Sonntag in einem Feldgottesdienst um die Gnade Gottes gebetet, diesen schaurigsten Krieg aller Zeiten überleben zu dürfen. Und nun werfen sie den Tod auf Gott, den sie um ihr eigenes Leben baten!
9.45 Uhr.
Neben v. Sporken lag Oberst Stucken und hatte noch immer die Papiere in der Hand, die Verlustmeldungen des 2. Bataillons, das er anrufen wollte. Von der Breyle hockte an der gegenüberliegenden Wand. Er war totenbleich. Sein merkwürdig ausdruckslos gewordenes Gesicht über der schmutzigen Kombination und dem Uniformkragen, den er über den Kragen des Knochensackes gezogen hatte, war in den Himmel gerichtet und starrte die summenden viermotorigen Maschinen an. Sein Gefühl für den Untergang Monte Cassinos war tot. Er war leergebrannt, apathisch fast. Ein Mensch, der innerlich mit seiner Umgebung, seiner ganzen Welt schon abgeschlossen hatte und nur deshalb noch lebte, weil das Schicksal ihm bisher noch nicht die Chance geboten hatte, das Leben so wegzuwerfen, dass es als eine Ehre angesehen wurde.
Ist das die ideale Welt, für die es sich lohnt, zu leben? Ist das das Ethos des neuen Menschen, für das du den alten verraten hast?! Ist das der Frieden, für den ein Inferno Voraussetzung ist, damit es ihn gibt?! O Jürgen, Jürgen – –

wir beide verstehen diese Welt nicht mehr ... ich nicht und du nicht. Ab heute wissen wir es ... ab heute, dem 15. Februar 1944, genau 9.45 Uhr vormittags! Mit diesem Datum, dieser Zeit sind wir gestorben, Jürgen, du und ich. Wir sind moralisch tot, seelisch, weltanschaulich, geistig ... wir sind in allen menschlichen Funktionen so völlig gestorben, dass es eine Schande ist, dass unser Leib noch atmet, das Blut noch durch die Arterien läuft und unsere Sinne noch empfinden. Wir erleben den technischen Akt vom Fortbestand einer Maschine, die Körper heißt, die läuft und Energie ausschüttet und von der niemand weiß, warum sie noch läuft. Denn die Seele ist tot, die sie antrieb, und der Geist ist tot, dem sie Blut gab, und die Moral ist gestorben, der sie Stütze gab, und der Glaube ist zerfetzt, den sie glaubte, erkennen zu lassen. Warum wir auf der Welt sind, wissen wir nicht mehr, Jürgen, denn unsere beiden Welten, so fremd sie einander waren, sind ein Schuttberg geworden. Ein Schuttberg mit sterbenden, röchelnden, wimmernden, irrsinnigen, betenden, schreienden, verblutenden, kriechenden, stammelnden und toten Menschen. Frauen, Greisen, Kindern und Mönchen.

Und sie werfen noch immer, sie schießen vom Tal noch immer dazwischen. Welle um Welle donnert über den blauen Himmel und lässt den Tod auf den Berg regnen. Immer neue Rohre richten ihre Feuer auf das Kloster und zerstampfen die meterhohen Trümmerberge und die Menschen, die vor den Bomben nach draußen flüchten, in die Sonne Gottes, der schweigt, weil er wohl vor Grauen und Kummer ohnmächtig wurde in seinem Himmel, den er für die Menschen schuf ...

Von der Breyle hockte an der Felswand. Er sah hinüber zu v. Sporken. Der feinsinnige, gebildete, immer stille Mann, der Kunstexperte und Retter der Klosterschätze, lag auf dem Bauch und weinte. Oberst Stucken lehnte am Grabenrand. Für ihn war der Untergang des Klosters eine Ge-

wissheit, die man jetzt einkalkulieren musste. Er durfte sich nicht aufhalten mit moralischem Nachdenken … er setzte im Geiste bereits die Truppen fest, die nach der Bombardierung sofort die Schuttberge des Klosters besetzen sollten, um aus ihnen jetzt wirklich eine Festung zu machen, an der sich die Inder Freybergs totrannten.
Die 3. Kompanie, legte Stucken fest. Ein Zug Nebelwerfer, eine Gruppe schwerer MGs, vier 7,5-cm-Gebirgsgeschütze und eine Gruppe Pioniere mit Flammenwerfern und T-Minen. Dazu Panzerjäger mit Panzerfäusten und leichter Pak. In der Nacht würden die ganzen Stege und Straßen, die Serpentinen und die Abhänge vermint, ebenso sollten rund um die Stadt Cassino, die nur noch ein rauchender Schuttberg war, die Via Casilina entlang bis zum Rapido von den Pionieren Minenfelder gelegt werden, in die man die angreifenden Truppen hineintreiben wollte.
Hans Stucken stieg v. Sporken an, dessen Körper noch immer bei jedem Einschlag zusammenzuckte, als habe die Bombe oder Granate ihm gegolten.
»Sporken – aus dem Kloster machen wir ein zweites Verdun!« schrie er ihm ins Ohr, um das Krachen der Detonationen zu übertönen. »Sie sollen nicht vergeblich aus diesem Berg einen Vulkan machen! Wir werden uns festkrallen und um jeden Zentimeter kämpfen!«
Sporken nickte.
»Es gibt kein Kloster mehr!« schrie er mit bebender Stimme zurück. »Ich werde mit den Männern die Trümmer besetzen. Ich kenne dort fast jeden Gang und jeden Keller!«
»Sie?!« Stucken schüttelte den Kopf. »Ich brauche Sie, Sporken! Vergessen Sie nicht, dass Sie mein Ia sind!«
»Lassen Sie das Breyle mitmachen! Ich muss zum Kloster hinauf!« Sporken drehte sich auf den Rücken. Um sie herum krepierten die Granaten der massiert schießenden Artillerie. Zwischen den Einschlägen hörten sie fernes Schreien. Eine lang gezogene Stimme brüllte: »Sanitääääääter! Sanitääääter!« Durch das terrassenförmige Graben-

und Bunkersystem der Bergstellungen hetzten zwischen Trichtern und surrenden Splittern die Krankenträger herum, keuchten die Melder von Gefechtsstand zu Gefechtsstand, um die Befehlsverbindung aufrechtzuerhalten. Major v. Sporken schob sich an Stucken heran. »Ich bitte darum, Herr Oberst, die Kampfgruppe im Kloster übernehmen zu dürfen«, sagte er korrekt mitten in das Trommeln der Artillerie hinein.
Stucken zog den Kopf ein. Über sie hinweg pfiff es hell und schlug dann dreißig Meter weiter unterhalb in den Felsen ein. »Erst warten wir ab, wie lange der Zauber noch geht!« schrie er durch das Krachen. »Da – sehen Sie … die zweite Welle!« Er zeigte mit ausgestrecktem Arm in den Himmel. Die zweite Welle der B-25 und B-26 zog in fast majestätischer Schönheit über die Berge heran. Die Sonne glitzerte über das Metall ihrer Tragflächen und Rümpfe mit den großen Kokarden ihrer Landesfarben und dem Stern der amerikanischen Luftflotte.
»Schweine!« sagte v. Sporken. Er spuckte aus. In diesem Ausspucken des feinsinnigen, korrekten Mannes lag der innere Zusammenbruch seiner moralischen Haltung. Stucken spürte es, als er v. Sporken spucken sah. Dieses Ausspucken gerade v. Sporkens erschütterte ihn mehr als das maskenhafte Gesicht von der Breyles, mit dem dieser seit einer Woche herumlief und keinerlei Auskunft gab, was in ihm bohrte.
»Was die erste Welle und die Artillerie übrig lassen, das wühlen die noch einmal um.« Stucken atmete schwer. »Jeder Bauer pflügt sein Feld nur einmal … die machen es besser, gründlicher. Die pflügen doppelt und dreimal so tief.«
»Die Geschichte wird darüber zu Gericht sitzen.«
Stucken schielte zur Seite. Das Gesicht Sporkens war wie aus Stein. Schmal, langschädelig, spitz in der Nase und dem Kinn, mit einer hohen Stirn, schmalen Lippen und harten Augen. Stucken musste an die Bilder aus der Re-

naissance denken, an die wundervollen Köpfe eines Dante oder Petrarca oder Boccaccio. Auch v. Sporken war ein Mensch der Renaissance, ein Überbleibsel einer kulturverschwendenden Zeit, ein Fossil aus einer anderen Welt.
Stucken riss Sporkens Kopf hinab. »Schnauze in den Dreck, Sporken! Es geht wieder los!«
Die zweite Welle umkreiste das Kloster und den dampfenden Berg und warf in die rauchenden, brennenden, zusammenbrechenden Trümmer, auf die im Kloster herumrennenden und schreienden, irrsinnigen Menschen die neue Last ihrer Bomben. 100 Tonnen. Nur 100 Tonnen. So eine Art Aufräumen bloß … ein bisschen Polieren, ein Nachbeizen der Farbe.
Und der Berg schrie und schrie … das Kloster zerfiel zu Staub, und die Menschen wurden in die Erde gestampft wie unter dem Tritt eines Zyklopen.

In Albaneta operierte um diese Zeit Dr. Pahlberg zwischen Sandsäcken in einem Erdbunker. Drei Petroleumlampen und eine Azetylenlampe erhellten den dumpfen Raum, in dem es nach Erde, fauligem Fleisch, Eiter, Blut, Urin und Kot stank.
Pahlberg hatte die Uniformjacke ausgezogen … trotz der Kälte draußen war die Luft in diesem Erdbunker zum Schneiden dick und warm. Die einzige Entlüftung, der Eingang in die Erde, war angefüllt mit Verwundeten und Sanitätern, die die Stöhnenden herbeischleppten und die Toten, drei oder vier Mann übereinander auf einer Trage, hinaustrugen und in eine Grabenecke kippten. In Hemdsärmeln, ohne Handschuhe, mit bloßen, blutigen Händen, wie ein Fleischer, der Ochsen schlachtet, stand Dr. Pahlberg inmitten der Wimmernden und operierte an einem Klapptisch, der bei jedem Einschlag schwankte und einmal sogar mit dem Verwundeten darauf umfiel, als eine Bombe fünf Meter neben dem Erdbunker den Felsen aufriss.

Dr. Pahlberg richtete mit Krankowski den Tisch wieder auf und operierte weiter. Mit verbissenem Gesicht, bleich, übergossen von Schweiß stand er inmitten des Sterbens und versuchte zu retten, was unter seine langen, schmalen Hände kam.

Dr. Heitmann, der vor dem Operationsbunker in einzelnen kleineren Unterständen und einem Zelt, das weithin das Lazarettzeichen trug, die leichteren Fälle verband und Splitter herauszog, Knochen einfach abtrennte und hoffnungslose Fälle erst gar nicht zu Pahlberg ließ, sondern aussortierte und in einer Ecke still sterben ließ, kam in den Unterstand gekrochen. Er hatte die Gummischürze um, auf der sich ein Gemisch von Blut, Lehm und Eiter befand und sie fast ganz bedeckte.

»Die zweite Welle!« sagte er keuchend »Und die Artillerie trommelt die Stellungen ab! Systematisch, in Stufen, als wolle sie Terrassen in den Berg sprengen. Wir bekommen noch genug Arbeit.« Er sah auf den OP-Tisch und schüttelte den Kopf. »Das ist ja ein völlig aufgerissener Unterbauch?!«

»Ja.« Dr. Pahlberg klammerte gerade ab und legte die herausquellenden Gedärme auf ein weißes Tuch. Dort, wo das Geschlechtsteil des Mannes gewesen war, gähnte ein großes blutiges Loch.

»Drei Splitter. Genitalien weg, Blase weg, Unterbauch aufgerissen.« Pahlberg sah auf. Er traf den Blick Heitmanns und wusste, was dieser sagen wollte. »Es ist sinnlos, ich weiß es, Heitmann. Es ist fast alles sinnlos, was wir in diesen Tagen hier machen. Aber solange ich einen Funken Hoffnung habe, einen winzigen, glimmenden Funken, greife ich zu!«

Er schob mit beiden Händen die Därme fort und griff mit Aderklemmen in die Tiefe des grauenhaft zerfetzten Leibes.

»Der Mann ist fünfundzwanzig Jahre alt, Heitmann, Vater von zwei kleinen Kindern … eineinhalb Jahre und sechs

Monate alt. Zwei Mädchen mit blonden Locken. Auch seine Frau ist blond … eine hübsche Frau mit einem runden Puppengesicht. Dreiundzwanzig Jahre alt. Lotte heißt sie. Sicherlich hat er sie Lotti gerufen. Ich habe seine Brieftasche durchgesehen, bevor ich anfing. Dabei fand ich die Bilder. Und einen Brief, Heitmann, von Lotti. ›Nie werde ich Deinen letzten Urlaub vergessen‹, schreibt sie. ›Ich war so glücklich, Dir nach so langer Zeit wieder zu gehören. Wenn ich die Kinder ansehe, sehe ich immer Dich. Hoffentlich wird das dritte ein Junge, so tapfer, so groß, so lieb wie Du …‹«

Er hatte die blutende Arterie gefunden und abgebunden. Aus dem Loch, wo einst die Blase saß, rannen Blut und Urin. Dr. Heitmann biss die Lippen aufeinander.

»Wie wollen Sie das schaffen, Pahlberg?! Das ist doch Irrsinn! Ein Anrennen gegen Mauern, die stärker sind als wir. Draußen liegen siebzig andere Fälle, und Sie halten sich hier auf mit einem vollkommen hoffnungslosen Fall! Auch die Kerle, die draußen liegen und warten, haben Frauen, Kinder, Mütter, Bräute, die beim letzten Urlaub so glücklich waren wie diese Lotti. Geben Sie dem Mann Morphium und legen Sie ihn weg!«

Dr. Heitmann sah zur Seite. Krankowski verband einen Verwundeten und drehte ihm den Rücken zu. Humpmeier und Drage halfen auf seiner Station … Dr. Heitmann griff in die Hosentasche, legte zwei kleine, weiße Pillen auf die Handfläche und schob sie in den Mund. Schnell, gierig, mit zitternden Händen und Lippen. – Dr. Pahlberg schüttelte den Kopf. »Heitmann – schon wieder Pervitin! Sie begehen Selbstmord!«

»Verdammt noch mal!« Dr. Heitmann drehte sich um und verließ den Unterstand. »Lieber durch Pervitin sterben als so wie Ihr Mann da auf dem Tisch.«

Krankowski, der ab und zu die Atmung und den Puls kontrollierte, hob die Schultern. »Puls kaum tastbar, Herr Stabsarzt.«

»Ich weiß es.«
Pahlberg tupfte die Bauchhöhle aus. Er überlegte, wie er die große Höhle im Unterleib schließen konnte. Eine Plastik machen war Wahnsinn. Die Wundränder einfach zusammenziehen und mit einem Drain vernähen? Später, wenn der Unglückliche die Operation überlebte, konnte man dann eine Plastik machen, in aller Ruhe, mit aller ärztlichen Kunst in einer gut eingespielten großen Klinik. Wenn er es überlebte …
Die zweite Welle des Luftangriffs rollte über den Monte Cassino. Die Erde schwankte. Einige Sandsäcke der Wandabstützung klatschten auf den Boden. Ein Verletzter schrie grauenvoll auf. Einer der Sandsäcke war auf seinen zerschossenen Arm gefallen und hatte den Schussbruch abgequetscht. Krankowski zog den Schreienden und Umsichschlagenden unter dem Sack hervor und schleifte ihn vor den Unterstand. Dort wurde er zu Dr. Heitmann weitergebracht, während Krankowski die heruntergestürzten Säcke wieder gegen die bröckelnde Wand stapelte.
Dr. Pahlberg sah in das gelbweiße Gesicht des Mannes vor sich. Ein Gesicht, über das bereits die Hand des Todes glitt, streichelnd, zart, lockend mit dem Versprechen ewiger Schmerzlosigkeit.
August Humpmeier schleppte auf seinem Rücken einen Verwundeten in den Unterstand. Einen jungen Leutnant … man sah es am Haaransatz, an der Stirn, an der Nase … Darunter war nichts mehr … eine einzige blutige Masse, durchsetzt mit Knochen und Zähnen.
»Unterkiefer glatt weggerissen!« sagte Humpmeier und legte den Ohnmächtigen auf einen Strohsack.
Pahlberg sah auf. »Was soll ich damit?«
»Ich dachte, Herr Stabsarzt …« Humpmeier bückte sich. »Zu Herrn Oberstabsarzt?«
»Natürlich. Er soll die Wunde säubern und den Leutnant sofort weitergeben! Hier können wir nichts mit ihm machen!«

Humpmeier lud sich den Besinnungslosen wieder auf die Schulter und schleppte ihn aus dem Unterstand durch das Artilleriefeuer hinüber zu Dr. Heitmann. Mit Unterarzt Dr. Christopher stand dieser inmitten stöhnender Männer und verband, schiente, injizierte und drückte Augen zu. Ab und zu richtete er sich auf, drückte die blutige Hand in das Kreuz und dehnte sich. Er sah Dr. Christopher einen Kopfschuss verbinden … der Verwundete saß auf einem Feldstuhl und grinste dumm vor sich hin. Er schien keine Schmerzen zu haben … er winkte sogar Gustav Drage zu und schrie ihm etwas entgegen.

»Was sagt er?« fragte Dr. Heitmann, als Drage an ihm vorbeikam.

Gustav Drage verzog das Gesicht. »›Na, schicke Puppe?‹ hat er gerufen, Herr Oberstabsarzt. Den haben se total blöd geschossen. Es ist eine Sauerei …«

Dr. Heitmann kniete wieder nieder und verband eine große Fleischwunde im Rücken. Der Boden unter ihm war glitschig von Blut. Er achtete nicht darauf, sondern kniete darin. Der Verwundete drehte den Kopf zu ihm hin.

»Komme ich durch, Herr Doktor?« fragte er weinerlich.

Heitmann nickte. »Ein schöner Heimatschuss, mein Junge. Das gibt eine breite Narbe bis zum Hintern, weiter nichts. In 14 Tagen bist du bei Muttern …«

Der Verwundete drehte sich glücklich herum und verbiss den Schmerz, als Heitmann die Fleischwunde nähte. In 14 Tagen … bei Mutter … in der Heimat … Kein Krieg mehr, kein Trommeln der Artillerie, kein Heulen der Nebelwerfer, kein Panzerbrummen, keine Bomben, kein Tacken von Maschinengewehren, kein dumpfes Plopp der Gewehrgranaten … Ruhe, nichts als Ruhe … In 14 Tagen … Mein Gott, lass 14 Tage sein wie eine Stunde.

Gustav Humpmeier legte den Leutnant mit dem weggerissenen Unterkiefer vor Dr. Heitmann hin. »Mit einem schönen Gruß vom Herrn Stabsarzt.«

Heitmann sah in das entstellte Gesicht. Ein Schauer überlief ihn. »Danke«, sagte er mühsam. »Sagen Sie ihm, ich würde mich revanchieren.«

Vom Monte Cassino her gellte es durch die Luft, hell, trompetenähnlich in der grellen Detonation. Nach der zweiten Welle zerhämmerten neben der Artillerie die Werfer das Trümmerfeld der Abtei. Zischend rasten die Raketen über die Bergstellungen hinweg und schlugen mit grellen Flammen in die Schuttberge.

Im Tal, in seiner Kommandostelle, stand General Freyberg und blickte auf seine Armbanduhr. Die Offiziere um ihn herum verglichen die Zeit.

»Noch genau 66 Minuten«, sagte General Freyberg zufrieden, »und wir besetzen den Berg. Ein Bataillon genügt, meine Herren. Von den Deutschen kann nichts mehr übrig geblieben sein ...«

Am 17. Februar besetzte die 3. Fallschirmjägerkompanie mit Hauptmann Gottschalk das zerstörte Kloster. Major v. Sporken erschien mit einer Gruppe Pioniere, einem Zug Nebelwerfer, Flammenwerfern und einer Batterie 7,5-cm-Gebirgsgeschütze, die sich in die Trümmerberge eingruben. Die Bergstellungen, die vorher erst 400 Meter unterhalb des Klosters begannen, wurden hinaufgezogen. Panzerjäger und Pak nisteten sich in den Schutthalden ein, der einzige Brunnen, der erhalten geblieben war und die letzte Wasserversorgung darstellte, eine kleine Zisterne in der sonst zerstörten Küche, wurde in die Obhut einer Gruppe Fallschirmjäger gegeben. Ohne Wasser war eine Verteidigung nicht möglich. Ein Mensch kann Tage ohne Essen leben ... ohne Wasser wird er irrsinnig.

Das Wiedersehen Major v. Sporkens mit Erzabt Diamare war erschütternd und kurz. Sie traten sich gegenüber ... der sein Kloster endgültig verlassende Bischof und der schmutzige, vom Krieg ausgehöhlte deutsche Major, der

die größten Schätze des untergegangenen Klosters gerettet hatte.
Diamare gab v. Sporken die Hand. Sie hatte nicht mehr den warmen Druck von damals … sie war schlaff, kalt, leblos, eine Greisenhand, die kaum die Kraft hatte, die Finger zum leichten Druck zu schließen.
»Leben Sie wohl, Exzellenz«, sagte v. Sporken bewegt. Der schauerliche Anblick Monte Cassinos nahm ihm die Worte und die Stimme. »Möge Gott trotz allem verzeihen.«
Diamare nickte. Er überblickte die letzten 40 Menschen, die mit ihm aus dem Kloster hinab ins Tal zogen, die letzten 40 Menschen von 1300, die einmal Schutz unter dem Segen des hl. Benedikt suchten.
Seine Mönche, vier Männer, die auf einer Sprossenleiter die noch immer besinnungslose Julia trugen, deren abgerissene Beine man umwickelt hatte, ein Laienbruder mit einem Kind auf den Armen, ein Kind, das an beiden Beinen gelähmt war und dessen Eltern es einfach zurückließen, als sie in der Feuerpause nach Piedimonte rannten.
Noch einmal hob Diamare die Hand und segnete die erschöpften Menchen. Dann ergriff er ein großes hölzernes Kruzifix und trat hinaus aus den Mauern seines Klosters.
Dem Kruzifix nach, das Diamare, gestützt von zwei jüngeren Mönchen, trug, schwankten die anderen den Berg hinab. An der Kapelle S. Rachisio wurden sie beschossen … sie gingen weiter, der Ebene zu. Im Tal überblickte Diamare seine Mönche und gab das Kruzifix an einen jüngeren Bruder weiter.
»Wo ist Fra Carlomanno Pelagalli?«
Ein Bauer trat vor. »Ehrwürden – der Frater ist bereits an der Via Casilina. Vom letzten Abhang aus habe ich ihn gesehen … er kletterte schräg den Berg hinab auf die Straße zu.«
Diamare schüttelte den Kopf. Fra Carlomanno war 80 Jahre alt, so alt wie er selbst. Und er kletterte den Berg hinab, allein, abseits von ihrem Zug.

»Wir werden ihn suchen«, sagte er leise. »Fra Carlomanno wird den Weg zu uns finden.«
Sie gingen weiter, über zerschossene Pfade, über zerrissene Berghänge, vorbei an den unbegrabenen und verwesenden Leichen der gefallenen deutschen Träger und Melder.
Im Tal stießen sie auf Dr. Heitmann und sein Feldlazarett. Todmüde schwankte Erzabt Diamare durch die Verwundeten. Dr. Heitmann stützte ihn und führte ihn zu einer Scheune, in der er einen Raum als Privatzimmer abgeteilt hatte. Gustav Drage brachte zwei Apfelsinen und eine Flasche Sprudelwasser. Diamare trank ein Glas und gab die beiden Apfelsinen dem gelähmten Jungen auf den Armen des Laienbruders.
»Sie werden sofort in Sicherheit gebracht, Exzellenz.«
Dr. Heitmann sah auf seine Uhr. »In spätestens einer halben Stunde werden Sie und die Mönche mit Lastwagen nach Castellmassimo gebracht werden, zum Kommandeur des XIV. Panzerkorps. Von dort wird man Sie weiterbringen zu Feldmarschall Kesselring und nach Rom. Sie haben mit Gottes Hilfe den Krieg überlebt, Exzellenz.«
Diamare sah den Arzt groß an.
»Den Krieg. Ja, den Krieg. Aber nicht das Kloster. In ihm liegt mein Herz ... und es ist mit vernichtet worden.«
Dr. Heitmann schwieg. Draußen schrien die Verwundeten nach ihm. Dr. Pahlberg war auf dem Weg zum Kloster ... er sollte den vorgeschobenen Verbandplatz einrichten. Drei Lastwagen mit Verbandmaterial, Injektionsampullen, chirurgischen Bestecken und Tragen waren durchgekommen und hatten das Lazarett wieder arbeitsfähiger gemacht.

Das Kloster war geräumt ... die 3. Kompanie rückte in die Trümmer ein, voran die Gruppe Maaßen, allen voran Stabsgefreiter Theo Klein, die Medaille des Erzabtes Diamare im Brustbeutel auf der nackten, haarigen Brust.
Dr. Pahlberg schob sich im Streufeuer der amerikanischen Artillerie mit zehn Sanitätern und zwölf Trägern mit Laza-

rettmaterial den Hang hinauf, der teilweise noch erhaltenen Klostermauer entgegen.
Major v. Sporken richtete seine Werfergruppe ein, verteilte die Verteidigungsstellungen und gab die Minenfelder an, die vom Ende der Serpentinenstraße bis in das Kloster gelegt werden sollten.
Der Tag verdämmerte ... in der Ebene fuhr der Erzabt mit seinen Mönchen und den anderen Geretteten weiter nach Norden.
Erschöpft vom Abstieg und den ausgestandenen Tagen hatten die Träger die als Bahre benutzte Sprossenleiter einfach auf halber Höhe abgesetzt und waren dann weitergerannt, dem schwankenden Kruzifix Diamares nach.
Theo Klein stand zwischen den zerborstenen Säulen der Basilika und starrte über die riesigen Trümmerberge, die den Boden des einstmals herrlichen Kirchenschiffs bedeckten. Heinrich Küppers kletterte durch die eingefallenen Gänge und Säle und traf dort Feldwebel Maaßen und Müller 17, die mit Josef Bergmann einen Toten aus den Trümmern zogen. Eine schwangere Frau, deren Kopf zerquetscht war.
Küppers winkte ab. »Der ganze Innenhof liegt voller Toter. Das gibt einen Mordsgestank, wenn der Frühling kommt und die warme Sonne! Gottschalk schätzt die Toten auf mindestens 250! Wohin damit?!«
»Begraben.« Müller 17 legte die Frau auf eine gespaltene Säule und schaute zur Seite. Der Anblick des zerdrückten Gesichts war selbst ihm zu viel. »Ich habe keine Lust, mich in Deckung zu werfen und auf 'n verwesten Körper zu fliegen!«
Von der Basilika herüber kam Theo Klein. Er war noch befangen von der Erschütterung und seiner Erinnerung, in diesem riesigen Trümmerfeld, das einmal eine Kirche gewesen war, die Medaille aus den Händen des Bischofs bekommen zu haben.

»Eine Sauerei ist es doch!« sagte er laut. »Eine verdammte Sauerei!«
Müller 17 nickte. »Wir sollten dem Hauptmann vorschlagen, zuerst ein Beerdigungskommando zu bilden.«
»Wer redet vom Beerdigen?« Er sah auf die Tote auf der gespaltenen Säule und schnaufte. »Nicht gerade appetitlich.« Er lächelte schwach. »Ich habe mir die erste Frau, die ich seit Monaten sehen würde, anders vorgestellt.«
Feldwebel Maaßen nestelte ein Seidentuch von seinem Hals und breitete es über das zerquetschte Gesicht der Toten. Damit der Wind es nicht wegwehte, beschwerte er es mit einem Stein. Heinrich Küppers betrachtete die lang ausgestreckt liegende Gestalt in den zerrissenen Kleidern, dem schwangeren Leib und dem Seidentuch mit dem Stein auf dem Gesicht
»Das Gesicht des Krieges«, stellte er fest.
»Halts Maul!« Müller 17 steckte sich eine Zigarette an. Unter den Trümmern wehte es süßlich her … die Toten des ersten Angriffs von 9.45 Uhr verwesten bereits.
Leutnant Weimann kletterte über die Berge des Prioratshofes und blieb auf einem mächtigen Quaderstein stehen. »Kleines Familientreffen?« fragte er sarkastisch. »Um Mama Maaßen versammeln sich die Kinder? Während die anderen schanzen und Minen legen, besichtigt ihr wohl das Kloster, was?! Alles Kunstexperten, die Herren? Sogar Herr Klein? Schade, dass Major von Sporken auch Leonardo da Vincis ›Leda‹ nach Rom hat bringen lassen – da hätte Herr Klein nach langer Zeit mal wieder – wenn auch gemalt – eine nackte Frau gesehen!«
Theo Klein stöhnte auf.
»Herr Leutnant – wir suchen Tote.«
»Tote? Suchen?« Weimann kam von seinem Block herab. Er sah die Gestalt der Frau und stutzte. »Tragen Sie sie zum Klostergarten. Dort liegen noch mehr, Bergmann und Müller 17 können das machen. Die anderen kommen mit! Der Chef vermutet, dass am Abend das Theater losgeht.«

Sie warfen sich auf die Schuttberge und versteckten sich. Über ihnen erschien ein Aufklärer, kreiste niedrig über dem zerstörten Kloster und fotografierte. Theo Klein grinste.
»Auf die Platte kriegt der uns nicht!«
»Hoffentlich.« Leutnant Weimann kroch weiter durch den Schutt. »Wenn sie Bewegung im Kloster sehen, knallen Sie noch mal 100 Tonnen auf den Berg!«
Der Aufklärer verschwand hinter dem Calvarienberg ... die Gruppe Maaßen rannte durch die Trümmer, die Leiche der jungen Frau zwischen sich. Josef Bergmann stolperte über einen Stein, stürzte, und der schwere Körper der Toten fiel über ihn. Er warf ihn mit einem Ruck zur Seite und richtete sich auf. Auf seinem Gesicht fühlte er das Blut der Toten. Ihm wurde übel, und er würgte mit weißem Gesicht.
»So eine Scheiße«, keuchte er. »So ein verfluchter Mist!«
Müller 17 und Heinrich Küppers trugen die Leiche weiter, während sich Bergmann vor Ekel erbrach. Danach war ihm wohler, er wischte das klebrige Blut mit dem Taschentuch von seinem Gesicht und rannte der Gruppe nach, die durch den Schutt hetzte.

In dieser Nacht tauchten im Rücken der deutschen Linien zwei Bäuerinnen auf. Sie ritten auf einem alten Muli und wurden von den Soldaten mit derben Worten begrüßt.
»Wohin, meine Süßen?« rief ein Unteroffizier. »Wenn ihr einen Mann sucht – ich kann mich bestens empfehlen!«
»Non capisco!« sagte Maria Armenata und hob die schönen Schultern. Sie umklammerte das andere Mädchen vor ihr auf dem Muli und trieb das Tier mit Tritten ihrer flachen Schuhe zu einer schnelleren Gangart an. »Non capisco. Buona notte!«
»Ein Küsschen nur!« Der Unteroffizier trat näher heran.
Maria Armenata ließ die Zügel lockerer, das Muli trabte schneller. »Non ho tempo!« rief sie lachend. »Mi rincresce.«
Sie blickte sich ein paarmal um, während das Tier in

schnellem Trab der Ebene zueilte. Der Unteroffizier sah ihnen nach und winkte sogar. Maria winkte zurück. Dann war wieder die Dunkelheit um sie, unterbrochen nur von den abgeblendeten Scheinwerfern des Nachschubs, der des Nachts über die Straßen und Feldwege zur Monte-Cassino-Front rollte.

In einem Pinienwald hielten sie das Muli an und kletterten von dem Tier. Maria Armenata schnallte eine Flasche von dem Sitz und reichte sie der anderen Bäuerin.

»Trink, mein Glücklicher …«

Obergefreiter Felix Strathmann schob das Kopftuch nach hinten. Maria hatte ihm die Haare kurz geschnitten, sein Gesicht mit Haselnussschale braun geschminkt und ihm ein Kleid der alten Hebamme gegeben, die noch immer mit der Partisanengruppe Larmenattos herumzog.

In langen, gierigen Zügen trank er den sauren Rotwein und reichte ihn dann an Maria weiter. Der Ritt mitten durch die deutschen Nachschubstellungen hatte ihn mürbe gemacht. Er wusste, dass man ihn, ohne lange zu fragen, an die Wand stellen würde, wenn er entdeckt worden wäre. Er setzte sich in das feuchte Gras und starrte zu dem Mädchen empor, das mit ihm auf einem Muli die deutschen Linien durchbrach.

»Wo willst du mich hinbringen?« fragte er leise. Er wagte nicht laut zu sprechen, aus Angst, eine Patrouille auf sie aufmerksam zu machen. »Überall, bis nach Rom und hinter Rom bis zu den Alpen … einfach überall sind unsere Soldaten.«

»Ich habe in der Campagna eine zia«, sagte sie unbekümmert von seinen Sorgen.

»Und was soll ich bei deiner Tante?«

»Dort verstecken wir dich, und du überlebst den Krieg. Tante hat einen Bauernhof, nicht groß, aber in der Campagna versteckt.«

»Auch dort wird eine Kompanie liegen!« Strathmann sprang auf. Er tastete nach seiner Pistole. Das gab ihm ein

Gefühl von Sicherheit. »Du weißt, was sie mit mir machen, wenn sie mich finden?«
»Si, mein Glücklicher. Aber sie finden dich nicht! Sie können die Länder zerstören, sie können die Dörfer zerstampfen, die Meere besiegen, die Luft einfangen und die Sonne zerstören … aber nicht die Liebe, mia favorito, nicht meine Liebe. Ich kämpfe gegen ganze Armeen, gegen deinen Hitler, gegen alle um dich, carissimo … Eine Frau siegt immer, wenn sie liebt …«
Felix Strathmann setzte sich wieder. Der Wald war dicht, er lag abseits der Nachschubstraße. Ganz von fern hörte er das Rattern der Motorräder und das Brummen der Lastwagen. Ab und zu knirschte es hell durch die Nacht. Panzer, dachte er. Sie rollen zum Monte Cassino. Und die Lastwagen bringen Munition und Verpflegung, Zigaretten und Alkohol … Morgen Nacht würde der Essenträger den Berg hinaufkeuchen, durch die Granateinschläge springen und die Kessel und Beutel in die Trümmer des Klosters bringen. Theo Klein würde schon warten und schreien: »Mensch – brauchst du lange. Jetzt ist der Fraß wieder kalt!« Dann würden sie aus den Kochgeschirren die kalte Suppe löffeln und das harte graue Brot abbeißen …
Maaßen … Müller 17 … Bergmann … Klein … Heinrich Küppers … Nur einer fehlte, war vermisst, einfach verschwunden, als habe ihn die Erde aufgesaugt. Der Obergefreite Felix Strathmann aus St. Pauli. Dieses Schwein von Strathmann, das desertierte, in einer Höhle mit einer schönen Italienerin hurte und im Gedächtnis der anderen als Held weiterlebte.
»Woran denkst du, favorito?« riss ihn die helle Stimme Marias aus seinen Gedanken. Er fuhr empor. Sie lag neben ihm und streichelte mit ihren langen, schmalen Fingern über seine Schenkel. Das reizte ihn, das machte ihn wild. Er wollte ihre Hand zur Seite schieben, aber sie klammerte sich an seinem Schenkel fest wie die Kralle einer Katze, mit den spitzen Nägeln in sein Fleisch dringend.

»Ich dache an meine Kameraden«, keuchte Strathmann. Er fühlte, wie ihn wieder die Lust überflutete und der Drang, ihren weißen Körper mit den Lippen abzutasten, wobei sie wie in der Höhle schreien und stöhnen würde und wild wie eine streunende Katze wurde.

»Denk an mich«, bettelte sie. Ihre Stimme war leise, heiser, erwartungsvoll. Sie schob ihre volle Brust an seinen Arm … er spürte den festen Druck durch das dünne Kleid. »Wir sind wie die Adler in den Bergen, favorito. Frei und stolz, und wir nehmen uns, wenn wir uns sehen und wissen, dass die Welt hinter und unter uns liegt …« Sie schnellte sich herum, warf sich auf ihn, presste ihn auf die Erde und küsste ihn wild, sich an ihm festsaugend, mit den kleinen Zähnen über seine Lippen ritzend und mit den Händen seine kurzen Haare durchwühlend. »Unersättlich sind wir«, stammelte sie. »Unzähmbar. Wild wie der heiße Wind aus dem Süden … wild wie der kalte Sturm von den Alpen … Du, o du … du …« Sie glitt von seinem Körper zur Seite und bäumte sich unter seinen Händen auf. »Ich könnte eine Armee töten, um dich zu behalten«, seufzte sie. »Ich liebe den Krieg, oh, ich liebe den Krieg, weil er mir dich schenkte …«

Zwei Stunden später ritten sie weiter. Über Feldwege, einsame Felder, an Tümpeln vorbei, durch Pinien- und Zypressenwälder, Oliven- und Ölbäume. Weit entfernt hörten sie noch den Lärm der Schlacht … es war, als sei es ein Gewitter, das über unbekannte Gebiete niederging. Es berührte sie nicht mehr. Sie ritten in die Morgendämmerung hinein, der Freiheit entgegen, dem Frieden, einer eigenen Welt zu … Maria lehnte den Kopf an Strathmanns Schulter. »Ich bin so glücklich, carissimo«, flüsterte sie. »Ich könnte singen.« Sie drückte sich an ihn, die Morgenkühle drang durch ihre Kleider. »Ho molto freddo …«

Er hob die Schultern. »Wir haben keine Decke mehr. Drück dich an mich, Maria.«

»Si, Felix …« Sie hauchte in ihre schmalen Hände. »Wie spät ist es?«
»Vier Uhr.«
Das Muli trabte träge durch die Felder. Auf einem Feldweg klapperten seine Hufe über die Steine. Ein frischer Morgenwind trieb ihnen den Geruch nasser Erde ins Gesicht.
»Wie lange müssen wir noch reiten?«
Maria Armenata hob die Schultern. »Vielleicht drei Tage … vielleicht fünf … Ich weiß es nicht. Wir reiten ans Ende der Welt, Glücklicher. Fragt man da, wie lange es dauert …?«

In Rom wurde für die große Schlacht um den Monte Cassino ein neues Lazarett zusammengestellt. Renate Wagner war unter den Schwestern, die halfen, die Medikamente einzupacken und auf dem Flugplatz die einzelnen Kisten und Pakete gegen Quittung zu übergeben.
Es war eine mehr schematische Arbeit, man verglich die Listen und die Kistennummern, strich sie ab, wenn sie verladen wurden, und ließ sich den Schein mit den vielen Nummern und Haken dahinter unterschreiben. Was in den einzelnen Kisten verladen wurde, wusste sie kaum. Sie wusste nur, dass sie nach Cassino kamen, in dieses Verdun des Zweiten Weltkrieges, wie es neulich ein Sprecher des Londoner Rundfunks sagte. Sie hörten die verbotenen Sendungen immer des Nachts, zu fünf Schwestern in einem Zimmer hockend, mit dem Ohr an dem leise gestellten Lautsprecher.
Das zweite Verdun … und Erich lag am Monte Cassino, es war die letzte Nachricht, die sie bekommen hatte, bevor die Verbindung abriss. Dass er noch lebte, erfuhr sie von Verwundeten, von Schwerverletzten, die Dr. Pahlberg so weit zurechtgeflickt hatte, dass man sie bis nach Rom in eine ordentliche Klinik transportieren konnte.
»Ein toller Kerl, der Stabsarzt!« sagten die Landser. »Ohne den wären wir alle krepiert.« Und die Offiziere, etwas höflicher und gebildeter, bestätigten Renate: »Ihr Herr Bräu-

tigam, Schwester Renate – alle Achtung! Er ist einer der stillen Helden in der mörderischen Schlacht. Seine Aufopferung für die Verwundeten ist grandios! Er hat doch mitten im Trommelfeuer einen Oberschenkel amputiert, weil der Mann sonst mit seiner zerrissenen Schlagader verblutet wäre!«

Ein stiller Held, dachte Renate Wagner, als sie das Zimmer der Offiziere verließ. Wenn er das hörte. Held! Er würde wie immer bei solchen Schlagworten sarkastisch lächeln und sagen: Lass ihnen die Romantik des Krieges, Liebes. Sie brauchen einen Begriff, dem sie nachrennen. Sie wären Waisen und ständen ratlos in der Welt, wenn ihnen diese Worte genommen würden.

Sie sah den Kisten nach, die auf einem Handwagen zu den Flugzeugen gerollt wurden. Dicke, alte, breite JU 52, die gute, liebe ›Tante Ju‹, warteten auf die Ladungen, um sie an die Front zu fliegen und vielleicht über dem Kloster an Fallschirmen abzuwerfen, falls der Amerikaner sie überhaupt bis an den Monte Cassino heranließ.

Mit wachen Augen ging Renate Wagner über den Flugplatz. In einer Ecke, dort, wo das Rollfeld in weite Wiesen überging, übten wieder Fallschirmjägerrekruten das Schleifen vor dem Windesel und das Umlaufen des einfallenden Schirmes.

Sie ging langsam an den Übenden vorbei zu der großen Halle und sah interessiert zu, wie eine Gruppe das Anlegen des Fallschirmes probte.

Leutnant Günther Mönnig grüßte galant zu Renate hinüber, sie erwiderte den Gruß durch ein kurzes Nicken und ging weiter. Oberfeldwebel Erich Michels und Unteroffizier Helmuth Köster erklärten einer anderen größeren Gruppe die Funktionen des Fallschirmes, seinen Mechanismus, das Prinzip der Reißleine, die den Schirm nach dem Absprung aufriss, und die Gurte, die sich um den Körper legten und den Abgesprungenen senkrecht in der Luft hängen ließen.

Michels und Köster beachteten die einsame Rote-Kreuz-Schwester nicht, die mit wachsamen Augen, jedes Wort in sich aufnehmend, durch das Gelände ging und minutenlang die Ausbildung der Fallschirmjäger in sich registrierte. Am Ende der Halle sah sie an langen Leinen die geöffneten Fallschirme hängen. Sie trockneten und wurden seitlich an großen Falttischen von zwei Unteroffizieren sorgfältig Naht auf Naht zusammengelegt. Von der Präzision ihrer Hände hing ein Leben ab. Sie wussten es und ließen sich von der blonden Schwester nicht ablenken.

Sinnend stand Renate Wagner am Tor der großen Übungshalle. Eine Uniform hatte sie, die komplette Uniform eines Fallschirmjägerleutnants. Nur ein Schirm fehlte ihr, ein Fallschirm.

Sie beobachtete, wie die beiden Unteroffiziere die fertig gefalteten Schirme in die Hüllen schoben und in einer Ecke der Halle stapelten. Sie wurden gezählt. Renate sah es, wie jedesmal auf einer Liste ein neuer Strich gezogen wurde.

Über ihr blähte sich die Seide im Wind, der vom weiten Hallentor hereinwehte. Die trocknenden Schirme pendelten leicht, die Leinen knarrten leise wie die Verspannungen in einem Segelboot. Leutnant Mönnig kam vorüber. Er stutzte, als er die Schwester unter den Schirmen stehen sah, aber dann ging er weiter. Vielleicht die Flamme eines der Feldwebel, dachte er. Wartet, bis der Dienst zu Ende ist. Ist zwar nicht statthaft, im Gelände der Schule herumzustrolchen, aber immerhin ist sie eine Krankenschwester und damit ein halber Soldat.

Er ging weiter zum Kasino und trank eine Tasse Kaffee. Der Wind war kalt, und er fühlte sich wie durchgefroren.

An diesem Vormittag geschahen zwei Dinge, die es sonst bei der deutschen Wehrmacht nicht gab!

Es fehlte eine Kiste mit Zellstoff, eine regelrechte Lazarettkiste mit dem roten Kreuz darauf und dem Patentklappverschluss. Der zählende und unterschreibende Stabsintendant der III. Reservelazarettabteilung tobte und schrie

seine Soldaten an, sie seien Rindviecher und hätten sich verzählt.
»Es kommt nicht vor, dass wir eine Kiste zu viel aufschreiben!« schrie er. »Es ist unmöglich bei meiner Kontrolle. Der Fehler liegt hier beim Aus- und Einladen! Eine dusselige Schlafmütze hat eine Kiste zweimal gezählt!«
Er brüllte mit zwei Unteroffizieren herum, die die Einladegruppen befehligten, und warf die Stapel Papiere, die er in der Hand hielt, auf einen kleinen Tisch. »Ich kann doch nicht die Flugzeuge wieder ausladen lassen, weil eine einzige Kiste fehlt!« schrie er mit hochrotem Gesicht. »Ihre Pfeifen, Ihre krummen Flöhe haben falsch gezählt! Welche Kiste fehlt denn?!«
»Eine Kiste mit Zellstoff!«
»Die ist zu ersetzen!« Der Stabsintendant atmete auf. Er hatte an wertvolle Medikamente gedacht, aber Zellstoff, welche Aufregung um ein paar Lappen Zellstoff.
»... Schreiben Sie auf den Begleitpapieren: Wird bei Transport V nachgeliefert!« Der Stabsintendant wandte sich an Renate Wagner, die gerade um einen Kistenberg herumkam. »Denken Sie sich, Schwester Renate – es fehlt eine Kiste mit Zellstoff!« Renate Wagner schüttelte energisch den Kopf. »Es kann nicht sein! Ich habe alles genau durchgezählt, ehe es vom Lazarettwagen auf den Flugplatz geschafft wurde.«
»Sage ich doch! Sage ich doch!« Der Stabsintendant war sehr zufrieden. Er fand seine Ansicht bestätigt und trug damit nicht allein die Verantwortung. »Diese Tränen haben falsch gezählt!« Er sah die beiden Unteroffiziere an und schrie: »Wie sollen wir den Krieg gewinnen, wenn wir Soldaten haben, die nicht mal Kisten zählen können?! Ab! Einladen! In die Maschinen!«
Am Abend, bei der Zählung der Fallschirme durch Oberfeldwebel Michels, fehlte ein Schirm.
Michels schüttelte den Kopf, sah auf die Bestandsliste und zählte noch einmal: Drei ... sieben ... zehn ...

zwanzig … dreiundzwanzig … neunundzwanzig … dreiunddreißig …. Es blieb dabei. Dreiunddreißig Schirme auf Lager … vierunddreißig waren ausgegeben worden! Sauerei!
Die Stimme Erich Michels dröhnte durch die Halle.
»Die Unteroffiziere zu mir! Sofort! Hopphopp!«
Es wurde eine kurze Unterredung. Die beiden Faltunteroffiziere legten ihre Listen vor … vierunddreißig Striche, von dem anderen als Zeugen gegengezeichnet.
»Wir haben 34 gefaltet und gestapelt!«
»Und 33 sind nur noch da!« Michels begann zu schwitzen. Das in seiner Kompanie, das in seinem Lehrgang! Verdammt und zugenäht! »Wer war hier?« schrie er.
»Niemand!«
»Eine fremde Einheit? Landser? Flak? Die klauen wie die Raben!«
»Niemand!«
Michels fuhr sich durch die Bürstenhaare. Er sah Leutnant Mönnig über den Platz kommen.
»Ich jage die Kompanie über das Flugfeld, bis ihr das Wasser im Arsch kocht!« schrie Michels heiser. »Der Schirm muss her! Wie kann ein Schirm verschwinden?!«
Es blieb ein Rätsel.
Die Halle wurde durchsucht, Winkel für Winkel; die Schirme wurden zehnmal durchgezählt, die Soldaten wurden verhört. Es blieb dabei: ein Schirm fehlte. Der Schirm, der dem Gefreiten Fritz Grüben gehörte, der im Ersatzhaufen den Sani machte.
Leutnant Mönnig blieb nichts anderes übrig: Schweren Herzens setzte er eine Meldung an das Regiment auf, das sie sofort wegen der Ungeheuerlichkeit an die Division weitergab. Die Division meldete es dem Armeekorps, das Armeekorps der Armee, diese sogar dem Oberbefehlshaber Süd.
In Rom verschwand mitten in der Ausbildung ein Fallschirm. Aus der Halle, beim Zählen und Falten! Verhöre

ergaben nichts. Verdächtige lagen nicht vor. Spionage fiel aus, denn die Konstruktion des deutschen Fallschirms war allen Staaten durch Hunderte von Beuteschirmen bekannt. Wer hatte Interesse an einem Fallschirm? »Nur ein Idiot!« stellte Oberfeldwebel Michels fest. »Was will er mit einem Fallschirm? Vom Dach seines Hauses schweben? Blödsinn! In eine Maschine kommt er sowieso nicht 'rein! Und warum auch? Welcher Vollidiot geht denn mit einem Fallschirm freiwillig und heimlich an die Front?!«

Dieser Ansicht waren auch die oberen Stellen. Der Fallschirm wurde abgebucht wie die Kiste mit Zellstoff. Gefreiter Grüben bekam einen neuen Schirm.

Nur als Novität innerhalb der Wehrmacht kursierte noch lange die Geschichte von dem geklauten Schirm. »Denken Se mal, lieber Pohlländer! Da klaut eener 'nen Schirm! 'nen Fallschirm! Mittenmang aus der Halle, vor allen Unteroffizieren und Mannschaften! Wat sagen Se nun? Det is 'n Witz, was. Selten so jelacht.« Die Herren im Kasino von Rom hatten ihren Spaß, vor allem die Stabsintendanten, die sich freuten, dass so etwas auch der kämpfenden und aktiven Truppe passieren konnte.

Unterdessen schwamm die Zellwatte in großen Placken den Tiber hinab zum Meer. Sie saugte sich voll, ging unter und trieb mit der Unterströmung weiter.

In ihrem Zimmerofen verbrannte Renate Wagner Nacht für Nacht die Bretter einer großen Kiste. Sie starrte in das Feuer, wie die Flammen das Rote-Kreuz-Zeichen auffraßen, wie sich die Farbe kräuselte, Blasen aufwarf, sich schwärzte und sich mit einer blassblauen Flamme auflöste. In der hintersten Ecke ihres Schrankes lag unter Zeitungen ein großer, runder Ballen. Die Schlüssel ihres Zimmers und des Schrankes trug sie immer bei sich, an einem Kettchen hingen sie auf der nackten Haut

Jetzt habe ich alles, dachte sie. Alles!

Ein Gefühl von Triumph und Ungeduld, von Angst und Tatenlust durchflutete sie. Ich werde Erich wiedersehen, sagte sie sich immer vor, wenn das Gewissen sie niederdrückte, gestohlen zu haben. Ich tue es aus Liebe, aus wahnsinniger, alle Schranken sprengender Liebe. Ich will bei ihm sein, jetzt ... gerade jetzt in dieser Hölle. Dafür ist alles recht, dafür gibt es keine Moral mehr, kein Gewissen, keine Bedenken. Der Krieg geht über uns hinweg, über unsere Leiber, über unsere Seelen, über unseren Geist ... aber nicht über unsere Liebe!

In den dienstfreien Nächten stand sie vor dem Spiegel und legte den Fallschirm an. Sie schnallte die Gurte um den Leib, nachdem sie sie gestellt hatte, zog die Gurte durch ihre Beine und klinkte seitlich der Schenkel die großen Haken in die Ösen.

Die breiten Bänder drückten gegen ihren Unterleib ... es war ein merkwürdiges, leicht aufreizendes Gefühl, dieser ständige, intensive Druck und das Scheuern zwischen den Schenkeln. Den Gurt über der Brust schnallte sie kräftig zu. Er sollte ihre Formen zusammendrücken, denn auch unter der Kombination hoben sich ihre Brüste ab wie zwei Taschen voller Munition. Die Reißleine mit dem großen Haken, der an der Decke des Flugzeugs eingehakt wird und beim Sprung aus der Tür den Fallschirmsack aufreißt, warf sie nach vorn über die Schulter, wie sie es bei den Übungen gesehen hatte. Sie ergriff sie mit der linken Hand. Sie sah plump und groß aus in den dicken Springerschuhen mit dem gummigekräuselten, langen Schaft. Ihre Knie waren steif, dort lagen die Knieschützer und Bandagen eng um den Körper und schützten die Gelenke. Hoch aufgerichtet, den Helm über den aufgesteckten Haaren, stand sie vor dem Spiegel und sah sich an. Ein fremdes Wesen, ein unirdisches Insekt, eine riesige Fledermaus, dachte sie.

Sie ging ein paar Schritte, um sich an das Gewicht des Schirmes zu gewöhnen ... die breiten Gurte rieben an der Innenseite ihrer Schenkel und an ihrem Unterleib. Wieder durchrieselte sie das Gefühl kribbelnder Wonne bis in die

Fingerspitzen … mitten im Schritt hielt sie an, löste die Haken aus den Ösen der breiten Beingurte und warf den Fallschirm auf die Erde. Sie sah im Spiegel, wie heftig ihre Brust atmete.
Erich, dachte sie. Sie schloss die Augen und legte beide Hände über das heiße Gesicht. Erich, wie ausgehungert bin ich. Wie durstig nach Liebe, nach Gefühl, nach Hingabe … Es ist furchtbar, ich schäme mich vor mir selbst … aber ich kann es nicht ändern, ich kann es einfach nicht … Ich habe solche Sehnsucht, solche wilde Sehnsucht, Erich …
Sie warf sich auf das Bett und weinte. Sie biss in die Kissen vor Scham, sich so niedrig zu sehen vor dem eigenen Gefühl. Am nächsten Morgen war alles vorüber.

Theo Klein und Heinrich Küppers lagen in den Trümmern des Klosters und schossen mit einem MG 42. Ihnen gegenüber, auf der Höhe 444, zweihundert Meter nordwärts der Abtei, kletterten die Gurkha durch die Felsen und stürmten das Kloster. Es war der 17. Februar 1944, nachmittags 17 Uhr. Der dritte Angriff General Freybergs auf das zerstampfte Kloster. Fünf Bataillone als Sturmtruppe, ein ganzes Bataillon als Träger- und Nachschubbataillon warf er gegen den Monte Cassino. Gegen eine Kompanie Fallschirmjäger und eine kleine Gruppe Pioniere, Werfer und Gebirgsartillerie.
Der dritte Angriff auf einen Schuttberg, aus dem den Indern ein Feuer entgegenschlug, als habe nie eine Hölle von 450 Tonnen Bomben und Tausenden Granaten das Kloster umgewühlt. Die Hölle schlug zurück!
In seinem Befehlsstand saß General Freyberg und war blass wie die Wand hinter ihm. Der erste Angriff: 12 Offiziere und 130 Mann an Toten. Zerfetzt von dem MG-Feuer und den Granatwerfern der deutschen Fallschirmjäger. Der zweite Angriff: Die Berichte waren noch nicht abgeschlossen. Der dritte Angriff: Er rollte zum Berg hin-

auf und brach zusammen an der Höhe 444, wo die Gurkha hilflos wie Zielscheiben durch das rasende MG-Feuer taumelten und auf allen vieren durch die Felsen krochen. »Die Deutschen!« sagte General Freyberg verbittert. »Sie machen uns vor der Welt lächerlich …«
Es war keiner um ihn, der ihm widersprach.

Leutnant Weimann kroch durch die Stellungen und warf sich neben Klein und Küppers zwischen die zerborstenen Säulen. Mit seinem Feldstecher sah er deutlich, wie die Inder zwischen Höhe 444 und Höhe 569 eingeklemmt waren und versuchten, in dem zerklüfteten Gelände Fuß zu fassen und die Nacht abzuwarten. »Sie wollen vor uns übernachten!« sagte er fröhlich.
»Das Schlafliedchen singe ich ihnen schon.« Heinrich Küppers drückte den Abzugshebel durch … das Ratatatata des gefürchteten MGs 42 bellte durch die Dämmerung. In den Felsen huschten die Gestalten, eine warf die Arme hoch, man hörte einen dünnen Schrei, dann kollerte der Körper über einen Hang und verschwand in einer Senke.
»Prost!« sagte Theo Klein gemütlich. »Der sieht den Indus nicht wieder.«
Weimann blickte verblüfft auf Klein. »Mensch, wissen Sie überhaupt, wo der Indus fließt?«
»Nee, Herr Leutnant.« Klein grinste. »Aber Feldwebel Maaßen sagte gestern, dass die Kerle da vom Indus kommen. Das habe ich behalten.«
Dreißig Meter seitlich winkte eine Hand. Dort lag Hauptmann Gottschalk und beobachtete neben einem Granatwerfer die Bewegungen zwischen den Höhen. Weimann sprang auf und rannte geduckt durch die Trümmer. Er kam an Maaßen und Müller 17 vorbei, die hinter einem MG hockten und Schokolade aßen. Gemütlich, ohne sich stören zu lassen. Sie saßen sich gegenüber, erzählten sich etwas und steckten die braunen Stückchen seelenruhig in den Mund. Weimann nahm dieses Bild im

Vorbeihuschen auf und fiel lachend neben Hauptmann Gottschalk in den Schutt. Eine kleine Staubwolke wirbelte auf und zog träge über den mit Steinen vergrabenen Hof.

»Sie scheinen ja einen Mordsspaß zu haben«, sagte Gottschalk. »Dabei ist die Lage durchaus nicht rosig. Bis auf 200 Meter sind die Gurkha heran. Ich vermute, sie kommen in der Nacht bis an die Klostermauer! Das heißt Nahkampf, Weimann. Wissen Sie, wie ein Nahkampf mit Indern ist? Der ist lautlos, mit langen Messern, Spaten und Gewehrkolben. Eine Biesterei ist das!«

Weimann nickte. »Maaßen und Müller 17 dinieren«, sagte er und schüttelte noch immer lächelnd den Kopf. »Sie sitzen hinterm MG wie in einer Bar und delektieren sich an Schokolade. Ganz jovial und gemütlich. Und vor ihnen krabbeln die Gurkha auf den Felsen. Ich möchte wissen, was die aus der Ruhe bringen kann.«

»Drei Tage ohne Fressen und drei Monate ohne Frauen – Sie sollen sehen, wie verdreht dann die Kerle sind!« Hauptmann Gottschalk reichte Weimann sein starkes Nachtglas hin. »Sehen Sie mal hinüber. Es sieht so aus, als wollten die Gurkha übernachten.«

Vor den Indern lagen die Einschläge der deutschen Granatwerfer. Major v. Sporkens Werfergruppe hämmerte in die Felsen und trieb die Gurkha in die Deckung der zerklüfteten Hänge. Dazwischen ratterten die Maschinengewehre der 3. Kompanie. Vereinzelt, Munition sparend für einen größeren Ansturm, bellten die kleinen Gebirgsgeschütze auf und zauberten helle Einschlagwolken zwischen die Truppen des Generals Freyberg. Jetzt hämmerte es auch seitlich von Gottschalk … ratatatata … ratatatata. Weimann nickte zufrieden.

»Feldwebel Maaßen und Müller 17. Sie haben ihre Schokolade aufgegessen und widmen sich wieder der Schlacht! Wie nett!« Gegenüber, auf einer Felsnase, tauchte eine weiße Fahne auf und wurde geschwenkt Eine Fahne mit

einem roten Kreuz. Sanitäter! »Sie wollen die Verwundeten noch vor der Nacht wegbringen.« Hauptmann Gottschalk sah über seinen Abschnitt hinweg. Die MGs schwiegen ... schlagartig, als die weiße Fahne auftauchte. Theo Klein erhob sich sogar und beugte sich über seine Deckung. Wenn keiner schießt, so ist ein Krieg ganz interessant. Er sieht aus wie in der Wochenschau.
Die Inder krochen aus ihren Verstecken hervor. Deutlich sah man, wie sie durch die Hänge stiegen und ihre Verletzten auf zusammenklappbaren Tragen oder in Zeltbahnen wegtrugen.
Major v. Sporken kam durch die Trümmer zu Hauptmann Gottschalk und winkte schon von weitem ab, als Gottschalk vorschriftsmäßig Meldung in strammer Haltung machen wollte.
»Nur keine Verzierungen abbrechen, Gottschalk«, sagte v. Sporken leutselig. »Wir liegen alle im gleichen Dreck und haben alle die gleiche Chance des schönen Heldentodes! Bloß keine Kasernenluft – das wäre schrecklicher als ein neues Klosterbombardement!« Er sah sich um. »Haben Sie Verwundete?«
»Nein, Herr Major. Auch keine Toten.«
»Bei den Pionieren sind drei Leichtverletzte. Das ist alles.« Er sah hinüber auf die krabbelnden Gestalten der Inder, die noch immer ihre Verletzten wegtrugen. Auf der Felsnase schwenkten die beiden Sanitäter die weiße Fahne mit dem roten Kreuz. »Dort scheinen wir ja mächtig aufgeräumt zu haben. Dachten die vielleicht, von uns sei alles pulverisiert?« v. Sporken lachte leise. »Anscheinend hat der gute Freyberg noch nichts mit Fallschirmjägern zu tun gehabt.«
Er wollte noch etwas sagen, aber ein Anblick nahm ihm die Sprache. Er starrte hinüber zu einem Trümmerhaufen und schüttelte heftig mit dem Kopf.
»So etwas gibt's?« sagte er verblüfft. »Gottschalk, wer sind diese Männer?«

Hauptmann Gottschalk war dem Blick v. Sporkens gefolgt und erstarrte.
»Unteroffizier Küppers und Stabsgefreiter Klein, Herr Major!«
»Stabsgefreiter!« v. Sporkens Gesicht überzog ein Lächeln. »Natürlich ein Stabsgefreiter.«
In ihrem MG-Nest saßen Küppers und Klein und hatten vor sich, umrahmt von Steinen als improvisiertem Herd, ein Feuerchen gemacht. Über diesem Feuerchen stand ein kleiner Kessel, aus diesem Kessel qualmte und dampfte es, und ein leichter Fleischgeruch zog bis zu v. Sporken und Gottschalk hinüber. Damit die heilige Tätigkeit nicht gestört wurde, hatte Theo Klein, die indischen Sanitäter nachahmend, ein Taschentuch an eine Latte gebunden und als Friedensfahne seitlich seiner Stellung in die Trümmer gesteckt.
Heinrich Küppers rührte gemütlich in dem Kessel, als Major v. Sporken in ihrer kleinen Burg auftauchte. Theo Klein knallte die Hacken zusammen … er sah über die Schulter v. Sporkens hinweg das Gesicht Gottschalks und ahnte, dass irgendetwas wieder nicht richtig war.
»Prost, Mahlzeit!« meinte v. Sporken freundlich. »Was gibt's denn?!«
»Danke, Herr Major.« Küppers stand wie eine Eiche neben dem dampfenden Kessel. »Nudeln mit Rindfleisch, Herr Major. Vorher sollte es noch eine Suppe geben, aber der Stabsgefreite mag keine Suppen.«
»Ach nee.« v. Sporken wandte sich an Theo Klein. »Sie mögen keine Suppe?«
»Nicht hier, Herr Major.« Klein sah tapfer in das rote Gesicht Hauptmann Gottschalks. »Nach Suppen muss man zu viel pissen.«
Leutnant Weimann, der den beiden Offizieren gefolgt war, wandte sich ab und ging fort. Er verbiss sich lautes Lachen und presste die rechte Hand auf den Mund. v. Sporken nickte.

»Dafür habe ich volles Verständnis, Stabsgefreiter. Blasendruck während der Kampfhandlung ist unangenehm.« Er beugte sich über den dampfenden Kessel, zog das Holzstück, mit dem Küppers gerührt hatte, heraus, leckte an ihm und schüttelte den Kopf. »Es fehlt Salz, Unteroffizier Küppers.«

»Jawoll, Herr Major. Aber ich habe keins!«

»Dumm! Kommen Sie nachher zu mir in den Gefechtsstand. Ich habe eine Tüte mitgebracht!« Er sah Theo Klein an, der fassungslos den Major anstierte und es nicht wagte, das Gesicht Gottschalks zu betrachten. »Aber bringen Sie mir eine gute Portion mit. Ich will doch wissen, wie meine Soldaten kochen.«

»Jawoll, Herr Major!« schrien Küppers und Klein gemeinsam. Der Stabsgefreite rührte dabei in der Suppe, denn nichts schmeckt scheußlicher als angebrannte Nudelsuppe.

In diesem Augenblick heulte es über ihnen und schlug in den Zentralhof ein. Theo Klein fuhr herum.

»Die Fahne ist weg! Der Mist geht weiter!« Er warf sich hinter sein MG und feuerte auf die Inder, die wieder in Richtung auf den Klosterberg vorgingen. Heinrich Küppers warf Klein neue Gurte zu und kroch zu seinem Kochtopf, rührte, damit die Nudeln nicht anbrannten, nahm ihn vom Feuer, löschte die Flammen und kroch zurück, legte einen neuen Gurt ein, kroch zurück, nahm sein Essgeschirr, füllte es aus dem Kessel voll, kroch zurück zu Klein, legte wieder einen neuen Gurt in das MG, schob Klein drei volle Streifen zu und kroch zurück. Unter dem Feuer der indischen Werferbatterien rannte er geduckt durch die Trümmerberge, schob sich auf allen vieren über den Hof, den man von Höhe 569 einsehen konnte, hetzte durch die zerstampfte Basilika und landete mit Schwung in dem Keller, in dem Major v. Sporken gerade eingetroffen war, mit zerrissener Uniform und einer Beule im Stahlhelm.

»Die Nudeln mit Rindfleisch, Herr Major!« meldete er stramm. v. Sporken sah ihn entgeistert an.
»Mann!« sagte er erschüttert. »Sie sind durch das Feuer gekommen, um mir die Nudeln zu bringen?«
»Jawoll, Herr Major. Herr Major haben es gewünscht, und wir hatten es versprochen. Außerdem wollte ich das Salz abholen!«
Draußen, neben dem Keller, verteilt über die Trümmer, bellten die Granatwerfer los. Die Nebelwerfer zischten … irgendwo aus dem Schutt krachten die Abschüsse der 7,5-cm-Batterie. Major v. Sporken nahm das Kochgeschirr, hob den Deckel ab und sah auf die Nudeln mit dem Rindfleisch. Er schüttelte wieder den Kopf, tauchte seinen Löffel hinein und aß ein paar Bissen.
»Schmeckt's?« fragte Küppers völlig unmilitärisch.
»Danke.« v. Sporken sah auf den dreckverkrusteten, seit Tagen unrasierten, blassen, ausgelaugten Unteroffizier. »Ich glaube, es ist das beste Abendessen, das ich jemals gegessen habe.«

In den Keller polterten vier Sanitäter. Sie schleiften zwei Zeltbahnen hinter sich in die Deckung.
»Ein Kopfschuss und ein Bauchschuss, Herr Major.«
»Einheit?«
»Ein Pionier, einer 3. Kompanie.«
Heinrich Küppers zuckte zusammen. Er trat an die Zeltbahn heran. Es war der Mann mit dem Bauchschuss. Ein junger Kerl, Ersatz aus Rom, damals mit Lehmann III von der Fallschirmjägerschule gekommen. Seine Augen waren schon eingesunken, der Mund aufgeklappt. Er röchelte.
v. Sporken stellte das Kochgeschirr mit den Nudeln fort.
»Die ersten Toten«, sagte er langsam. Er wollte zu Küppers noch etwas sagen, aber der Unteroffizier war schon aus dem Keller hinausgelaufen.
Wie ein Wiesel wand er sich durch die Trümmer, warf sich in den Schutt, wenn die Granaten heranheulten,

schnellte empor und jagte seiner Stellung zu. Atemlos fiel er in die kleine Festung, die Klein und er sich gebaut hatten. Er riss den Kragen auf und lehnte sich an die staubüberzogenen Steine. Theo Klein hockte hinter seinem MG und schoss. Neben sich hatte er den Kessel mit den Nudeln stehen, und nach jedem Gurt, den er verschossen hatte, löffelte er eilig ein paar Bissen in den Mund, ehe er den neuen Gurt durch das Schloss zog. Der Kessel war schon halb leer. Theo Klein hatte einen Mordshunger.
»Ist er zufrieden?« schrie er Küppers über die Schulter hinweg zu. »Und haste das Salz mitgebracht?!«
»Nein!« Küppers warf sich neben Klein und klappte einen neuen Munitionskasten auf. Er schob den Kessel mit den Nudeln weg und atmete tief auf. »Wir haben im Kloster den ersten Toten. Der junge Bratzke.«
Theo Klein zuckte mit den Schultern. »Das ist kein Grund, das Salz zu vergessen. Ohne Salz schmeckt der ganze Fraß wie muffiges Mehl!«
Vor ihm macht es in den Steinen ping, und ein Querschläger surrte über sie hinweg. Sie lagen in voller Deckung.
»Das habe ich schon lange gemerkt«, sagte Theo Klein. Er angelte sich den Topf von der Brüstung und aß schnell ein paar Löffel. »Die haben da drüben Scharfschützen liegen. Pass mal auf!«
Er nahm das Rührholz von der erloschenen Feuerstelle, setzte seinen Helm darauf und schob ihn über die Deckung hinaus. Ping! machte es. Und noch dreimal ping! Der Helm pendelte hin und her. Grinsend zog ihn Theo Klein wieder herunter. Dort, wo normalerweise der Kopf im Helm saß, war er durchschlagen … zweimal … kreisrunde Löcher, nach innen wild gezackt.
»Die können schießen, was?« Theo Klein stülpte den Helm auf den Kopf. »Müssen uns direkt gegenüberliegen. Mensch, Heinrich, die putzen wir jetzt weg wie die Krähen.«

Er schob sich vorsichtig hinter das MG und schoss wie wild in die Gegend, ehe er den Kopf hinter das Visier hob und den zerklüfteten Abhang vor sich abtastete.
Neben ihm, drei Meter weiter seitlich, flatterte im Abendwind traurig das schmutzige Taschentuch, die Fahne eines halbstündigen Friedens.
»Wenn's dunkel ist, hole ich es mir wieder«, meinte Theo Klein und schoss auf eine huschende Gestalt. »Es ist der letzte Lappen, den ich hab' ...«

In dem großen Keller unter dem Kolleg des zerstörten Klosters hatte Stabsarzt Dr. Pahlberg das Notlazarett eingerichtet. Militärisch hieß es nur Verbandplatz, aber er ließ vorsorglich einen schmalen, zusammenklappbaren Feldoperationstisch mitbringen, einige Sterilkocher, sein chirurgisches Besteck, Klammern, Nadeln, Catcut, Seide, Arterienklemmen, Sonden, Sägen, Spreizer, Scheren, scharfe Löffel, Zangen und vor allem genügend Verbandmaterial, Äther, Strophantin, Traubenzucker in physiologischer Lösung, Adrenalin, Novocain, Pantocain, Morphium, Tetanus und sogar 50 Kompressen. Sanitätsunteroffizier Krankowski war mit ihm auf den Berg gekommen und richtete in dem Keller das Lazarett ein ... eine kleine Zelle, in der der Erzabt während des Bombardements Schutz gesucht hatte, wurde der OP ... das Licht bekam er durch vier große Scheinwerfer, die von einer Batterie gespeist wurden. Sie sollten nur im Notfall angezündet werden, denn wenn die Batterien leer waren, hatte man wenig Hoffnung, sie wieder auffüllen zu lassen.
Für Notoperationen und kleinere Eingriffe hatte man drei Azetylenlampen, drei Petroleumlampen und sieben Trockenbatteriescheinwerfer zur Hand. Im Übrigen sollten die meisten Behandlungen in den weiten Kellern stattfinden und draußen in dem Vorraum der Treppe, wo genug Tageslicht hineinfiel, um Verbände anzulegen und Splitter oder Projektile in Lokalanästhesie zu entfernen.

Die Ersten, die in das Lazarett von Monte Cassino eingeliefert wurden, waren der Kopfschuss und der sterbende Bauchschuss.
Man hatte sich abgewöhnt, die Verwundeten mit Namen oder Dienstgraden zu bezeichnen … wie in großen Kliniken hieß es: Was macht der rechte Oberarmschussbruch? Heute Nacht starb der Lungenschuss. Die Unterschenkelfraktur rechts muss noch einmal geschient werden. Die Art der Verletzung wurde so zum Namen, das Leid des Einzelnen zu einer Identifizierung seiner Persönlichkeit. Der Individualismus starb … es gab nur noch Fälle, Gradbezeichnungen der Verwundungen, sorgfältig untereinander abgestuft wie etwa: der Oberarm mit der Radialislähmung oder der Unterarmschussbruch mit der Medialis. So wusste man genau, wer gemeint war. Es war eine Vervollkommnung der Technisierung des Leides.
Dr. Pahlberg sah hinaus. Heitmann rauchte eine Zigarette. Groß, stark, ein Bulle von Mann stand er im Abenddämmern. Ein Riese, der sich aufrecht hält durch Pervitin. In diesem Augenblick bedauerte ihn Pahlberg ehrlich und verzieh ihm alles …
Daran dachte er, als der Bauchschuss vor ihm lag und mit offenem Mund röchelte. Krankowski kniete neben ihm, eine Spritze in der Hand. »Morphium?« fragte er. Pahlberg schüttelte den Kopf. Die ganze Grausamkeit des Krieges, die Sinnlosigkeit aller Worte von Heldentod und Menschlichkeit lagen in seiner Antwort.
»Nein! Wozu denn, Krankowski? Er liegt im Koma und hat keine Schmerzen. Er wird nicht wieder aufwachen. Sparen Sie das Morphium für andere Fälle.«
Zwei Stunden später starb der Junge, still, ohne Dramatik … sein Röcheln hörte einfach auf, er seufzte tief, und die Spannung der Muskeln ließ nach. Der Körper wurde schlaff, ein wenig größer und flacher. Das war alles … die Majestät des Todes, die den Menschen erlöst.

Der Kopfschuss, ein Pionier aus Sachsen, war aufsässig und hatte eine erregte Diskussion mit Krankowski, der den Kopf mit einem dicken Verband belegte. »Jetzt siehste aus wie 'n Pascha!« sagte er. »Fehl'n nur noch die Bauchtänzerinnen, was? Das könnte dir so passen … so 'n kleiner Harem, lauter nackte Weiber …«
Die Antwort des Sachsen war ein Zitat aus Goethes ›Götz von Berlichingen‹.
Beleidigt kam Krankowski zu Dr. Pahlberg zurück. »Ein ungehobelter Mensch«, sagte er in beschwerendem Ton. »Dem haben se den letzten Humor aus der Rübe gedonnert.«
Gegen Mittag kam Major v. Sporken in den Lazarettkeller. Er gab Dr. Pahlberg herzlich die Hand und drückte sie fest.
»Ich wollte mir unseren Medizinmann einmal ansehen. Habe Wunderdinge von Ihnen gehört. Die ganze Division erzählt Legenden über Sie. Zerrissene Milz, weggeschossener Unterleib, ein Kaiserschnitt bei einer Partisanin … das war ein Glanzstück, Herr Stabsarzt. Das ist bis zu Kesselring gegangen! Operiert ein deutscher Militärarzt eine Partisanin, und der Ehemann der süßen Mutter legt unsere Kameraden um und schnappt Ihnen den Lazarettnachschub weg!«
Dr. Pahlberg bot Major v. Sporken eine Sitzgelegenheit an. Zwei übereinander gestapelte Kisten, in denen das Verbandmaterial verpackt gewesen war. »Mein Sessel, Herr Major. Bitte!«
»Komfortabel! Einfach luxuriös! Ich kann nur auf zerborstenen Säulenstümpfen sitzen oder auf Granatkisten.« v. Sporken setzte sich und sah zu Dr. Pahlberg auf, der lang und schmal vor ihm stand. »So wie Sie habe ich mir immer den letzten Idealisten vorgestellt.«
»Der Schein trügt, Herr Major.«
»Nennen Sie mich bitte Sporken. Major ist ein Titel, redlich erwartet in 17 Jahren Jawoll-Sagens.« Er betrachtete

Dr. Pahlberg ein wenig kritisch. »Wieso trügt der Schein?«
»Weil ich genauso von der Sinnlosigkeit unseres Hierseins überzeugt bin wie Sie auch, Herr von Sporken. Aber wir halten aus, einerseits getreu dem Fahneneid, andererseits, weil wir einfach müssen, um nicht als Deserteur oder als Feigling vor dem Feind oder als Wehrkraftzersetzer – man hat da so schöne Worte gefunden – an die Wand gestellt zu werden! Als Drittes kommt bei mir hinzu, dass ich als Arzt immer erst dann gehen kann, wenn alle anderen gegangen sind, denn der Letzte kann mich rufen, und ich muss da sein!« Dr. Pahlberg hob die schmalen Schultern. »Wenn Sie das Idealismus nennen – bitte! Ich nenne es anders.«
»Und wie, bitte?«
»Nennen wir es nicht Pflichtgefühl. Das ist eine abgedroschene Phrase. Sagen wir – es ist einfach das Trägheitsgesetz im Menschen, sich nicht loszumachen von übernommenen Dingen, die man dummerweise als den ›Sinn des Lebens‹ betrachtet.«
»Hm.« v. Sporken sah auf seine schmutzigen Hände. »Das stößt vor in das Reich der großen Philosophie! Wir sind eine merkwürdige Bande, Herr Doktor Pahlberg. Wir krallen uns hier in die Trümmer von 1500 Jahren abendländischer Kultur, die andere vernichtet haben, wir kämmen die Höhen ab und fegen die Menschen in den Tod, wir leben das Leben eines Landsknechts und benehmen uns nach moralischen und gesellschaftlichen Gesichtspunkten wie Rotz am Ärmel – und wir plaudern in einer Kampfpause fröhlich über die Philosophie der Psyche. Sind wir etwa doch Idealisten? Ich werde den Verdacht bei uns beiden nicht los.«
»Zumindest sind Sie es, Herr von Sporken. Sie haben die Klosterschätze gerettet. Unter Lebensgefahr! Sie haben sich damit unsterblich gemacht.«
»Reden Sie nicht solchen Blödsinn, Doktor!« v. Sporken erhob sich von seinem Kistensessel »Ich habe nur nach der

Notwendigkeit gehandelt, einige Werte zu retten, wo sowieso alle Werte dieser Menschheit missachtet werden. Das ist keine große Tat, sondern ein bloßes Auflehnen gegen die Verrohung, der wir anheim fallen!« Er trat an den Operationstisch heran und stützte sich auf den Metallrahmen. »Wenn ich mir meine Männer da draußen betrachte ... der eine schießt mit dem MG die Gurkha von den Hängen, und der andere kauert daneben und frisst seelenruhig Nudeln mit Rindfleisch. Die Kaltblütigkeit des Soldaten ... das Gesicht des echten Frontkämpfers ... Sie fürchten Feuer nicht und Teufel ... so schreibt man dann in den Kriegsberichten. Man glorifiziert eine Stumpfheit, einen Tod der Gefühle, eine völlige Entpersönlichung des Menschen. Und wiederum muss es so sein, Herr Doktor. Wo kämen wir hin, wenn wir empfindsam wären?«

»Was sagt Oberst Stucken dazu?« fragte Pahlberg.

»Stucken? Er ist der große Schweiger. Auch er hat den Kanal voll, wie der Landser so treffend sagt. Aber er ist hart. Er hat statt Nerven und Gehirnzellen Knochen und Stahl unter der Schädeldecke. Er lässt sich von Gefühlen nicht beeinflussen: ›Ich bin der Führer einer Division‹, sagte er einmal zu mir. ›Einer Fallschirmjägerdivision. Einer Elitetruppe! Wenn ich zusammenklappe, mein Gott, Sporken, was sollen meine Jungs sagen, von denen ich Härte bis zur Selbstopferung verlange?!‹ Das hat er gesagt. Warum er diese Härte überhaupt verlangt, das habe ich erst gar nicht gefragt. Er würde es gar nicht verstanden haben. Ebenso wenig wie dieser von der Breyle, der als Ahnen einen General unter Friedrich dem Großen entdeckte und nun den Ehrgeiz hat, dem Ahnen nachzueifern in unbedingter Vasallentreue. In den letzten Wochen scheint er irgendwie einen inneren Knacks bekommen zu haben. Er ist stiller geworden und weicht Gesprächen aus, die er früher an sich riss. Sein Sohn wurde nach der Salerno-Landung vermisst ... das hat ihn nun doch ergriffen und seine geopolitische Philosophie durcheinander gebracht. Doch was reden wir, lieber Doktor. Draußen werden die Bataillone Freybergs gleich wieder gegen den Berg anrennen und im MG-Feuer liegen bleiben. Die Kerle tun mir noch mehr Leid als ich mir selbst. Fragen Sie einen Gurkha einmal, warum er sich am Monte Cassino zusammenschießen lässt?! Oder einen der Maori, einen der Algerier, Tunesier oder Marokkaner. Sie verteidigen nicht einmal eine Heimat, wie wir so schön von uns sagen. Sie sterben für ein absolutes Nichts! Für ein Vakuum ihres Geistes. Das ist furchtbar, Doktor Pahlberg, das ist schlimmer als Mord. Ein Mord hat immer ein Motiv, aber das hier ist ein luftleerer Raum mit ausgeblasenen Hirnschalen.«

Dr. Pahlberg saß noch lange auf seinen gestapelten Kisten, als Major v. Sporken schon längst gegangen war. Dieses leidenschaftliche und doch so unnötige Gespräch in einer Situation, wo nur gehandelt und nicht mehr geredet wurde, erfasste ihn mehr, als er wollte. Hinzu kam ein Brief Renates, den die Feldpost mitbrachte, bevor er mit seiner Trägerkolonne den Monte Cassino heraufkroch und sich in dem Keller unter dem Kolleg verbarg. Ein Brief, der von ihrer Sehnsucht erfüllt war, aber dessen letzter Abschnitt ihm ein Rätsel aufgab.

»Es wird nicht lange dauern«, schrieb sie, *»und ich werde bei Dir sein. Ganz nahe bei Dir, für immer und ewig. Wir werden gemeinsam die Sonne sehen und die Sterne, der Wind wird durch unsere Haare wehen und die Kühle der Nacht über unsere Körper streichen. Nichts, nichts mehr wird uns dann trennen als der Tod. Gegen ihn werden wir gemeinsam kämpfen mit Gottes Hilfe, denn Gott ist bei den Liebenden und bei denen, die ihn rufen.*

Und ich rufe ihn, jeden Tag, jede Nacht, ich bitte ihn, Dich mir zu erhalten, weil ich die Welt nicht mehr lieben könnte ohne Dich.

Bald werde ich bei Dir sein, glaube es mir …«

Er hatte diese letzten Sätze öfter gelesen. Sie waren ein wenig überschwänglich, romantisch, fast von einer lyzeumshaften Schwärmerei, und doch lag ein tiefer, versteckter Ernst in diesen Zeilen, die ihn ansprang mit ihrer ungewissen Angst, Renate könnte in ihrer Liebe eine Dummheit begehen, die nie wiedergutzumachen war.
Bald werde ich bei dir sein ... Was hieß das? Bei dir sein?! Im Kloster Monte Cassino? Im Keller unter dem zerbombten Kolleg? In den Krypten und unterirdischen Gängen, den Katakomben der Abtei des hl. Benedikt?
Er erinnerte sich des Abschieds auf dem Bahnhof in Rom. An ihre Augen, an den in der Sonne glänzenden ›Goldhelm‹, an ihre Stimme, als sie rief: »Erich!« Er hatte damals das Gefühl, als breche sein Herz auseinander, als verblute er innerlich. Aber er hatte sich emporgerichtet an dem Gedanken, dass an diesem Tage Hunderte, Tausende an die Front fuhren, ihre Mütter, Frauen und Bräute mit dem gleichen blutenden Herzen zurücklassend. Ein billiger Trost, aber er half ihm über die Krisis hinweg.
Erst, als er wieder am OP-Tisch stand und die Milzzertrümmerung ihm unter den Händen starb, starb an einer fehlenden Rillensonde und seinem Unvermögen, die Schlinge unter den Strang zu ziehen, erst da fand er sich wieder in seiner Welt zurecht und glaubte die Notwendigkeit seiner Anwesenheit inmitten des stöhnenden und wimmernden Haufens Mensch einzusehen.
Bald werde ich bei dir sein ... Der Satz ließ ihn nicht mehr los. Was bedeutete er? Wusste Renate in Rom mehr als er hier in den Trümmern eines vernichteten Klosters? Wusste sie von einer Ablösung, von einem Rückzug, einer Zurücknahme der Front, einem Urlaub, einem Heiratsurlaub, den er eingereicht hatte?
Am Abend, nachdem die Gurkha sich zwischen den Höhen 444 und 569 festgesetzt hatten und den Morgen erwarteten, weil sie sich im Feuer der deutschen Fall-

schirmjäger aufrieben, machte Dr. Pahlberg bei Major v. Sporken einen Gegenbesuch.

In dem Keller neben der Basilika war es weniger ›luxuriös‹ als im Lazarett. Ein Gewirr von Drähten und Feldtelefonen lag und stand auf dem zerstampften Boden, Munitionskisten stapelten sich an der Hinterwand, ein Klapptisch, mit Karten bedeckt, und eine Batterielampe bildeten die Hauptattraktion des Raumes, in dem es zu allem noch süßlich roch, als verwese unter den benachbarten Trümmern eine Leiche.

»Lesen Sie das bitte einmal durch, Herr von Sporken.«

Dr. Pahlberg reichte dem Major den Brief hinüber. Der las die Anrede und gab ihn sofort zurück.

»Sie haben sich vergriffen, Herr Doktor«, bemerkte er verzeihend lächelnd. »Das ist ein Brief Ihrer Braut.«

»Ja, ja. Ich weiß. Sie sollen gerade diesen Brief lesen. Und ich bitte um Ihre Ansicht vor allem über den letzten Absatz.«

v. Sporken begann das Schreiben zu lesen und ließ es nach wenigen Sätzen wieder sinken. »Ich glaube, das ist wirklich nicht für meine Augen bestimmt«, sagte er ein wenig verlegen. »Sie machen mich zu Ihrem Intimus, Herr Doktor Pahlberg, und vergessen dabei, mit welchen Gefühlen Ihre Braut diese Zeilen geschrieben hat. Ich werde also nur die letzten Sätze lesen, auf die es ankommt, nach ihrer Meinung.« Er las das Ende des Briefes und wölbte die Unterlippe nachdenklich nach vorn. Mit sinnenden Augen reichte er Pahlberg das Blatt Papier wieder zu.

»Ein merkwürdiger Schluss. Nicht die verliebte Romantik … sie ist so süß, so wahrhaftig erfühlt, dass ich an meine Jugend denken muss und an die ersten Briefe zwischen meiner Frau und mir. Ich war damals Student der Kunstgeschichte in Jena, meine Frau studierte Philologie. Wir haben lange Briefe geschrieben über ungeheure Probleme, und wenn wir uns sahen, waren diese Probleme gleich Null, und wir liebten uns wie Millionen Menschen vor uns. Aber schön waren diese Briefe, wunderschön. Ich möchte sie nie aus meiner Erinnerung missen. Und nun dieses Schreiben Ihrer Renate – ich darf sie doch so nennen, mein Freund?«

»Aber bitte, Herr von Sporken.«

»Tja … Bald werde ich bei dir sein … Das ist es doch, was Sie umhaut, was?«

»Ja.«

»Es kann ein lapidarer Satz sein, eine Steigerung des Liebesgefühls, das Ihre Nähe bei ihr so körperhaft werden lässt, dass sie glaubt, wirklich bei Ihnen zu sein. Aber ich glaube, in diesem Satz, den sie zweimal wiederholt – das ist wichtig –, steckt mehr!«

»Sie glauben doch nicht im Ernst, dass sie eine Möglichkeit ausnutzt, wirklich zu kommen? Nach hier, an die Front, an den Monte Cassino. Dass sie den Wahnsinn vollbringt, irgendwie durch die Frontsperre zu schlüpfen! Das wäre furchtbar!«

Dr. Pahlberg war blass geworden, in seinen Augen stand verzweifelte Sorge. Major v. Sporken sah an die bröckelnde Kellerdecke. Er versuchte, konzentriert hinter den Sinn von Renates Worten zu kommen.

»Liebe versetzt Berge«, sagte er langsam. »Warum soll sie nicht zu einem Berg kommen?«

»Aber das ist doch Irrsinn! Das ist glatter Selbstmord.«

»Sagen Sie das mal einer liebenden Frau! Kommen Sie der Leidenschaft mit Vernunft! Versuchen Sie, das Gefühl mit dem realen Geist zu überzeugen! Es ist ein Unterfangen, vor dem selbst die alten Philosophen kapitulierten. Nicht umsonst flüchtete sich Plato in seine so genannte ›platonische Liebe‹. Sie war wenigstens ein Gebiet, auf dem man mit etwas Geist weiterkam. Die reale Liebe, die greifbare, die körperliche – mein Gott, Doktor, das sollten Sie als Mediziner besser wissen als ich –, die können Sie nicht eindämmen mit Geist, mit Injektionen, mit Antihormonen, mit Elektroschocks, mit dem Skalpell, ebenso wenig, wie Sie die ganze Natur umdrehen können und erreichen, dass der Bock nicht mehr der Ricke, sondern einer Füchsin nachläuft.«

»Das ist deutlich, Herr von Sporken.«

»Sie wollten doch Deutlichkeit, Doktor. Klarheit ist immer das Einfache! Der Mensch kompliziert unnötig die Dinge seiner Umwelt … die Zurückführung auf den einfachen, simplen Nenner ist viel wichtiger und gibt viel interessantere Aufschlüsse über sein Wesen.«

»Mit anderen Worten – Renate will zum Monte Cassino kommen?!« Dr. Pahlbergs Stimme war gepresst, die Erregung dieser von v. Sporken bestätigten Erkenntnis übermannte ihn fast.

»Es scheint so«, antwortete v. Sporken vorsichtig.

Er trat an Dr. Pahlberg heran und legte ihm freundschaftlich den Arm um die Schulter. Sie waren gleich groß, nur wirkte v. Sporken massig gegenüber dem fast überschlanken Arzt.

»Wenn Renate eine Möglichkeit herausgefunden hat, sich an die Front zu ihnen zu schmuggeln, so wird sie es tun! Dann halten Sie sie nicht mit schönen, beschwörenden Worten auf, dann hält sie Stucken nicht auf, nicht Kesselring, nicht der Führer. Heil ihm!« Er lachte und verstummte sofort, als er das schmerzliche Gesicht Pahlbergs sah. »Meine Frau, lieber Doktor, lebt jetzt in Hamburg. Jeden Tag und jede Nacht sitzt sie im Luftschutzkeller unter den Einschlägen der britischen Bomben. Jede Stunde hat sie den Tod vor Augen … vielleicht ist sie schon tot … gestern Nacht oder vorgestern oder soeben, in der Minute, in der wir uns unterhalten. Ich weiß es noch nicht, und es wäre furchtbar für mich, unbeschreiblich. Alle unsere Frauen stehen an der Front … in der Heimat mehr als Ihre Renate in Rom! Wenn sie wirklich zum Monte Cassino kommt, ein Teufelsmädchen, das sich durchschlägt durch alle Sperren und über alle Gesetze und Befehle hinweg, wenn sie wirklich bei Ihnen unten im Lazarettkeller steht

und Deutsche, Inder, Maori und Marokkaner mit Ihnen zusammenflickt … Mensch, Doktor, dann seien Sie glücklich, sie hier zu haben, unter Ihren Augen, in Ihren Armen … Meine Frau sitzt allein in Hamburg in einem Kellerloch, und sie wird, wenn es Gott will, unter einer Bombe sterben, auch allein.
Was glauben Sie, wie glücklich sie wäre, wie glücklich ich wäre, wenn wir zusammen in diesem Loch säßen und zusammen stürben oder zusammen überlebten … Dieses Gemeinsame ist das Schönste, was wir Menschen haben. Solange es das gibt, kann mir auch der mörderischste Krieg nicht den letzten Funken Achtung vor den Menschen rauben. Dieses wundervolle Wir in dieser Welt, diese zauberhafte Verschmelzung von Du und Ich zu einem einzigen – Doktor Pahlberg, das ist eine Entschädigung für alle Anklagen, die wir gegen Gott bereithalten.«
In der Nacht schrieb Dr. Pahlberg einen Brief an Renate. Als er fertig war, zerriss er ihn wieder und verbrannte die Schnitzel. Es waren hohle, dumme Worte, die sie doch nicht erreichen würden. Bald werde ich bei dir sein …
Mit zitterndem Herzen wartete Dr. Pahlberg.

In dieser Nacht, die still war, nicht einmal unterbrochen durch das nächtliche Streufeuer der amerikanischen Artillerie oder das Störfeuer der im Tal stehenden Panzer, hockten Theo Klein und Heinrich Küppers außerhalb ihrer kleinen Steinfestung und kochten Kaffee.
Dieses Kaffeekochen war ein Meisterwerk an Tarnung. Da es verboten war, durch Feuerschein dem Gegner die Stellungen zu verraten, andererseits man auf kaltem Wege keinen Kaffee kochen konnte, hatten Theo Klein und Heinrich Küppers einen so genannten ›Kochbunker‹ gebaut.
Er bestand aus den ehrwürdigen und oft gesegneten Steinen der Basilika und des Refektoriums und sah aus wie ein eckiger Iglu der Eskimos. In dieser aufgeschichteten Steinhöhle, deren Innenraum entgegen allen statischen

Gesetzen nicht einstürzte, hockten die beiden Wackeren um einen gemauerten kleinen Herd, dessen Feuer wiederum, als doppelte Sicherheit sozusagen, mit dem breit gehämmerten Blech eines zerschossenen MG-Munitionskastens bedeckt war, was eine schöne, leicht glühende Kochplatte ergab und die Flammen gedämpft hielt. Auf dieser Kochplatte stand der Kessel mit dem summenden Kaffeewasser.

Feldwebel Maaßen und Müller 17 hatten Außenwache, Josef Bergmann half, die Trägerkolonnen, die den Berg hinaufkeuchten, abzuladen, Hauptmann Gottschalk und Leutnant Weimann befanden sich bei einer Besprechung beim Kampfkommandanten Major v. Sporken ... es war also niemand da, der das Idyll stören konnte. Ein Kaffeestündchen, das die kalte Nacht erwärmte.

»Was uns fehlt«, stellte Theo Klein genießerisch fest, »sind 'n paar Mädchen, die uns kitzeln.« Er stieß Küppers an, der langsam das sprudelnde Wasser in die Kochgeschirre verteilte. Es duftete herrlich nach Kaffee. Es war fast friedensmäßig. »Wie ist das nun mit dir? Biste nun geschieden?«

»Ja.«

»Hm. Weil du deine Alte verdroschen hast? Und weil du fremdgegangen bist? Und weil du ein Aas warst, immer besoffen im Urlaub, randaliert, geil wie ein Bock, das ganze Geld an der Theke gelassen ...«

Küppers schob Klein das gefüllte Kochgeschirr mit dem duftenden Kaffee zu. »Hast du die Scheidungsbegründung auswendig gelernt?«

»Ich kann mir denken, was da alles zusammenkommt bei solch einer Scheidung.« Theo Klein schlürfte und zuckte zurück. Fast warf er das Kochgeschirr weg.

»Verdammt! Jetzt habe ich mir die Fresse verbrannt!« Er stellte das Kochgeschirr neben sich, damit es abkühlte. »Nun sag mir nur eins, Heinrich. Du bist doch ein Bombenkerl. Du bist doch ein Pfundskamerad! Du bist mein

Freund! Warum hast du das mit der Alten so gemacht?!«
»Das musst du mich fragen? Gerade du?!« Küppers starrte in die Nacht und in die Trümmer vor sich. »Ich weiß ja selbst nicht, warum ich so war. Das Erlebnis von Kreta? Die Schlacht bei Korinth? Das haut einen seelisch um, Theo. Das verändert den Menschen. Und dann kommst du nach Hause, und alle sagen: Ah! Der Heinrich! Der Fallschirmjäger! Der grüne Teufel! Mensch, eure Truppe ist 'ne Wucht. Immer 'ran an den Feind, kein Pardon, mit Kappmesser und Spaten auf den Dez, dass die Gehirne fliegen! Und du bist Unteroffizier in einer solchen Truppe. Kerl, dann musste ja ein ganz besonderer Draufgänger sein! Ja, so sehen dich die in der Heimat, so denken sie von den Fallschirmjägern! Rabauken sollen wir sein! Messerhelden! Und sie schleppen dich an die Theken, die saufen mit dir und verlangen, dass du so bist, wie sie dich sehen wollen! Mit Kappmesser und Spaten 'rauf auf den Dez! Und wenn du besoffen bist, Theo, ist dir alles scheißegal ... dann bist du so, wie die anderen das wollen, und du schreist und schlägst um dich und du hurst, dass die Fetzen fliegen ... und wenn's bei der eigenen Frau ist. Das fällt dir im besoffenen Kopf gar nicht auf. Und eines Tages stehst du draußen, keiner will mehr was von dir wissen, dem Schwein, dem Untermenschen, dem Schlächter. Du wirst geschieden, du bekommst einen Tritt in den Arsch von denen, die dich erst zu dem gemacht haben ... Tja, und dann bist du froh, dass Krieg ist, dass du von all dem nichts mehr hörst und siehst, sondern nur deine Kameraden hast, die mit dir im Dreck liegen, mit dir leiden, mit dir sterben, die dich verstehen und schweigen.«
Theo Klein starrte Küppers an. In seinem groben Gesicht zuckte es.
»Heinrich«, sagte er leise. Seine Stimme schwankte. »Ich könnte heulen, wenn ich dich so reden höre. Verdammt, ich könnte heulen. Haste das denn nicht alles deiner Frau

gesagt? Mensch, das muss eine Frau doch verstehen … das muss sie doch verzeihen können. Wir sind doch alles Kinder ohne Mütter, Heinrich. Große Kinder, die keine Liebe haben, die keine Liebe kennen, nur den verfluchten Puff mit seinen geschminkten und stinkenden Weibern. Und nachher musste zum Sani gehen und dir 'ne Sanierspritze geben lassen, weilste nie weißt, ob du bei so einer gewesen bist! Dat is doch unsere ganze Liebe, die wir kennen. Warum haste deiner Frau denn nichts gesagt?«
»Sagen?« Küppers wischte mit der Hand durch die kalte Luft. »Theo … zum Sagen hat man keine Zeit mehr, wenn alles zum Teufel ist. Die Liebe, das Vertrauen, die Sehnsucht, die Achtung voreinander. Was soll man da noch groß sagen? Es ist Krieg, Theo, und der Mensch wird im Krieg zur Sau gemacht. Vor allem Menschen wie wir … wir Menschen im Schatten. Wir Parias, deren Hintern dazu da ist, dass man in ihn hineintritt! Warum sich auflehnen? Warum durch Reden wiedergutmachen, was du durch Taten unrettbar zerstört hast?«
»Aber dein Kind, Heinrich.«
»Der Junge ist bei meiner Frau. Leni wird gut für ihn sorgen. Er wird einmal anders werden als ich … dafür kenne ich Leni zu gut. Und ich wünschte es auch, dass er mehr von ihr als von mir bekommen hat.«
Theo Klein tauchte den Zeigefinger in den Kaffee. Er war noch zu heiß. »Und du willst sie nie wiedersehen?«
»Nein. Wozu? Zu einer Aussprache? Vielleicht nach Jahren? Zwei Fremde, die einmal vor soundso viel Monaten – man kann es kaum noch errechnen – zusammen im Bett lagen und zusammen schliefen? Dinge, die man am nächsten Morgen abwaschen kann und die man vergisst, weil die Seele sie nicht mehr aufnahm, diese tote, abgestorbene, wie ein verfaulter Baum zusammenbrechende Seele? Das ist keine Bindung mehr, weder für den einen noch für den anderen!«

Am Morgen des 18. Februar war die Verbindung zum Befehlsstand Oberst Stuckens unterbrochen. Der Zufallstreffer eines indischen Granatwerfers hatte die Kabel völlig zerrissen. Von den Höhen 444 und 569 gingen die Gurkha langsam zurück. Schon in den frühen Morgenstunden räumten sie die Felsen und sickerten einzeln oder in Gruppen zu ihren Ausgangsstellungen durch, verfolgt von dem wütenden MG-Feuer und den Nebelwerfern der deutschen Fallschirmjäger.

Der dritte Ansturm General Freybergs gegen den Monte Cassino war fehlgeschlagen. Trotz Zermalmung des Klosters, trotz restloser Vernichtung der Stadt Cassino, trotz eines unvorstellbaren Hagels von Bomben und Granaten auf die deutschen Bergstellungen brach der Angriff kläglich zusammen.

Die Welt horchte auf … selbst die Alliierten waren sprachlos und die Presse bescheinigte, dass es den deutschen Fallschirmjägern gelungen sei, ein Inferno zu überleben und als ein verlorener Haufen, festgekrallt in die Felsen, einer ganzen Armee standzuhalten.

›Die grünen Teufel‹, so nannten sie die einsamen, ausgebluteten, hohlwangigen Kompanien, die am Monte Cassino noch einmal zeigten, zu welchen Leiden ein Mensch fähig ist.

Major v. Sporken kam in den Keller, in dem Hauptmann Gottschalk hauste und mit Leutnant Weimann gerade eine Portion Schnaps aufteilte, die mit dem letzten Essenträger in der Nacht in das Kloster gekommen war. In eine Reihe Kochgeschirre wurde gewissenhaft die gleiche Menge gegossen, abgemessen mit dem Deckel. Jedes Kochgeschirr gehörte einer Gruppe.

»Bei Ihnen riecht's wie in einer Budike«, stellte v. Sporken fest. Er setzte sich auf eine Munikiste und roch an einem Kochgeschirr.

Korn«, stellte er fest. »So genannter Münsterländer. Mit Zuckercouleur gefärbt.«

»Möchten Sie ein Gläschen, Herr Major?« Gottschalk schob ihm den Becher seiner Feldflasche zu. v. Sporken winkte ab.
»Danke. Nein. Ich wollte keinen Fusel von Ihnen, lieber Gottschalk, sondern einen Mann.«
»Einen Mann?«
»Meine Leitungen zur Division und zu allen anderen Stellen sind völlig zerfetzt. Ehe ich die Störungssucher losschicken kann und ehe sie mir im Feuer die Leitungen flicken, kann wer weiß was geschehen sein! Ich brauche einen Melder … einen Freiwilligen, der es wagt, sich bei Tag zum Divisionsgefechtsstand durchzuschlagen. Früher war das ein Spaziergang – da war die Division schon tiefste Etappe. Aber Stucken liegt unterhalb des Berges zur Albaneta hin, mitten im amerikanischen Panzerstreugebiet. Der Mann, den Sie losschicken, muss Nerven haben, Gottschalk. Und vor allem unverheiratet! Die Sache ist eine Art Todeskommando, darüber sind wir uns klar.«
»Theo Klein«, meinte Leutnant Weimann, ohne zu zögern.
»Ich überlasse es ganz Ihren Leuten, Gottschalk.« v. Sporken erhob sich. »Der Mann soll sich in einer Stunde bei mir melden.« Er hielt die Hand hin. »So, und jetzt geben Sie mir mal einen Schluck von dem Zeugs!«
Er trank den Becher in einem Zug leer und stapfte durch die Trümmer seinem Gefechtsstand zu.
Eine Stunde später meldete sich der Unteroffizier Heinrich Küppers.
Dieser Meldung ging ein wilder Kampf voraus. Wie nicht anders zu erwarten war, hatte sich Theo Klein sofort gemeldet. »Vielleicht gibt's im Tal was zu organisieren«, hatte er zu Küppers gesagt. »Und wenn es Muckefuck ist – – gebrauchen können wir alles! «
Er war wie vor den Kopf geschlagen, als sich Küppers auch meldete. Theo Klein sah Hauptmann Gottschalk treuherzig an.

»Der Herr Unteroffizier ist verheiratet!« sagte er. »Es sollen sich nur Ledige melden.«
»Ich bin geschieden und damit ledig«, argumentierte Küppers.
»Er hat ein Kind!« schrie Klein.
»Das Sorgerecht hat meine Frau zugesprochen bekommen.«
»Knobeln!« brüllte Theo Klein.
Und sie knobelten. Leutnant Weimann saß als Zeuge dabei. Es war eine Szene wie in einem mittelalterlichen Lager, in dem zwei Landsknechte um Köpfe würfelten. Beim dritten Gang gewann Heinrich Küppers …
Grollend begab sich Klein an sein MG zurück und trank vor Wut den letzten Kaffee aus dem Kochgeschirr.
Major v. Sporken betrachtete den zerschundenen Unteroffizier in der zerrissenen Kombination mit den eingefallenen Backen.
»Sie sind völlig ungebunden?« fragte er. »Keine Angehörigen mehr? Keine Braut? Keine Kinder?«
»Nein, Herr Major.«
Er log mit unbewegtem Gesicht. Keine Kinder? Nein. Er hatte kein Kind mehr. Laut Beschluss des Landgerichts, Aktenzeichen 346/44 – L 23/J 345, wurde das Kind der schuldlos geschiedenen Mutter zugesprochen. Als Vormund wurde ein entfernt wohnender Onkel von Frau Küppers eingesetzt. Schluss! So hat man kein Kind mehr. Ein Aktenzeichen und ein Beschluss. Man ist nicht mehr würdig, Vater zu sein. Ein Mensch, der säuft, schlägt, hurt und verwahrlost, hat nie ein Kind gezeugt. Und wenn, dann war es ein Irrtum, den man mit einem Aktenzeichen schnell bereinigt.
»Sie haben überhaupt keine Anverwandten mehr?«
»Doch. Eine Großtante in einem Damenstift«, sagte Küppers voll grausamen Humors. v. Sporken unterließ es daraufhin, weiter zu fragen.
»Sie wissen, was Ihnen blüht, Unteroffizier? Sie müssen die Meldungen, die ich Ihnen mitgebe, heil zu Oberst Stucken

durchbringen. Sollten Sie gefangen genommen werden, so ist es Ihre erste Pflicht, diese Papiere zu vernichten. Und wenn Sie sie auffressen … das ist das sicherste Mittel.«
»Jawoll, Herr Major.«
»Sie müssen siebenhundert Meter durch Gelände, das eingesehen wird und unter ständigem Beschuss liegt.« v. Sporken stockte. »Ich sage es Ihnen offen, Unteroffizier. Zu diesem Weg kann ich niemanden befehlen. Das wäre Mord! Sie haben ohne weiteres das Recht, auch jetzt noch von Ihrer Meldung zurückzutreten.«
»Nein, Herr Major. Ich gehe.«
»Gut!« v. Sporken übergab Heinrich Küppers eine kleine Meldetasche. Nur ein paar dünne Zettel lagen darin. Meldungen mit der Stärke der Besatzung des Klosters, Berichte über den Stand der Bewaffnung, der Munitionsvorräte, der Lazarettmittel. Dinge, die in der Hand des Gegners von ungeheurem Wert waren, weil sie zeigten, dass nur eine Hand voll Fallschirmjäger die Trümmer des Klosters verteidigte und nicht einige Bataillone, wie Freyberg an General Alexander meldete, um seine Schlappen wenigstens etwas zu motivieren. »Die Meldungen, sind auf Seidenpapier geschrieben, Unteroffizier. Sie können Sie also hinunterschlucken und zerkauen.« Er gab Küppers die Hand. »Soll ich sagen: Gott mit Ihnen!?«
Heinrich Küppers presste die Lippen zusammen. »Es geht vielleicht auch so«, sagte er aufsässig.
Mit Gott, dachte er. Gott hat mir nie geholfen. Gott war nie da, wenn ich ihn brauchte. Wo ist er überhaupt? Bei Leni, während der Scheidung? Bei dem Jungen, wenn man ihm später sagt: Dein Vater war ein Lump. Denk nicht mehr an deinen Vater … es ist besser, du sagst, du würdest ihn gar nicht kennen. Es ist ja alles so dreckig in diesem Leben, so widerwärtig.
Major v. Sporken blickte Küppers nach. Er schüttelte leicht den Kopf. Der Mann ist verbittert, spürte er. Aus dieser Verbitterung heraus macht er den Meldegang, viel-

leicht in der Hoffnung, auf der Strecke zu bleiben. Einen Augenblick hatte er den Drang, den Unteroffizier zurückzurufen und einen anderen Melder zu nehmen. Aber er zögerte zu lange; als er rufen wollte, war Küppers schon in den Trümmerbergen verschwunden und wand sich außerhalb der Mauer durch die zerklüfteten Felsen.

An einem Knick des Saumpfades, der um die Höhe 569 führte, hatte sich der Gurkha-Korporal Tandi Meheranhi häuslich eingerichtet. Er lag im toten Winkel der MG-Salven vom Klosterberg, hatte seine Maschinenpistole vor sich auf einem Stein liegen und war dabei, aus dem Zellophanpäckchen der amerikanischen Truppenverpflegung eine Stange gepresster Früchte zu angeln, um sie in aller Ruhe als Frühstück zu essen. Er war einer der letzten Inder, die noch auf der Höhe 569 saßen … die Mehrzahl des Angriffsbataillons war bereits zurückgegangen, bis auf die Nachhut, der er angehörte und die die Aufgabe hatte, den Deutschen so etwas wie eine Besetzung des Felsens vorzutäuschen.

Er kaute mit vollen Backen seine Früchtestange und strich sich über den struppigen schwarzen Bart, den Stolz seiner indischen Heimat, als Heinrich Küppers ebenso arglos über den Saumpfad abwärts stieg, um in einem Bogen Albaneta zu erreichen.

Bis jetzt war der Meldegang ein Kinderspiel gewesen. Er hatte die berüchtigte Todesschlucht, durch die die Träger zum Monte Cassino mussten, südlich liegen lassen und klomm in den Bergen herum, sich wohl überlegend, dass ein einzelner Mann auf diesem Wege eher eine Aussicht hat als eine Trägerkolonne, die einen ausgetretenen Pfad gehen musste.

Es ist fast ein Kinderspiel, dachte er. Räuber und Schutzmann, wie wir es immer spielten. Nur nicht sehen lassen, nur nicht kriegen lassen, immer schön Deckung nehmen und die Augen offen halten. Major v. Sporken wird sich wundern, wenn ich ihm schildere, wie leicht so ein Mel-

degang ist, wenn man nicht dusselig durch die Feindeinsicht spaziert.
In diesem Augenblick bog er um die Felsnase des Saumpfades und stand dem auf der Erde hockenden und kauenden Korporal Tandi Meheranhi gegenüber.
Für Sekunden waren sie beide starr. Sie stierten sich an wie Wesen einer fremden Welt, der Inder und der Deutsche. Er hat einen graugelben Turban, durchfuhr es Küppers. Darunter ein braunes, schmales Gesicht mit einem wuscheligen schwarzen Bart. Und er frisst an einer Stange. Seine MPi liegt neben ihm auf einem Stein. Er erfasste das mit einem Blick und duckte sich.
Tandi Meheranhi sah die plötzlich auftauchende Gestalt vor sich gegen den blauen Himmel. Eine weit um den Körper schlotternde Uniform, Schnürstiefel, ein unrasiertes, schmutziges, lehmgraues Gesicht, darüber ein runder, randloser Stahlhelm mit einem dünnen Tarnnetz. Ein deutscher Fallschirmjäger! Ein grüner Teufel! – Meheranhi schnellte empor.
Es war nur eine Sekunde des Zögerns auf beiden Seiten, ein verwundertes Blinzeln, ein Wimpernschlag der Überraschung. Dann sprang Küppers wie eine Katze auf den Inder und schlug ihm mit der Handkante gegen die Halsschlagader. Es war ein unhörbarer Schlag, geübt in der Nahkampfschule an Sandsäcken und Stoffpuppen. Bopp, hört es sich an. So, als wenn man auf einem Holzklotz einem Huhn den Kopf abschlägt.
Meheranhi schwankte. Seine Augen wurden glasig. Er riss den Mund auf, er wollte schreien, aber der Schlag gegen die Halsschlagader nahm seinem Gehirn das Blut. Er griff um sich und knickte ein. Noch einmal schlug Küppers zu – trocken, genau gezielt, diesmal mit der geballten Faust unter das bärtige, spitze Kinn. Sei es, dass der Bart den Schlag hemmte oder der fallende Körper ihm auswich … Tandi sank auf die Knie und riss mehr aus Instinkt als bewusst seinen Kris, das dolchartige Messer, aus dem Gürtel.

Heinrich Küppers sah den Stahl in der Morgensonne blitzen, er warf sich mit der vollen Wucht seines Körpers auf den Inder, drückte den Zuckenden auf die Erde, lag über ihm und drehte ihm das Messer aus der Hand. Dann hob er den Dolch über seinen Kopf, beugte den Oberkörper etwas zurück und stieß die spitze Waffe Meheranhi in die Brust.

Mit großen braunen, starren Augen sah Tandi seinen Gegner an. Es war ein Blick des Erstaunens, der Blick eines Tieres, das nicht begreift, was mit ihm geschieht. Er tastete mit der rechten Hand nach dem Griff des Kris und versuchte, ihn aus der Brust zu ziehen; er röchelte dabei und spuckte blutigen Schaum aus.

Heinrich Küppers stand schwer atmend vor ihm. In seinen Ohren sang das Blut, er spreizte die Finger, als ekele er sich vor der gegenseitigen Berührung seiner Glieder. Zum ersten Mal hatte er einen Menschen getötet. Nicht mit dem Gewehr, aus weiter Entfernung schießend, sondern mit seiner Hand, mit seinen Fingern, einen Menschen, der warm unter ihm lag und ihn jetzt mit dem ganzen Aufschrei des Unglücks in seinen Augen ansah.

Meheranhi zog an dem Kris, er spuckte Blut, er wollte schreien … Nur das nicht, nicht schreien, nur nicht schreien wie ein Tier, durchjagte es Küppers. Er schloss die Augen, ein Schauer durchlief seinen Körper, ein Würgen erstickte ihn fast, ein Würgen des grenzenlosen Ekels vor sich, der Welt, den Menschen, vor allem. Er hob den Fuß und setzte ihn auf das Gesicht Tandis. Mit der dicken Gummisohle seiner Springerstiefel drückte er den Kopf Meheranhis in die Steine, mit dem anderen Fuß stellte er sich auf den Arm, der nach dem Kris tastete. Der Körper unter ihm zuckte wild, es war, als schlüge er mit den Beinen um sich … Küppers sah es nicht. Mit geschlossenen Augen, fast ohnmächtig vor Ekel, stand er auf dem blutigen Gesicht Tandis und wartete, bis der Körper still lag und Meheranhi gestorben war.

Er sah nicht mehr hin, als er sich abwandte und weiterging. Man hatte keinen Laut gehört, getreu der Nahkampfschule, einen Gegner mit allen Mitteln lautlos zu töten. Der Weg ins Tal war frei. Die Meldungen Major v. Sporkens würden ihr Ziel erreichen.
Schwankend ging Küppers weiter.
Er hat mich angesehen … mit großen braunen Augen. Ungläubig, sprachlos … und ich habe meinen Fuß auf diese Augen gestellt und seinen Kopf in die Erde gepresst. Ich Schwein, ich verfluchtes Schwein. Ich Mörder! Ich habe einen Menschen umgebracht, mit meinen Händen, mit meinen dreckigen Fingern, mit meinen Stiefeln. O Gott, o mein Gott! Und er hat die Lippen bewegt, er hat den Mund aufgerissen – vielleicht wollte er um Gnade bitten, vielleicht flehte er mich an, mit blutigem Schaum vor den Lippen, mit bettelnden Augen … Lass mich leben, Kamerad. Lass mich bitte, ich habe eine Frau und vier Kinder in Lahore … Lass mich leben, Sahib … Und ich habe meinen Fuß auf die bettelnden Lippen gesetzt, auf die traurigen Rehaugen und habe ihn in die Erde getreten, den Dolch in der Brust lassend und seine tastende Hand wegtretend. O ich Schwein, ich erbärmliches Schwein …
Halb irr traf er bei Oberst Stucken ein und übergab ihm die Meldetasche.
Stucken starrte den Unteroffizier an.
»Sie sind vom Monte Cassino gekommen? Durch die feindlichen Linien? Allein? Mensch, Unteroffizier!«
Er drückte Küppers die schlaffe Hand. Von der Breyle kam herein, Oberst Stucken zeigte auf Küppers.
»Vom Kloster gekommen! Allein!« sagte er mit stolzer Stimme. »Das sind meine Jungs!« Und zu Küppers gewandt, setzte er ehrlich hinzu: »Ich werde mir Ihren Namen merken, Unteroffizier!«
Vor der Tür, allein an einem Baum, weinte Küppers wie ein kleines Kind.

VIERTES BUCH

Natura deficit, fortuna mutatur, et deus omnia cernit.
(Die Natur lässt uns im Stich, das Glück wechselt, und Gott beschaut sich alles dies.)

HADRIANUS IMPERATOR

Nach dem Rückzug der sechs Sturmbataillone General Freybergs und den großen Verlusten der Inder trat am Monte Cassino eine Waffenruhe ein.
Der Winter brach noch einmal über das gequälte Land herein. Wolkenbrüche verwandelten die Straßen, Wege und Felder wieder in riesige Schlammseen, in denen die amerikanischen und deutschen Panzer einsanken und hoffnungslos liegen blieben. Der Nachschub quälte sich über Straßen russischen Formats, von den Abruzzen her zogen Schneestürme und legten sich wie eine mildtätige Decke über den Monte Cassino und seine Wunden.
General Alexander hatte die Vergeltung für die Schlappe Freybergs auf den 24. Februar angesetzt. Sie sollte mit einem Bombardement und einem Artilleriefeuer eingeleitet werden, wie es die moderne Kriegsgeschichte noch nicht gesehen hatte.
Nun regnete es, die Artillerie blieb auf den grundlosen Straßen stecken, die Munitionsschlepper von den Häfen Neapel und Salerno fuhren sich fest, die Meteorologen der Luftflotte untersagten jede Lufttätigkeit und rechneten mit einem Abflauen des winterlichen Wetters erst Mitte März.
Die Front schlief ein. Nicht vollständig … dafür war Krieg, und man musste etwas tun, um dessen Berechtigung zu beweisen. Spähtruppunternehmen, Ausbau der Stellungen, kleine Bunkerangriffe, Kommandotrupps, Störfeuer, Beschuss des Nachschubs und vor allem die

Festigung der erreichten Vorteile bildeten die Hauptaufgaben der stillen Wochen.
Es war, als hielte der Krieg einen Augenblick den Atem an, als verschnaufe er sich etwas, tränke eine kühle Erfrischung und rüste sich zu einem neuen, noch schrecklicheren Ansturm gegen den Klosterberg und seine todesmutigen Männer.
Heinrich Küppers war am nächsten Tag schon wieder in den Ruinen Monte Cassinos aufgetaucht, hatte Major v. Sporken einen Packen Meldungen und sogar Feldpost mitgebracht und lag nun neben Theo Klein in dem MG-Nest, das durch Zeltplanen gegen den strömenden Regen geschützt war.
Theo Klein war denkbar unzufrieden.
»Nichts mitgebracht!« maulte er. »Nicht mal ein Päckchen Puddingpulver oder ein Paket Muckefuck. Und so was schickt man los! Warum biste eigentlich losgetrabt, was?!«
»Halt's Maul, Theo!« Küppers starrte in den Regen.
Die Augen, dachte er. Diese flehenden, braunen Augen.
Er kam nicht von ihnen los. Er träumte des Nachts von ihnen und wachte auf, weil ihn Theo Klein in die Seite stieß und knurrte: »Halt 'n Rand, Heini! Jetzt brüllt der auch noch in der Nacht!«
»Hast du schon einmal einen Menschen getötet, Theo?« fragte er leise. Theo Klein drehte sich erstaunt um.
»Dusselige Frage! Was tun wir denn den ganzen Tag?!«
»Nicht so, Theo. Nicht mit der Flinte. Da siehste se nur purzeln. Sie werfen die Arme hoch, oder sie fassen sich dahin, wo's eingeschlagen hat, fallen um und sind weg. Vielleicht schreien sie auch mal ... aber du siehst es nur, sie sind weit weg. Ich meine ... hast du schon einmal einen mit deiner Hand getötet?«
»Auf Kreta. Beim Nahkampf. Mit dem Kappmesser.« Theo Klein wischte sich über den Mund. »War eine verdammte Situation. Du oder ich, hieß es da. Da habe ich ihm das Kappmesser quer durchs Gesicht gezogen. Sah

scheußlich aus … Aber ich hatte keine Lust, schon zu sterben.«
»Und das hat dich dann auch getröstet? Du oder ich …«
»Getröstet?« Theo Klein schielte zu Küppers hinab. »Mensch, bei dir ist 'ne Schraube locker! Wozu brauchste Trost, wenn Krieg ist? Entweder der schießt, oder ich schieße. Entweder der rennt mir das Messer in den Balg, oder ich bin schneller.«
Küppers nickte. »Richtig, Theo. Aber hast du auch einmal überlegt, warum?«
»Warum? Mensch!« Er drehte sich herum zum MG und zog die Schutzhülle über den Lauf. »Ach – leck mich doch am Arsch …«
Mit Theo Klein war auf dieser Basis nicht zu reden. Er war ein Urvieh, das in einer Uniform steckte und menschliche Züge trug. Nur einmal hatten Küppers und die ganze Gruppe Maaßen an ihm eine Seele entdeckt, und sie waren so verblüfft, dass sie sich bis heute noch nicht einig waren, ob es wirklich Gefühlsregung gewesen war oder bloß ein Ausdruck dumpfer Wut. Das war, als Theo Klein nicht aus der Schlucht gehen wollte, bis man Felix Strathmann gefunden hatte, und sich wehrte und fast weinte, dass man den Jungen aufgab.
An den Hängen und zwischen der Stadt Cassino und dem Monte Cassino lagen noch die unbeerdigten Toten. Die Verwundeten hatte man, soweit man sie transportieren konnte, in Kampfpausen und unter Wahrung und Achtung der Roten-Kreuz-Fahne weggeschafft. Jetzt lagen die Gefallenen in den zerklüfteten Abhängen und würden die Luft verpesten, sobald die Sonne endgültig den Frühling brachte und die Erde warm wurde, wie es sich für süditalienischen Boden gehörte.
Als der Schneefall nachließ und die Schneedecke unter einem widerlichen Nieselregen zu schmelzen begann, erschien an der Höhe 444 wieder eine große weiße Fahne mit dem Zeichen des Lazaretts.

Eine Gruppe Männer in langen Mänteln mit Bahren und Ambulanzkästen kletterte über die zerschossenen Felsen und suchte das Kampffeld ab.
Major v. Sporken sah von der Klostermauer aus dem Treiben zu. Dr. Pahlberg wies auf eine Gruppe, die sich über einen in einem Loch liegenden Körper beugte, ihn herauszog und sich um ihn bemühte. Ein Arzt rannte über die Felssteine und ließ neben der Gruppe eine Lazarettfahne in die Erde stecken.
»Sie haben noch einen Verwundeten gefunden«
v. Sporken nickte. »Hoffentlich rettet die Menschlichkeit, was das Unmenschliche zerstörte. Sie sollten auch mit einer Kolonne losziehen und suchen.«
»Wir haben keine Verletzten mehr am Berg.«
»Aber in der Todesschlucht liegen mindestens 30 Träger. Man sollte sie bergen und hier im Kloster begraben.«
»Da haben Sie Recht, v. Sporken. Nutzen wir die Minuten der Besinnung aus. Ich werde sofort gehen.«
Als Dr. Pahlberg mit seiner Kolonne, auch die Rote-Kreuz-Fahne vorantragend – Krankowski trug sie wie eine Standarte – den Berg hinabstieg, winkte ihnen ein Mann aus der Kolonne der Gegner entgegen. Er löste sich aus der Gruppe um den Verwundeten und kam den Deutschen entgegen. Um den Ärmel seines Mantels trug er die weiße Armbinde, eine flache Mütze, durch den Regen etwas aufgeweicht, bedeckte den runden Kopf. Ein Amerikaner.
Dr. Pahlberg verhielt den Schritt. Er stellte sich vor seine Fahne und hob grüßend die Hand an den Helm.
»Stabsarzt Pahlberg«, stellte er sich korrekt vor.
Der Amerikaner grüßte zurück. »Captain Bolton. Bataillonsarzt.«
Sie reichten sich die Hand, kameradschaftlich, mit einem festen Druck
»Sie sprechen Deutsch?« fragte Dr. Pahlberg.
»Ja. Mein Großvater war Deutscher.« Dr. James Bolton lächelte schwach.

»Er stammte aus Württemberg, aus Ludwigsburg.« Er hob die Schultern, der Regen lief in einem Bach über seinen Kragen die Brust hinunter. »Man darf nicht darüber nachdenken, Kamerad.«
Das Wort Kamerad riss Dr. Pahlberg empor. Er sah in die Augen des Amerikaners, und sie wussten, dass sie sich verstanden.
»Kann ich Ihnen irgendwie helfen?« fragte Pahlberg mit belegter Stimme.
»Vielleicht. Darum komme ich zu Ihnen. Ich bin Internist. Am Massachusetts-Hospital in Boston. Wir haben einen schweren Fall gefunden. Er wäre zu retten – aber nicht durch mich. Ich gebe es offen zu. Sind Sie Chirurg, Kamerad?«
»Ja, Mr. Bolton.«
»Darf ich Sie bitten, zu kommen?« Er reichte Pahlberg im Regen eine Schachtel Zigaretten hinüber. Camel. Die Hand schützend über die Packung haltend, zog Pahlberg mit den Fingern eine hervor und brannte sie unter seinem Mantel mit dem Feuerzeug an. Gierig sog er den süßlichen Duft des Virginiatabaks in die Lunge, diese erregende Mischung der Fermentierung aus Beize und Feigen.
Sie kletterten über die Felsen und traten an das Granatloch heran, auf dessen Rand der Verletzte, ein junger, schmaler Inder, lag. Zwei Sanitäter knieten neben ihm und pumpten ihm im Regen aus zwei Flaschen Blutkonserven neues Blut in die Vene. Eine Transfusion an einem Trichterrand. Bewundernd sah ihnen Dr. Pahlberg zu.
»Sie sind glücklicher dran als ich, Bolton«, sagte er wehmütig. »Sie haben Blutkonserven, Sie verfügen über die besten Arzneimittel, Sie haben bestimmt in Neapel ein Lazarett, mustergültig wie aus einem Lehrbuch der Chirurgie, einen OP, der in jeder Universitätsklinik stehen kann, mit Überdrucknarkose, Sauerstoffzelt, Eisernen Lungen.«
»Das stimmt.«

»Und ich habe nichts, gar nichts als meine Hände und ein bisschen Selbstvertrauen. Das ist verdammt wenig.«
Bolton legte die Hand auf seinen nassen Arm. »Ich wäre Ihnen immer dankbar, wenn Sie uns dieses ›bisschen‹ zur Verfügung stellten.«
Die amerikanischen Sanitäter sahen den deutschen Arzt mit neugierigen Augen an. Der runde, randlose Helm wies ihn als einen der grünen Teufel aus. Seine lange, schlanke Gestalt schien halb verhungert zu sein, die Backen waren eingefallen und bildeten unter dem Schläfenbein ein Loch. Die amerikanischen Sanitäter blinkten sich zu. Während sich Pahlberg über den Verletzten beugte, traten sie zur Seite und griffen in die Taschen ihrer Mäntel und in die mitgenommenen Beutel. In einer Zeltplane sammelten sie die Gegenstände … Packungen mit Zigaretten, Tafeln Schokolade, Breakfast- und Dinner-Päckchen, gepressten Tee, flache Schachteln, Nescafé, Fruchtstangen, Kekse, einige Dosen eingedickter Milch, kleine graue Dosen mit Marmelade, Ei mit Schinken, Schweinefleisch, Thunfisch und Nussbutter. Sie legten die Zeltplane zur Seite an einen Stein und gingen zurück zu den beiden Ärzten, die den Verwundeten auf eine Bahre gelegt hatten und ihm die Uniform aufschnitten. Vier Sanitäter, unter ihnen Krankowski, hielten eine große Plane als Regenschutz über die Bahre, unter ihr konnten die Ärzte halbwegs trocken den jungen Inder entkleiden.
Dr. Pahlberg sah Dr. Bolton kritisch an.
»Nierenschuss. Die linke Niere ist zerrissen. Sie muss exstirpiert werden.«
»Bitte!« Bolton nickte.
»Er muss sofort ins Lazarett!«
»Das überlebt er nicht! Er liegt hier bestimmt schon zwei Tage. Bis er operiert werden kann – in Neapel vielleicht vergehen noch einmal zwei Tage! Bei diesem Wetter können wir ihn nicht mit dem Laz-Flugzeug herausfliegen. Bis dahin aber ist er tot. Wenn nicht an der Wunde, so an

einer unaufhaltsamen Urämie.« Dr. Pahlberg atmete erregt. Die Amerikaner umstanden ihn. Sie sahen ihn an, hoffend, abwartend, vertrauend.
»Haben Sie genug Blutkonserven?« fragte er.
»Ja.« Bolton sah die Entschlossenheit in Pahlbergs Augen und bekam plötzlich Angst vor dieser wahnsinnigen Situation.
»Verbandmaterial?«
»Genug! Fehlt Ihnen?«
»Ja.«
»Ich überlasse ihnen alles, was wir hier übrig behalten.«
»Danke, Mr. Bolton. Adrenalin?«
»Auch da. Ebenso eine lange Injektionsnadel für intercardiale Injektion – falls erforderlich.«
»Sehr gut. Krankowski!«
»Herr Stabsarzt?«
»Holen Sie das große chirurgische Besteck. Schnell! Und bringen Sie zwei Handscheinwerfer mit.«
Krankowski starrte Dr. Pahlberg entgeistert an. »Sie wollen doch nicht …«, stotterte er fassungslos. »Hier … auf der Erde … im Regen … Herr Stabsarzt …«
»Laufen Sie, Mann! Sie hätten schon wieder hier sein können!« fauchte Dr. Pahlberg.
Das war bester Kommisston. Feldwebel Krankowski wetzte durch die Felsen, den Berg hinauf, rannte durch den Regen wie ein Besessener und wurde oben von Major v. Sporken abgefangen.
»Was gibt das da unten?« fragte er neugierig.
»Der Herr Stabsarzt will eine Niere exstirpieren!«
»Was?!« v. Sporken griff sich an den Kopf. »Draußen, im Regen?! Das ist ja Irrsinn! Das ist ja eine Gottversuchung! Er soll den Verwundeten hierher bringen!«
»Das geht nicht, Herr Major. Dann wäre er ja unser Gefangener!« Krankowski rannte weiter zu den Lazarettkellern.
Major v. Sporken stürzte wieder an die Mauer und beugte sich hinüber. Deutlich konnte er durch das Fernglas er-

kennen, wie Dr. Pahlberg den Verletzten zur Operation vorbereitete. Wie in einem großen OP pinselte er den vorgesehenen Operationsraum mit Jod ein … ein amerikanischer Sanitäter kniete am Kopf des Inders, Äther und Maske in der Hand, falls er durch die Operationsschmerzen aus seiner tiefen Bewusstlosigkeit erwachen sollte.
»Das ist doch unmöglich«, stotterte v. Sporken. »Mein Gott, ich hätte nie geglaubt, dass es solche Männer gibt …«
Krankowski jagte den Hang hinab. Die große Ledertasche mit dem chirurgischen Besteck pendelte in seiner Hand und riss den Körper im Laufen vorwärts. Unter der großen Zeltplane, die von sechs amerikanischen Sanitätern über Pahlberg, Bolton und den Verwundeten gehalten wurde, im Wind, der den Regen schräg unter die Plane über die knienden Männer trieb, vollzog sich ein Wunder männlicher Entschlossenheit und ärztlicher Operationskunst.
»Für große Asepsis haben wir keine Zeit«, sagte Bolton, als er Dr. Pahlberg seine Instrumente aus sterilen Tüchern wickeln sah und mit Verblüffung in einem geschlossenen und sterilen Gefäß sogar zwei Gummihandschuhe bemerkte, die sich Dr. Pahlberg überzog.
Der deutsche Arzt nickte. »Das ganze Sterile ist in dieser Sekunde doch schon vorbei.« Er sah auf die Erde, auf den Regen, der von der schmutzigen Zeltplane heruntertropfte, auf seine Hände, die ungewaschen in den gelben Handschuhen staken. Er musste sogar lächeln – welche Angewohnheiten man doch beibehält, welche verschrobenen Eigenschaften. Sogar auf der Erde wird Wert auf Handschuhe gelegt. Er nahm das Skalpell, das ihm Krankowski reichte, und zeigte auf die jodbraune Stelle, in deren Mitte der Einschuss lag.
Mit einem schnellen, bogenförmigen Schnitt öffnete er die Haut und die darunter liegende Muskelschicht. Dr. Bolton klammerte ab, tupfte das wenige Blut, das hervorquoll, weg und zog dann mit scharfen Wundhaken den Einschnitt auseinander.

Keiner der herumstehenden Männer sprach ein Wort. Lautlos, gespensterhaft still vollzog sich unter ihren Augen die Rettung eines Menschen. Nur der Regen, der auf die gespannte Zeltplane klatschte, unterbrach die Feierlichkeit der Stunde; ab und zu durchfuhr ein Zittern den Körper des Verwundeten, und ein leises Röcheln hob die Brust. Der die Atmung und den Puls kontrollierende amerikanische Sanitäter nickte den Ärzten beruhigend zu. »Okay«, sagte er leise.

»Geben Sie langsam Blut«, sagte Pahlberg. Er hatte die zerrissene Niere freigelegt, und Bolton unterband nach seinen Angaben die großen Blutgefäße. Aus der Blutkonserve floss, durch einen Hahn geregelt, träge das Blut in die Armvene des Inders.

Krankowski starrte auf die Hände Dr. Pahlbergs. Nie in seinem Leben würde er diese Stunde vergessen, diese wahnsinnige Operation zwischen Felsen, Erde, Dreck und einem Regen, der alles um sie herum in einen Morast verwandelte.

»Bitte Licht!« Krankowski beugte sich über die Schulter Pahlbergs und leuchtete mit den starken Handscheinwerfern in das Innere der großen Operationswunde. Er sah die freipräparierte Niere und wusste, dass Pahlberg sie jetzt exstirpieren wollte. Die Amerikaner rollten eine Zeltplane gegen die Windrichtung an der Seite herunter und schirmten so den Sprühregen über dem Verletzten ab. Dr. Boltons Schulter war durchnässt, hier tropfte durch eine Rinne der Zeltplane gleichmäßig der Regen auf seinen Mantel. Er hatte das Gefühl, dass dieser Teil der Schulter taub und gefühllos würde, dass ein kalter Stahl sich langsam, ganz widerlich langsam in sein Schulterfleisch bohre und sich zum Knochen vortaste. Aber er blieb an der Seite Pahlbergs knien und starrte auf die Hände des Deutschen, die sicher, schnell, ohne ein Zeichen der Erregung arbeiteten, so, als läge der Patient auf einem nickelglänzenden OP-Tisch im Operationsraum III der Münchener Chirurgischen Universitätsklinik.

»Ich komme zur Exstirpation!«
Die Stimme Dr. Pahlbergs war ruhig. Er löste die zerrissene Niere, behielt sie eine Sekunde in der Hand und zeigte sie dann Dr. Bolton … ein blutiger Klumpen, in dem sich das Projektil gefangen und die Niere zerfetzt hatte. »Ein weiter Schuss«, sagte Pahlberg. »Er hatte nicht mehr die Kraft, den Körper ganz zu durchschlagen, sondern blieb in der Niere hängen. Damit hat der arme Kerl zwei Tage herumgelegen … wir können von Glück reden, wenn er nicht schon eine Urämie bekommen hat.«
Dr. Bolton nickte mit zusammengepressten Lippen. Er war selbst Arzt, ein guter Arzt sogar, den man in Massachusetts schätzte, der als ein Könner seines Faches galt und verschiedene Referate auf internistischen Kongressen gehalten hatte. Er hatte oft bei den Kollegen der Chirurgie als Coronarfachmann beratend neben dem OP-Tisch gestanden und Operationen erlebt, die später in den Fachblättern und vor allem in der Presse als Großtaten der Medizin gewertet wurden. Aber keine dieser aus dem Vollen des Materials und der klinischen Möglichkeiten schöpfenden Operationen hatte ihn so ergriffen, hatte ihn so vollkommen in den Bann geschlagen wie diese Nierenexstirpation auf der Erde des Monte Cassino im strömenden Regen eines süditalienischen Himmels.
Die amerikanischen Sanitäter sahen stumm auf die Niere, die Bolton seitwärts in den Schmutz des Weges warf. Ein blutiger Fetzen Fleisch, über den das Wasser rann und auf den der Regen mit dicken, harten Tropfen trommelte.
Krankowskis Hand mit den Scheinwerfern zitterte. Dr. Pahlberg schaute auf. »Kalt, nicht wahr, Krankowski?«
»Ja, Herr Stabsarzt.«
»Wir trinken nachher einen Grog, dann wird es besser.«
»Jawohl, Herr Stabsarzt.«
Krankowski riss sich zusammen und hielt die Lampen ruhig. Er zitterte nicht vor Kälte; die Erregung der vergangenen Minuten, das Ungeheuerliche, das er erlebte, hatte

seine Nerven ergriffen und ließ seinen Körper wie in einem Krampf durchrütteln.

»Ich werde die Wunde nur tamponieren und offen halten«, sagte Dr. Pahlberg zu Dr. Bolton. »Sie bringen den Mann doch gleich in Ihr Lazarett? Die Wunde muss noch antiseptisch behandelt werden, vor allem geben Sie ihm reichlich von jenem Wundermittel, das die Amerikaner haben sollen. Von diesem Penicillin, so heißt es wohl? Ich habe davon gehört. Eine Konkurrenz unserer Sulfonamide.«

»Und besser, Herr Kollege.«

»Vielleicht. Ich kenne es nicht. Wenn der irrsinnige Krieg zu Ende ist, wird es ja wohl auch nach Deutschland kommen.«

»Bestimmt.« Dr. Bolton half bei der Austamponierung und bei dem Anlegen des dicken Transportverbandes. »Ich werde Penicillinpuder in die Wunde geben und intramuskulär täglich viermal 200.000 Einheiten.«

Dr. Pahlberg hob die Schultern. »Sie werden es wissen, Herr Kollege. Ich kann mir unter 200.000 Einheiten noch nichts vorstellen.«

Er erhob sich von den Knien, steif in den Muskeln, mit fast abgefrorenen Füßen. Die amerikanischen Sanitäter wickelten den Operierten in eine Decke, legten eine Zeltbahn über ihn und trugen ihn mit der Bahre weg zu einem kleinen Lazarettwagen, der in der Ebene wartete.

Dr. James Bolton reichte Dr. Pahlberg die Hand hin.

»Ich danke Ihnen«, sagte er schlicht.

Pahlberg lächelte schwach. Jetzt, nach der Operation, überfiel ihn die Erschöpfung. Er hatte das Gefühl, dass seine Nerven sich kräuselten wie der Wollfaden eines aufgezogenen Pullovers; durch seinen Körper lief ein Kribbeln und eine Unruhe, die sein Herz wie wahnsinnig schlagen ließ.

»Es war selbstverständlich, Mr. Bolton.«

Der Amerikaner nickte. »Es war mehr als eine Operation, Herr Kollege. Wir haben heute das Absurde des Krieges

demonstriert.« Er blickte auf seine Uhr und nickte schwer. »In einer Stunde ist die verabredete Waffenruhe zu Ende. Dann liegen Sie dort oben in dem herrlichen, auch durch Irrsinn zerstörten Kloster … ich werde dort unten in der Ebene hinter den Panzerbereitschaftsstellungen in meinem Lazarett stehen, und wir beide warten auf die zerfetzten Leiber unserer Brüder. Und sollten wir uns dann sehen, dann sind wir Feinde, lieber Kollege. Dann werden wir sogar aufeinander schießen, werden versuchen, möglichst schnell den anderen zu töten. Mit allen Mitteln der modernen Waffentechnik.« Er hielt noch immer die Hand Pahlbergs fest und drückte sie jetzt hart. »Können Sie mir sagen, warum wir dies tun? Wir sind doch Kameraden, Herr Pahlberg. Wir sind Freunde, wenn ich es wagen darf, das zu sagen. Sie wollten keinen Krieg – ich will ihn nicht. Wir beide verabscheuen ihn, denn wir sehen ihn stündlich, minütlich mit seinem wahren Gesicht – – die Toten, die Verstümmelten, die schreienden Sterbenden, die Zerfetzten, die Blinden, die Verblödeten. Und wir werden uns weiter beschießen, wir werden uns töten, wir Freunde. Warum bloß, frage ich?«
Dr. Pahlberg zog die Hand zurück. Er stand wie Bolton im strömenden Regen, durchgeweicht, von der Operation ermüdet, frierend und hungernd.
»Warum fragen Sie danach?« Seine Stimme war belegt und rau. »Wenn Sie keine Antwort auf Ihre Frage bekommen, und Sie gehen zu Ihrem Vorgesetzten und sagen ihm: ›Ich weiß nicht, warum ich andere totschieße. Ich gehe nach Hause …‹ dann wird man Sie einsperren! Wenn ich das sagen würde, würde man mich erschießen – – – wir Deutsche sind darin gründlicher. Aber auch das Kommando, das mich erschießt, würde nicht wissen, warum es schießt. Es hat einen Befehl – das ist alles! Und den führt es aus. Bedenkenlos, sachlich, gründlich … so, wie ein Befehl behandelt wird. Und selbst die, die diesen Befehl erteilen, werden im Grunde nicht wissen, warum sie

das befehlen, denn sie befehlen es nur, weil es eine Kriegsordnung gibt, ein Kriegsgesetz, ein Standrecht, ein Sonderverfahren für so genannte Feigheit vor dem Feind, unter das alles fällt, was nicht in den Kragen der Uniform ›Heldentum‹ passt... die voll geschissene Hose des vor Angst betenden und nach seiner Mutter schreienden Rekruten, der das erste Artilleriefeuer erlebt, bis zum Deserteur, der – ganz gleich aus welchen Gründen – nicht mehr mitmacht und die Truppe verlässt. Bei uns wie bei Ihnen wird das Sterben durch Paragraphen geregelt: Da steht genau in § 1 Absatz 3-5 oder §§ 45 bis 48 Absätze 3 und 8, wie Sie zu sterben haben und wie es strafbar ist, sich vor diesem Sterben zu schützen Vor allem ist es verboten, zu denken. Kritisch zu denken. Anderes Denken, wie etwa: 'ran an den Feind! oder: Dieser Bunker muss noch geknackt werden! ist erlaubt. Dieses Denken fällt unter das nationale Ethos des heldenhaften Kriegers. Das ist erwünscht, das wird im Wehrmachtsbericht genannt, dafür bekommt man Blechmarken in allen Größen und Farben und Formen, die man stolz Orden nennt. Geht man bei diesem heldenhaften Denken vor die Hunde – kleiner Lungenriss oder zerfetztes Becken oder aufgerissene Brust oder weggesägter Schädel oder eine nette Vollkörperlähmung durch einen Rückenmarkschuss –, dann hat man auch da schon einen Paragraphen, der einen verpflichtet, dieses alles in ›stolzer Trauer‹ zu tragen für den großdeutschen Gedanken des genialsten Führers der Deutschen ... oder des Führers der Amerikaner, der Engländer, der Russen, der Franzosen ...«

Dr. James Bolton schwieg. Er fand keine Antwort mehr, weil Dr. Pahlberg Gedanken aussprach, die er selbst empfunden hatte, als er in Massachusetts seinen Einberufungsbefehl in der Hand hielt. Er griff nach hinten, zog die verknotete Zeltplane mit den gesammelten Büchsen und Esswaren der amerikanischen Sanitäter durch eine Pfütze und stellte sie vor Pahlberg hin.

»Bitte. Nehmen Sie das mit. Wir wollen in der Herde der dem Leitstier nachrennenden Rinder eine Ausnahme sein.«

Dr. Pahlberg sah hinab auf die Zeltplane.

»Was ist das, James?« fragte er leise.

»Frag nicht – nimm es mit und freue dich. Du kannst es gebrauchen. Wir haben genug davon.«

Sie sahen sich an. Plötzlich sagten sie James und Erich, und es war so selbstverständlich und natürlich wie nichts auf dieser Welt.

»Mach's gut, Erich.« Bolton klopfte Pahlberg auf die nasse Schulter. »Wenn der Mist vorbei ist und wir leben noch – ich wohne in Boston, 43, Lincoln Street. Ist im Süden, Erich. Ein Zimmer mit einem Bett ist immer frei. Auch Joan würde sich freuen.«

»Joan ist deine Frau?«

»Ja.« Bolton griff in die Tasche. Er holte eine Fotografie hervor. Er schützte sie mit dem Mantel vor dem Regen und zeigte sie Pahlberg. Eine junge, sehr schlanke, hübsche Frau mit kurzen Locken und schelmischen Augen. Sie trug dreiviertellange, enge Hosen und einen Pulli. »Gefällt sie dir, Erich?«

»Sehr, James. Du bist glücklich mit ihr?«

»Wie ein kleiner Junge zu Weihnachten. Ich habe sie ein Jahr nicht mehr gesehen. Sie wird krank vor Sehnsucht.«

Dr. Pahlberg griff in seinen Mantel. Er zeigte das Bild Renates. In Rote-Kreuz-Tracht, Sportschuhen, ein mildes Lächeln auf den Lippen.

»Meine Braut, James.«

»Nett. Ohne die Uniform wäre sie mir lieber. Ihr wollt heiraten?«

»Dieses Jahr noch.«

»Viel Glück, Erich.«

»Danke. Wir werden später in Kiel wohnen. Dort hatte ich eine Assistentenstelle. Auch in Kiel wird immer ein Bett frei sein, James.«

»Ich werde es nicht vergessen. Leb wohl, alter Junge.«
Er gab Pahlberg noch einmal die regennasse Hand. Sie drückten sich die Hände, fest, lange, wie ein Versprechen.
»Leb wohl, James.« Er schluckte. »In einer halben Stunde geht es wieder los.«
Dr. Bolton nickte. Er verzog das Gesicht zu einem mühsamen Lächeln. »Solltest du im Laufe der Tage Herzbeschwerden bekommen, so melde dich bei mir. Wir machen ein EKG und päppeln dich wieder auf. Schließlich bin ich Herzspezialist.«
Winkend ging er den Hang hinab. Der Regen zerstäubte fast seine Gestalt. Er sah jungenhaft aus, als er noch einmal stehen blieb und beide Arme weit schwenkend durch die Luft kreisen ließ.
Dr. Pahlberg winkte matt zurück. Ein Freund geht weg … ein neuer lieber Freund …
Nach Kriegsrecht war er ein Feind, auf den er in einer halben Stunde schießen musste.
Mit gesenktem Kopf stieg er den Berg hinauf zum Kloster.
An der Mauer erwartete ihn Major v. Sporcken. Er war wie Pahlberg völlig durchnässt und hatte mit einem Fernglas vor den Augen ausgehalten, um diese einmalige Stunde voll in sich aufzunehmen. Er ahnte, wie es im Inneren des Arztes aussah, und er vermied es, Pahlberg seine Bewunderung auszusprechen. Er sah das verschlossene Gesicht des Arztes und die Augen, die weltfern durch die Trümmer starrten.
Major v. Sporken trat aus dem Weg. »Aus solcher Stimmung werden Revolutionen geboren«, sagte er leise.
Wortlos ging Dr. Pahlberg an ihm vorbei und stieg die Treppen zu seinem Lazarettkeller hinab.

Das Oberkommando der Wehrmacht gibt bekannt:
16. März 1944
An der Südfront griff der Feind nach ungewöhnlich schweren Bombenangriffen, von starker Artillerie und

Panzern unterstützt, den Ort Cassino an. Die Angriffe scheiterten am heldenhaften Widerstand des hier eingesetzten Fallschirmjägerregimentes …
17. März 1944
In Italien griff der Gegner erneut nach heftigen Bombenangriffen mit neuseeländischen, indischen und französischen Truppen den Ort Cassino an. Eine feindliche Kräftegruppe, die in die Stadt eindringen konnte, wurde durch unsere tapferen Fallschirmjäger sofort wieder geworfen. Schwere Kämpfe sind noch im Gange …

Der Morgen des 15. März war mild, warm, sonnig, mit blauem Himmel und voller Frühlingsahnen. Am Berghang stachen die ersten Blüten aus dem spärlichen Grün hervor. Theo Klein kommentierte das mit den in der Kompanie schnell die Runde machenden Worten: »Jetzt wird's Frühling! Ich merk's, weil ich alles, was weiblich ist, anfallen könnte.«
Im Gefechtsstand Oberst Stuckens an der Albaneta hatte man andere Sorgen als Theo Kleins Sexualempfinden. Von der Breyle und auch Stucken hatten durch einen indischen Überläufer erfahren, dass Freyberg mit Unterstützung General Alexanders und der gesamten Landungsarmee, einschließlich der operativen Luftwaffe, der Panzerverbände und einer unvorstellbaren Massierung von Artillerie, zum endgültigen Schlag ausholen wollte.
Er hatte drei verlorene Schlachten wiedergutzumachen, außerdem drängte man in London und Washington energisch auf die Eroberung Roms, um das schwindende Prestige der alliierten Truppen in der Weltpresse wieder zu festigen. Der Einbruch in das Liri-Tal war dafür die erste Vorbedingung, denn nur durch das Liri-Tal als ideales Rollfeld konnte man Rom in einem zügigen Vormarsch erreichen und damit die grauenhaften Verluste rechtfertigen, die die 5. Armee bisher von der Landung bei Salerno an bis zu dem Verbluten vor dem Monte Cassino gehabt hatte.

Im Ort Cassino und auf dem Klosterberg ahnte man wenig von dem, was Oberst Stucken seit zwei Wochen schlaflose Nächte bereitete. Zwar waren die einzelnen Kompanien bis auf 30 Mann zusammengeschrumpft … das III. Bataillon bestand nur noch aus 130 Mann und wurde aus Cassino weggezogen in Ruhestellung, die 2. Kompanie des II. Bataillons meldete eine Stärke von einem Leutnant, zwei Unteroffizieren und 12 Mann, die Kompanie Gottschalks gab durch: zwei Offiziere, neun Feldwebel und Unteroffiziere und 40 Mann … aber diese Verluste konnten die einzelnen Fallschirmjäger nicht erschüttern. In Kreta bestand eine Kompanie nur noch aus zwei Mann und in Sizilien, in der Schlacht am Ätna, meldete das II. Bataillon, dass es nur noch den Bestand eines kriegsmäßigen Infanteriezuges habe.

Am 15. März 1944, gegen 8.30 Uhr, tauchte die erste Welle der alliierten Bomber über den Bergen auf, glitzernd im blauen Himmel und unter der hellen Morgensonne. Kurs Monte Cassino.
Theo Klein kochte gerade in dem Kochbunker Kaffee, als er die Welle anfliegen sah.
»Jetzt fängt die Kacke an zu dampfen!« sagte er gemächlich, löschte das Feuer unter dem Kaffeewasserkessel, nahm sein MG 42 wie ein Kind unter den Arm und kroch mit Küppers in einen halb verschütteten Keller. Mit ihm verkrochen sich wie Maulwürfe die anderen unter die Trümmer des Klosters … Maaßen, Müller 17, Josef Bergmann hockten in einem Gang, der fünf Meter tiefer verschüttet war, Hauptmann Gottschalk und Leutnant Weimann saßen auf leeren Kisten in ihrem Befehlskeller, Major v. Sporken rief noch einmal Stucken an und sagte einfach: »Sie kommen! Bomber! Auf Wiedersehen. Hoffentlich!«
Dann legte er schnell auf. Vielleicht waren es die letzten Worte, dachte er. Am anderen Ende, in einem Keller der

Albaneta, hielt von der Breyle noch den Hörer in der Hand. Oberst Stucken sah von seinen Schreibsachen auf.
»Was ist, Breyle?«
»Sporken! Die erste Welle Bomber! Auf Wiedersehen, sagte er.« Stucken sprang auf. »Es geht los?! Breyle! Sofort Verbindung zur 10. Armee!«
In diesem Augenblick krachte es am Monte Cassino und im Tal in der Stadt. Es brüllte so schrecklich auf, und die Erde schwankte bis zur Albaneta so stark, dass selbst Stucken erschrocken von der Breyle anstarrte.
»Mein Gott – welch ein Feuerschlag! Und darunter liegen meine Jungen!«
Als sich die Bombenschächte der ersten Welle schlossen, war von der Stadt Cassino kaum noch etwas zu sehen. Was noch an Häusern und Straßenzeilen gestanden hatte, das fiel mit dieser ersten Welle um wie ein Kartenhaus, verwandelte sich in einen dampfenden Trümmerhaufen, über den weit sichtbar eine riesige Wolke von Qualm und Staub hing. Unter dieser Wolke schrien und röchelten die Verschütteten und Verwundeten, rannten die Fallschirmjäger wie Hasen im Zickzack zu den Kellern, wurden die Geschütze und Panzer der deutschen Panzergruppe wie Bälle durch das Inferno geschleudert.
An dem Klosterberg war die erste Welle noch spurlos vorbeigegangen. Das Ziel hieß Cassino-Stadt. v. Sporken und Gottschalk schauten hinunter in die Hölle, die unterhalb des Berges aufbrach. Sie waren stumm vor Grauen und Entsetzen. In Abständen von 10 Minuten folgte jetzt Welle auf Welle … vier Stunden lang … nun auch auf das Kloster wie mit einer riesigen gepanzerten Faust schlagend. Das ganze Land, Häuser, Felder, Wiesen, Gärten, verwandelte sich in ein trostloses, verbranntes, totes Land von riesigen Trichtern, neben denen sich die Trümmerberge wie Hügel in die Staubwolken emporstemnten. Dazwischen lagen die Toten, die Verstümmelten, die schreienden Verletzten, hasteten die Sanitäter, versuchten Melder

durchzubrechen, um Verbindungen aufzunehmen. In einem Keller erstickten 14 Fallschirmjäger … eine schwere Bombe schleuderte einen Berg vor den Eingang des Kellers, drückte die Erde in den Keller und presste die Männer erstickend gegen die Hinterwand.
Dr. Pahlberg und Krankowski saßen an der hinteren Kellerwand ihres Lazarettkellers und hatten die Köpfe erhoben. Die Decke schwankte, sie bröckelte ab, aber sie hielt. Staub wehte von der Treppe herab in alle Räume, beißender Kalkstaub, der sich in der Lunge und in der Kehle festsetzte und zu fortwährendem Husten reizte. Leutnant Weimann kam in den Keller gestürzt. Er hatte seinen Helm verloren, über die blonden verfilzten Haare rann ein dünner Blutstrom. Die Haut war aufgeritzt – als Pahlberg mit Verbänden kam, winkte er ab.
»Ist der Hauptmann hier?!« keuchte er atemlos.
»Nein! Er war doch bei dem Herrn Major.«
»Dort ist er nach der ersten Welle weg. Er wollte zum Kompaniegefechtsstand zurück!« Weimann dreht sich herum, aber Pahlberg hielt ihn an der Kombination fest.
»Warten Sie doch den ersten Schlag ab, Weimann! Sie können doch jetzt nicht hinaus!«
»Ich muss den Hauptmann finden!«
»Aber bei dieser Hölle ist das doch Wahnsinn!«
»Trotzdem!« Weimann riss sich los, raste die Treppe hinauf und verschwand zwischen den Trümmern des Zentralfriedhofes, in die gerade ein Bombenteppich einschlug und sie umgrub.
»Den sehen wir nicht wieder«, sagte Krankowski. »Der fliegt wie eine Feder durch die Luft und merkt es gar nicht mehr.«
Um 12.30 Uhr – militärisch pünktlich mit dem Schlag der Sekunde – überflog die letzte Welle die Stadt und Kloster und verschwand am blauen Himmel. Mit dem gleichen Ticken des Sekundenzeigers aber begann ein Trommelfeuer der Artillerie, wie es in diesem Krieg noch nie

stattgefunden hatte. Aus 746 Rohren schwerer und schwerster Artillerie, darunter Kaliber von 24 cm, wurden in präzise drei Stunden – bis 15.30 Uhr – genau 195.969 Granaten auf den Klosterberg und die Stadt Cassino geschossen und das Land wie ein Sieb durchlöchert. Die Artillerie dreier Armeekorps – des Neuseeländischen, Amerikanischen und Französischen Landungskorps – trommelte auf das Häufchen Fallschirmjäger, trommelte sie in die Erde, trommelte sie aus der Erde heraus, zerstampfte alle Stellungen, verschüttete die Keller, zerriss die Leiber bis zur Unkenntlichkeit und drehte die Trümmer des Klosters immer und immer wieder von unten nach oben, bis alles Leben restlos vernichtet schien.

Noch nie in einem Krieg hatte ein solches Trommelfeuer stattgefunden! Noch nie war auf so engem Raum – auf eine Kleinstadt und auf einen einzigen niedrigen Berg – in wenigen Stunden eine solche Massierung von Bomben und Granaten geschleudert worden wie in den Morgenstunden des 15. März 1944! Noch nie in der Geschichte des Krieges aller Zeiten lagen Soldaten, einsam, blutend, halb verhungert, ausgezehrt, müde und hohlwangig, ausgebrannt durch monatelange Kämpfe, in einem solchen Inferno, ergoss sich jemals ein Feuerstrom über die wenigen Männer, die sich in die Trümmer festkrallten, sich wie Würmer in die Erde verkrochen und nicht mehr an den Fortbestand der Welt glaubten. Selbst Theo Klein lag blass an der Wand des Kellers, hinter sich Heinrich Küppers, und hatte die Augen geschlossen. Er hörte keine Einschläge … es war nur noch ein einziges Krachen um ihn, das nicht aufhörte, sondern drei Stunden lang über ihn hinwegraste und sie alle fast bis zum Wahnsinn trieb.

Hauptmann Gottschalk lag allein in einer mit Schutt angefüllten Zelle des zerstörten Refektoriums und hatte den Kopf dicht an den bebenden Boden gepresst. Um ihn herum surrten Splitter und wirbelten Steine und Säulenteile durch die Luft. Das ist das Ende, dachte er und drückte sich fest in den Schutt. So also ist der Tod … krachend, die Luft mit Staub und Feuer füllend. Ein gewaltiger Tod. Er sah Leutnant Weimann wie einen Irren durch die Einschläge hetzen. »Dieser verrückte Hund!« schrie Gottschalk. Er richtete sich auf und winkte.

»Weimann«, brüllte er. »Weimann!«

Der Leutnant sah die winkende Hand. Mit langen, katzenhaften Sätzen jagte er zu Gottschalk in die Zelle und warf sich neben ihn. »Herr Hauptmann«, sagte er glücklich. »Sie leben! Sie leben wirklich.« Dann sank sein Kopf in den Schutt; die Erschöpfung warf ihn nieder wie eine Ohnmacht.

Auf einem Hügel bei Cervaro standen um diese Zeit sechs hohe alliierte Generäle, darunter Alexander, Clark und Eaker, der Befehlshaber der alliierten Mittelmeer-Luftflotte. Durch starke Ferngläser beobachteten sie die Hölle von Monte Cassino und den Untergang von Stadt und Kloster. General Clark ließ sein Glas sinken. Auch Alexander wandte sich ab. Was sie gesehen hatten, war die vollkommenste Vernichtung eines Landstriches, die je ein Krieg erlebt hatte.

»Der Weg ins Liri-Tal ist frei.« Clark schob die Hände in die Taschen und steckte sich eine Zigarette an. »Wie viel haben Sie abgeworfen?«

»2500 Tonnen Bomben aller Kaliber.«

»Da lebt keine Ratte mehr«, sagte General Alexander. »Ich werde Freyberg den Befehl zum Angriff geben. 144 Geschütze des Neuseeländischen Korps sollen in Sprüngen von je 150 Metern die Infanterie an die Stadt und das Kloster heranarbeiten. Wir werden noch einmal eine Feuerglocke legen.«

General Eaker schüttelte den Kopf. »Das ist nicht mehr nötig. Ich habe 775 Flugzeuge im Einsatz, allein 260 ›Fliegende Festungen‹! Glauben Sie, dass da noch etwas übrig ist?«

»Ich möchte sicher gehen. Wenn nur drei Deutsche aus den Trümmern kriechen und schießen können, ist das schon ein Hindernis! Sie kennen diese Fallschirmjäger nicht, Eaker. Freyberg kann Ihnen Lieder davon singen. Ich werde den Ort Cassino mit Artillerie und Panzern angehen, in deren Schutz die Infanterie die Trümmer durchkämmt. Die 5. indische Brigade wird gegen Mitternacht das Kloster besetzen. Sie geht über den Vorberg Rocca Janula vor. Morgen Mittag werden wir ins Liri-Tal vorstoßen und haben den Weg nach Rom frei.«
Clark und Eaker nickten zustimmend. Über Cassino stieg die Erde in den Himmel, emporgeschleudert von 200.000 Granaten. Noch einmal hob Clark sein Glas an die Augen und tastete das Gelände dieser einmaligen Materialschlacht ab … ein Gebiet von 400 mal 1400 Metern … 2500 Tonnen Bomben und 195.969 Granaten. Innerhalb 12 Stunden … Clark ließ das Glas sinken.
»Nicht einmal ein Wurm lebt da mehr. Nicht mal eine Fliege! Es ist völlig unmöglich, dass das ein Mensch überleben könnte!«
Um 13 Uhr, dicht hinter der ungeheuren Feuerwalze, stürmten die ersten Bataillone General Freybergs nach Cassino hinein. Neuseeländer und Inder, Seite an Seite, schritten gemütlich auf ihre Angriffsziele zu … auf den Nordteil der Stadt, auf den Bahnhof, auf die Via Casilina, die noch unter schwerstem Feuer lag. Die Panzer rollten vor ihnen her, die 144 Geschütze in ihrem Rücken hämmerten 150 Meter vor ihnen den Weg noch einmal frei. Es war ein Spaziergang.
Im Nordteil Cassinos, in dem das II. Bataillon der Fallschirmjäger lag, war es still. Erst als die Panzer vor den Bergen des Schutts stehen blieben, vor diesen unüberwindlichen Hindernissen aus Geröll, zerborstenen Mauern und eingestürzten Kellern, als die Infanterie durch die Trümmer kletterte, fauchte ihnen ein Sturm von Feuer

aus MGs und Karabinern entgegen, durchsetzt mit den hellen Sprengwölkchen einiger einsamer Granatwerfer.
Die Inder und Neuseeländer warfen sich hin. Die Panzer schossen verwirrt in die Trümmer, ziellos, denn von allen Seiten, aus verschütteten Kellern, hinter Mauerresten hervor, aus Schluchten von Schutthalden knatterten die MGs 42 und peitschten die Karabiner- und Maschinenpistolenkugeln um die Ohren der zurückgehenden Inder.
General Freyberg stand starr an seinem Kartentisch, als die erste Kurzwellenmeldung aus Cassino eintraf: Angriff stockt. Die Stadt ist uneinnehmbar!
»Das ist doch unmöglich!« schrie er wild. »Das ist doch Wahnsinn! Wie kann es noch einen einzigen Deutschen geben?! Diesen Orkan kann keiner überlebt haben!«
General Clark war sehr ernst, als er den Hörer des Telefons auflegte. Er sah General Alexander, den Oberbefehlshaber, eine Zeit lang stumm an.
»Freyberg«, sagte er endlich. »Er tobt und schreit. Die Deutschen leben!«
»Was?« Alexander wischte sich über die Augen. »Das ist doch menschenunmöglich!«
»Sie verteidigen die Stadt. Der Angriff der 5. und 6. Neuseeländischen Brigade bleibt stecken! Auch am Bahnhof ist ein rasender Widerstand der deutschen Fallschirmjäger. Freyberg ist außer sich. Er glaubt langsam selbst, nicht mehr gegen Menschen zu kämpfen!«
Alexander starrte Clark an. »Begreifen Sie das?« sagte er leise. »Das größte Trommelfeuer aller Zeiten … und sie leben!«
»Mehr noch – sie schießen zurück und werfen unsere ausgeruhten Brigaden aus den Trümmern hinaus! Trotz Panzerunterstützung, trotz Ihrer Feuerwalze von 144 Geschützen.« Clark öffnete den Kragen seiner Uniform, als sei er ihm plötzlich zu eng geworden. Er schwitzte tatsächlich vor Erregung. »Wir dürfen uns keinen Illusionen hingeben – der Weg ins Liri-Tal ist noch nicht aufgebrochen.«

In Cassino-Stadt kämpften sie Mann gegen Mann. Hilflos standen die Panzer außerhalb der Stadt vor den riesigen Schuttbergen. Von Aquino her, dem noch in deutscher Hand befindlichen Flugplatz, heulten die Granaten einer schweren Flakbatterie heran, Nebelwerfer mit ihren heulenden Raketengeschossen fegten in die Reihen der Neuseeländer und wirkten wie kleine Bombenteppiche, die alles in die Trümmer zwangen; verwirrt lagen die Inder im Nordteil der Stadt und wurden zugedeckt mit einem Feuer, das ihnen allen Schwung nahm und ihre Kampfmoral zerbrach.
General Freyberg rannte in seinem Befehlsstand bleich und dem Zusammenbruch nahe von einer Ecke in die andere. »Die Rajputanas greifen den Klosterberg an!« brüllte er in die Telefone. »Vom Rocca Janula aus stürmen sie das Kloster und fallen von der Höhe der Stadt Cassino in den Rücken! Wir müssen den Riegel aufbrechen. Wir müssen!!«
Gegen Mitternacht, im strömenden Regen, nachdem über das Kloster ein achtstündiges neues Trommelfeuer hinweggerast war, eroberten die Männer des englischen Essex-Bataillons den Rocca Janula und hatten den Schlüssel zum Klosterberg in der Hand.
Nur ein einziger Fallschirmjäger, der letzte Überlebende der 2. Kompanie, schlug sich verwundet zum Kloster durch und meldete Major v. Sporken den Verlust des Berges, das Vorrücken der Inder zur Höhe 165 und Höhe 236 und die beginnende Besetzung der Höhe 435, des letzten Hügels vor der Mauer des Klosters.
»Und die 2. Kompanie?« fragte v. Sporken leise.
»Bin ich, Herr Major.« Der verwundete Fallschirmjäger sah zu Boden. Es war fast, als wolle er weinen. »Es lebt keiner mehr.«
Theo Klein und Heinrich Küppers waren aus dem Keller hervorgekrochen, als das Artilleriefeuer etwas nachließ. Ihr berühmter Kochbunker war weggefegt, ihre kleine MG-

Festung war flachgewalzt von den Granaten, das Kloster sah völlig anders aus, mit neuen Trümmerbergen und neuen Schuttgassen, neuen aufgerissenen Gewölben und freigelegten Kellern.
Feldwebel Maaßen und Müller 17 lagen schon hinter ihrem MG in einer Kuhle an der Mauer. Bergmann und ein junger Fallschirmjäger schleppten durch die letzten Einschläge Munikästen zu den MG-Nestern. Hauptmann Gottschalk und Leutnant Weimann hatten sich mit drei anderen eine Trümmerburg ausgesucht, von der aus sie einen Blick über die Höhe 435 hatten.
Theo Klein hatte gerade sein MG geschultert und suchte sich einen guten Schussplatz aus, als ihn Küppers am Arm herumriss. »Theo!« schrie er. »Da! Auf der Höhe!«
Durch das zerklüftete Gestein kletterten die dunkelhäutigen Gurkha die Höhe 435 empor. Wie Ameisen krabbelten sie über den Berg, dem Kloster entgegen.
Theo Klein schob mit einem Ruck seinen Helm in den Nacken. Er rannte an die Mauer, zu einem großen Loch, das eine 24-cm-Granate in das Gestein gerissen hatte, warf sich mitten in die Trümmer, legte sein MG auf einen flachen Mauerstein, lud durch und begann, in die den Hang hinaufkletternden braunen Leiber hineinzuschießen. Neben sich hörte er das Knattern des MGs von Feldwebel Maaßen, weiter rechts ratterte es gleich doppelt … dort lag Hauptmann Gottschalk in seiner kleinen Festung und kämmte die Höhe ab. Die Werfer v. Sporkens heulten über sie hinweg und bestrichen mit ihrer grauenhaften Flächenwirkung die Felsen … aus allen Löchern und Fensternischen, aus allen Trümmerbergen und Kellern schlug den Gurkhas ein rasendes Feuer entgegen und fegte sie von der Höhe 435.
Im Tal saß Freyberg und stierte vor sich auf die Karte des Monte Cassino. Schon hatte er mit Buntstift den Stoßkeil seiner Panzer ins Liri-Tal eingezeichnet, jenen Keil, der endlich den Weg nach Rom auftreiben sollte. Mit seiner

weißen Hand bedeckte er die Zeichnung, als könne er sie nicht mehr sehen.
»Alle Offiziere gefallen«, sagte er schwer zu seinem Adjutanten. »Melden Sie es dem Oberkommando. Alle Offiziere der indischen Brigaden gefallen, die Höhe 435 teilweise geräumt, schwerste Verluste durch die deutschen Fallschirmjäger im Kloster. Ich werde den Angriff morgen fortsetzen mit frischen Kräften.«
An diesem Morgen trat eine Gruppe Fallschirmjäger zum Gegenangriff an. Ausgemergelt, erschöpft, mit quälendem Hunger und Durst, seit Monaten täglich im Kampf, warfen sie die Inder seitlich von der Höhe 435 zurück in das Fort von Rocca Janula und schafften eine 200 Meter breite Lücke zwischen den neuseeländischen Brigaden. Die Inder auf der Höhe 435 waren abgeschnitten!
Oberst Stucken leitete diesen Gegenstoß von der Albaneta aus – einen verzweifelten Gegenstoß, um Luft für das Kloster zu bekommen. Er zog sogar Artillerie heran, bis an den Beginn der Todesschlucht, durch die noch immer im schlimmsten Feuer die Träger keuchten und Munition in das Kloster brachten. Von der Todesschlucht aus belegte er Rocca Janula und die Höhe 435 mit einem Hagel von Granaten, in das sich die Werferbatterie Major v. Sporkens mischte. Zitternd, den Untergang vor Augen, krallten sich die Inder in den Felsen fest. Ihre über Kurzwellensender gegebenen Hilferufe verstörten General Freyberg und warfen ihn aus dem Konzept seiner Aufmarschpläne.
Noch einmal versuchte er, den Klosterberg zu erobern.
Mit 17 leichten Panzern ließ er ein neuseeländisches Panzerregiment zur Albaneta fahren, um das Kloster im Rücken anzugreifen. Durch ein völlig zerklüftetes Felsgelände rollten träge die stählernen Ungetüme in die Stellungen der völlig überraschten Fallschirmjäger hinein, die sich hier in den Felsen panzersicher fühlten.
Oberst Stucken und Major von der Breyle wurden in ihrem Gefechtsstand überrascht und griffen zu den Waffen.

Nach drei Stunden war der Spuk zu Ende. Sechs Panzer wurden von den Fallschirmjägern angesprungen und durch Minen im Nahkampf vernichtet. Wie die Katzen sprangen die Panzerknacker die stählernen Walzen an, schoben die Minen unter den Turm und sprangen ab in einen Trichter. Dann knallte es, der Turm wurde weggefegt, der Panzer brannte … und während die noch Überlebenden schreckensbleich aus dem Panzer flüchteten, hieben deutsche Geschütze die anderen zusammen, und aus den Türmen von sieben Panzern streckten sich die Hände der von einer Panik ergriffenen Besatzungen.
Oberst Stucken, über und über mit Dreck bespritzt, stand mit von der Breyle an den eroberten, brennenden oder zusammengeschossenen Panzern. Die lebenden Besatzungen zogen bereits unter Bewachung nach Norden, in das Liri-Tal hinein, in das sie als Sieger einfahren wollten und das sie nun als Gefangene sahen.
»17 Panzer«, sagte er. »Ich werde sehen, was ich mit den unbeschädigten machen kann. Vielleicht grabe ich sie ein und benutze sie als leichte Artillerie! Ich werde die Neuseeländer mit ihren eigenen Waffen abriegeln!«
Die Katastrophe seiner Panzer brachte Freyberg an den Rand der Verzweiflung.
»Teufel sind das!« schrie er zu Clark ins Telefon.

In der Nacht zum 20. März donnerten drei einsame Ju 52 über das Gebirge, kreisten über dem Monte Cassino und der Albaneta, gingen etwas herunter und warfen aus den aufklappenden Türen weiße Punkte in den nächtlichen Himmel.
Lange, bombenähnliche Munitions- und Verpflegungskästen aus Leichtmetall, Ersatzrohre für die Gebirgsbatterie, zwei leichte Fallschirmjägergeschütze, durch Gummi gesicherte Benzinkanister und 60 todesmutige Männer.
Oberst Stucken und von der Breyle standen draußen in den Felsen und starrten in den Himmel. Major v. Sporken

hing über der Klostermauer und beobachtete, wo die Verpflegungs- und Munitionsbomben niedergingen.
Hauptmann Gottschalk hatte Küppers, Klein, Müller 17 und sieben andere Fallschirmjäger zu einem Trupp zusammengerufen, um die zur Höhe 435 abtreibenden beiden Geschütze zu retten, falls es sein musste als Stoßtrupp bis zum Rand der indischen Verteidigung.
»Nachschub! Und neuen Ersatz … in der Nacht abgesprungen in die Felsen. Die sind in Rom komplett verrückt. Siebzig Prozent brechen sich die Knochen beim Aufkommen.« Er sah den auf ihn zutreibenden weißen Schirmen entgegen. Unter ihnen pendelten die Menschen im Wind, Punkte, die schnell näher kamen und bereits mit den Beinen fuchtelten, um sich in den Wind zu drehen, wie sie es gelernt hatten.
Von der Ebene aus schossen jetzt die Panzer mit schweren MGs auf die vom Himmel fallenden Körper. Sie legten einen Todesstreifen dicht über den Erdboden, über den die ersten Fallschirmjäger pendelten, mit federnden Knien aufkamen, sich ohne Rücksicht auf die Umgebung und das Feuer in den Felsen vorschriftsmäßig abrollten, den sich im Gestrüpp verfangenden Fallschirm umliefen und zum Einsturz brachten. Dann lagen sie in den Granattrichtern, wartend, stumm, die Verwundeten begannen, sich selbst zu verbinden … vier Fallschirmjäger krochen zu einem schleifenden Körper und zogen ihn, nachdem sie die Gurte gelöst hatten, in einen Trichter. Der erste Tote, beim Abwärtsschweben schon in der Luft erschossen.
Oberst Stucken rannte zu einem Gelandeten hin, der sich eben erhob und abschnallte. »Kerls!« schrie er. »In die Felsen abspringen! Das macht euch keiner nach!« Er gab dem jungen Fallschirmjäger die Hand. »Woher kommt ihr denn?«
»Aus Rom! Drei Offiziere und siebenundfünfzig Mann. Wir sollen die Klosterbesatzung verstärken, hat man uns gesagt.«

»In letzter Minute! Ihr habt euch viel vorgenommen, Jungs …« Nach zehn Minuten waren alle 60 Fallschirmjäger gelandet. Sie hatten vier Tote und zwölf Verletzte. Vor der Höhe 435 krochen Theo Klein und Müller 17 herum und schleiften mit drei anderen das gelandete Gebirgsgeschütz zum Klosterberg zurück. Heinrich Küppers hielt mit fünf anderen Jägern und zwei MG 42 die Inder in respektvoller Deckung. Major v. Sporken stand neben Dr. Pahlberg an einem Mauerdurchbruch und beobachtete die Aktion. »Teufelskerle«, sagte er mit fast glücklicher Stimme. »Ich könnte jeden wie meinen Sohn in den Arm nehmen!«

Die drei einsamen Ju 52 brummten nach Norden davon. Lightnings jagten durch die Nachtwolken, den deutschen Flugzeugen nach. Von weitem hörte man das Knattern der Bordkanonen. Oberst Stucken schaute in den Himmel.

»Die Jus kommen nicht mehr bis Rom. Schade, Breyle – ich hätte den mutigen Kerlen einen anderen Rückflug gegönnt.«

An der Albaneta sammelten sich die Abgesprungenen. Sie krochen von allen Seiten zu einem Punkt, von dem schnell verzischend eine weiße Leuchtkugel emporstieg. Nur ein Fallschirmjäger, ein junger, schmaler Leutnant, stieg einsam den Hang zum Kloster empor, die Maschinenpistole in der Hand und sich hinwerfend, wenn von der Ebene aus das Streufeuer der Artillerie in seine Nähe kam und die Felssteine durch die Luft schleuderte. Allein klomm er den Monte Cassino hinauf, dem riesigen Ruinenfeld entgegen.

Feldwebel Maaßen sah die Gestalt in der Dunkelheit auf sich zuklettern. Er schwenkte leise den Lauf seines MGs herum und legte den Finger an den Abzug. Noch konnte er nicht erkennen, wer es war. Ein Deutscher konnte es nicht sein … der Nachschub kam über die Todesschlucht und den Saumpfad, von der Höhe 435 herüber schlepp-

ten die Männer Gottschalks die geborgenen Gebirgsgeschütze und die Munitionsbomben. Von hier aber, schräg von der Rocca Janula, konnte nur ein Feind kommen.
Aber allein? Vollkommen allein?!
Feldwebel Maaßen wartete, den Finger am Abzug.
Ahnungslos klomm der junge Leutnant weiter den Hang hinauf. Seine Maschinenpistole schlug gegen die Steine.
Er gab sich keine Mühe, das Geräusch zu vermeiden.
Das Kloster, dachte er. Da ist das Kloster. Endlich …

In Rom war am Abend des 19. März auf dem Flugplatz eine Gruppe junger Fallschirmjäger angetreten. Leutnant Günther Mönnig beaufsichtigte mit Oberfeldwebel Michels die Ausgabe der Fallschirme, während Unteroffizier Helmuth Köster das Anlegen der Gurte kontrollierte und die einzelnen umgeschnallten Schirme auf festen Sitz nachprüfte. Auch Eugen Tack, die ›Flasche‹, wie ihn Lehmann III damals nannte, war dabei, ferner Walter Dombert und der Sanitätsgefreite Fritz Grüben.
Eine gespannte Stille lag über den sechzig Männern. Auf dem Rollfeld standen drei Ju 52 und wurden von Transportwagen aus beladen. Noch einmal ging Leutnant Mönnig die ernsten Männer ab.
»Kappmesser?« fragte er laut. »Jawoll, Herr Leutnant.«
»Sitzen die Bandagen richtig? Munition in den Taschen? Stiefel fest verschnürt?«
»Jawoll, Herr Leutnant.«
»Hat noch jemand eine Frage?«
»Nein, Herr Leutnant.«
Eine Frage hatten sie alle auf den Lippen, aber keiner sprach sie aus. Sie schielten zu den drei Maschinen hinüber, an denen jetzt Lazarettmaterial verladen wurde. Zwei Krankenschwestern und ein dicker Zahlmeister zählten die Kisten.
Auch Renate Wagner war mit zum Flugplatz hinausgefahren, als sie von der Sanitätsersatzstelle erfuhr, dass ein

Transport, der erste und letzte Lufttransport zum Monte Cassino geflogen werden sollte. Kurz nach Eintreffen auf dem Flugplatz hatte sie sich bei dem Stabsintendanten entschuldigt und war weggegangen. Nun wurde sie in dem allgemeinen Trubel des Beladens nicht vermisst, wie es auch nicht weiter auffiel, dass eine Krankenschwester einen großen Luftwaffenpacksack hinter sich herschleppte und zwischen den Hallen verschwand.

»Leute«, sagte Leutnant Mönnig laut »Wir werden gleich an die Front geflogen! Wir sind dazu ausersehen worden, die tapferen Kameraden auf dem Monte Cassino zu entlasten. Nur die Besten von uns werden dazu genommen. Ich bin stolz, euch das sagen zu können, und ich hoffe, dass ihr dieses Vertrauen, das man in euch setzt, auch rechtfertigt!«

Walter Dombert stieß Tack an. »Die Besten«, flüsterte er ihm ins Ohr. »Wenn das Lehmann III hörte. Und du bist dabei! Vielleicht treffen wir Lehmann auf dem Monte Cassino.«

»Ruhe dahinten!« schnauzte Oberfeldwebel Michels. Die Aussicht, als einer der Besten frühzeitig zu sterben, machte ihn sichtlich nervös.

»In zehn Minuten geht es in die Maschinen.« Leutnant Mönnig sah noch einmal die Reihe der Männer ab. »Was wir hundertmal geübt haben, wird jetzt Ernst! – Zu dreien abzählen.«

Eins – zwei – drei – eins – zwei – drei – flog es die Reihen entlang. Schnell, zackig, leise.

»Eins und drei je vier Schritte vor!«

Schritte klapperten. Die Gurte knirschten leise.

»Die Gruppen eins, zwei und drei zusammenschließen, marsch marsch!« Ein kurzes Rennen. Die drei Gruppen standen als drei Blöcke getrennt voneinander. Leutnant Mönnig übersah die sechzig. Er nickte, Oberfeldwebel Michels rannte heran.

»Ich übernehme Gruppe 1, Gruppe 2 Sie, Michels, Gruppe 3 Unteroffizier Köster! Abrücken zu den Maschinen!«

Wie riesige Insekten, mit den Fallschirmsäcken, den mit Tarnnetzen überzogenen randlosen Stahlhelmen, den weiten Kombinationen, dicken Handschuhen und Munitionsgurten über beiden Brustseiten bis zum Koppel, stapften die sechzig Männer zu den dunklen Ju 52. Noch wurden die Verpflegungs und Munitionsbomben an den Transportschirmen verladen, von einer Autorampe rollten die beiden zusammengeklappten Gebirgsgeschütze in den Leib der ersten Ju 52.

Über das Flugfeld kam ein anderer Offizier und begrüßte Mönnig herzlich. Es war Oberleutnant Dr. Barthels, ein Kriegsberichter, der über Cassino mit abspringen wollte. Er wurde Maschine 2 zugeteilt und legte mit Michels' Hilfe seinen Fallschirm an. Die Sondererlaubnis des OKL machte es ihm möglich, als Einziger mit den sechzig abzuspringen, ohne eine vollständige Fallschirmjägerausbildung zu haben. Vier Probesprünge – das genügte.

Die Wagen rollten weg, der dicke Zahlmeister raffte seine Papiere zusammen und eilte mit den beiden Krankenschwestern vom Rollfeld. Sie winkten noch einmal den jungen Fallschirmjägern zu, ehe sie in der Dunkelheit untertauchten.

»Leckere Mäuschen«, sagte Walter Dombert leise. Eugen Tack nickte. Sein Herz schlug heftig gegen seine Brustwand. Er fühlte, wie es schwer wurde, zu atmen, wie sein Hals sich zusammenzog, als drücke eine Hand gegen seinen Kehlkopf. Das ist Angst, durchfuhr es ihn. Gemeine Angst. Er hatte das unangenehme Gefühl, noch einmal auf den Lokus zu müssen, um gleichzeitig sich zu erbrechen und seinen Stuhl zu entleeren. Aber er bezwang sich mühsam und kletterte hinter Walter Dombert in den dunklen blechernen Leib der Maschine. Seine Knie zitterten dabei. Schnell hockte er sich auf die Bank in dem gebogenen Flugzeugrumpf und kroch in sich zusammen, um nicht schreien zu müssen.

Die Letzten der Gruppe 3 unter Unteroffizier Köster verschwanden gerade in der Maschine, als mit schnellem Schritt ein junger Leutnant über das Rollfeld lief, auf Maschine 3 zu. Der Fallschirm schlug gegen seine Kniekehlen, er stolperte fast, aber er erreichte in leidlicher Haltung die Tür und stieg in das Innere der Ju 52. Niemand bemerkte, dass das eine Bein der Kombination zerrissen und wieder gestopft worden war, auch fiel niemandem das schmale, fast mädchenhafte Gesicht des Offiziers auf, die zarten, blassen Hände und die großen blauen Augen. Es gab ja oft solche jungen Leutnants, frisch von der Kriegsschule, Milchgesichter, die Helden sein wollten.
Damit man seinen Dienstgrad sehen konnte, hatte er den Knochensack am Hals offen gelassen und den Uniformkragen mit den Spiegeln über den Kombinationskragen gelegt. Auch das war als Sprungausrüstung gegen die Vorschrift, aber erstens fiel es jetzt nicht auf, und zweitens war es ein Offizier, den man nicht korrigieren durfte.
Unteroffizier Köster stand hinten in der Maschine und wusste nicht, was er sagen und tun sollte. Von einem Leutnant in seiner Gruppe hatte Mönnig nichts erzählt, wohl von dem PK-Mann! Und nun tauchte hier ein Leutnant auf, in Springerkombination, einen Fallschirm auf dem Rücken. Das allein beruhigte Köster etwas, denn wer einen Fallschirm bekommt bei der so strengen Ausgabe und Überwachung, der ist auch berechtigt, mitzufliegen! Das ist Militärlogik, gegen die es keine anderen Argumente mehr gibt.
Fritz Grüben, der Sanitäter, stieß Küster leicht an. »Was will denn der?« fragte er leise: »Ist er gemeldet?«
»Halt die Schnauze! Er hat ’nen Fallschirm und ist ein Leutnant! Glaubst du, einer fliegt freiwillig an die Front?«
»Frag ihn mal!«
»Verrückt, was?« Aber der stille, junge Leutnant, der gleich neben der Tür saß, so wie es sich gehörte, denn der Offizier springt immer zuerst seinen Männern voran, jagte

Köster Misstrauen ins Gehirn. Während die erste Ju 52 bereits wegrollte und die zweite die Motoren anwarf, schlängelte sich Köster zur Tür vor, die gerade geschlossen wurde. Es war jetzt dunkel in der Maschine, schwarze Nacht. Das gab Köster doppelten Mut

»Herr Leutnant?!«

»Ja?!«

Die Stimme des Offiziers war hell, schneidend, so, wie Offiziere öfter auf dem Kasernenhof oder vor der Front mit heller Stimme kommandieren.

»Herr Leutnant sind mir von meinem Kompaniechef, Herrn Leutnant Mönnig, nicht gemeldet worden.«

»So? Brauchen Sie eine Extraeinladung?«

»Nein, Herr Leutnant. Nur der Ordnung halber …«

»Merken Sie sich eins, Unteroffizier: Wenn ich hier sitze, ist es in Ordnung! Noch eine Frage? – Danke!«

Nach militärischen Gepflogenheiten war damit das Gespräch endgültig beendet. Was danach folgte, konnte nur noch ein gewaltiger Anschiss sein. Köster wollte dies nicht ausprobieren und trollte sich zufrieden. Er stieß Grüben an die kalte Leichtmetallwand und flüsterte ihm zu:

»Idiot! Der macht 'ne Minna aus mir, wenn ich weiter frage. Lass ihn abspringen. Mönnig wird am Monte Cassino schon auf ihn stoßen!«

Ein Zittern ging durch den großen Leib des Flugzeugs, knatternd und brausend jagten die Propeller der Motoren los, dann rollte die Ju träge über die Rollbahn und wandte sich dem Startplatz zu.

Renate Wagner saß an der eisernen Tür und hatte die schmalen Hände gefaltet. Sie rollte … gleich flog sie … fort von Rom, hinein in die Hölle zu Erich. Alles war glatter gegangen, als sie es sich vorgestellt hatte. Die Uniform allein genügte, der Fallschirm, ein paar scharfe Worte. Wie beim Hauptmann von Köpenick, dachte sie.

Sie spürte, wie ihre Hände zitterten. Sie biss die Lippen zusammen und beugte den Kopf nach vorn. Neben und

hinter sich hörte sie das Atmen der anderen Männer. Die Motoren waren jetzt leise, sie sangen mehr … am Schaukeln des Rumpfes merkte sie, dass sie bereits in der Luft waren und flogen.
Der Helm drückte. Mit der Hand schob sie ihn weiter nach vorn. Wie hatte Erich immer gesagt: Das Mädchen mit dem Goldhelm. In einer Nacht hatte er ihre blonden Haare vollständig zerwühlt, er war wie verrückt gewesen und ließ sie immer und immer wieder durch seine Finger gleiten und hatte sein Gesicht in die seidige Fülle des Goldes gelegt, das ihr Gesicht umfloss.
Sie dachte daran, ob er ihren Brief erhalten hatte. Ich komme bald zu dir, hatte sie ihm geschrieben. Es musste ein großes Rätsel für ihn gewesen sein, vielleicht aber auch nur ein lapider Satz, über den er hinweglas.
Nun kam sie wirklich, würde in der Nacht über ihm abspringen und hinunterschweben auf das Kloster, das in wenigen Wochen schon sagenhaft geworden war. Hinunter zu Erich … Sie lehnte den heißen Kopf an die kalte Metallwand der Ju und schloss die Augen. Es war heiß in dem Flugzeugrumpf, die Luft staute sich und war verbraucht, roch nach Schweiß, Lederfett, nassen Uniformen und menschlichen Ausdünstungen.
Von der Flugkanzel her kam einer von der Besatzung gekrochen. Man hörte nur seine Stimme in der Dunkelheit.
»In zehn Minuten sind wir da. Es wird dreimal gehupt. Beim ersten Mal Tür auf, beim zweiten Hupen festhalten, beim dritten springen. Wir haben leichten Wind. Ihr könnt also nicht weit abtreiben.«
Renate Wagner erhob sich. Sie durchdachte noch einmal alles, was sie von den Fallschirmjägern gehört und gelesen hatte. Reißleine auf der Schiene oberhalb der Tür einhaken, sich mit beiden Händen an den Griffen neben der Tür festhalten, dann Füße abstemmen, mit nach vorne ausgebreiteten Armen und Kopf zuerst springen … alles andere würde sich dann zeigen.

Sie ergriff die Reißleine und hakte sie in der Schiene fest. Unteroffizier Köster, der sich neben sie schob, trat zurück. Natürlich, der Leutnant sprang zuerst, dann er und die anderen.

Er musterte den schmalen Mann vor sich. Der Schirm lag vorschriftsmäßig an, der Reißleinehaken war richtig eingeklinkt, die Knie federten jetzt sogar, als durchränne eine Ungeduld den schmächtigen Körper. Scheint Ahnung zu haben, dachte Köster und beruhigte sein Gewissen damit endgültig. Er lauschte wie alle anderen, wie die Motoren tiefer brummten, wie die Geschwindigkeit nachließ und die Maschine sich senkte.

Am Ziel.

Über dem Monte Cassino …

Die erste Hupe, ein grelles Boschhorn im Flugzeugleib, gellte auf. Renate Wagner warf den Türhebel herum, stieß sie nach innen, wo sie einrastete. Der Zugwind warf sie fast in die Maschine zurück, aber sie umklammerte die beiden Griffe und duckte den Körper zum Abschnellen. Das zweite Hupen. Sie beugte sich nach vorn, der Sog riss ihr fast den Helm vom Kopf, sie musste sich mit aller Kraft an den Griffen anklammern, um nicht aus der Tür gerissen zu werden.

Unter ihr war Nacht, über ihr zogen träge die Wolken. Ganz schwach sah sie eine Ruine in der Tiefe. Das Kloster! Jetzt bemerkte sie auch ganz weit entfernt aufblitzenden Feuerschein. Artillerie, dachte sie.

Eine merkwürdige Ruhe war in ihr, als habe sie mit allem abgeschlossen und gehe jetzt in ein Nichts, von dem sie wusste, dass es keine Rückkehr mehr gab. In der Dunkelheit sah sie plötzlich helle Flecken herumschweben. Die anderen Fallschirmjäger der Maschinen eins und zwei. Sie fielen schon vom Himmel, sie wurden schon beschossen. Renate sah das rhythmische Aufblitzen auf der Erde. Maschinengewehre. Überall Maschinengewehre … Eine wilde Angst stieg plötzlich in ihr hoch. Nein, wollte sie schreien. Nein – ich kann es nicht! Es ist zu viel für mich! Ich habe mich überschätzt! Ich kann es nicht, verzeih mir, Erich … ich springe nicht. Es war Wahnsinn, jetzt sehe ich es ein. Es war Selbstmord, und dabei wollte ich doch leben, bei dir leben …

Der dritte Hupenton, grell, fordernd.

Renate zögerte den Bruchteil einer Sekunde. Köster stand hinter ihr, bereits im Geiste schwebend.

Da stieß sie sich mit dem linken Fuß ab, warf die Hände nach vorn und sauste waagrecht vom Flugzeugrumpf weg ins Bodenlose. Ein kleiner Ruck durchstach ihren Körper, es war, als habe sie eine große Faust am Kragen gepackt und reiße sie in eine sitzende Stellung. Noch ein Ruck, stärker, den ganzen Körper erfassend, die Schenkel pressend, dass sie leise aufschrie vor Schmerz. Dann schwebte sie … über sich den riesigen geöffneten Fallschirm, unter sich das Pfeifen der Maschinengewehrgarben aus den amerikanischen Panzern.

Sie griff sich an die Brust, sie hatte das Gefühl, keine Luft mehr zu bekommen, mit weit aufgerissenem Mund pendelte sie durch die Nacht … aber es war nur der Augenblick zwischen Sturz und Aufgefangenwerden durch den Fallschirm. Als sie wieder atmen konnte, sah sie hinunter auf die Felsen, denen sie entgegenkam.

Über ihr und neben ihr pendelten die anderen. Köster schwebte zehn Meter höher … er erhielt einen Schuss in den Fuß, als er sich in Erdnähe in den Wind drehte und mit geschlossenen Beinen und Rolle vorwärts aufsetzte. Er kroch, vor Schmerz leise wimmernd, in einen Trichter und schnallte dort seine Gurte ab. Den Fallschirm ließ er einfach vom Wind wegtreiben.

Renate landete unverletzt. Sie fiel auf den Boden, versuchte die berühmte Rolle, aber sie wurde von dem Schirm mitgerissen und zehn Meter weiter mitgeschleift, ehe sie sich ausklinken konnte. Der Schirm trieb weiter. Das rettete ihr das Leben, denn dort, wo sie heruntergekommen

war, fünf Meter von Köster entfernt, schlug eine leichte Panzergranate ein und zerfetzte das Felsgestein.
Sie lag dann in einem Trichter und hatte die Hände vor die Augen gelegt. Ich lebe, stammelte sie, ich lebe wirklich. Ich bin in der Hölle gelandet. Ich bin bei Erich. O mein Gott, mein lieber, lieber Gott …
Sie schob sich über den Rand des Trichters und sah, wie die ersten Fallschirmjäger verwundet weggetragen wurden. Die weiße aufschnellende Leuchtkugel zeigte ihr, wo Leutnant Mönnig lag und seine Männer zusammenrief. Von irgendeinem Berg aus der Dunkelheit kam rasendes Maschinengewehrknattern … dort war gerade Theo Klein dabei, das Gebirgsgeschütz zu bergen, und Heinrich Küppers gab ihm Feuerunterstützung.
Leutnant Mönnig sammelte seine Männer in fünf großen Trichtern. Oberfeldwebel Michels hatte einen Streifschuss über die Stirn bekommen, er blutete stark und wurde von Fritz Grüben verbunden. Helmuth Köster kam humpelnd in den Leutnantstrichter und meldete sich. An den jungen Leutnant dachte er in diesem Augenblick nicht, der Schmerz seines zerschossenen Fußes nahm ihm fast die Besinnung. Dr. Barthels, der PK-Mann, hatte eine Sehnenzerrung – er war auf einem Felsblock gelandet und konnte sich deshalb nicht abrollen. Wie ein Stein war er zur Erde geplumpst und hatte sich die Fußsehne gezerrt.
»Alles da?« Mönnig gab die Frage an die anderen Trichter weiter. Er notierte die gemeldeten Verluste und sah dann Michels an. »Na, dann wollen wir mal den Obersten besuchen«, sagte er bewusst burschikos, um dem jungen Ersatz ein Beispiel zu geben. Er sah nicht, wie Eugen Tack in seinem Trichter hockte und vor Angst betete. Leise, die Hände auf dem Rücken gefaltet, damit es niemand sah. Nur seine Lippen bewegten sich, und seine Augen waren groß und starr wie in einer Tetanie.
In Gruppen zu sechs Mann marschierten sie zum Gefechtsstand Oberst Stuckens. Sie kamen an den 17 ge-

knackten Panzern vorbei. Mönnig blickte sich zu Michels um.
»Scheint eine sehr heiße Gegend zu sein, Michels.«
»Wir haben genug Feuerlöscher bei uns, Herr Leutnant«, entgegnete der alte Oberfeldwebel trocken. Du hättest Kreta mitmachen sollen, dachte er. Oder Eben Emael oder Korinth. Uns kann nichts mehr erschüttern, und wenn es Scheiße regnet. Er stapfte mit seiner brennenden Stirn hinter Mönnig her und nahm die Hacken zusammen, als Oberst Stucken aus der Dunkelheit ihnen entgegenkam.
»Zwei Offiziere und 58 Mann als Ersatz für die 34. Fallschirmjägerdivision. Verluste …« Er zählte die Toten auf, aber Stucken winkte ab. »Zwei Offiziere? Ich denke drei.«
»Nein, zwei, Herr Oberst.«
»Habe ich mich verhört. Danke. Kommen Sie mit, Herr Leutnant. Die Männer können hier lagern … hier ist es verhältnismäßig still. Morgen Nacht werden sie hinauf zum Kloster gebracht Sie kommen mit voller Ausrüstung?«
»Jawohl, Herr Oberst. Sie ist bereits über dem Kloster abgeworfen worden.«
»Blendend!« Oberst Stucken klopfte Leutnant Mönnig auf die Schulter. »Sechzig Mann Ersatz für eine Division! Na ja – wir müssen eben damit auskommen, was, Mönnig?«
»Ja, Herr Oberst. Waren die bisherigen Verluste groß?«
»Es geht, Mönnig. Es lässt sich ertragen«, sagte Stucken trocken. »Die 1. Kompanie besteht aus einem Leutnant, einem Unteroffizier und einem Gefreiten, die 2. Kompanie aus einem einzigen Mann!« Er lächelte bitter. »Immerhin sind wir noch nicht ganz aufgerieben … wir haben noch eine Kompanie mit einem Mann! Dafür standen wir auch zweimal im Wehrmachtsbericht, und ich habe das Eichenlaub bekommen! Heil!«
Leutnant Mönnig fragte nicht weiter. Stumm ging er mit Stucken zu dem Keller, in dem der Divisionsstab hauste.

Feldwebel Maaßen sah der dunklen Gestalt entgegen, die den Berg heraufkroch. Neben ihm lag jetzt Hauptmann Gottschalk; Maaßen hatte ihn herbeigewinkt und ihm durch Zeichen bedeutet, leise zu sein. Zusammen starrten sie dem einzelnen Mann entgegen, der klappernd zum Kloster kletterte.
»Das kann nur einer sein, der sich verlaufen hat«, flüsterte Maaßen dem Hauptmann ins Ohr. »Wer wird so idiotisch sein und genau durch das Schussfeld latschen?«
»Psst!«
Die Gestalt war stehen geblieben. Sie blickte zu der nahen Klostermauer empor und atmete schwer. Dann ging sie weiter. Von der Höhe 435 leuchtete kurz ein Feuerschein auf … er zuckte nur sekundenschnell über die Gestalt und über den randlosen Stahlhelm.
»Einer von uns«, stotterte Maaßen entgeistert.
Hauptmann Gottschalk war aufgesprungen und trat an die Klostermauer.
»Kommen Sie mal her, Sie Vollidiot!« brüllte er in die Nacht hinaus. Die Gestalt ging zu Boden, als die Stimme aufklang, aber als sie die deutschen Worte hörte, sprang sie wieder auf und rannte und kletterte über die Steine und Trümmer auf das Loch in der Mauer zu, in dem drohend die Gestalt Gottschalks stand. »Was spazieren Sie da im Niemandsland herum, Sie Krücke?!« brüllte er. »Suchen Sie Maiglöckchen?! Hierher! Mensch – zu dusselig, um zu sehen, wohin er tritt!«
Vor Gottschalk tauchte das schmale, bleiche, aber glücklich lächelnde Gesicht Renates auf. Kurz blitzte in der Hand Gottschalks eine Taschenlampe auf, glitt über die Uniform und erlosch. Auch Maaßen hatte erfasst, was da stand, und grinste breit.
»Herr Leutnant!« Gottschalk legte die Hand an den Helm. »Wo kommen Sie denn her?«
»Ich bin eben abgesprungen, Herr Hauptmann.« Die helle Stimme ließ Gottschalk lächeln. Ein Jüngelchen, dachte

er. Notabitur, Grundausbildung, Kriegsschule, drei Monate Frontbewährung, Leutnantspatent, ab nach Monte Cassino und heldenhaft sterben.
»Und da haben Sie sich verirrt.«
»Nein. Ich habe einen Auftrag für Herrn Stabsarzt Dr. Pahlberg. Er befindet sich doch im Kloster?«
»Allerdings. Im Keller unter dem Kolleg. Einer meiner Männer wird Sie gleich hinführen. Aber ich würde Ihnen raten, Herr Leutnant, das nächste Mal über den Trägerweg zu kommen und nicht durchs Niemandsland. Feldwebel Maaßen hätte Sie beinahe erschossen.«
Renate lächelte. »Dann wäre Dr. Pahlberg aber sehr böse gewesen«, sagte sie jungenhaft lustig.
An dem verblüfften Gottschalk und dem noch mehr sprachlosen Maaßen vorbei ging sie in die Trümmerwüste des Klosters, wo Josef Bergmann sie einholte, der sie zum Lazarettkeller führen musste.
»Das könnte glatt ein Mädchen sein«, sagte Maaßen kopfschüttelnd. Gottschalk lachte laut.
»Ein Mädchen! Maaßen, fangen Sie jetzt auch schon an wie Theo Klein und sehen überall Frauen? Maaßen, Maaßen – wenn das Ihre Mutti wüsste!«
Verlegen brummend ging Maaßen zu seinem MG zurück. Man sollte tatsächlich immer die Schnauze halten, simulierte er. Es läuft doch alles nur auf einen Arschtritt hinaus. Kreuzdonnerwetter, der junge Leutnant konnte ihm gestohlen bleiben.
Von der Mauer, seitlich von Maaßen gegenüber der Höhe 435, kam Theo Klein mit Heinrich Küppers. Sie waren beide in Schweiß gebadet und schleppten eine Kiste zwischen sich, Maaßen ahnte nichts Gutes, denn Müller 17 folgte ihnen und sicherte den Transport nach allen Seiten.
»Was ist denn nun schon wieder?« fragte er leise.
»Beuteware!« sagte Klein bedeutsam.
»Was?!« Maaßen beugte sich zu der Kiste nieder. Es waren amerikanische Beschriftungen. Außerdem liefen um den

Deckel Stahlbänder, ein Luxus, den keine deutsche Kiste mit sich herumtrug.
»Wir haben doch das Geschütz geborgen. Dabei fiel uns das da in die Finger«, berichtete Küppers treuherzig.
»Ach nee. Es rollte den Berg hinab, was?«
»So ähnlich. Wir haben ein wenig nachgedrückt.«
»Mit dem Fingerchen am MG-Abzug, was?«
»Die Kiste brauchte Schwung.« Theo Klein streichelte sie liebevoll. »Sie lag so fest und rührte sich nicht. Da haben wir eben ein bisschen geschubst.«
Maaßen gab es auf, Klein und Küppers zu verhören. Sie stemmten die Kiste auf und fanden sie randvoll mit Büchsen voller Fleisch, Ananas, Aprikosenmarmelade, Grapefruitsaft und anderen Herrlichkeiten amerikanischer Truppenverpflegung. Sogar ein Foto war dabei … auf einem Glanzpapier gedruckt ein Glamour-Girl, halbnackt, mit langen Beinen, schwellenden Brüsten und in knappstem Bikinihöschen. Theo Klein starrte auf das Bild und stöhnte auf.
»Mir das!« stotterte er ergriffen. »Vor dem Abendessen! Solch ein Weib!« Er drehte das Bild herum. »Das ist ja schlimmer als drei Schüsse in den Hintern.«
Unter Lachen wurden die Büchsen diebes- und hauptmannssicher in den Trümmern versteckt.
Die Kisteneroberung stand in keinem Wehrmachtsbericht. Küppers und Klein hatten sie mit MG-Feuer und Handgranaten aus einem Trupp Inder herausgehauen, der gerade zur Höhe 435 emporstieg, um Verpflegung für die abgeschnittenen Rajputanas zu bringen.
In den kurzen Stunden des Schlafs bis zum Morgen träumte Theo Klein ziemlich heftig von dem Bikinimädchen in der Kiste. Er stöhnte so herzerweichend, dass Küppers ihm eine schallende Ohrfeige gab, was er mit einem seligen Grunzen beantwortete.
Es ließ sich nicht leugnen, dass der Frühling gekommen war …

An der Treppe zu dem Lazarettkeller schickte der junge Leutnant Josef Bergmann wieder zurück zu Hauptmann Gottschalk. »Danke. Ich brauche Sie nicht mehr. Ich finde mich allein zurecht!« sagte er.
Er hob die Hand kurz an den Helm, was Bergmann zwang, nach langer Zeit auch wieder zu grüßen und kopfschüttelnd durch die Trümmerberge zurückzuwandern.
Verrückter Hund, dachte er. Kommt hier mit Kasernenhofmanieren. Wenn der hier bleibt, rasselt der als Erster mit Theo zusammen.
Renate stieg die Treppen in die Unterwelt der Gewölbe hinab. Krankowski verband gerade einen Mann, der einen Oberarmschuss hatte und beim Verbinden einige Witze erzählte. Er sah kurz auf, als er den Schritt Renates hörte, sah die Uniform und winkte. »Dahinten warten! Oder ist's schwer? Wennste noch gehen kannst, haste auch Zeit.« Dann sah er vor sich die Spiegel mit der Leutnantsschwalbe und richtete sich auf. »Verzeihung, Herr Leutnant! Herr Leutnant sind verwundet?«
Krankowski staunte. Fallschirmjäger? Offizier? Wo kam denn der her? Noch nie gesehen, durchfuhr es ihn. Muss Ersatz sein. Der Offizier winkte ab.
»Ich möchte Stabsarzt Dr. Pahlberg sprechen.«
»Dort hinten, Herr Leutnant Zweiter Raum links vom Flur. Aber der Herr Stabsarzt operiert gerade.«
»Das macht nichts. Danke.«
Wieder die Handbewegung an den Helm. Krankowski mimte so etwas wie Haltung und schüttelte den Kopf, als Renate weiter in den Hintergrund ging. Der Soldat mit dem Oberarmschuss grinste breit. »Zackig, was? Lernen die alles auf der Kriegsschule.«
»Und so was bei uns im Kloster!« Krankowski nahm die hingelegte Verbandrolle wieder auf und wickelte den Mull weiter um den geschienten Oberarm.
In dem zweiten Zimmer links vom Gang stand Dr. Pahlberg an dem zusammenklappbaren OP-Tisch und holte

aus einem Oberschenkel eine MG-Kugel heraus. Der Soldat war nur lokalanästhetisiert, unterhielt sich mit dem Stabsarzt und sah ungerührt zu, wie er mit der Pinzette in der Wunde herumsuchte und endlich das Projektil zwischen den Pinzettenbacken gefasst hatte.
»Sie haben Glück gehabt, mein Lieber«, sagte Pahlberg freundlich. »Die Kugel hat sich in Ihrem fetten Oberschenkel schön festgesetzt. Kein Knochen verletzt, nicht mal die Knochenhaut aufgeritzt Ein schönes Schüsschen.«
»Mir reicht´s.« Der Soldat lächelte breit. »Kommt man damit in die Heimat, Herr Stabsarzt?«
»Ich glaube kaum Das heilen sie in Rom aus.« – »Mist.«
»Kann man sagen. Wäre der Knochen verletzt, dann ging's ab zu Muttern. Aber so … in 14 Tagen spielen Sie wieder Fußball.«
»Oder ich liege hier wieder im Dreck und schieße auf die Gurkha.«
»Auch das ist möglich.«
In diesem Augenblick trat Renate in das Zimmer. Dr. Pahlberg sah sich kurz um, bemerkte die Leutnantsspiegel und winkte nach hinten. »Bin gleich fertig, Herr Leutnant! Einen Augenblick!«
Gehorsam, mit zitternden Knien, lehnte sich Renate an die Wand des Kellerraumes. Erich, das ist Erich … Wie schmal er geworden ist, wie dürr, wie alt … Sie presste die Hände auf die Brust, um nicht laut seinen Namen zu rufen, sie stemmte die Füße gegen den Steinboden, weil sie den Drang hatte, zu ihm hinzustürzen, sich an seinen Hals zu werfen und zu schreien: Ich bin es, Erich. Ich, Renate! Ich bin bei dir … bei dir… bei dir … Endlich für immer! Und sie würde ihn küssen, dieses schmale, ausgemergelte Gesicht, diese müden Augen, den zuckenden Mund … Sie schloss die Augen und wandte den Kopf zur Seite. Ruhe, befahl sie sich. Nur Ruhe … Noch zwei Minuten Ruhe …
Der Mann mit dem Oberschenkelschuss humpelte aus dem Zimmer.

Dr. Pahlberg ging in den Hintergrund des Zimmers und wusch sich in einem Blecheimer die Hände.
»Und nun zu Ihnen, Herr Leutnant! Hat Ihnen Feldwebel Krankowski schon eine Tetanus gegeben?«
»Nein«, sagte Renate mit ihrer natürlichen Stimme. Sie hatte den randlosen Helm abgenommen ... ihre blonden Haare, der aufgelöste, kurz geschnittene Goldhelm leuchtete in dem schwachen Schein der beiden Petroleumlampen.
Dr. Pahlberg fuhr bei dem Nein herum. Die Seife und das Handtuch entfielen seinen Händen ... er starrte den Besucher vor sich an, unfähig, sich zu rühren, nicht glaubend, was er sah, gelähmt von der Plötzlichkeit des Geschehens.
»Das ist doch nicht möglich ...«, stammelte er. »Das... das ist doch nicht wahr ...«
Renate hob zaghaft die Arme. »Erich –«, sagte sie leise, wie um Verzeihung bittend.
»Renate!«
Er stürzte zu ihr hin, riss sie von der kahlen Mauer fort in seine Arme, sie lag an seiner Brust wie leblos, mit geschlossenen Augen, aus denen die Tränen rannen. Die Anspannung der letzten Stunden, die Konzentration ihrer Nerven und ihres Willens, lösten sich ... sie fiel zusammen, als habe sie keine Knochen mehr, und hing in Pahlbergs Armen wie eine Ohnmächtige.
Sie sprachen nicht mehr ... lange standen sie sich stumm gegenüber, voll plötzlichem Entsetzen über die Erkenntnis der geschaffenen Lage. Dann küssten sie sich, ebenso stumm wie innig, und mit diesem Kuss versanken der Berg Monte Cassino und die Höhe 435, auf der die Inder lagen und auf einen neuen Sturm warteten. Sie küssten sich mit der Versunkenheit zweier Menschen, die wissen, dass es der letzte Kuss sein kann, und die sich an diesen Kuss klammern wie an einen letzten Atemzug, ihn mit der ganzen Seele genießend, ehe er verseufzt ist.

Vor der Tür stand Krankowski und hatte zum dritten Mal geklopft. Als er keine Antwort bekam, legte er das Ohr an die Tür. Aber er hörte nichts. Achselzuckend ging er in den großen Raum zurück. Dort traf er auf Major v. Sporken, der gerade die Treppe herunterstieg.
»Der Stabsarzt da?« fragte er. Er gab Krankowski eine Packung Zigaretten, denn er wusste, dass der Sanitäter gern rauchte.
»Danke, Herr Major.« Krankowski strahlte wie ein beschenktes Kind. »Herr Stabsarzt ist in der Ordination«, sagte er vornehm. »Ein Leutnant ist bei ihm.«
»Zu dem wollte ich gerade. Hauptmann Gottschalk erzählte mir von ihm. Der junge Herr hat sich nicht bei mir gemeldet. Also muss ich alter Krüppel kommen, um mir den Herrn anzusehen.« Major v. Sporken stapfte den Gang entlang, klopfte kurz und betrat das Zimmer Pahlbergs. Verblüfft blieb er stehen, zog schnell hinter sich die Tür zu und räusperte sich laut.
Dr. Pahlberg fuhr herum.
»Herr von Sporken!« stotterte er.
Renate stand hinter seinem Rücken. Sporken konnte sie nicht sehen … nur das Leuchten ihrer blonden Haare bemerkte er. Er lächelte, sofort verstehend, welch eine einmalige Situation dieses Krieges er jetzt erlebte. Er hob die Hand, als Pahlberg etwas sagen wollte, und trat langsam näher.
»Mir wurde gemeldet, dass ein junger Fallschirmjägerleutnant als Ersatz abgesprungen ist und sich bereits im Kloster befindet. Da er sich nicht bei mir meldete, kam ich hierher. Er sollte sich zum Lazarett gewandt haben, sagte man mir. Das Ganze muss ein Irrtum sein, nicht wahr, Pahlberg? Ist bei Ihnen ein Leutnant?«
»Nein, Herr Major. Aber ich –«
Sporken schüttelte den Kopf. »Mehr wollte ich nicht wissen. Man kann sich irren, vor allem, wenn die Nacht so dunkel ist.«

Er nickte Pahlberg zu und wies auf seine Schulter, hinter der sich Renate verborgen hielt. »Und nun seien Sie so nett, lieber Doktor und stellen Sie mir Ihre entzückende Braut vor. Dieses einmalige Teufelsmädchen, dem man die Schlüpfer strammziehen sollte.«

Dr. Pahlberg trat zur Seite. In ihrer schmutzigen Springeruniform, mit den dicken Stiefeln, die Maschinenpistole noch an der Seite, stand Renate im Schein der Petroleumlampen. Major v. Sporken schüttelte den Kopf.

»Unglaublich!« sagte er laut, um seine innere Ergriffenheit zu übertönen. Dann trat er auf Renate zu, küsste ihr wie bei einer Vorstellung im Kasino die schmutzige Hand und sah sie dann groß an. »Ich beneide unseren Freund Pahlberg um Sie, Renate. Ja, ja, ich weiß, wie Sie heißen. Glauben Sie, Ihr Bräutigam hätte Sie verleugnet? Kleingläubig war er, der Junge. Unterschätzt hat er Sie, Renate. ›Ich komme bald zu dir‹, haben Sie ihm geschrieben … das wollte er nicht glauben. Und jetzt sind Sie da! Himmel noch mal – wenn die Liebe Berge versetzen könnte, gäbe es jetzt keinen Monte Cassino mehr!«

Er wandte sich ab, stapfte zur Tür und drehte sich noch einmal um, bevor er sie öffnete. Die beiden standen noch immer reglos in dem dumpfen, halbdunklen Raum und sahen ihn an.

»Wie sagt man doch bei uns«, meinte Sporken lächelnd. »Ach ja: Weitermachen!« Er klinkte die Tür auf. »Ich werde Krankowski sagen, er soll Sie eine halbe Stunde lang nicht stören … Sie hätten eine wichtige Herzoperation!«

Er zog die Tür hinter sich zu und stand einen kurzen Augenblick sinnend in dem dunklen Gang. Auch er erfasste die ganze Tragweite dieser noch nie dagewesenen Situation nicht, als er Renate gegenüberstand. Jetzt, außerhalb des Zimmers, überfiel ihn die Erkenntnis wie ein Schock. Ein Mädchen an der Front, abgesprungen mit einer gestohlenen Uniform, mit einem gestohlenen Fallschirm, eingeschmuggelt in den Absprung von todgeweihten Ersatztruppen! Das war so ungeheuerlich, dass v. Sporken nicht weiter denken wollte und ernst den Gang hinabging zu dem großen Verbandraum. Krankowski trat ihm entgegen.

»Operiert der Herr Stabsarzt noch?« fragte er.

»Aber feste«, antwortete Sporken mit grausamem Humor.

»Ich kann nicht zu ihm?«

»Auf gar keinen Fall. Die nächste halbe Stunde nicht. Er macht eine Herzoperation.«

»Was macht er?!« Krankowski starrte den Major ungläubig und erblassend an. »Das geht doch gar nicht! Wir haben doch keinen Überdruck hier!«

Sporken winkte ab. »Krankowski«, sagte er sarkastisch, »davon haben Sie keine Ahnung. Wenn Sie wüssten, welchen Überdruck wir hier haben – –«

Verständnislos sah Krankowski dem Major nach.

Am 22. März 1944, nachmittags gegen 15.30 Uhr, brachten Angehörige des von Major von der Breyle gebildeten Partisanenbekämpfungstrupps in einer Zeltplane einen Sterbenden.

Von der Breyle saß in seinem Kellerraum an der Albaneta und stellte die Listen für den nächsten Nachschub zusammen, als die Soldaten mit ihrer Last in den Raum stolperten. Ein junger Unteroffizier meldete stramm den Vorgang.

»Gruppe III vom Einsatz zurück. Feindberührung an Höhe 134. Partisanen zogen sich zurück unter Zurücklassung dieses Verwundeten.«

Der junge Unteroffizier schluckte vor Erregung. »Ich glaube, es ist der lang gesuchte deutsche Kommandeur der Partisanen.«

Von der Breyle umklammerte die Kante des Tisches, hinter dem er stand. Sein Gesicht war gelb geworden.

»Danke«, sagte er. »Danke, Unteroffizier.«

»Sollen wir einen Arzt holen?«

»Wozu?« Breyles Hände zitterten. Seine Stimme verlosch wie eine abgebrannte Kerze. »Er wird sowieso hingerichtet … dann kann er auch so sterben.«
Der Trupp verließ den Raum. An der zugeklappten Tür lag die Zeltplane.
Die einzelnen Enden lagen zusammengeschlagen über der Gestalt, nur die Füße ragten aus ihr heraus. Lange, schmale Beine in deutschen Offiziersstiefeln.
Er ist es nicht, sagte sich Breyle. Mein Gott, gib, dass er es nicht ist! Bitte, bitte – lass mich das nicht erleben. Ich flehe dich an. Ich schreie es dir zu: Bitte!
Zögernd ging er zu der liegenden Gestalt und kniete neben ihr nieder. Einen Augenblick stockte er, die Zeltplane zurückzuschlagen und in das Gesicht zu blicken – dann riss er mit einem Ruck den Zipfel zur Seite.
Sein Kopf sank auf die Brust, als habe ihn ein Schlag gefällt. Die Unerbittlichkeit des Schicksals drückte ihn auf die Erde.
Jürgen!
Von der Breyle sah in das schmale, wächserne Gesicht seines Jungen. Aus den Mundwinkeln war Blut geronnen und in den Kragen gelaufen. Das blonde Haar war verklebt … kalter Schweiß überzog das Gesicht, als habe es im Morgentau gelegen. Mit zitternden Fingern knöpfte Breyle die Uniform auf … fünf Einschüsse waren in der schmalen, eingefallenen Jünglingsbrust, der kurze Feuerstoß einer Maschinenpistole. Sie bluteten kaum, aber sie ließen das Leben nach innen verlöschen.
»Mein Junge«, stammelte Breyle. »Mein lieber, lieber Junge …« Er legte seinen Kopf auf die zerschossene Brust und hörte schwach, ganz leise, stockend das Herz klopfen. Er weinte laut und tastete mit den Händen nach dem starren Gesicht, streichelte es, durchwühlte die Haare und ließ sie zurückgleiten zu den runden, kleinen Einschüssen. So lag er eine ganze Zeit, zerbrochen, wegfließend in Tränen, bis sich der Körper unter ihm rührte. Er richtete sich

auf den Knien auf und streichelte wieder das Gesicht seines Jungen. Er sah, wie wieder Blut aus dem Mundwinkel rann, riss sein Taschentuch heraus und tupfte es ab, so zärtlich, so vorsichtig, als könne er ihm wehtun.

»Jürgen«, sagte er leise. »Mein Jürgen …«

Er lächelte ihn an, als er die Augen aufschlug mit einem weiten, fragenden Blick, in dem schon der Frieden der Unendlichkeit lag.

»Vater …«, flüsterte er.

»Ja, mein Junge.« Er nahm seine Hand und fühlte den schwachen Druck der blutleeren Finger. »Dass ich dich noch einmal sehe«, sagte er tapfer, »ist so schön …«

»Ja, Vater.« Er schluckte, wieder rann Blut aus dem Mund, und Breyle tupfte es ab mit dem rot durchnässten Taschentuch. »Ist es vorbei, Vater?«

»Ja, mein Junge.« Breyle deckte die Brust zu, er konnte die fünf Einschüsse nicht mehr sehen. Über das Gesicht Jürgens zog ein Schatten. Jetzt stirbt er, durchfuhr es Breyle, jetzt … jetzt … Er wollte den Kopf seines Sohnes in die Hände nehmen, bei ihm, an seiner Brust sollte er sterben … aber Jürgen wandte den Kopf ab und hob leicht die Hand.

»Dein Jagdkommando hat mich erschossen«, flüsterte er.

»Ja, Jürgen.« Breyles Herz zerriss in diesem Augenblick.

»Nun wirst du sicherlich Oberstleutnant …«, hörte er die Stimme Jürgens sagen.

Breyles Kopf sank auf die Schultern seines Sohnes. Er umfasste den zuckenden Körper des Jungen mit beiden Händen und drückte ihn an sich. »Junge«, stammelte er.

»O Junge, wie gemein ist diese Welt …«

Er spürte, wie der Körper unter ihm sich streckte. Die Hand Jürgens fiel von seiner Schulter herab und schlug auf den zementierten Kellerboden. Noch einmal hörte er den Atem, leise pfeifend, weggehend in ein Nichts.

Mit beiden Händen streichelte er über das schmale, jetzt kantig gewordene Gesicht seines Jungen und drückte mit dieser Zärtlichkeit die großen, starren Augen zu. Er sah auf den lang gestreckten Körper und auf das gelbe Totenantlitz, das ihm jetzt fremd vorkam, unnahbar, unantastbar. Mit spitzen Fingern legte er die Zipfel der Zeltplane über den Toten und bedeckte den Körper.

Draußen auf dem Flur traf er Oberst Stucken. Das neue Eichenlaub blinkte schwach.

»Ich wollte gerade zu Ihnen, Breyle!« rief er. »Stimmt es: Der deutsche Offizier, der die Partisanen anführte, ist bei Ihnen?« – »Ja.«

Breyle starrte über den Kopf Stuckens hinweg in die Felsen der Albaneta. »Sie haben das Schwein schon verhört?!«

»Nein! Er ist soeben gestorben.«

»Schade! Ich hätte ihn gern an die Wand gestellt!« Stucken hob die Schultern. »Haben Sie wenigstens seinen Namen erfahren können?«

»Nein! Er starb gleich nach der Einlieferung. Papiere hat er nicht bei sich.«

»Schade! Jammerschade! Ich hätte der Nachwelt gerne diesen Namen erhalten!« Oberst Stucken klopfte Breyle auf die Schulter. »Ihre Leute haben blendend gearbeitet, Breyle. Ich werde Ihre Beförderung wärmstens befürworten. Und den Kerl da« – er zeigte auf die Tür, hinter der Jürgen in seiner Zeltplane lag – »verscharren Sie in den Felsen! Von mir aus stellen Sie auch ein Kreuz darauf … immerhin war er ein Christ.«

»Ja, Herr Oberst.«

Breyle stand vor dem Keller. Der Abendwind kam vom Süden. Er war warm. Der Frühling zog über das Land. Er empfand es nicht… er sah nicht mehr die Berge, den brennenden Abendhimmel, die rot schimmernden Felsen, er spürte den Wind nicht mehr und die streichelnde Wärme. Er war tot, leer allen Gefühls, eine Schlacke, so leicht wie eine Feder.

Von der Albaneta herauf keuchte ein Mann. Er blutete und schrie durch die Stellungen wie ein Irrer.

»Panzer! Alarm! Panzer von Höhe 593! Alarm!«
Oberst Stucken stürzte aus dem Keller. Über den verbreiterten Saumpfad rollten sechs leichte amerikanische Panzer auf die Divisionsstellung zu. Sie schossen nach allen Seiten und warfen die Fallschirmjäger in Deckung.
»Hierhin!« brüllte Stucken Breyle zu. »Kommen Sie hierhin in die Felsen.«
Von der Breyle stand. Er sah die Panzer heraufkommen, aber selbst das erfasste er nicht mehr. Instinktmäßig rannte er fort, riss einem Pionier eine T-Mine aus der Hand und keuchte, wie ein verfolgter Hase zickzack laufend, den Panzern entgegen.
»Breyle!« brüllte Stucken. »Sind Sie verrückt?!«
Er sprang aus seiner Deckung hervor und rannte dem Major nach. Ein Feuerstoß des vorderen Panzers warf ihn auf die Erde, er kroch in einen Granattrichter und starrte zu Breyle hinüber, der wie ein Irrer auf die Panzer zulief, sich hinwerfend, aufspringend, in Trichter rutschend, die T-Mine vor sich herschleppend.
»Breyle!« schrie Stucken grell. »Sie haben doch keine Ahnung von T-Minen! Bleiben Sie! Bleiben Sie!«
Mit keuchenden Lungen lag Breyle in einem flachen Loch. Er sah die Panzer auf sich zukommen, aus ihren Türmen spuckte der Tod durch die Gegend. Hinter ihm krachte die erste Pak, MG-Kugeln prallten von der Panzerung ab und surrten pfeifend als Querschläger durch die Luft.
Ein Breyle stirbt nicht feig, schrie er sich zu. Ein Breyle stirbt als Held! Seit fünfhundert Jahren sind wir Soldaten – ich bin der letzte Breyle. Der allerletzte!
Der erste Panzer rollte an seinem Loch vorbei. Jetzt war er im toten Winkel der MGs … der Turm war vor ihm, träge drehte er sich, nach allen Seiten feuernd.
Mit einem Satz sprang er aus seinem Loch. Er schob die T-Mine unter den Turmansatz, zog die Reißleine ab und schloss die Augen. Ein Zittern durchlief seinen Körper,

ein Schüttelfrost, der seine Knochen durcheinander wirbelte.
»Deckung!« brüllte Stucken. »Breyle – Deckung!«
Er hörte es nicht mehr … Ein ohrenbetäubender Krach zerriss sein Trommelfell … neben ihm flog die Kuppel des Panzers in die Luft, schwarzer Qualm hüllte ihn ein. Ein großes Eisenstück der zerplatzenden Mine fuhr in seine Brust … wie ein heißes Messer durchschnitt es seinen Körper und trennte sein Herz in zwei Teile. Heiß wurde es in ihm, unerträglich heiß.
Jürgen, dachte er noch. O Jürgen – – jetzt ist Mutter ganz allein …
Dann schwankte die Erde, der Himmel kam näher … er war so nahe, dass er ihn greifen konnte, der rote Ball der untergehenden Sonne lag in seinen Händen, als sie nach oben stießen, die Wolken zogen über seinen Kopf hinweg … Wolken, viele, viele Wolken … und die Sonne war rot … so herrlich rot …
Über den toten Körper hinweg mahlten die Ketten des zweiten Panzers.
Sie rollten die Stellung auf.

FÜNFTES BUCH

Doch uns ist gegeben,
auf keiner Stätte zu ruhn,
es schwinden, es fallen
die leidenden Menschen
blindlings von einer
Stunde zur andern,
wie Wasser von Klippe
zu Klippe geworfen,
jahrlang ins Ungewisse hinab.

HÖLDERLIN

Das Oberkommando der Wehrmacht gibt bekannt:
15. Mai 1944
An der süditalienischen Front setzte der Feind gestern seine mit größtem Menschen- und Materialeinsatz geführten Angriffe fort. Nach erbitterten Kämpfen, wobei der Gegner allein südlich von Cassino 50 Panzer verlor, setzten sich unsere Truppen im südlichen Frontabschnitt wenige Kilometer nach Westen auf eine vorbereitete Riegelstellung ab.

Bei den Verteidigern von Monte Cassino hatte es sich schnell herumgesprochen, dass eine in der Nacht in Leutnantsuniform abgesprungene Krankenschwester im Lazarettkeller Dr. Pahlbergs wohnte.
Hauptmann Gottschalk besuchte Renate Wagner in der darauf folgenden Nacht und meinte, dass der Krieg tatsächlich die Menschen abstumpfe … Früher sei es ihm nie passiert, dass er ein Mädchen nicht erkannt habe, ganz gleich, in welcher Verkleidung es aufgetreten sei.
»Irgendwann sprang immer ein Funke über«, sagte er lachend. »Aber man hat in der Zwischenzeit so viel auf uns herumgefunkt, dass die Seele sich völlig verkrochen hat. Immerhin haben Sie es fertig bekommen, einen alten Hauptmann zu täuschen.«

Nur mit Gewalt war Theo Klein zurückzuhalten, sich krank ins Lazarett bringen zu lassen.
»Ein Mädchen!« stöhnte er. »Ein richtiges Mädchen bei uns in der Stellungl Oh – habe ich Bauchschmerzen!« Er legte seinen Karabiner hin und erhob sich. »Ich muss ins Lazarett! Ich habe Krämpfe …«
»Die Schwester ist die Braut des Stabsarztes, du Idiot!« Heinrich Küppers und Feldwebel Maaßen zogen Klein in die Deckung zurück. »Was willst du denn im Bunker?«
»Sie nur sehen, Jungs. Ein lebendiges weibliches Wesen! Wisst ihr überhaupt noch, wie 'ne Frau geht? Hüftenwackelnd, brustwippend …«
»Halt's Maul, Theo!« Maaßen stieß ihn in die Seite. »Es gibt sowieso einen wüsten Stunk, wenn das bei der Armee bekannt wird! Ich möchte wissen, was der Oberst dazu sagt, wenn er es erfährt.«
»Er wird kommen, sich dieses Teufelsmädchen ansehen!«
Dieser Ansicht war auch Major v. Sporken, der kurz und bündig, wie es sich für einen Soldaten gehörte, an die Division meldete: »Eingetroffen: 45 Mann Ersatz. Ein Leutnant, drei Feldwebel und Unteroffiziere und 41 Mann sowie eine Krankenschwester.«
Oberst Stucken, noch erschüttert von dem Tode von der Breyles, dessen von den Panzerketten zur Unkenntlichkeit zermalmten Körper er schaudernd am Hang des Monte Cassino beerdigen ließ, hielt die Meldung in der Hand und starrte die kurzen Sätze an.
»Der Sporken hat einen Stich!« sagte er laut. »Eine Krankenschwester! Was sollen diese dummen Witze?«
Er schrieb bei der nächsten Rückmeldung: »Bitte um Äußerung wegen Meldung einer Krankenschwester.«
Prompt kam die Meldung zurück: »Schwester Renate Wagner vom III. Reservelazarett in Rom, abgesprungen am 20. März mit Ersatz über dem Monte Cassino.«
Oberst Stucken ließ sich vorsichtshalber mit dem Armeekorps und der Armee verbinden. Tastend fragte er sich

durch: »Hat das Lazarett auf dem Monte Cassino Ersatz bekommen?«
Außer dem Material nichts. Als Außenstelle unterstand es dem Feldlazarett unter Oberstabsarzt Dr. Heitmann. Dort aber war außer Dr. Christopher kein neuer Arzt hinzukommandiert worden.
»Auch keine Schwester?«
»Wie bitte?« Bei der Armee sah der Major, verwundert auf seinen Hörer, als habe er nicht richtig verstanden. »Lieber Stucken, das ist 'n Witz! Das könnte Ihnen so passen … für 'ne Kampfpause ein Karbolmäuschen! Nee, nee – sparen Sie sich das für 'n Urlaub! Abend, lieber Stucken …«
Nichts! Keiner wusste es.
Zwar war Rom vom Reservelazarett III die Krankenschwester Renate Wagner als verlustig gemeldet und auf die Liste der Vermissten gesetzt worden. Von Partisanen bestimmt umgebracht, dachte man bei der Standortkommandantur. Kommt jetzt laufend vor. Eine Schweinerei, diese fanatisierten Partisanen. Ausgerüstet mit den besten Waffen, organisiert wie Militär. Der Krieg beginnt auch in Italien schmutzig zu werden!
Aber davon wusste man vorn bei der 10. Armee nichts. Stucken hatte einen Witz gemacht, das war alles.
Nur Oberst Stucken hatte einen internen Briefwechsel mit v. Sporken, bis er erfuhr, dass tatsächlich eine Krankenschwester sich bei Dr. Pahlberg auf dem Klosterberg befand … die Verlobte des Arztes, in der Nacht heimlich als Leutnant abgesprungen. Darum die merkwürdige Meldung des abgesprungenen Soldaten: »Drei Offiziere.«
Oberst Stucken befahl, dass sich Renate Wagner mit den nächtlichen Trägerkolonnen sofort vom Klosterberg zur Albaneta zu begeben habe, in die etwas ruhigere Lage des Lazaretts Dr. Heitmanns.
»Über die Todesschlucht?« Major v. Sporken las den Befehl und schüttelte den Kopf. Renate und Pahlberg saßen

vor ihm, während draußen wieder das Streufeuer über die Trägerkolonnen herbrauste. »Dies hieße mit neunzigprozentiger Sicherheit, dass Sie nicht unten ankommen, Renate. Auf gar keinen Fall führe ich diesen Befehl aus! Ich werde es Stucken schreiben. Wenn er will, soll er Sie als galanter Kommandeur doch hier abholen!« Von da an schwieg Oberst Stucken.

Renate blieb im Kloster Cassino.

Nach einem nochmaligen Angriff über den Calvarienberg, der wiederum kurz vor den Klostermauern und der Rocca Janula im Feuer der 3. Kompanie und der Werfergruppe Sporkens zusammenbrach, zog sich Freyberg endgültig zurück.

Die zweite Cassino-Schlacht, die größte Materialschlacht des Zweiten Weltkrieges, war für die Alliierten verloren. Die ganze Welt blickte staunend und bewundernd auf die Hand voll deutscher Fallschirmjäger, die es fertig brachten, einer ganzen Armee zu trotzen und halb verhungert, ausgemergelt und zu Tode erschöpft zwei Schlachten für sich zu entscheiden.

General Alexander zog Freyberg aus dem Abschnitt Monte Cassino zurück. Die Neuseeländer waren ausgeblutet, die Inder in völliger moralischer Auflösung.

Das II. polnische Korps unter General Anders wurde nach Cassino befohlen, zum letzten Sturm, der den Berg überrennen sollte. Die Karpartenjäger sollten den Berg nehmen und damit den Weg ins Liri-Tal aufreißen.

Grollend zog sich General Freyberg zurück. Nicht nur das Kloster hatte er zerstören lassen, sondern an diesem Klosterberg hatte er seine Regimenter verbluten sehen. Sein Feldherrnruhm war kläglich untergegangen im Feuer der deutschen Fallschirmjäger.

An der Front war es still geworden. General Alexander gruppierte um. Das II. polnische Korps erschien vor dem Monte Cassino, Freyberg rückte südlich ab zum Rapido.

Vom Führerhauptquartier ergoss sich ein Ordenssegen über die Helden vom Cassino. Unter Verleihung des Deutschen Kreuzes in Gold wurde Major von der Breyle post mortem zum Oberstleutnant befördert. Hauptmann Gottschalk und Major v. Sporken bekamen das Eichenlaub, Weimann das Deutsche Kreuz in Gold, die Beförderungen von Klein, Küppers, Müller 17, Bergmann und Maaßen lagen bereits bei Oberst Stucken und sollten in Kürze ausgesprochen werden. Die Melder brachten es mit … als die Telefonleitung wieder geflickt war, sagte es Stucken noch einmal zu v. Sporken.
»Leichtmetall hätten wir jetzt genug am Hals«, meinte v. Sporken zu Dr. Pahlberg. »Jetzt fehlt das berühmte Eisen ins Kreuz, und wir sind komplette Helden!«
»Sie sind ein Fatalist, Sporken.«

In diesen stillen Tagen fand im Lazarett ein verborgener Kampf zwischen Renate und Pahlberg statt. Dr. Pahlberg wollte, dass Renate das Kloster verlasse, und mit der gleichen Beharrlichkeit weigerte sich Renate, diesem Wunsche nachzukommen oder dem Befehl Oberst Stuckens Folge zu leisten. »Ich unterstehe nicht dem Oberst!« sagte sie fest. »Ich bin nur mir selbst verantwortlich.«
»Stucken ist der Kommandant des Abschnitts. Alles, was in diesem Gebiet ist, untersteht seinem Befehl!«
Pahlberg versuchte immer wieder, Renate umzustimmen. Er wusste, dass diese ungewohnte Ruhe die letzten Tage waren, die sie gemeinsam verleben konnten – was kam, war der letzte Akt einer Tragödie, vor dem er Renate bewahren wollte.
»Du denkst militärisch! Ich aber denke menschlich. Man kann keinem Menschen befehlen, seine Liebe einfach aufzugeben! Ich bleibe bei dir, bis zum Ende, Erich.«
Dr. Pahlberg saß in der Sonne zwischen den Trümmern und blickte hinab in die Liri-Ebene, dem großen Ziel der alliierten Armeen.

»Wir werden von diesem Berg nicht herunterkommen«, sagte er leise.
»Ich weiß es, Erich.«
»Wenn du es weißt, dann ist es Selbstmord, wenn du bleibst.«
»Ob es Mord ist – so wie man an dir handelt – oder Selbstmord – wie ich es selbst bestimme –, das ist doch alles gleichgültig.« Sie legte ihre Hand auf seinen Handrücken. Sie war kalt. Er drehte seine Hand herum und umklammerte ihre Finger. »Wir wollen zusammenbleiben, weiter nichts. Wir gehören zusammen, so eng, so fest wie ein einziger Körper. Was sollte ich ohne dich, Erich? Ich könnte diesen Gedanken gar nicht einmal zu Ende denken, weil eine Leere kommt, die ich nicht ausfüllen kann. Es gibt kein Leben mehr außerhalb deiner Nähe. Das klingt übertrieben, jungmädchenhaft, unlogisch … aber es ist so.«
»Sie werden uns das dritte Mal eindecken mit einem Feuerhagel, den wir nicht überleben«, sagte Dr. Pahlberg dumpf. »Du weißt nicht, was das heißt, Renate. Du hast es nie erlebt. Es wäre ein Verbrechen, dich hier zu lassen!« Er erhob sich und klopfte den Staub von seiner Uniform. »Ich werde mit Sporken sprechen.«
»Nein!«
»Doch!« Er wollte gehen, aber sie hielt ihn am Ärmel fest und zog ihn zurück.
»Wohin willst du?!«
»Zu Sporken. Er wird dich heute Nacht mit der Trägerkolonne ins Tal bringen lassen!«
»Nie, Erich. Nie!« Sie ließ den Arm los und rannte durch die Trümmer. Erstarrt sah ihr Dr. Pahlberg nach, bis er begriff, dass sie auf die Mauer zurannte, auf die Mauer, die das Kloster gegen die Rocca Janula schützte, das Fort, in dem die indischen Scharfschützen lagen.
»Renate!« schrie er. »Bleib stehen! Renate!«
Er hetzte ihr nach, sprang über die Trümmer, jagte durch den aufwirbelnden Staub der Schutthalden und warf sich

fast auf das Mädchen, als er auf Griffweite an sie herangekommen war. Er drückte sie gegen eine zerborstene Wand und umklammerte ihre Schulter. Der ›Goldhelm‹ war vom Laufen zerflattert; um das blasse Gesicht, das jetzt feiner Kalkstaub überzog, wehten die blonden Haare wie Goldfäden.
»Was wolltest du tun!?« sagte er leise, vom Lauf keuchend.
»Nichts!« antwortete sie starr.
»Du wolltest zur Mauer laufen … du wolltest in die indischen Gewehre laufen!«
Sie schwieg. Ihre Augen waren dunkel geworden. Dr. Pahlberg senkte den Kopf und legte ihn auf ihre Schulter. So hilflos war diese Gebärde, dass sie die Hand hob und über seine Haare streichelte.
»Warum wolltest du das tun?« stammelte er. »In die Gewehre hinein … Renate …«
»Du wolltest mich wegschicken. Aber ich lasse mich nicht abtransportieren. Wenn ich gehe, dann gehe ich allein … und ich gehe dorthin, wo auch du hingehen wirst … in das Nichts.«
Er umklammerte ihre Schulter. Sie biss die Zähne aufeinander, weil seine Nägel tief in ihr Fleisch drückten. Aber sie ertrug es und streichelte weiter sein schweißnasses Haar.
Major v. Sporken kam gegen Abend in den Lazarettkeller und wollte Renate Wagner abholen. Er traf Dr. Pahlberg bei einer kleinen Operation … ein Mann der 1. Kompanie, einer der Träger, lag auf dem OP-Tisch, und Pahlberg zog ihm einige kleine Gewehrgranatsplitter aus dem Oberschenkel. Renate stand daneben, hielt die Schüssel, in der die kleinen Eisensplitter klirrten, und sah erschrocken auf, als v. Sporken in den Keller polterte.
v. Sporken überblickte kurz den Raum. Er wusste, dass er auch dieses Mal vergeblich kam, und nickte. »Bei der Arbeit soll man nicht stören«, sagte er achselzuckend. »In einer halben Stunde geht die Trägerkolonne zurück. Sind Sie dann fertig, Herr Stabsarzt?«

»Ich glaube nicht, Herr Major.«
»Dachte ich mir.« v. Sporken grüßte lächelnd. »Na – dann warten wir bis morgen.«
Er schloss die Tür und stand eine kurze Weile draußen in dem dunklen Flur, ehe er zu Krankowski in den großen Krankenraum ging. Der Feldwebel sah v. Sporken entgegen und atmete auf, als er ihn allein kommen sah.
»Sie geht nicht mit?« fragte er vertraulich. v. Sporken musterte Krankowski.
»Was geht das Sie an, Feldwebel?«
Krankowski grinste. »Ich weiß, dass der Herr Major auch nicht daran glauben, dass sie geht.«
v. Sporken wandte sich ab. »Krankowski, Sie denken zu viel«, sagte er grob und verließ das Lazarett.

Am 11. Mai 1944, um 23 Uhr, begann aus 2000 Rohren die neue Feuerwalze der Alliierten auf Stadt und Kloster Cassino.
Der dritte Anlauf hatte begonnen … die polnischen Regimenter standen am Klosterberg, Karpatenjäger, bergerfahren und katzenhaft im zerklüfteten Gelände. General Anders befehligte selbst seine Truppen – er war die letzte Rettung des alliierten Oberkommandos.
Der Monte Cassino musste fallen!
Um 1 Uhr nachts erklommen die polnischen Jäger den Calvarienberg und stürmten zur Massa Albaneta hinauf und zur blutigen Höhe 593 – der ›Phantom-Höhe‹ –, an der Flanke des Monte Cassino. Immer noch hämmerten die 2000 Geschütze auf das Land, drückten die Fallschirmjäger in die Keller und Höhlen zurück, während unter der Feuerglocke die Polen die Hänge hinaufkrabbelten wie Ameisenheere.
Theo Klein und Heinrich Küppers krochen als Erste mitten im Artilleriefeuer aus ihrem Keller und warfen sich hinter das MG. Sie sahen undeutlich die braunen Gestalten über die Steine huschen, der Mauer entgegen.

Die Einschläge verlagerten sich talwärts. Dort kroch Oberst Stucken in Deckung. Dr. Heitmann saß in einem Keller, Unterarzt Dr. Christopher rannte von einem Sanka, der gerade beladen werden sollte, in Deckung. Kurz vor dem schützenden Keller traf ihn eine Riesenfaust in den Rücken – ein großer, dampfender Granatsplitter ragte zwischen seinen Schulterblättern heraus. Er stürzte nach vorn auf das Gesicht, krallte die Finger in die steinige Erde und schrie in den Boden hinein, bis er den Mund voll Steine hatte und unter dumpfen Schreien starb.

Oberst Stucken sah es von seinem Keller aus … er konnte nicht helfen. Zwischen ihm und Dr. Christopher lag auf dreißig Metern Breite eine Feuerwalze wie ein Vorhang aus surrenden Splittern und aufquellenden Erdfontänen.

Aus den Trümmern des Klosters krochen die Fallschirmjäger. Maaßen und Müller 17 feuerten bereits, der junge Ersatz, zum ersten Mal in einer Schlacht, schwärmte aus an die Mauer, Leutnant Mönnig und Oberfeldwebel Michels brachten ein schweres MG in Stellung, während der verwundete Unteroffizier Köster mit Grüben und Eugen Tack einen Granatwerfer einschoss und den Hang systematisch abtastete.

Theo Klein und Heinrich Küppers waren still. Sie lagen in einem anderen Winkel und beobachteten ruhig die auf sie zukletternden Gestalten der polnischen Karpatenjäger. Der Gurt war eingezogen, das Schloss gespannt, der Finger Kleins lag am Druckpunkt des Abzuges. Neben Küppers war eine Kiste mit Stielhandgranaten aufgeklappt … er hatte sie vor Einschüssen durch einen Felsblock zum Feind hin geschützt und war dabei, die Verschlusskapseln der Abreißleinen abzuschrauben.

»Wie weit noch?« fragte er Theo Klein.

»Noch fünfzig Meter. Ich warte, bis sie auf zwanzig 'ran sind. Dann kannste werfen, während ich schieße.«

Sie nickten sich zu und warteten, kaltblütig, ungerührt durch das Artilleriefeuer, zwei Männer, die das Fürchten längst verlernt hatten. Über ihre Köpfe hinweg zischten die Granaten der Nebelwerfer v. Sporkens. Sie pfiffen über die Polen hinweg und fegten die zweite Welle zur Erde. Die Angriffsspitze hatte bereits den toten Winkel der Nebelwerfer erreicht.

»Noch zehn Meter, Heinrich.«

Küppers kroch an den Rand der Deckung. Er blickte hinüber und sah die erdbraunen Gestalten deutlich auf sich zukommen. Dreißig – fünfzig – hundert Mann schätzte er. In Gruppen kletternd, anscheinend verwundert über den stillen Abschnitt, den sie bekommen hatten. Hier schien die Artillerie den Widerstand gebrochen zu haben. Es war fast ein Spaziergang zum Kloster.

Hauptmann Gottschalk rannte durch die Trümmer. Er sah die Polen an der Flanke emporklettern und bemerkte Klein und Küppers, wie sie gemütlich den Angreifenden zusahen und keinen Finger rührten. »Die sind verrückt geworden!« durchfuhr es Gottschalk einen Augenblick. »Warum schießen die denn nicht? Man kann die Kerle ja fast greifen … und sie liegen da und sehen sich das Schauspiel an?!«

Er wollte zu ihnen hineinspringen, aber eine MG-Salve zwang ihn in Deckung. Vierzig Meter weiter hämmerte Mönnig mit Michels aus seinem schweren MG in die Polen … die beiden leichten Gebirgsgeschütze, die Klein noch bergen half, als sie mit dem Fallschirm ins Niemandsland schwebten, ballerten zur Höhe 593 hinüber und störten den Aufmarsch der anderen Angriffswellen. Doch mehr als stören konnten sie nicht… nach drei Salven der polnischen Gebirgsartillerie schwiegen die beiden leichten Geschütze … die verwundeten und sterbenden Kanoniere wurden zu Dr. Pahlberg in den Keller geschleift.

»Noch drei Meter.« Theo Klein schob den randlosen Helm tiefer in die Stirn. Er holte tief Atem, hob die Schultern etwas hoch und drückte den Finger durch.

Das gefürchtete Ratatatatata des MGs 42 schlug in die Reihen der sorglos kletternden Polen und mähte sie nieder wie eine riesige Sense. Neben Klein hatte sich Küppers an die Deckung gelehnt. Unter dem Feuerschutz des MGs zog er die Handgranaten ab, zählte drei Sekunden und warf sie weit weg in die auf dem Boden liegenden Karpatenjäger. Die grauweißen Explosionswölkchen geisterten durch die zerklüfteten Felsen … Schreien begleitete die hellen Detonationen … mit verbissenem Gesicht sah Klein, wie einige Polen winkend zurückliefen.
Nichts, dachte er, nichts, meine Lieben! Es ist Krieg, und der Krieg ist eine verfluchte Scheiße, er ist schmutzig, gemein, er macht den Menschen zum organisierten Mörder! Wenn ich euch laufen lasse, knallt ihr mich morgen über den Haufen! Das ist nun einmal so … ihr habt eine Mutter und einen Vater, eine Frau, eine Braut und Kinder, süße kleine Kinder … Anuschka … Katja, Wanda, Alex, Josef und Marinja … Perunja – ich kann euch nicht helfen … Er drückte den Finger durch, schoss auf die Flüchtenden und mähte sie in den Felsen.
Heinrich Küppers schwitzte. Der Arm schmerzte ihn … wie eine Maschine waren seine Handgriffe … Bücken, Handgranatenstiel packen, Abzugsleine ziehen, zählen – – einundzwanzig – – zweiundzwanzig – – dreiundzwanzig – – weg mit dem Ding, weit weg in die Gestalten hinein … bücken … Stiel packen … abziehen … Die Muskeln des rechten Oberarmes zuckten von der Anstrengung des dauernden Werfens. Der müde, ausgezehrte Körper war kraftlos, so leer gebrannt, dass jede Handgranate so viel wog wie eine schwere eiserne Hantel. Aber er warf sie, der Unteroffizier Heinrich Küppers, er warf sie mit zusammengepressten Lippen, während Theo Klein hinter seinem MG lag und seinen Körper von den Rückschlägen durchrütteln ließ.
Hauptmann Gottschalk robbte durch das Feuer hinüber zu Leutnant Mönnig und Oberfeldwebel Michels. Zwan-

zig Meter weiter schrie Helmuth Köster nach einem Sanitäter … Fritz Grüben drückte den um sich Schlagenden zur Erde und verband ihn. Schulterschuss. Ziemlich tief. Ein Teil der Bronchien musste zerfetzt sein, denn Köster spuckte blutigen Schaum, wenn er röchelte.
Major v. Sporken legte den Hörer seines Telefons hin. Er hatte versucht, mit Stucken zu sprechen, aber wie erwartet war die Leitung wieder zerstört. Hans Pretzel, der Cheffahrer der 3. Kompanie und Melder, stolperte in den Keller. Er fiel v. Sporken fast in die Arme.
»Die Polen haben den Calvarienberg erobert und dringen zur Albaneta vor. Von der Höhe 593 kommen sie auf das Kloster zu.«
»Danke.« Pretzel kroch aus dem Keller und rannte durch die Nacht davon zu Hauptmann Gottschalk. v. Sporken sah kurz auf die Karte. Einen Sperrriegel mit Nebelwerfern und Granatwerfern zwischen 593 und dem Kloster, dachte er. Alle verfügbaren Truppen an diese Seite … wer den Calvarienberg hält, hat den Schlüssel zum Monte Cassino in der Hand.
Vor dem MG Theo Kleins war der Nachthimmel erfüllt von Wimmern, Stöhnen, Schreien und kläglichem Flehen. Noch immer warf Heinrich Küppers seine Handgranaten den Abhang hinunter … die dritte Kiste. Die beiden leeren Metallkisten hatte er vor sich aufgerichtet – – wie hinter einem Panzerschild stand er jetzt hoch aufgerichtet und warf den Tod in die verstörten und festliegenden Polen.
»Hilfe!« brüllte eine Stimme kurz vor der Mauer. »Helft mir doch! Ich verblute! Ich verblute! Sanitäter! Hilfe!«
Theo Klein drehte sich zu Küppers um. »Da sind Deutsche dabei!« sagte er, aus der Fassung gebracht.
»Volksdeutsche.« Küppers nickte. »Männer aus Posen, Thorn, Bromberg. Die können Deutsch.«
»Ein Mist!« Klein schob einen neuen Gurt in das Schloss. »Halts Maul!« schrie er in die Nacht. Er verlor die Nerven

und hieb mit der Faust gegen die Steine. »Warum kämpfst du gegen uns?!« Er wollte noch etwas sagen … aus den Felsen vor ihm spritzte es heraus. Ein polnisches Maschinengewehr, hämmernd, langsamer als das MG 42.
»Die Antwort«, sagte Küppers grimmig.
Mit leerem Gesicht drückte Klein wieder durch. Er schoss auf den Punkt, in kurzen, rasanten Feuerstößen. Das polnische Gewehr schwieg nach dem fünften Stoß … ein Körper rollte den Hang hinab, eine kleine Steinlawine mit sich ziehend.
Im Lazarettkeller arbeitete Dr. Pahlberg mit hoch gerollten Hemdsärmeln und langer Gummischürze. Was an Wunden verbindbar war, versorgten Renate, Krankowski und der als Ersatz abgesprungene Fritz Grüben. Die schweren Fälle trug man in das OP-Zimmer und legte sie nebeneinander an die Wand. Auch die Zelle des gestorbenen Fra Carlomanno wurde für die schweren Verwundungen bereit gestellt … sie füllte sich bald. An der Eingangstreppe des Kellers lagen elf Verwundete, meistens Beinverletzte, und warteten darauf, dass Krankowski sie in den Keller holte. Eugen Tack, die ›Flasche‹, kam durch die Trümmer gerannt. Er schleppte über der Schulter einen stöhnenden Soldaten, seinen Kameraden Walter Dombert, der einen Beinschuss bekommen hatte.
»Schwerverwundete hinten rechts!« schrie ihm Krankowski entgegen, als er mit Dombert in den Keller stolperte. Tack trug seinen Freund in die Zelle Fra Carlomannos und legte ihn vorsichtig auf den Steinfußboden. Walter Dombert sah ihn aus großen, ängstlichen Augen an. Eugen Tack drückte ihm die Hand.
»Mach's gut, Walter. Ich komme nachher zu dir und helfe dir. Der Doktor wird dich schon zurechtflicken. Bis gleich, Walter.«
Dombert nickte schwach. »Bis gleich, Eugen. Ich dank' dir auch.«
»Mensch, halt den Mund!« Eugen Tack nickte ihm zu und

rannte aus der Zelle. An der Treppe lagen noch die elf Beinverletzten. Im großen Keller verbanden die Sanitäter und Renate die leichteren Fälle.
In dem Augenblick, als Eugen Tack den Lazarettkeller verlassen wollte, klirrte es in den Steinen, ein dunkler Gegenstand rollte auf die Stufen des Kellers unter die elf bewegungslosen Beinverletzten.
»Deckung!« brüllte jemand. »Weg Jungs … Deckung!«
Auf allen vieren, wimmernd vor Schmerz, versuchten die elf, von der Treppe zu kriechen. Eugen Tack stand starr vor dem Eingang. Er sah, was da lag, er begriff es blitzschnell mit der ganzen Tragweite für die elf Verwundeten.
Ein Blindgänger oder ein Zeitzünder … eine kleine Granate, die sie alle zerreißen würde, wenn sie explodierte.
Die elf Beinverletzten krochen mit schmerzverzerrten Gesichtern die Treppe hinab. Vier Oberschenkelschüsse starrten auf den Blindgänger … sie konnten nicht kriechen, sie lagen bewegungsunfähig auf den Stufen und starrten ihren Tod an. Er war etwa 40 cm lang, schwarz glänzend und nach vorne langsam spitz zulaufend.
Noch immer schrie einer »Deckung«, sinnlos, grell, sich überschlagend.
Mit einem Sprung war Eugen Tack auf der Treppenstufe. Er bückte sich unter den entsetzten Augen der elf Verwundeten, nahm die Granate auf, legte sie auf seine Unterarme und rannte mit ihr die Treppe hinauf, ins Freie, weg von den Männern, die hilflos am Eingang lagen.
Mit der Granate auf den Armen rannte er durch die Trümmer, schwankend, übermannt von der Anstrengung und dem Grauen, das er auf seinen Armen wegtrug. Wenn das Vater sehen würde, durchfuhr es ihn. Vater, dem im Ersten Weltkrieg ein Blindgänger die linke Hand wegriss.
Er stolperte durch die riesigen Trümmer des Kollegs … er rannte zum Zentralhof, wo er die Granate in den Schutt

legen wollte. Ich habe die elf gerettet, dachte er glücklich. Und ich habe Walter gerettet. Ich werde ihn morgen besuchen gehen. Bestimmt kann ihn der Stabsarzt retten. Ganz bestimmt.

Er drückte die Granate an seine Brust und rannte weiter. Als er über einen großen Stein stolperte und hinschlug, warf er die Granate noch im Fallen von sich. Sie traf mit der Spitze auf, ein heller Knall ließ die Luft erzittern, Trümmergestein und Schutt stiegen gegen den Himmel; auf den Boden gepresst, überstand Eugen Tack die Explosion, aber ein hochgeschleuderter Stein fiel auf ihn nieder, zerschlug ihm das Genick, zerbrach seine Wirbelsäule und quetschte seinen Kopf in den Staub des Schutts. Er spürte davon nichts, nicht einmal den Aufschlag des schweren Steines … es ging alles so schnell, schneller als das Denken.

So starb Eugen Tack, die ›größte Flasche der deutschen Wehrmacht‹, wie ihn Lehmann III immer genannt hatte.

Gegen Morgen trugen Bergmann und Müller 17 Leutnant Weimann in das Lazarett.

Sie hatten ihn in eine Zeltplane gelegt und schleppten den schweren Körper keuchend durch den großen Verbandraum in das OP-Zimmer, wo Dr. Pahlberg vollkommen allein die Operationen ausführte. Er hatte gerade eine große Fleischwunde im Rücken, die ein Granatsplitter gerissen hatte, genäht und verbunden, als Müller 17 und Bergmann Leutnant Weimann hereintrugen.

»Der Leutnant«, sagte Müller 17 schluckend.

»Weimann?« Dr. Pahlberg kniete neben der Zeltplane nieder und sah in das gelbe Gesicht des jungen Leutnants. Bei jedem schwachen Atemzug schäumte es blutig über die farblosen Lippen

»Lungenschuss?«

»Ja, Herr Stabsarzt. Vier Stück. Eine MG-Garbe.«

Pahlberg nickte. »Es ist gut.«

Bergmann und Müller 17 blieben neben Weimann stehen. Dr. Pahlberg hob den Kopf.

»Was ist denn noch?«
»Wird der Leutnant sterben?« stotterte Müller 17. Seine Augen waren wässerig.
»Das weiß ich nicht. Geht jetzt.«
»Mit vier Lungenschüssen …«
»Es sieht böse aus. Aber jetzt 'raus!«
Langsam verließen Bergmann und Müller 17 den OP-Raum. Auf dem Flur trafen sie auf Krankowski, der neue lagen Zellstoff holte.
»Wen habt ihr gebracht?« fragte er im Vorbeilaufen.
»Weimann!«
»Den Leutnant? Was denn?!«
»Vier Lungenschüsse …«
Krankowski sagte nichts mehr und rannte weiter.
Müller 17 sah Bergmann an. Sie wussten genug. Mit verbissenen Gesichtern verließen sie das Lazarett. Sie krochen durch das Granatwerferfeuer der Polen zur Mauer und suchten Feldwebel Maaßen. Er lag mit seinem MG und Oberfeldwebel Michels an einer Mauerlücke und kämmte alles nieder, was nur den Kopf über die Felsen hob.
»Weimann ist gefallen!« keuchte Müller 17, als er sich neben Maaßen warf. Einen Augenblick unterbrach Maaßen seinen Kugelregen. »Weimann? Seit Korinth war er bei uns. Kreuzdonnerwetter!«
Er drückte auf den Abzug und feuerte über den Abhang. Einer nach dem anderen, dachte er dabei. Wann kommen wir dran? Heute, morgen, übermorgen? Oder jetzt gleich? Einmal wird's sein … wir sehen die Heimat nicht wieder, wir nicht von der 3. Kompanie. Vielleicht taugen wir auch gar nicht mehr für die Heimat, vielleicht nur noch fürs Sterben? Das muss es auch geben … das hat es seit Jahrhunderten gegeben … Gladiatoren, die vor dem Sterben riefen: Salve, imperator. Morituri te salutant!
Wut überkam ihn, Wut über sein sinnloses Schicksal. Er jagte seine MG-Salven hinaus, als verschösse er sein Herz. Durch dieses Mauerloch würde kein Feind stürmen …

In dem kleinen Raum des Fra Carlomanno lag Leutnant Alfred Weimann auf einem Strohsack. Renate kniete neben ihm und tupfte ihm den blutigen Schaum von den Lippen. Pahlberg hatte ihm eine Morphiumspritze gegeben.

Er war danach ruhiger geworden und sah mit starren Augen an die dunkle Decke der Zelle.

»Wasser«, murmelte er mühsam. »Wasser! Bitte Wasser.«

Renate feuchtete ein Mull-Läppchen mit Wasser an und tupfte ihm die aufgesprungenen Lippen ab. Sein Kopf war glühend heiß, er brannte im Fieber und erkannte mit seinen weit aufgerissenen Augen nicht mehr seine Umgebung.

»Wasser!« röchelte er immer wieder. »Wasser! Wasser!«

Dr. Pahlberg kam aus dem OP-Zimmer und sah nach Renate. Sie wusch Weimann den Mund aus.

»Wie geht es?« fragte er leise.

»Er ruft dauernd nach Wasser.«

»Gib ihm einen geriebenen Apfel, Renate.«

Erstaunt sah sie auf. »Aber er darf doch nicht – –«

Sie stockte. Pahlberg winkte schwach ab. »Gib es ihm«, sagte er leise. »Gib ihm alles, was er will. Er darf alles haben ...«

Er wandte sich schnell ab und verließ wieder das Zimmer.

Armer Alfred Weimann, dachte sie. Sie tupfte wieder das Blut von seinen Lippen und strich ihm die Haare aus der Stirn. Fünfundzwanzig Jahre alt. Jurastudent im 2. Semester ... da kam der Krieg. Vielleicht wäre er ein guter Richter geworden ... er hielt viel auf Ordnung und Gerechtigkeit. Er konnte nie begreifen, dass Hauptmann Gottschalk sagte: »Was immer wir auch tun, Weimann – vor der Geschichte ist der Deutsche immer der Schuldige! Wir brauchen uns da gar nicht zu bemühen – das tun schon die anderen!« Für ihn war das Recht der sittliche Halt der Weltordnung – dass er bei deren Zerfall mit zu-

grunde ging, war die logische Konsequenz seiner inneren Einstellung.
Renate wollte sich erheben, um einen Apfel zu reiben und ihn zwischen die Lippen zu löffeln, als seine Hand vorzuckte, ihr Handgelenk ergriff und mit unvorstellbarer Kraft zu sich hinüberzog. Seine weit aufgerissenen Augen sahen sie starr an – aber sie sahen durch sie hindurch in einen Raum, den nur er erkannte.
»Inge!« sagte er laut. »Inge – bleib bei mir! Hörst du, du musst bleiben.« Er zog Renate zu sich und fuhr mit der anderen Hand tastend durch ihr Haar. Ein Frieren durchlief ihren Körper, ein Frieren des Entsetzens und der Erschütterung.
»Ich bin ja da, Alfred«, sagte sie heiser.
»Das ist schön … oh, das ist schön. Deine Haare … wie weich, Inge – – – ich bin so glücklich.« Er hustete vom Sprechen und stieß blutigen Schaum aus. Er flog über sein Kinn auf die Brust. Renate tupfte ihn mit großen Zellstofflagen auf und bettete den Kopf wieder auf den Strohsack.
»Du darfst nicht so viel sprechen«, sagte sie mild.
»Es ist so schön, dass du da bist, Inge …« Die stieren Augen blickten durch Renate hindurch. Er hob die rechte Hand und tastete mit ihr das Gesicht Renates ab … erst die Haare, dann die Stirn, die Brauen, die Augen, die Nase, den Mund, das Kinn bis zum Hals. Ein seliges Lächeln überflog sein gelbes, eingefallenes, schon vom Tode zugespitztes Gesicht. »Wie schön du bist«, röchelte er. »Mach das Licht an … es ist so dunkel … ich will dich sehen, Inge …« Plötzlich bäumte er sich auf, er umklammerte ihre Schulter, sein bleiches Gesicht mit den starren Augen und dem blutigen Schaum auf den Lippen war dicht vor ihr.
»Küss mich!« wimmerte er. »Inge – – Inge – – küss mich … Oh – ich fühle dich – – ich fühle dich – – Inge!«
Seine Augen wurden trüb, man sah, wie das Leben aus ihnen wich, wie ein Schatten, ein Schleier über sie hinweg-

glitt. Der Körper sank nach vorn in Renates Arme, wurde schwer wie Blei und drückte sie auf die Knie.
Vorsichtig, als könne er noch Schmerzen empfinden, legte sie ihn zurück auf das Stroh, faltete seine Hände über der Brust und drückte die Lider über die erloschenen Augen. Auf seinen Lippen stand noch der Schrei des Namens.
Schwankend erhob sich Renate und ging in das Zimmer Pahlbergs. Er sah sie kurz an und wandte sich wieder dem Verwundeten zu, der vor ihm lag.
»Weimann?« fragte er.
»Ja. Erich.« Sie lehnte sich gegen die kalte Wand. »Es war furchtbar. Er nannte mich Inge und wollte mich küssen.«
Pahlberg senkte den Kopf. »Inge hieß seine Braut ... Er wollte im nächsten Urlaub heiraten.« Er schluckte und fühlte sein Herz trommeln. »Wie wir, Renate«, fügte er leise hinzu.
Wortlos, von Entsetzen gepackt, verließ sie fast flüchtend das Zimmer.

Am 15. Mai gelang es den alliierten Regimentern, im Süden des Monte Cassino in die deutsche Stellung einzubrechen. Am 16. Mai brachen sie im Nordteil der Gustav-Stellung durch, auf dem Calvarienberg und vor der Massa Albaneta lagen sie in den Felsen, sich festkrallend wie ein Adler, der seinen Horst baut.
Die polnischen Karpatenjäger.
Der Monte Cassino war eingeschlossen, zu beiden Seiten rollten die Truppen der 5. Armee die deutschen Stellungen auf.
Wie eine Klippe im wildbewegten Meer lag einsam der Monte Cassino in der Schlacht, unerreicht, uneinnehmbar, solange die deutschen Fallschirmjäger in dem Gebirge von Schutt und Trümmern lagen.
Oberst Stucken schickte, bevor auch er die Albaneta räumen musste, um sich nach Roccasecca zurückzuziehen, den letzten Melder hinauf in das Kloster. Dann riss die

Verbindung endgültig ab. Die Insel war geschaffen ... die Insel der verlorenen Grünen Teufel vom Monte Cassino.
Major v. Sporken las das kleine schmutzige Blatt vor, das der verwundete Melder ihm gebracht hatte. Um ihn herum standen Hauptmann Gottschalk, verwundet, mit verbundenem Kopf, Leutnant Mönnig, den zerschossenen linken Arm geschient in der Binde tragend, Stabsarzt Dr. Pahlberg und ein junger Leutnant der Nebelwerferabteilung. »Meine Herren!« sagte v. Sporken. Seine Stimme hatte in diesem Augenblick den harten, forschen Ton, als stände er vor seinen Offizieren und bespreche eine Felddienstübung. »Der Kommandeur hat vorhin folgende Nachricht durchgegeben. Es ist kein Befehl mehr, denn Befehle können in diesem Stadium des Krieges nicht mehr gegeben werden. Ich verlese die Nachricht: ›Beiderseits unserer Stellungen ist der Feind eingebrochen und rollt sowohl nach Westen als auch in den Flanken unsere Stellungen auf. Die 34. Fallschirmjägerdivision ist auf Grund eines Armeebefehls gezwungen, sich um einige Kilometer nach Westen abzusetzen in Richtung von Roccasecca. Das bedeutet, dass die Verteidigung des Klosters Monte Cassino abgeschnitten ist. Ich stelle es allen meinen Leuten frei, sich entweder in amerikanische Gefangenschaft zu begeben oder zu versuchen, sich zur Division durchzuschlagen. Der Berg braucht nicht mehr gehalten zu werden. Er hat in diesem Augenblick seine strategische Aufgabe erfüllt. Ich bin stolz auf meine so einmalig tapferen Fallschirmjäger, auf die seit vier Monaten die ganze Welt mit Bewunderung blickt. Es lebe Deutschland! Stucken.‹«
Major v. Sporken ließ den Zettel sinken ... er hielt ihn an eine flammende Kerze und verbrannte ihn. Die Asche zerrieb er zwischen den Händen.
»Sie haben es gehört, meine Herren!« sagte er dabei. »Der Berg hat seine strategische Aufgabe erfüllt! Wir können gehen! Wohin – wie's uns beliebt! Wir sind völlig frei in

der Wahl. Die Welt hat uns bewundert, es lebe Deutschland – uns bleibt bloß die Entscheidung, wohin wir wollen – zum Amerikaner, dort haben wir den Krieg hinter uns und bekommen anständig zu fressen, oder zurück zur Division, und der ganze Scheißdreck geht weiter bis zum Endsieg!«

Er sah die Offiziere an. Niemand grinste. Draußen hämmerten wieder die Maschinengewehre los, und die Granatwerfergruppe schoss. Die Polen stürmten erneut gegen den Berg.

»Wir müssen uns entscheiden.« v. Sporken nahm aus seiner Kartentasche die Karte vom Monte Cassino, auf der die Stellungen eingezeichnet waren. Auch sie hielt er in die Flamme und verbrannte sie. »Ich kann es keinem der Herren verübeln, wenn er mit seinen Leuten die weiße Fahne schwenkt und damit den Krieg beendet. Ich gebe jedem von Ihnen die Freiheit. Ich entbinde Sie hiermit sogar feierlich von Ihrem Eid gegenüber dem Führer! Vor allem das Lazarett!«

Hauptmann Gottschalk sah v. Sporken kopfschüttelnd an.

»Was werden Sie tun, Herr Major?« fragte er.

»Ich werde mich zu Oberst Stucken durchschlagen. Ich hasse diesen Krieg, aber ich komme auch nicht aus meiner Haut heraus. Was werden Sie tun, Gottschalk?«

»Sie fragen noch, Herr Major?« sagte Gottschalk beleidigt.

»Und Sie, Mönnig?«

»Ich schließe mich dem Herrn Major an. Selbstverständlich.«

»Und Sie, Dr. Pahlberg?«

»Ich auch, Herr von Sporken.«

»Sie auch?« Sporken fuhr herum. »Und Ihre Verwundeten?«

»Was gehen kann, kommt mit. Die anderen lasse ich unter der Obhut Krankowskis und Grüben zurück. Ich weiß, dass Captain James Bolton gut für sie sorgen wird.«

Major v. Sporken wandte sich ab. »Alles Helden!« sagte er in seiner sarkastischen Art. »Glückliches Deutschland!« Niemand lachte. Man spürte, dass es diesmal tiefer Ernst war.

Am 17. Mai 1944 mit Einbruch der Dunkelheit und in der Nacht zum 28. Mai räumten die Fallschirmjäger der 3. Kompanie und die anderen Einheiten unter Major v. Sporken den Berg und das Kloster Monte Cassino.
Die Ersten, die hinabstiegen über den Saumpfad, durch die Todesschlucht krochen und noch einmal von allen Seiten zusammengeschossen wurden, waren die Gehfähigen des Lazaretts. Als Letzter verließ Dr. Pahlberg mit Renate den Keller, begleitet von dem weinenden und flehenden Krankowski.
»Ich will mit Ihnen, Herr Stabsarzt!« hatte er den ganzen Tag gerufen. »Seit drei Jahren sind wir zusammen! Und nun soll ich in Gefangenschaft gehen, ohne Sie? Das tue ich nicht. Nein! Und wenn Sie es tausend Mal befehlen! Ich gehe mit Ihnen!«
»Seien Sie doch vernünftig, Krankowski«, hatte ihm Pahlberg zugeredet. »Die Verwundeten brauchen Sie. Hier liegen 23 schwerverletzte Kameraden! Daran müssen Sie denken! Was sollen die ohne den alten Krankowski? Ich weiß, dass sie einen Schutz brauchen, und deshalb lasse ich Sie zurück, gerade Sie als den Besten, den ich bisher hatte.«
»Dann bleiben Sie doch auch, Herr Stabsarzt«, flehte der Feldwebel. »Dann ist der Krieg für uns alle zu Ende.«
»Und die Kameraden, die unterhalb des Berges verwundet werden, wer kümmert sich um die, Krankowski? Wir müssen uns teilen – Sie auf dem Berg, ich im Tal. So hat jeder seine Aufgabe.« Er drückte Krankowski beide Hände und spürte, wie des Feldwebels Hände dabei zitterten. »Leben Sie wohl, Krankowski. Sie werden den Krieg mit Sicherheit überleben. Fassen Sie es als Dank für Ihren Einsatz auf …«

»Herr Stabsarzt …« Der Feldwebel atmete schwer. Aber Pahlberg legte ihm die Hand auf den Mund.
»Kein Wort mehr, Krankowski! Hauen Sie ab zu Ihren Verwundeten! Schreiben Sie mir später mal nach Kiel, wie's Ihnen geht, ja?«
»Jawoll, Herr Stabsarzt.«
Mit Tränen in den Augen sah Krankowski Dr. Pahlberg nach, wie er im Abenddämmern mit Renate Wagner, die weiße Rot-Kreuz-Fahne unter dem Arm, die Trümmer des Klosters verließ. Fritz Grüben stand hinter ihm und kaute an einer Brotkante.
»Ob wir den je wiedersehen?« meinte er kauend.
Krankowski fuhr wie gestochen herum. »Halt deine dreckige Schnauze, du Idiot!« brüllte er hysterisch. Dann rannte er in den Keller, hockte sich neben den OP-Tisch und hieb vor ohnmächtiger Verzweiflung mit beiden Fäusten auf die schwach blinkenden Nickelstangen.

Der Zug der Verwundeten ging den Saumpfad hinab nach Piedimonte, den schon im Januar der greise Erzabt Diamare mit seinen Mönchen hinabgeschritten war, das Kreuz des hl. Benedikt vor sich hertragend.
Jetzt waren es einige Hand voll schwankender und halb toter Gestalten, die kriechend und mit letzter Verzweiflung springend das feindliche Sperrfeuer überwanden und durch die Lücken sickerten, die noch zwischen dem Einschließungsring klafften.
Hier, kurz vor der Via Casilina, vor der neuen Riegelstellung der deutschen Truppen, trafen Dr. Pahlberg und Renate Wagner auf eine Partisanengruppe und wurden zurück in die Felsen geschleift.
Francesco Sinimbaldi, der diese kleine Gruppe führte, hauste in einer Höhle nahe der Via Casilina, über die des Nachts der deutsche Nachschub gerollt war und auf der auf rätselhafte Weise des Öfteren wichtige und schmerzlich erwartete Transportkolonnen auf Minen liefen oder

einfach verschwanden. Man hatte nach diesen Partisanen gesucht, von allen Verbänden, die um den Monte Cassino herumlagen, aber wie die Füchse hatte sich die Gruppe Sinimbaldis in die Höhlen eingegraben und kroch nur hervor, wenn die Späher die Ankunft einer neuen Kolonne meldeten. Dann wurden aus den Füchsen reißende Wölfe, die aus dem Dunkel der Nacht hervorstürzten und den auf Munition und Verpflegung wartenden deutschen Kompanien im Rücken den Lebensfaden abschnitten.

Sinimbaldi hockte im Hintergrund der Höhle und putzte seine Maschinenpistole, als die Partisanen mit Pahlberg und Renate hereinkamen Sie gaben Pahlberg mit dem Kolben einen Stoß, dass er gegen die Felswand stürzte, während sie Renate an beiden Armen zurückhielten.

»Was ist?« fragte die Stimme Sinimbaldis aus der Tiefe der Höhle. Ein paar flackernde Kerzen erhellten spärlich den großen feuchten Raum.

»Deutsche, Chef. Wir haben sie gefangen, als sie vom Berg kamen. Wollten durchbrechen.«

»Erschießen!«

Sinimbaldi legte seine Maschinenpistole hin und erhob sich. Er ergriff zwei Kerzen und kam damit langsam auf Pahlberg zu. Sein verwildertes, unrasiertes Gesicht sah schrecklich aus, erfüllt von Hass und Mitleidlosigkeit.

»Erschießen!« sagte er noch einmal. »Bei uns gibt es keine deutschen Gefangenen, wie es bei den Deutschen keine gefangenen Freiheitskämpfer gibt! Denn wir kämpfen um unsere Freiheit, du deutsches Schwein!« Er schob die Kerze, die er in der rechten Hand hielt, in die linke und hob dann die Hand, um sie geballt ins Gesicht Dr. Pahlbergs zu schlagen. Dabei fiel der Schein des Lichtes kurz über das Gesicht Pahlbergs, über das bleiche, eingefallene, verhärmte Gesicht mit den großen Augen.

Die Hand Sinimbaldis stockte in der Luft, der Schlag blieb wie festgehalten hängen.

»Dottore!« sagte Sinimbaldi verwirrt. »Du bist es, dottore?«
Er senkte die Faust, klebte die Kerzen an eine Felsnase und schlug den beiden Männern auf die Finger, die Pahlberg umklammert hielten. »Loslassen, idiota!« schrie er. »Das ist der Doktor, der Gina Dragomare gerettet hat! Er hat das bambino geholt! Loslassen, sage ich!«
Verblüfft lösten die Männer Pahlberg und Renate aus der Umklammerung und traten zurück. Francesco Sinimbaldi hielt Pahlberg die Hand hin.
»Du bist nicht unser Feind, dottore«, sagte er ehrlich. »Du bist ein Freund. Unser aller Freund. Komm – –«
Er winkte. Sie gingen in die Tiefe der Höhle hinein, wo an den Wänden die Strohlager der Gruppe aufgebaut waren. Ein Tisch stand hier, eine Öllampe und drei Stühle. Sinimbaldi schob die Stühle zurecht und setzte sich. Er holte eine Flasche Chianti, goss drei Gläser ein und schob sie Renate und Pahlberg zu. Sein schmutziges Gesicht strahlte.
»Dass ich dich wiedersehe, dottore!« rief er in wirklicher Verzückung. »Gina Dragomare geht es gut … weißt du das? Die bambina ist schon dick und schreit. O Madonna – und wie es schreit! So gesund ist es! Du hast sie beide gerettet, dottore. Du bist unser aller Freund!« wiederholte er.
Sie tranken den Wein. Renate drückte sich ängstlich an Pahlberg und starrte auf Sinimbaldi, der aussah wie ein mittelalterlicher Räuber. Francesco grinste.
»Deine fidanzata?«
»Ja.« Dr. Pahlberg hob das Glas und trank es in langen, durstigen Zügen leer. »Wenn der Krieg vorbei ist, wollen wir heiraten.«
Sinimbaldi nickte. »Ja … Krieg vorbei, Krieg kaputt! Auch für dich, dottore? Willst du bei uns bleiben? In drei Tagen ist alles besetzt … wir werden dich wegbringen, wo dich kein Amerikaner findet! Du kannst bei Gina und

Mario Dragomare wohnen und zusehen, wie die bambina wächst.«
Pahlberg schüttelte langsam den Kopf. Ängstlich drückte Renate seinen Arm, aber er sprach aus, was er dachte.
»Ich muss zu meinen Verwundeten zurück, Sinimbaldi. Sie warten auf mich.«
»Du willst weiterkämpfen?!«
»Ja – aber gegen den Tod! Ich habe eure Gina gerettet – nun muss ich das Leben meiner Kameraden retten, die mit aufgerissenen Leibern zu mir kommen. Das verstehst du doch, Sinimbaldi?«
Francesco schwieg. Er stierte in die Öllampe. Sein verwildertes Gesicht war starr. »Es darf kein Deutscher mehr zurück!« sagte er leise. »Jeder Deutsche ist eine Gefahr! Auch dich muss ich zurückhalten, dottore. Wenn ich dich auch nicht erschießen lasse, wie ich es müsste, so musst du doch mein Gefangener bleiben.«
Pahlberg nickte. »Du hast Recht, Francesco. Auch für mich wäre es die beste Lösung. Überrollen lassen – und der Krieg ist für uns alle vorbei! Die große Sehnsucht ist erfüllt: Frieden! Aber was wird aus den Soldaten, die ein paar Kilometer weiter mit zerschossenen Gliedern auf der Straße liegen und ›Sanitäter! Sanitäter!‹ schreien? Deren Leben davon abhängt, ob sie ein Arzt schnell verbindet, operiert, amputiert … Männer, Francesco, die auch eine Mutter und eine Frau haben. Und viele bambinos.«
»Lass sie sterben, dottore!« Seine Stimme war rau.
Dr. Pahlberg umklammerte das Glas. Er sah in die dunklen Augen Sinimbaldis.
»Was wäre aus Gina geworden, wenn ich damals genauso gedacht hätte: Sie ist nur eine Partisanin – lass sie sterben!«
Sinimbaldi schwieg. Er erhob sich mit einem Ruck. Fast warf er den Tisch dabei um.
»Kommt!« sagte er rau.
Er ging ihnen voran, die Öllampe vor sich hertragend.

Am Höhlenausgang löschte er das Licht, indem er die blakende Flamme ausblies, und winkte den beiden zu, ihm zu folgen. Sie stolperten in der dunklen Nacht durch die Felsen, bis sie an einen Fußweg kamen, der nach Pahlbergs Ansicht nach Piedimonte führen musste.
Hier hielt Sinimbaldi an und zeigte hinab in das weite Liri-Tal.
»Diesen Weg entlang, dann nach links, aber immer nördlich der Casilina. Dort ist noch ein Streifen von 600 Metern, der unbesetzt ist. Dort könnt ihr durch. Bis zum Morgen könnt ihr bei euren Truppen sein.« Er wandte sich zu Dr. Pahlberg. Sein struppiges Gesicht war nahe.
»Die Madonna sei mit euch«, sagte er langsam. »Und damit haben wir dir, dottore, für alles gedankt, was du an Gina getan hast.«
»Das habt ihr, Francesco. Leb wohl.« Er gab ihm die Hand. Sinimbaldi drückte sie fest. Dann zögerte er, bevor er wegging, wandte sich noch einmal um, griff in die Tasche und reichte Pahlberg einen dunklen Gegenstand hinüber.
»Hier, dottore«, sagte er stockend. »Vielleicht kannst du es gebrauchen.« Er drückte es Pahlberg in die Hand und verschwand wie ein Wiesel in den dunklen Felsen.
»Francesco!« rief Pahlberg leise. »Francesco – – nimm es wieder mit!« Er hielt den Gegenstand in der geöffneten Hand.
Aber Sinimbaldi kam nicht zurück … er hörte schon nicht mehr den leisen Ruf Pahlbergs, so schnell glitt er durch die Dunkelheit zur Höhle zurück.
»Was hat er dir gegeben?« Renate trat näher. Noch immer durchbebte ihren Körper die Angst. Pahlberg hielt ihr den dunklen Gegenstand unter die Augen.
Eine schöne, schwarz glänzende, vollautomatische amerikanische Pistole.
»Wirf sie weg, Erich.« Schaudernd sah sie auf den gut geölten Lauf. Dr. Pahlberg schüttelte leicht den Kopf.

»Vielleicht hat er Recht. Vielleicht können wir sie wirklich gebrauchen.« Er steckte sie in die Tasche seiner zerrissenen Kombination. »Nicht alle sind wie Sinimbaldi, Renate – und dann werden wir sie gebrauchen müssen.«
Hand in Hand gingen sie weiter durch die Nacht, den Bergpfad hinab. Hinter ihnen, auf dem Klosterberg, war es still. Nur südlich, zum Rapido hin, gellte Artilleriefeuer auf, und man hörte das Rattern von Maschinengewehren.
Plötzlich, nach einer ganzen Zeit schweigsamen Abwärtsgehens, blieb er stehen. Er sah Renate groß an und strich ihr über die zerzausten blonden Haare.
»Es ist doch schön, dass du bei mir bist«, sagte er leise.
Sie nickte und küsste ihn. Ihre warme Zärtlichkeit war eine Kraft, die ihn durchrann und aufriss.
»Wir schlagen uns durch«, sagte er fest. »Wir geben nicht auf, Renate!«
»Nein, Erich! Wir schaffen es!«
Sie kletterten weiter durch die Nacht, immer nördlich der Via Casilina, wie ihnen Sinimbaldi gesagt hatte. Sie umgingen auch Piedimonte, aus dem ihnen MG-Feuer entgegenschlug. Kriechend brachen sie durch den sich immer enger ziehenden Einschließungskreis um den Monte Cassino, sie ließen die leichten Panzer der Amerikaner an sich vorbeirollen, eng an die Felsen gedrückt oder in einem Granattrichter liegend, unten, an der tiefsten Stelle, dass sie aussahen wie zwei dicke Steine, die über den Rand hinabgerollt waren.
Als der Morgen dämmerte und der Himmel im Osten streifig wurde, gelblich rot und mit herrlich purpurn gezackten Wolken, erreichten sie vor Roccasecca die ersten Vorposten der 34. Fallschirmjägerdivision. Nur das Schwenken der weißen Rot-Kreuz-Fahne verhinderte, dass sie in einer MG-Garbe zusammenbrachen. Erst zehn Meter vor der Stellung wurden sie erkannt und in einen Erdbunker gezogen.

Dr. Heitmann wurde beim Einnehmen von drei neuen Pervitintabletten durch das schrille Klingeln des Telefons gestört. Missmutig legte er die Pillen hin und nahm den Hörer ab.
»Heitmann!« kam ihm Stuckens Stimme entgegen. »Eine gute Nachricht. Vor einer Stunde ist Pahlberg samt Braut angekommen. Durchgebrochen vom Kloster.«
»Herrlich!« Dr. Heitmann schluckte die drei Pervitin und atmete auf, als spüre er schon jetzt sekundenschnell die Wirkung. »Ist er verletzt?«
»Soviel ich weiß, nicht.«
»Wunderbar. Schicken Sie ihn mir gleich herüber. Ich habe hier vier Amputationen und komme nicht weiter!«
Er legte auf und freute sich, endlich wieder entlastet zu werden.

Im Kloster Monte Cassino hatte die Räumung in aller Heimlichkeit und Stille begonnen. Ungeschlagen, unbesiegt zogen sich die Fallschirmjäger zurück, eine Hand voll Männer, die fast vier Monate lang dem Ansturm einer ganzen Armee standgehalten hatte. Krankowski stand an der Treppe seines Lazarettkellers und drückte die Hand von Hauptmann Gottschalk und Leutnant Mönnig. In der Tiefe des Kellers, in dem kleinen Raum des Fra Carlomanno, lag in seiner Zeltbahn der tote Leutnant Weimann. Neben ihm, in dem anderen großen Keller, 23 Schwerverwundete, Amputierte, Sterbende. Fritz Grüben war bei ihnen und versorgte sie, während Krankowski Abschied von den alten Kameraden nahm.
»Ich werde den Leutnant begraben«, sagte er mit zittriger Stimme zu Hauptmann Gottschalk. »Ich werde es selbst tun! Ich werde – –« Er stockte und blickte zu Boden. Gottschalk klopfte dem Weinenden auf die Schulter.
»Kopf hoch, Otto«, sagte er ergriffen. »Wir sehen uns alle wieder! Einmal ist der größte Mist zu Ende. In der Heimat treffen wir alle wieder zusammen, was, Otto?«

»Jawoll, Herr Hauptmann.«
Major v. Sporken stand an der Mauer und kontrollierte den Abmarsch seiner Werfergruppe. Sie gingen nur mit Handfeuerwaffen zurück … die Nebelwerfer hatten sie unbrauchbar gemacht, in Kellern gesprengt und die Schlösser und Abschussvorrichtungen mit dicken Steinen zerklopft. Auch die beiden kleinen Gebirgsgeschütze, die nur noch halbwegs brauchbar galten, waren vernichtet worden.
Gottschalk trat an v. Sporken heran. Verwundert schaute ihn der Major an. – »Sie sind noch da, Gottschalk?«
»Ja, Herr Major. Ich bitte um die Erlaubnis, das Kloster als Letzter verlassen zu dürfen.«
»Aha! Der Kapitän, der das sinkende Schiff begleitet!«
»So ähnlich, Herr Major.«
»Wie Sie wollen.« v. Sporken schnallte seinen Helm fester und schob die Maschinenpistole vor die Brust. »Ich werde auf halber Höhe auf Sie warten und das Durchschleusen der Männer beobachten. Wenn alles durch ist, werden wir dann Arm in Arm den Berg hinabklettern.«
»Jawohl, Herr Major.«
Gottschalk verschwand in der Dunkelheit.
Über die Mauerlücke zum Trägerpfad hinab, durch die Todesschlucht, über die stets der widerlich süßliche Geruch der vielen verwesenden Leichen hing, sickerten in kleinen Gruppen die Fallschirmjäger ins Tal. Leutnant Mönnig führte die 1. Gruppe an … ihm folgte Oberfeldwebel Michels mit der 2. Gruppe … v. Sporken mit seinen Werfern kam in einer Viertelstunde Abstand … Man hörte keinen Laut … die dicken Gummisohlen der Springerstiefel dämpften jeden Tritt … es war, als glitten riesige Ratten durch die Trümmerberge des Klosters und rannten den Berg hinab. Die Gruppe Maaßen war die letzte, die das Kloster räumen sollte. Sie mimte noch so etwas wie Krieg und hielt in kurzen Feuerstößen die immer noch am Hang und an der Höhe 593 liegenden Polen nieder.

Theo Klein lag hinter seinem MG, den Helm in den Nacken geschoben, und beobachtete, wie seitlich vor ihm das Gestein abspritzte und ein leises Pfeifen durch die Luft surrte.
Heinrich Küppers zählte seine Handgranaten. »Noch sechs Stück. Ich werde von Maaßen eine neue Kiste holen.«
Von der Höhe 593 bellte ein polnisches MG los … die Salve fuhr über seinen Kopf hinweg, er warf sich in den Schutt und robbte zu Maaßen hinüber, der bereits sein MG abbaute und Müller 17 mit den Munitionskisten auf die Reise geschickt hatte. Hinter Küppers antwortete Klein prompt auf den Feuerüberfall. Er ballerte durch die Felsen und hörte nach einem Feuerstoß das lang gezogene »Sanitäter!«-Geschrei eines Getroffenen. Zufrieden nickend lehnte er sich an das MG und schüttelte den Kopf, als es um ihn herum surrte.
Durch die Trümmer rannte Hans Pretzel, der Melder.
»Gruppe Maaßen ferti gmachen zum Abmarsch!« rief er. Dann rannte er zurück in die Dunkelheit.
Heinrich Küppers rannte zurück zu seinem MG-Stand. Es war still auf der Höhe 593 … das Punktfeuer Kleins hatte die Polen vorsichtig gemacht.
Mit einem Satz landete Küppers in der Stellung und klappte seine Handgranatenkiste mit den sechs Granaten zu.
Klein lehnte am MG und starrte den Hang hinab.
»Los, Theo«, sagte Küppers gemütlich. »Zieh den Gurt ’raus und komm! Sag den Polen schön Lebewohl. Maaßen wartet schon.«
Klein gab keine Antwort. Er lehnte am MG und sah den Hang hinab. Seine Hand lag am Abzugsbügel. Er wartete auf neues Mündungsfeuer der Scharfschützen.
»Mach keinen Quatsch, Theo«, sagte Küppers und trat Klein leicht in den Hintern. »Bau die Spritze ab und komm.«

Theo Klein schwieg. Er rührte sich nicht. Verwundert sah ihn Küppers an. – »Theo!« rief er.
Keine Antwort. Auch auf der polnischen Seite war es still. Irgendwo klapperte es im Kloster … Maaßen und Bergmann rückten ab.
»Theo!« Küppers stieß Klein in die Seite. »Nun lass den Blödsinn und komm! Gottschalk scheißt uns zusammen, wenn wir zu spät kommen!«
Keine Antwort. Die Stille war bedrückend.
Von der Brust aus kroch es Küppers eiskalt bis zur Kehle, über sein Gesicht bis unter die Haare. Er fühlte, wie sein ganzer Körper zu Eis wurde, wie das Blut gerann und das Herz einfror. »Theo!« stammelte er. »Mensch – Theo.«
Er fasste Klein an den Schultern und zog ihn vom MG zurück. Mit großen, weit aufgerissenen Augen fiel ihm Klein in die Arme … in der Stirn, unter dem in den Nacken keck zurückgeschobenen Stahlhelm sah er ein kleines Loch, an dem ein dicker Tropfen Blut hing.
»Theo!« schrie Küppers auf. Er schüttelte den toten Körper, er klopfte die stoppelbärtigen Backen, er riss die Uniform auf und legte das Ohr auf die Brust, er massierte sie und drückte das starre Gesicht wie den Kopf eines Mädchens an sich und streichelte ihn mit wild zitternden Händen.
»Theo!« rief er immer wieder. »Theo … Theo … Mach doch nicht so einen Quatsch … Sag doch was … Theo … »Theo …«
Der schwere Körper glitt aus seinen Händen auf den Boden. Zusammengesunken, wie ein dunkler Haufen Kleider, lag er im Schutt. Der Kopf war in den Nacken gefallen. Starr sahen die Augen in den Nachthimmel. Weit aufgerissen, ungläubig. Es war fast, als lächelten sie noch … so blank waren sie, so voller Leben …
Heinrich Küppers ballte die Fäuste. »Schweine!« brülle er grell. »O ihr Schweine!« Er stürzte an das MG, zog das Schloss durch und schoss wild den Hang hinab, kämmte

die Gegend ab und ließ den Finger am Abzug. Wild ratterte das MG … ein neuer Gurt … noch ein Gurt, drei … vier… sechs Gurte … die ganze Kiste leer. Dann warf er das MG fort … stürzte zu den Handgranaten, schraubte los, zog ab, zählte, warf … sechsmal … sechsmal knallte es am Hang … Schreiend, wie ein Irrer warf er den Tod hinab … er hörte einige Aufschreie … von der Höhe 593 feuerten drei polnische MGs in das Kloster.

»Das ist für Theo!« schrie Küppers. »Für Theo! Für Theo!«

Als die Kisten leer waren, warf er das MG über den Rand der Deckung die Felsen hinab. Dann bückte er sich, kroch unter den schweren Körper des Toten und stemmte ihn auf den Schultern empor. Er legte die schlaffen Arme um seinen Hals, rückte den pendelnden Kopf vor seine Brust und stolperte unter dem Feuer der Maschinengewehre durch die Ruinen dem Ausgang zu.

Durch die Nacht raste ihm Maaßen entgegen. »Seid ihr verrückt geworden?!« brüllte er. »Ihr macht ja die ganze Front rebellisch!« Dann sah er Küppers mit dem dunklen Körper über der Schulter und schwieg betroffen.

»Theo!« stammelte er.

»Aus dem Weg!« schrie Küppers grell.

An Maaßen, an Müller 17, Bergmann, Mönnig und Hauptmann Gottschalk vorbei trug er den toten Freund aus dem Kloster.

Er stieg mit ihm den Klosterberg hinab wie einst Erzabt Diamare mit seinem Kreuz, vorbei an dem wartenden v. Sporken, der stumm die Hand an den Helm hob und grüßte.

Die Trümmer des Klosters wurden kleiner, sie versanken in der Nacht.

Küppers schritt den Pfad hinab, den toten Freund fest umklammernd. Er spürte seine Last nicht, er spürte nichts als eine große Leere, eine grenzenlose Weite, in die er hineinschritt und die ihn aufsog wie einen Tropfen Wasser.

Hinter ihm gingen die Letzten vom Monte Cassino, stumm, mit gesenkten Köpfen.
Im Tal blieb Küppers stehen. Er umklammerte den Körper des Freundes, er strich mit der Hand über das harte schmutzige Gesicht des Toten, so tastend und zärtlich, dass sich Maaßen abwandte und zur Seite trat.
Dann knickte Küppers in den Knien ein, er fiel nach vorn auf das Gesicht, kraftlos, ohne Halt, zerbrochen wie ein Stück Holz. Verkrümmt lagen sie nebeneinander, der Tote und der Ohnmächtige.
v. Sporken schloss die Augen. Er nahm langsam den Helm ab.
»Das wollen wir nie vergessen«, sagte er mit bebender Stimme, »und wenn wir hundert Jahre alt werden …«